머나먼 봄길

김동근 창작산문집

머나먼 봄길

1판 1쇄 인쇄 | 2003년 6월 5일
1판 1쇄 발행 | 2003년 6월 10일

지은이 　| 김동근
펴낸이 　| 이선우
펴낸곳 　| 도서출판 선우미디어

등록 | 1997. 8. 7　제2-2416호
100-846 서울 중구 을지로3가 104-10
신성빌딩 403 ☎ 2272-3351, 3352 팩스: 2272-5540
E-mail: sunwoome@hanmail.net
Printed in Korea ⓒ 2003. 김동근

값 8,500 원

잘못된 책은 바꿔 드립니다

ISBN 89-5658-026-X 03810

머나먼 봄길

김동근 창작산문집

선우미디어

책을 내면서

쓰고, 읽고 생각하는 것이 일상이 되었는데 그중 하나 덧붙인다면 "白日에 當樽하니 만사 뜬구름이러라" 즉 '대낮에 잔 잡으니'라는 김삿갓의 노래도 사랑을 한다.

가파른 삶의 고개를 가면서 어떤 사안을 글로 형상화하며 색다른 세상 속 깊숙이 몰입해본다는 것도 의미 있는 일이 아닐까?

일찍 잠에서 깨어 사유(思惟)의 나래를 휘두르며 한없이 넓고 푸른 하늘을 날아다닌다. 그리고 자리에서 일어나 바람에 이끌려, 바람 더불어 산으로 돌아다닌다. 여명이 문 창에 서성일 즈음에 돌아와 창가에 앉아 붓을 들고 침소에서 구상한 것들을 빠뜨리지 않고 모아 저장해둔다. 그렇게 나는 글 마을을 돌아다니는 것으로 하루를 시작한다.

신문을 정독하고, 보내온 문예지와 서지들을 빠짐없이 섭렵하고 생활에서 묻어나는 사물과 사안들을 물어서 사유의 폭을 넓히고 그리고 어쩌다 무료하면 동네 가까운 주청에서 주우들과 허튼 소리를 해가며 수작을 한다. 그리고 모색이 드리워지면 돌아와 일찍 밤을 맞는다. 한가하기도 또 바쁘기도 한 나는 다음날도 쳇바퀴를 돌리기 위해 일찍 서두른다.

지혜로운 자들이 사물의 형상(idea)을 들여다보고 이성(logos)을 터득하려 마음앓이를 하듯이 작품에 빠져들다 보면 사물의 형상과 사안의 이치도 미세한 것까지 바라보게 되고 마음도 정화(katharsis)할 수 있어 일석이조가 되는 셈이다.

고작 식전에 한 시간 정도 모아놓은 글들이 초간 『소이역』 시집 이후

2년여 만에 한 권 분량이 되어 창작 산문집을 상재하는 것인데 운문이란 쓰는 일이나 보는 일 모두가 작픔에 천착을 해야하겠기에 이번엔 모두에게 편안한 산문을 엮는다.

거의가 문예지에 선뵈었던 글들이고, 내용은 걸어온 발자국에 묻어난 것이며 고향의 얘기이거나 삶의 주변에서 주워온 자료들이다. 대개의 작품이 그러하듯이 다분히 허정(nihilism)한 냄새가 풍기리라 생각한다.

어떠한 형식(formality)이나 틀에 매이지 않는, 자유분방함의 산물들이다. 어디까지나 허구(fiction)이니 미흡한 내용은 사회사조로 생각해주시기 바란다.

지혜로운 사람들이 사물을 의심해 보고 또 사유해봄으로 실존(實存)하는 것이라 했고, 모든 사물은 작위(作爲)하므로 진화한다고 하듯이 나의 글들이 소설형식을 띤 것이지만 작품을 다루면서 사물의 근원을 들여다보고 이치를 가리다 보면 나의 사유들도 좀더 깊이를 더해가고 순수해지리라 믿는다.

사유하고 행위 하는 것이 실존이라는 선현들의 말과 당구(堂狗)도 삼년이면 폐풍월(吠風月)한다는 말과 풀잎이 바람에 흔들리는 것도 실존하기 위한 몸부림이라는 단구(aphorism)들…. 사유나 천착 그리고 흔들림이라는 어휘들이 모두 실존들이 실유를 지탱하기 위한 안간힘에 다름없다.

강호 선배들의 질책을 바란다.

2003년 5월　　서실에서 저자

차례

눈길나그네

눈길 나그네

내 어릴 때 살던 고향은 산이 높고 골이 깊은 곳이다. 까마득히 높은 산들로 에워싸인 심심산천 내 고향—.

일제(日帝)가 강점하고 유린하던 암울한 시절에서 막 해방되어 자유는 찾았으나 정치나 사회적으로 퍽 어수선하던 때이기도 했다. 겨울고향은 눈이 많이도 내렸다. 가을걷이가 끝나고 삭풍이 불어오고 그리고 초동에 내리기 시작한 눈이 며칠이고 계속 퍼부으면 산이고, 들이고 집이고 모두가 백설에 파묻혀 버리고 세상은 온통 눈바다가 되는데 이어 닥친 추위로 쌓인 눈이 꽁꽁 얼어붙으면 삼동이 다 가고 봄이나 되어야 풀렸다. 노루와 산돼지 그리고 늑대 같은 맹수들도 많아서 그러한 산짐승들을 아무 데서나 흔하게 볼 수 있었다.

이웃집에 병수라는 어린아이가 있었다.

밤이 깊어 가는데 밖에선 눈보라가 울타리를 때리고 어디론가 몰려가고 창 틈 실바람에 호롱불이 몇 번이고 몸부림을 친다.

"엄마 흐응—으."

"뭐여. 또— 때가 됐나배. 지랄하는 거 보니께."

윗방엘 드나들며 저녁 내내 통(桶)가리에서 고구마를 파다먹던 병수가 몸을 비틀어대며 급하다고 하고, 이에 이불을 시치던 엄마가 병수를 쳐다보며 면박을 준다.

"어 영— 얼른, 엄마 으응."

"나가 누먼 되지. 어쩌라구 그러구 있어."

"무서워서 흥."

"내가 여기 있잖여."

화가 난다는 듯 엄마가 소리를 지르며 문을 홱 열어젖혔고 병수가 엉거주춤 문턱을 넘어 마당으로 기어나간다.

눈 세상인데 달이 째지게 밝다.

"엄마아— 춰."

"추면 어쩌라구. 얼른 누쿠 들어오지."

"아— 알었어. 흥— 닭아 닥아— 니 밤 똥두 너 갖구 내 밤 똥두 너 다 갖구가라 으으응."

두엄 가에 엉거주춤 앉아서 닭 우리를 쳐다보며 홍얼거린다.

찬 하늘을 건너던 기러기의 행렬도 끊어지고 이웃집에 마을꾼들 두런대는 소리가 들린다. 어디서 개가 짖는다.

"어 엄마 흐응— 개가."

"쪼츠먼 되지 어쩌라구 그랴— 저눔으 가아이—."

"흐응 가이가 자꾸만 안가구 와."

"뭐라구. 아아악 저눔의 가아이."

바느질감을 집어던지고 엄마가 자지러지며 봉당으로 뛰어나가 소리소리 지르고 그리고 작대기로 뜰 바닥을 타악 탁 때려 대고— 아이는 똥을 누다말고 엉거주춤 서서 울며 엄마를 부르고, 그리고 이웃집에서 마을꾼들이 몽둥이와 삽 자루로 타악 탁 땅을 치고 "늑대여— 늑대 잡어— 어." 소리소리 지르며 달려오고— 그리고 장난질을 치려던 늑대란 놈은 혼비백산 산으로 도망을 한다.

달이 벙글거리며 내려다본다.

그렇게 한바탕 소동을 벌인 후로 병수엄마는 병수의 야설(夜泄)을 대비해 잊지 않고 요강을 준비했다고도 하고, 그렇게 혼쭐이 난 이후로는 병수의 나쁜 밤버릇이 씻은 듯 없어졌다고도 하는데 오래 전의 일이라 알 길 없다.

만리산은 우리 동네에서 서쪽으로 아득하게 멀리 보이는 산인데 산이 높으면서 장산장곡(長山長谷)이고 긴 산자락이 동네 뒤에까지 내려와 있다. 우리 동네가 그 산곡에 안겨 있다.

사람들은 동네 근처의 산에 수두룩한 노루나 산짐승들이 밤이 되면 그곳 만리산에서 내려온다 했고 더러는 맹수(猛獸)도 동네까지 들어와 가축들을 물어간다고 했는데, 어떤 때는 동네사람들이 한밤중에 종(鐘)이나 꽹과리를 난타하며 산짐승을 쫓기도 했다.

어느 해인가의 겨울에도 많은 눈이 내렸다. 계속 퍼부은 눈이 쌓여 지붕과 맞닿아 사람들은 마당귀 뒷간까지만 눈을 헤집어 놓고는, 종일 장작을 나우지핀 방에서 화롯불만 쑤셔대며 살아가던 때이다.

우리집은 동네에서도 아랫말에 위치해 있었는데 집에서 세 집 건너에 부잣집이 있었다. 김영감 댁인데 토대가 높은 솟을대문에 팔작지붕의 용마루 끝이 하늘을 향해 치솟았고 토지도 광적(廣積)이어서 행랑것들도 몇 부리며 살았다. 나이가 지긋한 영감은 동네사람들로부터 선망을 받고 있으며, 성정이 온후해 존경도 받고 있었다.

몹시 추운 엄동인데 온통 눈세상이다. 눈 속에 먹을 것을 찾아 참새 떼들이 영감댁 헛간 낟가리에 달려들어 마구 헤집고 있는 이른 아침이다. 영감집 대문 문턱에 거지 하나가 몸을 조아리고 구걸을 하는데 여자였다.

어려웠던 때이다. 발벗고 진일 산야를 혀매어도 먹을 게 없어 허기를 달랠 수 없이 가난했던 시절이다. 황초(荒草)진 조박한 땅에 작물이 제대로 자랄 리 없어 가물로 기황이라도 들면 구걸하는 떼거지들을 아무 데서고 흔하게 볼 수 있었다.

"아니 저 얼굴 좀 봐. 참 아깝다."

"글쎄유— 외양이 멀쩡한 젊은 여편네구먼유."

"아, 어디 가서 침모살이라도 하면 될텐데 웬 구걸이누."

부엌에서 조반을 챙기다 말고 행랑어멈 둘이서 대문께를 내다보며 주고받는 말이다. 거지에게 주려고 소반에 찬반을 차리고 있다.

남루를 걸쳐 속살이 훤히 들여다뵈는 걸인은 추워서 오돌오돌 떨고 있다. 추위와 배고픔을 견디지 못해 더미 눈을 헤치고 마을로 찾아들어 가장 큰집을 골라 구걸을 하는 것이다.

이때 창유리를 통해 대문 쪽을 내다보던 김영감이 마루로 나왔다. 걸인이지만 남루에 감춰진 여인의 아름다움이 눈에 번쩍 뜨인 것이다. 푸른 젊음을 어찌하랴. 여자의 몸뚱이를 가린 누더기는 제구실을 하지 못하고 터질 듯한 가슴이며 허연 허릿살을 비죽이 노출시켰고, 추위와 배고픔에 시달리는데도 볼이 발갛게 폈다.

식전 빈속에 입맛을 한 번 다신 영감도 '미인이구나' 감탄을 한다. 주책없이 가슴까지 두근거린다.

"어멈아—."

"예."

영감이 부엌을 향해 행랑어멈을 부르고 어멈은 대답을 하며 부엌에서 나온다. 그리고 댓돌아래에서 영감을 향해 고개를 숙인다.

"회랑 빈방에 장작불을 나우 지피고 저 애를 들여 온반(溫飯)을 먹여라. 그러고 한잠 재워라."

"예—."

대답을 하고 부엌으로 들어가며 의아해 고개를 갸웃한다.

눈 속에 먹을 게 다급한가. 뒤꼍 감나무 가지에선 쌍까치가 눈꽃을 털어내며 부산하게 짖어댄다. 아침에 까치가 울면 반가운 손님이 온다던데 영감에게 좋은 징조일까?

한나절이 기울었나본데 행랑것들은 모두 어디를 갔는가. 김영감 댁은 조용하다.

깨끗하게 치워진 영감댁 회랑 방안이다. 아랫목에 영감이 담뱃대를 물고 앉아있고 윗목에는 무릎을 꿇은 젊은 여인이 머리를 조아리고 있다. 물론 거지인데 헝클어진 머릿결도 감아 빗고 옷도 깨끗한 것으로 갈아입었다.

추위와 배고픔으로 죽음에까지 이른 여인이다. 더미 눈을 헤치고 살아나려 동네로, 그중 큰집을 골라 구걸하던 여인은 영문을 모르고 하인들이 시키는 대로, 차려다 주는 뜨거운 밥과 국을 허기진 배 가득 그러넣었고, 뜨거운 방 아랫목에서 이불을 뒤집어쓰고 한나절까지 늘어지게 잠을 잤고, 가마솥에 데워진 뜨거운 물로 몸을 깨끗이 씻었고 그리고 시키는 대로 가져다 주는 깨끗한 옷으로 갈아입은 뒤 몸단장까지 했으며 주인의 방문을 받고 황송해 고개를 숙이고 있는 것이다. 살려준 은인이다.

"요기는 했고 좀 쉬었느냐?"

"네에—."

영감이 인자한 얼굴로 물었고, 여인은 고개를 숙이며 작은 소리로 대답한다.

"그래— 그럼 너는 우리집 일을 거들도록 해라."

웬일인가? 너무 황송해 여인은 한 번 더 코를 땅에 박는다. 죽음의 들판에서 목숨을 건져준 은인이다. 당장 나가라고 하면 어디로 가랴? 다만 죽음에 들판으로 내몰릴 판이다. 하늘이 나를 버리지 않는구나, 생각했다.

"오늘부터 내 수발을 들도록 해라."

한마디 덧붙이고 영감이 밖으로 나간다.

스무 살을 갓 넘긴, 여인의 이름은 학녀라고 했다. 미인이었는데, 외양에서 그녀의 거칠었던 혼적이라곤 찾아볼 수 없도록 귀티가 났다. 훤칠한 키에 흑발이 찰랑거렸고 갸름한 얼굴에 가슴은 터질 듯 탄탄했는데 둔부로 이어 내린 허리의 선도 버들가지처럼 곧고 길었다. 누가 말을 하면 하얀 치아를 살짝 드러내며 배싯 웃기만 하는 여인은 남자의 마음을 호리기에 충분했는데, 반치(半痴)였다. 반아(半啞)이기도 한 여인은 누가 신상에 대해 물어보면 웃기만 할 뿐이고 여간해선 말을 하지 않았는데, 언제고 상연(爽然)한 연꽃처럼 입을 반쯤 벌리고 미소를 지으며 사람을 대했다.

고향이 어디이고, 어디로 흘러 다니다가 어떻게 왔는지 도무지 말을 하지 않는, 아니 말을 하지 못하는 여인은 어눌한 말투로 주인을 영감나리라고 부르며, 그 날부터 오로지 주인 방만을 드나들며 자신을 살려준 영감의 허리 주무르기와 조석 시중들기, 그리고 나들이할 때 의관 챙기기에 정성을 다해 수종했다.

학녀는 많은 시간을 주인의 옆에서 보냈으며, 영감도 행여 그녀가 자리를 비우기라도 하면 찾아오게 해서 그의 옆에 있도록 했다. 영감은 그녀가 수종을 든 후로는 화색(和色)이 만면해졌다. 일찍 찾아온 노환이었고, 본처의 무관심에 의해 멀어져간 화영(花影)으로 삶에 대해 회의를 느꼈었는데, 학녀의 손이 약손인가, 그녀의 손이 닿기만 하면 신경통은 흔적도 없이 사라지고 몸도 가벼워졌다. 여인이 어깨와 등허리를 주무르기만 하면 생기가 났다. 영감은 거울을 보는 횟수도 늘어갔다. 애초에 화기(火氣)와 신경통으로 고생하며 세상 재미를 모르고 지내던 영감은 본실과도 방을 따로 쓰고 있었는데, 학녀가 그의 방을 드나들며 수발을 든다 해도 문제될 게 없었다. 본처는 평소 남편을 "외모만 멀쩡하지 아무 쓸 짝에도 없는 이—"라 했고, 또 그의 입장에서도 남의 집에 입가하여 대를 사속(嗣續)해 주지 못한 터라 투기란 생각할 수 없었으며 자신이 젊은 시절 초산(初産)에 실패하고, 시름시름 잔병치레를 하며, 영감과의 정도 멀어진 지 오래되었다. 남편과의 사이에 아이도 두지 못했을 뿐더러, 불편한 몸으로 여자의 도리를 다하지 못했는데 대신 학녀가 남편 뒷바라지를 해주는데 대해 오히려 고마워했다. 주위 사람들 역시 영감의 위세가 워낙 지엄한 어른이어서, 그러한 일로 감히 입방아에 올릴 수도 없었다. 그 시절엔 부잣집 남자의 권위가 모두 그러했다.

학녀는 항상 웃는 얼굴을 하고 무시로 주인 영감의 방을 드나들었는데, 그들이 색사(色事)에까지 이르렀는가는 가리개에 가리워진 일이라서 누구도 알 수 없었고, 알려고 하지도 않았다. 다만 영감은 영감대로 여인의 정성스런 보살핌에, 전에 그의 음울했던 생활모습에서 일변된 생각과 행동이 눈에 띄게 나타났다. 잔병도 씻은 듯 없어졌다고 말하는 영감은 학녀가 틈을 내어 밖의 일이나 부엌일을 거들라치면 기겁을 하며 거친 일을 못하도록 말렸고, 그녀의 입성과 조석반을 유난히 마음쓰고 챙겨주었으며 또 주위 사람들에 대해 마음 씀씀이도 너그러워졌다. 심지어는 곡간 문을 열어 동네 굶주리는 사람들에 선심까지 쓰므로, 시절은 삭막한 겨울이었으나 영감의 집안은 평화스러웠고, 덩달아 골짜기 온 동네에까지 온화한 기운이 감돌았다.

김영감댁 행랑방엔 수다쟁이 할멈이 살았다. 남의 집 대소사에 참견을 잘해서 감초할멈으로도 불리우는 행랑할멈은, 저녁이면 우리집 할머니 방에 마을을 와서 수다를 떨며 밤이 이슥하도록 놀다가 자고 가곤 했다. 저녁상을 물린 지 한참이 되고, 식구들도 새끼를 꼬려, 또 애기책 읽는 소리를 들으려 뿔뿔이 밤 마을을 가고 나면, 작대기를 둘러멘 할멈은 눈길을 헤치고 와 할머니 방에서 밤이 이슥하도록 동네 돌아가는 애기를 늘어놓곤 했다. 주로 "윗뜸 아무개가 어느 산에 친 덫에 큰 산돼지가 걸렸다더라—누구는 등너미 못배미 웅덩이에서 얼음을 깨고 미꾸라지를 큰 대바구니에 가득 잡았다더라—뉘 집 서울에 간 딸은 돈을 많이 부쳐 왔다더라"는 애기를 하고 그도 모자라면 옛날 애기보따리까지 풀어놓고는, 야반이 지나면 뒤꼍 장독대 옆에 여기저기 묻어놓은 밤이나 고구마를 파다 먹기도 하고, 김치광 김칫독에서 살얼음을 깨고 동치미무와 고추를 건져다 먹으면서 놀았는데, 김영감과 학녀에 대한 애기도 빼놓지 않고 해주었다.

김영감에 대해선 입을 비쭉거리며 "대낮인데도 방문을 쳐닫고 지랄들을 한다. 나이 먹은 영감이 주책없이 젊은애를 소실로 두었다. 학녀가 더 여우가 되어간다"는 말을 서슴없이 하고는, 수다쟁이 할멈은 이어 산 (山)사람들에 대해서도 말을 했다. "만리산 산채(山砦)에 도적 떼인지 뭔지 하는 나쁜 놈들이 많이 있는데, 밤이면 동네로 내려와 쌀도 뺏어가고, 닭도 훔쳐 가고 더러는 밥을 해 달래서 먹고는 자고 가기도 한다. 그들 중에는 총을 가진 놈도 있는데 읍내에서 순경이 찾아와 그놈들을 잡으려고 동네를 뒤지며 다니기도 한다. 순경들이 동네사람들에게, 놈들이 나타나면 도와주지 말고 즉시 경찰서로 연락해달라고 신신당부하고 갔다"는 요지의 말인데 나처럼 어린아이이든, 할멈처럼 세상 물정에 어두운 노인들은 아무리 일러줘도 알 수 없는 얘기였지만 자라서 지금 생각해보니, 그들이 험준한 만리산을 배경으로 발호하던 공산주의자인 것을 쉽게 알 수 있다.

당시만 해도 해방직후여서 일제의 억압으로 움츠러들었던 사람들의 이념이 혼란스러울 때였다. 물론 생각이 앞서가는 좌익으로 불리던 자들이 3·1운동 직후 일제치하에서도 유진회나 고려공산회 그리고 조선공산당을 표방하며, 단체를 조직하고 암약을 하였지만 그 후에도 꾸준히 명맥을 유지하던 공산주의자들은 해방이 되며 극도의 혼란 속에서도 대소 당체(黨體)를 결성하고, 당 세를 늘리려 수단과 방법을 가리지 않고 활동을 했다. 폭동도 만만찮게 일으키던 그들은 당국의 경계의 눈을 피해 산 속으로 몰려들어가 본거지를 구축하고 생존을 위해 또 그들의 목적을 달성하려고 밤이면 민가로 내려와 거세게 준동하고 있었다.

좌우익에 대해 조금 더 언급해 본다면, 오래 전 프랑스 국민회의의 좌석배치에서 급진단체인 자코뱅당을 좌측에 자리하도록 하므로, 그때 발생한 어원인데 좌익은 급진적인 개혁 성향을 가진 자들로서 당시에는 공산당을 칭하였고, 우익은 온건 보수적 성향을 가진 민주주의 인사들을 그렇게 불렀다.

오랜 세월을 두고 갈고 닦아진 민주주의 즉 고대 그리스에서의 직접 패각(貝殼)투표에 의한 다수결 정책결정, 영국에서의 왕권 제한과 대헌장 발표 그리고 불란서에서의 천부인권 선언을 거쳐 영국에서 건너간 청교도들이 미국에서 고도의 민주 자유국가를 꽃피웠는데 그들이 제국주의에 대항하여, 2차대전에 승리함으로 일본이 강점했던 우리나라의 38선 이남을 차지하였다. 이 때 미국을 배후로 하여 독립운동을 했던 민주세력들이 38선 이남에 단독정부를 구축하고 있었으며 한편 독일에서 공산당의 비조인 칼맑스와 엥겔스가 유물론에 근거한 사회주의를 창안하여 무산 대중들이 주도하는 공산주의를 선언했으나 공산화 혁명에는 실패하였고 이어 소련에서 레닌이 러시아의 실정에 맞게 맑스주의를 수정하여 그의 나라에 공산국가를 건설하고, 통치했는데 이후에 소련 공산주의에 영향을 받으며 일제에 저항했던 공산 성향의 인사들이 한반도 공산화 야욕으로 세력을 넓혀가고 있으므로 양진영이 첨예하게 대립하여, 충돌하였다.

그러한 무질서 속에서도 도시에서는 북한 공산주의자들로부터 지령을 받고 생산업체에서 파업과 태업으로 그리고 중소도시에선 테러와 폭동으로 정세가 몹시 어지러웠으나 산골에서는 간간이 어느 동네에는 산사람들이 와서 밥을 해먹고 갔다더라. 어느 동네 누구누구는 산으로 들어갔다더라는 정도의 소문이 돌아다녔는데 우리 동네에는 그나마 큰 동요 없이 이장만이 읍내를 가끔 드나들며 수상한 사람에게 편의를 제공치 말라. 이상한 사람이 있으면 이장에게 신고해 달라는 얘기만을 이르고 다녔다.

그렇게 얼마가 지나갔다. 그동안 동네사람들은 더미 눈 속에서 살아가는데 낮이면 가까운 빙곡(氷谷)으로, 설원으로 발 닿는 대로 몰려다니며, 나무를 잘라 패다가 장작을 나우 지피고 무리무리 모여 잡기를 하거나 새끼를 꼬기도 하고 아니면 산으로, 들로 눈을 쑤시고 다니며 토끼몰이를 하거나 물고기를 잡아다 천렵을 하며 세월을 보냈다.

계절은 얼어붙은 겨울인데도 영감댁엔 훈기가 돌았다. 초혼에 빗나간 영감과 본실의 결혼생활은 삭막하기 이를 데 없었고 그로 인해 잔병치레를 하며 괴로운 삶을 살았었는데, 영감은 학녀의 일가로 인해 새로운 생활을 하게 된 것이다. 학녀 역시 영감 때문에 죽음의 늪에서 건져짐으로 여분의 삶을, 영감을 위해 충심을 다 해야겠다는 마음이어서 그들의 사이는 화기애애했다. 본실 역시 가정의 주인으로 구실을 제대로 하지 못해 남편에게 미안했는데 남편의 새로운 생활을 보면서 짐을 벗어놓은 듯 홀가분한 마음이었다. 그 때 그 시절의 풍정이 그러했다.

영감 집 후정에 매화나무 관목이 헝클어져 있고, 나무 아래에 석축을 포개 쌓아 벽을 만든 커다란 우물이 있으며 그 옆에로 넓은 정원이 있고 정원엔 과목도 빽빽이 들어차 있었는데, 그 우물물은 수량(水量)이 많고 차고도 맑았다.

학녀는 틈틈이 눈 덮인 후정에 나와 뒷산을 바라보며 가슴깊이 엄습해오는 여수(旅愁)를 삭일 때가 종종 있었다. 많은 시간을 학녀를 곁에 두고 지내고 있으며, 그녀가 자리를 비우기라도 하면 찾아오게 하는 영감은 여인을 따라나와, 우물 옆 석탁(石卓)에 마주앉아서 정담을 나누곤 했다. 정담이래야 심신에 장애가 있는 여인은 대답을 하는 정도이고, 영감이 말을 많이 했는데 평소에 무뚝뚝했던 그는 여인의 앞에서 신이 나는 듯 떠들어댔고 마주한 여인도 마냥 즐거운 얼굴이었으며 어떤 때는 소리까지 내가며 웃었다. 그렇게 사랑을 쌓으며 지내는 영감은 여인을 위해서 그가 원하는 것이면 무엇이고 들어주었으나 그녀는 원하는 게 아무것도 없었고, 오로지 영감의 수종에만 정성을 다했다. 젊은, 그리고 성숙해져 가는 여인은 세월이 가면서 어딘가 허전한 듯했는데 오히려 그의 우수에 젖은 모습은 더욱 아름다웠다.

그렇게 길고 긴 겨울도 고비를 넘기고 어느덧 눈 속의 산하에도 훈기가 감돌아, 얼어붙었던 눈이 서서히 녹으면서 계류나 개골창의 물도 조금씩 불어나기 시작했다. 영감댁 후정의 매화나무 가지에서 겨우내 덮여있는 흰눈을 들추고 생기가 도는 파란 움이 고개를 내밀기 시작했다. 영감은 매화꽃 흐드러지게 피는 아름다운 텃밭에서 학녀와 봄을 지낼 생각을 하며, 설레는 마음으로 봄을 기다렸다.

수다쟁이 할멈은 여전히 영감의 흉을 보고 다녔다. 이 집 저 집을 드나들며 전과 다름없이, 영감이 젊은 계집을 들였다느니 대낮에도 방문을 쳐닫고 지랄하는 걸 보았다는 소리를 하며 흉을 보고 다니는 것이었다.

어느 날 밤인데 할멈이 우리 집어 마을을 와서 엉뚱한 얘기를 했다. "저녁이 되고 어둑어둑한데 어느 남자가 뒤꼍 담 뒤에서 학녀와 얘기를 몇 마디하고는 뒷산으로 올라가더라. 언뜻 보았기 때문에 뭐라고 말할 수는 없으나 틀림없이 이상한 사람을 보았다"는 것이다. 물론 반벙어리이고 그렇게 떠돌다가 정처해 살고 있는 젊은 여자가 누구와 얘기할 리가 없으므로, 우리는 분수를 모르는 할멈의 헛소리로만 치고 말았는데 똑똑히 봤다는 말을 다시 한 번 덧붙였다.

이튿날이다. 아직도 산야는 흰눈을 뒤집어 쓰고있으나 그래도 해동의 계절이어서 양지쪽으로 거뭇거뭇하게 땅바닥이 드러난 곳도 있었다. 아침 일찍 쌍 까치가 뒤꼍 감나무 가지에서 영감댁을 내려다보고 소란하게 짖어대더니 손님이 왔다. 원행(遠行)차림의 장정 두 명이 마루로 올라와 영감 앞에 무릎을 꿇고 앉는다. 학녀가 멀고먼 어느 곳에, 시집을 살던 새댁인데 장나들이를 하다가 사람을 놓쳤다고 하며, 겨우내 사람을 풀어 찾는 중이라 했다.

세상에 무슨 일이든 마음대로 하는 영감이었으나 학녀를 잡아둘 도리는 없었다. 조반이라도 뜨고 가라해도 막무가내이다. 세상에 이런 인사가 어디 또 있을까? 학녀가 작별인사를 하고 길을 나선다. 하늘이 무너지는 듯한, 일을 당한 영감은 고의(袴衣)춤에서 여비를 꺼내 학녀의 허리에 찔러주며 울었고, 일행의 손에 잡혀 대문 문턱을 넘던 학녀도 영감을 돌아보며 섧게 울었다.

세월이 흐르고 겨울 삼동도 지나 새봄이 돌아왔다. 영감댁 대문 문짝에 '입춘대길, 건양다경'의 방(榜)이 나붙고 대문 옆의 헛간에 농사준비로 쟁기와 가래 그리고 잡다한 농구들이 챙겨져 있다. 뒷산 바위 턱 아래 끈질기게 버티고 있던 잔설이 자취를 감추는가 하더니 개골창으로 내려가는 계류도 꽤 많이 불어나, 벌창을 하고 화상리로 건너는 뗏장다리 아래, 버들치를 쫓는 아이들은 참(站)이 기우는 줄도 모르고 진일 강변에서 보내고 있다.

초봄이고, 숲거리 옆 방천에 진달래가 입을 반쯤 벌리며 피고있는 호시절인데 영감댁에는 음울한 기운이 감돌고 있었다. 학녀가 떠나고, 영감의 울화와 신경통이 다시 도지고 그리고 해동이 되면서 그런 잔병들이 버썩 더해진 것이다. 부엌데기들이 음식수발을 든 이후로 영감은 아예 입맛을 잃었다. 개신거리며 동구에 나가 봄빛이 내리는 강변을 내려다보는 게 고작이다. 학녀가 떠나간 천변에 양 버들가지가 봄바람에, 여인이 돌아보며 손을 젓는 모습을 하고 있고 동둑 아래 보리밭에선 노고지리란 놈이 자지러지게 울어대, 그의 마음을 더욱 슬프게 했다.

어느 날인데, 한나절이 다되어간다. 자리에서 일어나 밖엘 나가려 몸을 추스르고 있는데, 체전부가 두틈한 편지 한 통을 건네준다. 어디서 온 편지냐고 물으니 학녀로부터 온 편지라 말하고 돌아간다. 깜짝 놀라며 영감이 방으로 들어가 피봉을 뜯어보니 서한지가 여러 장이다. 영감은 손을 부들부들 떨며 또박또박 눌러 정성스레 쓴 편지를 읽어 내려간다.

편지 내용이다.

존경하는 郎夫님께 올립니다.

그동안 옥체 평안하시고 가족 균안한지 원문이옵니다. 저는 보살피고, 걱정해 주시는 은혜로 편안하게 지내고 있습니다. 생각해 보면 이렇게 제가 살아서 편지를 올릴 수 있는 것도 모두 낭부님의 은덕이라 생각하옵고, 제 여분의 삶을 옥체를 보살펴 드리며 살 수 없음을 한으로 생각하고 아울러 제가 치녀(痴女)로 행세했음에 용서를 바랍니다.

사랑하는 낭부님. 제가 즉음의 들판에서 헤매다가 낭부님과 옷깃을 스치게 되고, 하해와 같은 은혜를 입게 되고 그리고 그 은혜로 인해 덤의 삶을 살아가면서 배은(背恩)하고 있음을 다시 용서를 빌면서 그렇게밖에 할 수 없었던 저의 사연을 말씀드리려 하며, 그리고 연약한 여성이라도 어려운 지경에서 얼마나 견뎌낼 수 있는 가도 덧붙여 알려 드리겠습니다.

하늘같이 푸르고 바다같이 넓은 꿈을 가지고 서울에서 살아가는 자유분방한 소녀는 방년 스무 살이고, 여학교 졸업반이며 이름은 영숙이다. 알뜰하게 살아가는 부모님으로부터 사랑을 듬뿍 받으며 살아가던 고명딸은 해방을 맞으며 미군 군정 치하에서의, 무질서 속에서 다른 젊은 사람들과 같이 이념의 회오리에 말려들게 된다.

삼팔선을 사이에 두고 미국과 소련에 의한 신탁통치에 찬성하는 파와 반대하는 파, 북한의 지령을 받은, 공산주의에 물든 자들의 대소단체 결성과 이를 막으려는 당국과의 충돌, 남북한이 동일한 체제로 이끌어가려는 무리와 남북한 따로따로의 체제로 가려는 자들과의 대결, 토지 주와 근로무산자들의 소리 없는 싸움이 모두 민주진영과 공산주의의 싸움으로 귀결되는 것이다. 이에 따른 테러와 살상의 연일이었고 그리고 정치사회와 물질적으로 남보다 우위를 선점하려는 자들의 싸움과 가난과 배고픔으로부터 헤어나려는 사람들의 발버둥까지도 극렬했던 혼란스런 때이다.

건강하고 예쁜 그리고 영리하고 슬기로운 영숙에게 거친 사회조류가 근접해오기 시작했다. 그리고 영숙은 대학에 다니는 오빠가 있었는데 그 역시 착실한 학교 모범생이고 장래 법관의 꿈을 가지고 있는 법학도이다. 그런데 해방이 되면서 그 오빠가 전같지 않게 집을 비우는 날이 많아졌고, 그의 친구들을 집으로 불러들여 밤을 새우는 일도 자주 있었다.

어느 날이었다. 평소에 알고 지내던 오빠의 친구가 꼭 읽어보라고 책을 가져다주는데 독일의 근대철학 변천사이다. 평소 철학이 난해해서 좋아하지 않는 학문이었는데 간곡히 권하기에 그 책을 모두 독파하였다. 18세기 칸트의 관념철학에서부터 헤겔의 변증법과 칼맑스와 엥겔스의 유물론으로 변해 가는 과정을 복합기술하고 해설한 교재용 책자였다. 요지는 칸트와 헤겔의 이성과 자유 그리고 헤겔에 의해 제시되었던, 자유에 의해 필연적으로 도래하는, 무산 대중이 지배하는 시대를 맑스와 엥겔스가 공산당 선언으로 실현하려다 실패하고 레닌이 자신의 나라인 러시아의 정치에 적합하도록 수정하여 사회주의 국가를 실현한다는 내용이었다. 결론에 공산주의는 인류가 지향해야할 이상향이라는 것이다.

지혜로운 사람들이 형안으로 들여다보려는, 물체와 생각의 근거는 무엇인가? 또 존재란 무엇이고, 존재를 지배하는 것이 무엇인가? 형상과 사유(思惟)중 어느 것이 먼저이고 어느 것이 다음이며 역사에 흐름을 주도하는 것이 어느 것인가를 해설하였고 또 독일의 이웃나라인 불란서의 혁명과 영국에 산업혁명의 회오리로부터 헤어나려 고민하는 독일 지식인들의 해법을 개관한 것이었다.

학교의 교양과목 중 영국에 관리인 토마스 모어의 유토피아를 읽어본 적이 있는 영숙은 그들이 공산주의이론에 탐닉해 있다는 것을 쉽게 알 수 있었다. 이후에 오빠 친구들의 권유로 모임에 두 차례 참석한 일이 있는데 그들이 북한공산당에 가담해 활동하고 있음을 알았고 그리고 그들에 활동이 노출되어 당국의 수배를 받고 있으며 지하로 숨어들어 피해 다니고 있다는 것까지도 알았다 영숙도 깊이 고민하지 않고 그들이 시키는 대로 모임에 가입하고 서명까지 했던 것이다.

어느 날인데 책을 전해주었던 오빠의 친구가 찾아왔다. 황급히 대문 안에 들어선 그는 장도(壯途)에 나서야 하니 서두르라고 재촉했다. "영숙도 노동당원이어서 당국의 검거 대상이 되어있고 검거되면 형벌을 받아야 한다. 영숙 오빠는 이미 동지들과 북으로 향해 떠났는데 영숙의 신병(身柄)을 신신당부하더라" 했고 이어 "얼마간 피신하면 자신들의 세상이 되고 그렇게만 되면 새 세상을 차지하게 되며 이상사회를 실현할 수 있으니 빨리 나서라. 행선지는 동지들의 본거지 은신처인 남방이다"라고 했다.

나이가 어리고 아무것도 모르는 영숙은 이것저것 생각할 여유가 없었다. 망연히 그가 하라는 대로 떼밀려 집을 나서는 수밖에 없었다. 다른 것은 그만두고라도 우선 형사처벌을 받는 것이 두려웠고 잠시 피해 있으면 자유로워진다고 하여 그의 말에 따르기로 한 것이다.

그 날도 온통 눈 세상인데 자꾸만 눈이 내린다. 내의랑 입성을 든든하게 찾아 입고 간단한 여장도 챙겨 가지고 나섰다. 그가 이끄는 대로 뒤를 따랐는데, 부모님께 인사를 못 드린 게 마음에 자꾸 걸렸으나 당분간이면 된다고 하여 마음이 놓였다.

우이동 산골짜기에서 잠시 행선(行線)과 여정에 관해 협의가 있었다. 영숙은 무엇이 어떻게 되어 가는 판세인지는 자세히 모르겠으나 알지 못하는 사람들이 많이 모인 것으로 보아 주모자들로부터 이후의 행동에 대한 지침을 전달받는 것으로 짐작이 되었다. 출발할 때 영숙 일행은 여섯 명인데 그 중에 여자가 한 명이 더 동행하여 여성이 두 명인 셈이다.

우이동 고개를 넘어 노원의 마들 들판으로 질러 걸었다. 하늘에도 눈이고 땅에도 눈이다. 가야할 길은 아득한데 내리는 눈과 쌓인 눈, 세상이 온통 눈 천지이다. 젊음이고 또 모험을 좋아하는 영숙은 왜? 어디로 어떻게 가야하는지 모르면서도 대열의 후미에서 그들을 따라 무작정 걸었다. 동네 앞을 지나고 언덕과 골짜기로 가다가 다시 고개를 넘고, 어느 협곡의 폐 헛간에서 하룻밤 이슬 잠을 자고, 다시 걷고 또 하루 종일을 걸어서 장산(長山)으로 들러붙었는데 거대한 산이 태백산맥이라 했다. 이 산맥을 타고 남쪽으로, 계속 남쪽으로 내려가야 한다는 것이다.

눈보라가 휘날린다. 거대한 산에도 역시 눈세상이다. 나무들은 더미 눈을 잔뜩 지고 허리를 굽히고 있다. 강행군으로 일행은 어지간히 지쳐 있었다. 오로지 앞만을 보고 달릴 수밖에 없다. 눈을 헤치고, 걷고 넘어지고 또 뒹굴며 남으로, 남쪽으로 자꾸만 내려갔다.

부모님에 온기를 사무치게 그리워하면서 영숙은 기운이 진했다. 추위와 배고픔이 온몸을 엄습한다. 따라 나선 것을 뼈지게 후회하였으나 이미 엎질러진 물이다. 그렇다고 옆이나 뒤로 방향을 바꿀 수는 없었다. 선두자(先頭者)로부터 전달되는 주먹밥으로 빈속을 어우르며 또 바위 틈서리에서 토막 야숙(野宿)으로 쏟아지는 잠을 추스르면서, 자꾸만 또 자꾸만 더미 눈을 헤치고 나갔다.

장산을 타고 내려가면서 이틀째 되는 날 두 명이 실종되었다. 남자와 여자가 같이 종적을 감추었는데 그들이 운명을 바꾸어 산을 내려간 것인지 아니면 조난을 당해 사라져갔는가는 알 수가 없다. 영숙과 남은 사람들은 거기까지 생각할 여유가 없게 심신이 지쳐버린 것이다. 더 나아갈 수가 없을 정도에까지 이르렀다.

어느 바위 아래에서 설한(雪寒)으로 눈을 뜨니 일행이 보이지 않는다.

흔적도 없다. 잠을 잔 게 아니고 추위와 배고픔으로 실신했다가 정신을 추스른 것이다. 여명이 아직 이른가본데 눈 세상이어서 지척을 분간하기엔 그리 어렵지 않았다. 이대로 다시 눈을 감고 무념(無念)으로 빠져갈까 생각해보았으나 그게 아니었다. 처참하게 찢겨진 몸이지만 산 자는 목숨을 부지하기 위해 숨이 멎을 때까지 버둥댄다고 지혜로운 사람이 말하지 않았는가?

찢겨진 꽃잎이다. 찢겨진 여인은 오다가 어디서, 어떻게 동행하던 남자에게 능욕을 당했나본데 미몽에서의 일이라 기억을 추스를 수가 없다. 그런 일에 개의(介意)할 정황이 아니다. 순결이라던가 정조 그리고 존엄이라는 것은 온전한 사회의 질서 속에 또 체제의 보호 속에서 부여되고 보호해주는 것이지 주고받아야 할 모든 것을 마다하고 보호막을 빠져나온 그녀에게 존엄이나 순결 그리고 가치란 바랄 수가 없다. 다만 동반하고 있는 죽음이 얼굴을 내밀지 못하게 자꾸만 또 자꾸만 뿌리쳐야하는 절박한 지경에 와있는 것이다. 여인의 입장에서 순결이라는 말은 사치일 뿐이다.

앞을 바라보니 장산이 끝나고 야산인데 구릉처럼 길게 전개되었다. 이후에 짐작한 일이지만 태백산맥을 타고 내려오다가 오대산부근에서 차령산맥으로 잘못 갈리어 진천과 천안의 경계를 이루는 만리산까지 흘러 내려온 것으로 생각되었다.

다시 눈을 헤치기 시작한다. 한참을 더 내려온다. 어디서 닭이 운다. 목숨을 이어주는 끈인가 보다. 개도 짖는다. 다시 기척을 향해 한참 눈을 헤치고, 걷고 넘어지며, 뒹굴며 간신히 어느 집 대문 앞에 당도한 것이다.

사랑하는 낭부님. 사물이나 사안의 있고, 없음은 동일한 거라고 불계에서 그렇던데 그래도 제가 눈을 감지 않고, 이렇게 제 몸을 부지(扶支)하고 있음은 낭부님의 하해 같은 은덕이라 생각합니다. 저와 헤어진 일행이 더 못 견디고, 당국에 투항해 서울로 압송되었고, 그래서 저를 잃어버리고 몸져누워 있던 저의 부모님과 연락이 닿았으며 부모님은 사람을 놓아 저의 실종지역을 더듬어 찾아 저와 연결이 되었고 그리고, 남은 삶을 곁에서 보살펴 드리겠다고 결심했던 저는 낭부님을 떼 놓고 저를 애타게 기다리는 부모님을 찾아 온 것이고요. 순수하게 살아가던 한 소녀가 헝클어진 시대조류에 휘둘리어 이렇게 못쓰게 찢겨졌고, 철저히 못쓰게 찢겨져 갈 데가 없는 저는 이제 여분의 삶을 유무의 가름선 가까이로 다가가 이곳과 저곳을 모두 들여다보며 살아가려고 합니다. 부모님의 내락을 받아놓은 저는 입산하여 바람소리, 물소리 더불어 고요한 선방(禪房)에서 모든 진애를 탈탈 털어 버리고 부모님과 낭부님의 옥체 평안하심만을 기원하려 합니다.

낭부님 부디 귀체 평안히 보전하십시오.

00월 00일
소녀 올림.

영감이 편찰 지를 책상 위에 툭 떨어뜨린다. 한숨을 한 번 길게 내쉰다.

'그럴 테지, 그렇게 야물게 생긴 사람이 바보일 리가 있능가.' 영감의 두 눈에서 눈물이 주르르 흐른다. 짧은 동안이지만 그녀에게 정을 많이 주었던 영감은 여인이 사무치게 그리워서의 눈물이고, 쇠락해진 자신의 심신에 대해 서러워서의 눈물이기도 하다. 그녀의 신원이나 지나온 행적에 대해서는 얘기할 게 못된다. 이곳에 정처하여 진정으로 자기를 따뜻하게 보살피면서 몸과 마음을 다해 깊은 사랑을 주다가 훌쩍 떠나간 것이 영감에게는 뼈아픈 상처가 돈 것이다.

산골 사람들은 종(鐘)치며 살아간다. 타작마당, 공가(杢架)에 종을 매달아 놓고 무슨 일이 있을 때마다 종종, 종을 쳐대는 것이다. 정월 대보름날 시루떡 해놓고 윷놀이 하자고 개— 앵 갱갱 종을 치고, 팔월 보름 추석명절에도 송편을 마들어 놓고 씨름놀이 하자고, 그리고 동구 앞개울에 섶 다리가 떠내려갔으니 다리 놓자고 또 종을 치는 것이다. 의논할 일이 있어도 종치고, 불이 나거나 홍수가 들어도 내 고향사람들은 종을 때리는 것이다.

김영감이 죽던 날도 종이 울었고, 그의 집에 불이 났을 때도 종을 때렸다.

"학녀에게 좀더 잘해줄걸… 여비라도 나우 챙겨줄걸." 혼잣말처럼 뇌이며 시름시름 앓던 영감은 그 해 봄에 죽어서 꽃상여를 타고, 만장을 휘날리며 동산으로 갔다. 진달래 붉게 핀 동산으로 떠나가고는 영영 그만이다.

나는 학업 때문에 대처로 갔고 이어, 군복무와 직장을 따라 객지를 떠돌았다. 가끔 휴가를 얻어 고향엘 들러보면 내 어릴 때에 뛰놀던 고향이 아니었다.

창조란 파괴 위에서 이루어진다라고 했고, 개발은 한정된 비축 자산을 조금씩 소모해 가는 것이라고도 한다. 사람들은, 사람이 만드는 기계에 노예가 되어간다라고 지혜로운 사람들은 말했는데 생활이 조금씩 나아져 가는 산골 내 고향은 왜인지 삭막해지고 있었다. 호소(湖沼)에서 맑은 물이 내려와 감돌아 흐르던 동구 앞 버들천과 시원스레 안겨오는 청풍명월의 뒷동산도 조금씩 깎이고, 파헤쳐져 가고 있었다.

어느 날 고향엘 들러 보았는데 영감이 살던 집이 흔적 없이 사라졌다. 집은 오간 데 없고 집터만 누가 채마밭으로 쓰고 있었다. 화재가 났다고 했다.

영감이 죽고 서너 해가 지난 겨울밤인데, 종이 다급하게 울었다. 영감의 집에 불이 난 것이다. 길고 긴 겨울밤을 늘어지게 자고 난 아래뜸 아무개가 오줌을 누려고 더듬대며 밖으로 나오는데 뒷말 쪽 하늘에 휘황한 불빛이 번지고 있었다. 영감 집이 불타고 있는 것이다. 깜짝 놀란 그 사람이 정신 없이 달려가 종을 때렸그, 칠흑의 어둠을 째는 종소리에 허겁지겁 사람들이 몰려들어 수습하려 했으나 온통 불길이 집 전체에 옮겨 붙어 속수무책이었다. 잿간에 버린 재에서 불씨가 살아, 밤새 미적미적 타오다가 짚가리로 옮겨 붙었다고 했다. 가족들은 울고불고, 아우성이고 백차일 치듯 모여든 사람들은 하늘을 뒤덮은 불꽃을 망연히 구경만 할 수밖에 없었다. 서까래와 기둥이 바싹 마른 나무이고 지붕도 고초(枯草)로 엮어 덮은 것이 대부분이어서 무서운 기세로 타는 불길은 본채와 행랑 그리고 대문간까지 모두를 잿더미로 만들어버리고 꺼졌다.

그 후 영감댁 식솔들은 서울 어디에 아는 사람을 찾아간다고 떠났고 부리던 사람들도 새주인을 찾아갔다고 했다.

한 세월 한 고을을 풍미하던 아랫말 김영감, 그의 생전에 하늘 높은 줄 모르던 위세도, 재물도 그리고 고대광실도 모두 흔적을 찾을 수 없게 되었다.

사람들의 짧은 삶과 명리는 남가일몽(南柯一夢)이라고 한다. 삭막한 겨울들판에 눈비 맞고 서있는 폐 깃발을 본다. 가을 가득한 곳에서 풍요를 구가했던 농기(農旗)를, 하늘같은 세도나 태산과 같이 그러모은 재물이래야 옷깃 스치고 가는 한 조각에 바람이나 다름없는데, 저렇게 야단야단들이다.

　겨울이 오면 유난히도 눈이 많이 내리던 심심산천 내 고향, 눈길 나그네 학녀가 잠시 들러서 김영감과 엮어낸 짧은 사랑얘기 한 토막을 지금은 아는 사람이 별로 없다. 나그네가 어찌 학녀 뿐이랴. 잠시 옷깃을 스쳤던 병수네와 수다쟁이 행랑할멈 그리고 나까지도 모두 눈길을 잠시 지나가는 나그네일 뿐이다.

　그렇게 헝클어져 눈 속에서 잠시 살아가던 고향 사람들의 이야기는 내달리는 바람 같은 세월에 모두 묻혀버리고 내 머리에만 희미한 기억으로 남아있을 뿐이다.

백마강 유감

포도(鋪道) 위에 노란 은행잎이 무리 지어 돌아다닌다. 나뭇잎 색깔의 제복을 입은, 미화원의 대빗자루 끝이 가을 바람에 몰려다니는 낙엽을 쫓아다니고 있다. 늦가을의 이른 아침인데 날씨 탓인가, 사위(四圍)가 부유스레하다. 그러나 여행의 출발이어서 마음은 한껏 상쾌하다.

서초구청 앞 대로변이다. 출근을 서두르는 사람, 장도 여행을 하기 위해 여기저기 평상에 앉고 또 서서 디절(貸切) 차를 기다리는 사람, 차에서 내려갈 길을 향해 종종걸음을 치는 사람들로 버스 정류장은 아침부터 부산하다.

시계를 쳐다보니 약속시간이 조금 남았다. 여덟 시까지 모여 출발키로 한 것인데 웬일일까?

내가 속한 문학회에서 회지(會誌) 출판기념 겸 학술토론회를 하기 위해 충남 부여의 고적지 여행을 떠나기로 해서 서둘러 왔는데 아직 대절 차도 보이지 않는다. 여행을 싫어해 안내장을 받고 담당 임원에게 전화로 사양했더니 이 기회에 회원 상호간 인사도 할겸 경험 삼아 동행하자고 권해 서둘러 나온 것이다.

　서울의 교통사정이란 그렇다. 꼭 참석해야 할 행사에 갈 때 집에서 시간을 맞추어 출발했다간 큰 낭패이다. 복잡한 교통량으로 도로에서 시간이라도 지체되면 지각하기 똑 알맞기 때문이다. 그래서 시간을 앞당겨 서두르게 되는데 반대로 도로 소통이 수월하면 행사장에서 수십 분을 기다려야 하는 경우도 있다. 이래저래 낭패는 마찬가지여서 나는 실없는 사람이 되지 않으려고 꼭 참석해야 할 장소면 일찍 서둘러 나서기로 작정한 것이다.

　평상에 잠시 앉아 기다리는데 버스가 도착했고 차에 오르내리는 사람들 틈새로 회장의 모습이 보였다. 나는 얼른 일어나 그와 인사를 했고, 소개하는 모임의 임원들과 대충 인사를 마쳤고 그리고 웅기중기 모여 기다리던 회원들에 싸여 차에 올라 자리를 잡고 앉았을 때 차는 출발했다.

　회지 「햇살 가득한 녘」 한 권씩을 배부해준다.

　「소이역」이라는 제목의 단편소설 원고를 회지에 보낸 일이 있는데 이번에 발행돼 나온 것이다. 작품 내용을 개칠(改漆) 음미해 본다.

　소이역은 산 마을에 있는 간이역이다. 군에서 제대 후 경찰에 입문한 나는 그곳 지서에 발령되어 근무한 적이 있다. 씻고 보아도 경찰이 참견할 일이라곤 아무것도 없는 조용한 산골지서이다. 그곳엔 직원 세 명이 근무하는데 하는 일이란 돌아가며 탑돌이처럼 역(驛)주위를, 배앵 뱅 순찰을 도는 것이 일과의 전부이다. 기러기 창공을 가로지르고 소슬한 가을바람에 산야의 풀 나무들 시들어 가는 어느 해 가을의 오후였다. 철로 변 목책(木柵)을 따라 도보로 순찰을 돌던 나는 역 대합실에 들러 순찰표에 날인을 하고 정거장 마당으로 나온다. 나는 그곳에서 코스모스처럼 목이 길고 아름다운 여인을 만나게 되는데 그 여인은 비둘기처럼 정주고 살던 사람을 그 역에서 떠나 보내고, 그 사람을 가끔 그렇게 나와 행여 돌아오지나 않을까 기다리고 있다 했다. 오지 않을 줄 알면서도 혹시나 하고, 역 부근에 살고 있는 그 여인은 기적이 소리쳐 울면 습관처럼 일손을 멈추고 부지중에 달려나오게 되는데 기차는 무정하게도 기적소리만을 하늘에 남기고 떠나간다고 말했다. 그 여인과 헤어져 순찰을 마친 나는 지서에 들러 근무상황을 일지에 기록하고 다시 정거장으로 나온다. 오르는 사람도 없고, 내리는 사람도 없어 기차는 소리치며 산모롱이 돌아가고, 등 굽은 역부 하나 기차 보내고 출구로 돌아 나와 사무실로 들어가고, 정거장 마당이고, 대합실이고 플랫폼이고 모두 적막 산천이다. 바람 가고, 구름도 스쳐가고 불러도 대답 없어 기차도 여인도 모두 돌아간 쓸쓸한 소이역.

그 정거장이 잠시 스쳐 가는 우리네 인생사와 비슷하다는 생각을 하며 위의 내용을 스케치해 본 것이다. 가고 아니 오는 사람 기다리다 여인이 발길을 돌린 적막한 정거장, 한때 찬란했던 문화가 시공을 한참 넘기고 지금은 폐허로 누워 창연(愴然)히 흔적만 남은, 여행지인 고도(古都) 부여, 아쉽고 허전하기는 거기나 거기 다 마찬가지 아닌가? 하는 생각을 해 보는 것이다.

차는 도심을 빠져 나와 고속도로를 달린다. 시절은 늦은 가을인데 산야의 사물들은 성급히 겨울로 들어서고 있다. 새벽인데도 구름 두어 점 하늘을 가고, 풀 나무들 대충 낙엽을 떨구고 시들어가고 있고 기러기 멀리 장천을 날아가고 눈에 보이는 것은 모두 가는 것들뿐인데, 들판 언덕 위에서 보내는 것들이 떠나는 것들을 향해 이별의 손을 흔들고 있다.

끼리끼리 지면이 있는 사람들은 오랜만에 같이 동석하고, 같이 대화하고 같이 희락하는데 나는 별로 아는 이 없어 혼자 앉아 배부해주는 회지를 들춰 실려진 나의 작품을 읽다가 싫증이 나면 눈을 감고 사색에 잠기기도 하고 또 창 밖의 풍정에 젖어 보기도 하고—.

한참 후에 모임의 사무국장이 마이크를 잡는다. 여류인데 젊고 깔끔하게 생긴 시인이다. 출발부터 목적지 도착시간과 학술토의시간 그리고 회식과 고적답사와 돌아오기까지의 하루 일정을 자세히 설명한다. 회장의 인사가 이어지고, 집행하는 분들이 나와 모임의 운영에 대해 자세한 설명이 있었고 그리고 모임에 대한 건의사항과 토론을 한 후에 자유시간이 주어졌다.

차내 분위기는 문인들이어서인지 질서정연했고 언행에 지성미가 묻어 있었다. 살아가면서 크고 작은 모임에 참여하게 되고 모임에 참여하다 보면 연중 몇 번은 관광여행을 하게 마련이다. 그렇게 여행을 하다보면 흔히 먹고, 마시고 소란스런 음악에 작취(酌醉)해 흐트러진 행동들을 하게 되는데 여느 모임의 여정과는 사뭇 다르다. 이후에도 돌려가며 마이크를 잡고 즐거운 마음으로 들을 수 있도록 살아가는 동안의 개인적인 철학이나 삶의 지침을 한담식으로 이어나간다.

다시 차내 분위기에 휩싸이기도 하고, 회지를 들여다보기도 하고, 창 밖의 소슬한 만추(晩秋) 정취에 젖기도 하고 그리고 눈을 감고 명상에도 잠기다보니 목적지 부여읍에 도착했다.

소지품은 의자에 딸린 주머니에 넣어둔 채 우리는 차에서 내려 약속된 회관으로 갔다. 마련된 장소에 회의준비나 좌석의 배치는 끝난 상태이고 먼저 도착한 상당수의 지방회원들은 이미 자리를 잡고 앉아 기다리고 있었다. 음식점 2층의 회의실에 올라온 우리들도 같이 자리잡고 앉았다.

사무국장의 사회로 회의가 시작되었다. 회 의식(儀式)에 이어 모임과 문학에 건실했던 회원에 대한 공로패가 주어지고 젊은 여류시인 2명의 자작시 낭송이 있었으며 회장의 치사에 이어 환영사 그리고 초청문인의 문학강연과 회원토의를 끝으로 학술회의는 끝마쳤다.

아래층 식당에서 중식(中食)을 끝내고 백제고도 부여거리를 빠져 나와 사적지 부소산(扶蘇山) 답사에 나섰다. 산 입구의 입간판 앞에 정렬해 안내원으로부터 유적에 대한 설명을 들었다. 안내원은 간판의 도면을 가리키며 자세히 설명을 했고 설명을 들은 우리는 사비문을 지나 무리 지어 산에 올랐다. 산 위에서도 답사선(踏査線)을 따라가며 안내와 설명이 있었으며 우리는 간간이 기념사진도 찍고 그리고 각자 자유 행동에 들어갔다.

부여는 고도라서인지 아름다운 도시이며 좀 퇴락했다는 느낌이 들었고 가을 부소산은 산이기보다는 큰 구릉(丘陵)모양인데 관목과 교목이 적당히 어우러져 산경이 매우 아름다웠다. 송월대 터의 사자루에 올랐다.

백마강물은 부소산을 안고 휘돌아 내려가고 강 건너 작은 들, 들판 지나 아득히 머언 산들, 여기 강, 저기도 강이 유유히 흐르고 여기에 산, 저기에도 산, 작은 산들이 추색에 혼곤히 젖어, 엎디어 있다. 강 건너 들녘에 백포(白布)가 펄럭인다. 해오라기인가 했더니 농막에 버리고 간 폐(廢)깃발이다. 한 때 가을 가운데 들끓던 그 많은 사람들 모두 어디 갔는가? 기치(旗幟)는 농막 옆에 버려져, 거친 풍상 맞으며 간신히 버티어 서 있고, 해는 서녘하늘 건너다 말고 검은 구름에 가리워져 밖에 나오려 안 간힘인데 신라 군병들의 병장기 휘두르는 소리, 그 소리는 나의 이명(耳鳴)인가? 바람이 일 때마다 가랑잎들이 빠제 패군 몰려가듯 한다.

산바람, 강바람은 말이 없는데 바람 하나 자꾸 무에라며 옷깃 잡아 흔든다. 가만히 속삭임 귀기울여 보면 기막힌 사연들이 강이고, 산이고, 들판 어디에고 겹겹이 싸여있다 한다.

하나의 권좌에서 버티려면 두 개의 힘이 필요하고, 한 푼의 재물을 보존하려면 두 푼의 지혜가 있어야하는 게 아닐까? 왜 그랬을까? 의자왕은 왜? 왜 그랬을까? 주야장천을 국사에 골몰해도 국운을 추스르기 어려운데 임금이 국사 뒤로 한 채 이곳에 별채를 마련해 놓고 주색에 탐닉하였으니 나라의 사직이 어찌 되었겠는가, 국사를 제쳐놓고 호화와 사치로 상일(常日) 했다면 임금이기보다 탕아일 뿐이다. 사필귀정이다. 의자왕은 선대로부터 면면히 이어온 사직을 일조(一朝)에 그르친 황군(荒君)으로 청사에 기록되어 있다.

기원 641년 부왕으로부터 처음 왕위를 이어받은 의자왕의 치정(治政)은 좋은 평가를 받았다고 한다. 의지가 강하고 결단력도 있으며 부모형제와도 우애로워 해동증자라고까지 불려졌던 그는 초기에 내치를 정비한 뒤 외치에도 일본 고구려와 교역을 원만히 하였고 손수 군사를 이끌고 신라 변방의 40여 개 부락을 공략하여 영역을 넓히는 등 슬기로운 임금으로 기록된다. 그러나 잦은 싸움으로 국력을 소모하고 신라와 원한관계로 대치하게 되었으면 국력을 키우고 군사력도 강화해야하는데 이후로 의자왕은 그렇게 슬기로운 정사를 하지 않았다고 한다.

임금이 사치와 향락에 빠지면 나라가 망하고 나라가 망하면 치욕에 죽음의 길 뿐이라는 것을 몰랐을까? 강토는 적에게 짓밟히고, 백성은 노예가 되고 재산은 수탈당하는데 왜 의자왕은 그랬을까?

국운이 기울기 시작한 것은 대야성 싸움부터이다.

대야성은 지금의 경남 합천인데 신라장군 김춘추의 사위이고 김유신의 생질사위인 김품석이 대야성주로 부임한다. 성주가 된 품석은 부하 검일의 처첩을 그의 미색에 반해 능욕하고 그리고 사랑을 유린당한 검일은 하늘을 우러러 땅을 치며 복수의 칼을 간다.

기원 642년(신라 선덕여왕11년 8월) 백제 의자왕은 장군 윤충에게 군사 1만명을 주어 대야성을 공략토록 한다. 신라병은 수세에 몰리고, 품석의 부하 모척은 백제군에 투항하고 그리고 애첩을 빼앗긴 검일은 모척과 내통하여 군량창고에 불을 지른 뒤 백제 진으로 달아나고, 그래서 신라 진영은 지리멸렬된다.

믿었던 아찬과 서천마저 투항하면 살려준다는 백제장 윤충의 감언에 속아 항복해 버리자 품석도 성을 내주고 항복하여 목숨을 부지하라는 전갈을 서천으로부터 받고 마음이 흔들린다. 그러나 백제군이 투항하는 신라병의 목을 모조리 자르는 것을 보고 겁이 난 품석은 가족과 함께 자결하고 만다. 성주가 죽자 대야성은 백제군에 함락되어 불타고 충병(忠兵) 죽죽과 용석은 끝까지 항전하다가 낙성(落城)이 되면서 그와 운명을 같이한다.

소식을 전해들은 춘추와 유신은 치를 떨며 분노하고 그리고 후일을 도모한 걸장(傑將) 김유신은 이후에 백제를 치고 검일과 조국을 배신한 자들을 모조리 잡아죽인다.

우리는 안내원의 설명을 들으며 삼충사와 영일루, 반월루 그리고 군창터를 지나 낙화암을 둘러보고 강안(江岸)에 있는 고란사로 내려간다. 절 후정에 고란약수가 있어 시원한 물을 다셨는데 고란초는 없었다. 모든 사물이 다 그런가보다. 이름만 남기고 사라진 고란, 그 흔적이 없어

안타까운 마음이다.

강물은 말없이 흐르고 강바람은 옷깃을 잡고 흔든다. 가랑잎은 자신이 몸을 지탱하던 가지와의 인연을 뒤로하고 바람에 불려 유랑의 길을 떠난다. 허공을 맴돌고 떨어져 감은 가지와의 인연에 대한 미련에서인가, 바람 때문에 구름 가고, 나뭇잎도 가고, 나도 바람에 이끌려 언덕을 올라 가야하고 또 내려가야 한다..

하늘같은 왕위(王位)와 지칠 줄 모르고 부르던 열락(悅樂)의 노래— 그 모두가 옷깃 스치는 한 점의 바람에 무에 다르랴, 이승에서의 영화로움도 잠시 멎었다가는 우리네 인간들에겐 거추장스러운 아쉬움일 뿐, 모든 것들 훗날 어디에고 숨겨 갖고 갈 수는 없는 것인데, 늙는다는 것과 병들어 죽는다는 것, 그 명운(命運)에서는 이 세상 어느 누구도 자유로울 수 없다. 가다가 마주치는 게 아니고 누구나 그와 동반하는데 그러다가 야누스처럼 때되면 그 명운은 서럽게도 얼굴을 내민다.

고란사 대각불타(大覺佛陀)께서는 넣어도 또 그러넣어도 채워지지 않는, 밑 빠진 독에 자꾸만 허욕만을 그러넣었던 왕의 어리석음을 안타까워하나 보다.

변방(邊方)이 불에 타든 백성의 원성이 하늘을 가르든 저 강, 저 배 위에서 잔 높이 들고 황음(荒淫)에 젖어 영일이 없었던 임금, 술과 여자에 눈앞이 가리워 져 미몽만을 헤매다가 국사를 그르치고 모두를 잃어버린 임금이다.

대야성싸움 이후에도 의자왕은 신라를 자주 괴롭힌다. 당항성(남양)을 점령하여 나당(羅唐)의 교역을 봉쇄하고, 신라의 30여 개 부락을 침략하여 나당의 원한을 삼으로써 그들의 침공을 유도한다. 내치로는 싸움으로 인해 극도로 쇠약해진 국력인데도 망허정과 태자궁을 건축하여 국력을 소모함으로써 국민들의 원성을 샀으며 왕 자신은 국사를 돌보지 않고 호화와 사치 방탕한 생활로 세월을 보낸다.

이때 신라에는 화랑도로 단련돤 걸출한 장군들이 즐비했다. 김춘추 김유신 품일 김법민 장군이 그때의 인물이고 관창 반굴 원술과 같은 낭도(郎徒)들도 모두 국가를 위해 싸움에 앞장설 젊은 동량들이며 당나라와도 굳게 동맹을 맺고 연합군을 결성해 백제를 칠 기회를 엿보고 있었다.

백제라고 충신이 없는 게 아니었다. 좌평인 성충과 대신 홍수가 그렇고 계백이나 윤충이 산천을 호령할 수 있는 대장군이다. 그러나 빗나가고 있는 임금 앞에선 현신(賢臣)도 우국 충장(忠將)도 무용한 것, 두 충신은 왕의 무릎 아래 엎디어 내외 실정(實情)을 간곡히 고하고 우국충정을 상소 드린다. 그러나 간신배에 둘러싸여 있는 왕은 충신들의 충언을 귀담아 듣지 않고 일축해 버린다. 오히려 주색으로 심신이 회명(晦冥)해진 왕은 노하여 성충을 하옥하고 홍수를 장흥에 유배 보낸다. 외침에 대비해서는 오로지 계백 장군만이 5천 결사대를 이끌고 황산(논산)에 나아가 요새에 삼진(三陣)을 친 뒤 고전하고 있을 뿐이다.

옥에 갇힌 성충은 왕에게 눈물의 상소문을 올린다. "서해로 당나루를 돌아 기벌포(장항)로 침입하는 당군은 백강을 건너지 못하게 하고 동의 육로로 침략하는 신라군은 탄현(옥천 숫재)을 넘지 못하게 하여 국경을 방비하소서"라는 내용이다. 그러나 왕의 분노만을 살뿐이다.

황산벌 전장(戰場)이다.

산천을 뒤흔들던 병사들의 함성과 또 비명도 골짜기로 잦아들었다.

서로 엉키어 쫓고, 쫓기고 찢고, 찢기우는 처참한 싸움이 멎은 것이다. 병사들의 주검이 병장기와 같이 뒹굴고 불타던 들판에 잔화(殘火)도 꺼졌다.

신라군을 물리친 황산의 백제 진지, 장검을 굳게 잡고 서있는 계백 앞에 백제 병사가 신라군의 부장(副將)을 이끌고 와서 무릎을 꿇린다. 그리고 투구를 벗긴다.

계백의 투박한 얼굴이 일그러지며 묻는다. 볼이 발간 미소년이기 때문이다.

"네 이름이 무에냐?"

"관창입니다."

"그래—. 항복하여 목숨을 보전해라."

"목을 자르십시오."

"으음—." 신음한다.

'훌륭한 병장(兵將)이구나.' 신라에 대한 선망과 관창의 홍안에 대한 가련한 마음이 계백의 안면에 교차한다. 한참을 고민하다가 그를 돌려보낸다. 냉정해야할 전장이지만 관창과 같은 자식을 둔 계백으로서 차마 그의 목을 자를 수가 없어서이다.

서라벌(徐羅伐)이다.

노장(老將) 품일은 군사를 이끌고 싸우러 나간 아들 관창을 눈이 빠지게 기다린다. 패해 돌아온다는 전갈을 이미 받은 것이다. 구름처럼 모여든 군중들도 아쉬움 속에 패병(敗兵)들을 맞기 위해 기다린다.

관창이 달려와, 말에서 내려 품일의 앞에 부복한다.

"소자 전장에서 돌아와 아버님께 인사 올립니다."

"뭐라구? 아버지라구? 넌 내 아들이 아니다. 부끄럽다. 가문을 더 더

럽히지 말고 썩 물러가거라."

노장군의 얼굴에 눈물이 주르르 흐른다. 자식에 대한 연민과 패전에 대한 우국(憂國)에서이다. 노기가 얼굴에 등등하다.

"아버님 옥체 평안히 보전하옵소서."

품일의 굳게 다문 입데선 말이 없다.

관창은 옆 도랑의 물을 한참 들이켜 기갈(飢渴)을 달랜 후 말안장에 올라 채찍을 힘껏 휘두른다. 말은 다시 황산벌을 향해 내달리고, 수많은 사람들의 찬사와 아쉬움은 환성과 박수되어 관창의 뒤를 따른다.

그러나 패기 하나만으로 전쟁은 할 수 없는 것, 계백이라는 걸출한 노장 앞에 관창은 너무 애송이였다. 잠시 기세를 올리던 신라진은 잠잠해지고 관창은 다시 계백 앞에 무릎을 꿇었다.

'장하구나.' 관창의 얼굴을 확인한 계백의 입술 사이로 신음이 가늘게 새어 나온다. 그의 통방울 눈에서 눈물이 주르르 흐른다. 미소년 관창에 대한 연민의 눈물이 아니다. 관창과 자기의 주군 의자왕을 비견하고 서서히 기울어 가는 조국과 자신의 운명이 서러워 흐르는 눈물이다.

냉정을 찾은 계백은 관창의 목을 베어, 말안장에 매달아 신라 진으로 보낸다.

다시 서라벌이다.

사세(事勢)를 예상하고 기다리던 품일 장군 앞에 관창의 주검이 돌아왔다. 품일은 아들의 머리를 한 손으로 추켜들고 흐르는 피를 소맷자락으로 닦으며 만장한 군중을 향해 포효한다.

"장하다. 전쟁에 이기고 돌아온 내 아들 관창아—. 아비 마음이 오늘은 퍽 기쁘구나."

희색이 만면하지만 그의 얼굴엔 눈물이 흐른다. 어이 그의 마음이 기쁘랴만.

군중들이 동요한다.

"나도. 내 몸 죽어 조국을 구할 수 있다면—."

"나도."

"나도."

구름처럼 모여든 5만 명의 병사들 앞에 백전노장 유신과 품일 그리고 흠순 진주 천촌 제 장군들이 장검을 높이 빼들었다. 하늘을 찌를 듯한 사기, 지축을 뒤흔드는 함성의 신라군이 서라벌을 떠나 노도처럼 백제진으로 향한다. 그리고 탄현으로 돌아 황산으로 밀려간다.

황산 싸움 전날 밤이다.

달빛은 산천에 가득한데 계백은 정화수 앞에 장검을 굳게 잡은 채 무릎을 꿇고 하늘 우러러 기도한다. 기우는 국운에 대해 통한의 마음으로 올리는 기도이다. '하느님— 이 목숨 기꺼이 바치겠습니다. 조국 굽어 살펴 주옵소서—'

나라와 자신의 운명을 예상한 계백은 동천에, 여명이 드리워지기 전에 어머니와 처자의 목을 자르고 눈물로 이별을 고한 뒤 황산 진영으로 말을 달린다. 이미 기울은 전세, 정복된 자 비참한 죽음만이 기다릴 뿐이다. 요행히 산다해도 적의 노예로 처참한 삶을 살게 될 것이므로 계백과 가족은 구차한 삶을 포기하고 깨끗하게 서세(逝世)하기로 결의한 것이다.

4차까지의 황산 전투는 밀고 밀리는 공방이면서도 백제군의 우세였다. 그러나 다섯 번째 싸움은 그게 아니었다. 대군을 맞은 백제 방어진은 비장했다.

"월나라 장군 구천은 오천 명의 군사로 칠십만 명의 오나라 대군을 무찔렀다. 우리도 죽기를 각오하면 무에 두려우랴."

부하들의 사기를 높여 주기 위한 계백의 말이지만 그의 굳게 다문 입술이 부르르 떨린다.

예상한 대로였다. 광풍이 휘몰아친 황산싸움은 처절했다. 신라군병의 병장기가 번쩍일 때마다 칼끝에선 백제병들이 초개처럼 쓰러져갔다. 산천을 흔들던 신라군들의 함성도 잠시이고 전장에 타던 불도 꺼졌다. 중과부적엔 계백인들 어찌하랴. 천하의 충장(忠將) 계백도 급기야 고목처럼 쓰러져 장렬히 최후를 마친다.

하늘을 찌를 듯한 사기, 지축을 흔드는 함성의 신라병들은 장군 유신이 치켜든 기치를 선두로 다시 사비성으로 내달린다. 파죽지세이다.

한편 군사 십삼만을 거느린 당나라 대통관 소정방과 유백영 풍사귀 방효공 그리고 부통관 신라 김인문은 요동반도를 떠나, 서해를 건너 기벌포에 상륙한 뒤 역시 함성을 지르며 백강 하구(河口)에서 백제군 2만 명을 격파하고 사비 서안(西岸)으로 쳐들어온다.

다급해진 의자왕은 성충, 홍수의 충언을 듣지 않은 것이 후회되었다. 장흥에 유배된 홍수에게 사람을 보내 적침에 대한 묘방을 알아오라고 일렀으나 성충과 똑같이 백강과 탄현을 막으라는 내용일 뿐, 새로운 게 없다. 이미 때는 늦었던 것이다.

태평가로 연일(連日)하던 백제 조정은 저항할 힘을 잃었다. 사비성과 궁성은 불타고, 백제 군병들은 삭풍에 나뭇잎처럼 떨어져갔다. 궁중에서 시중을 들던 궁녀들은 꽃을 시샘하는 매정한 바람에 허공에 흩날리는 꽃잎같이 이리 몰리고, 저리 몰리다가 종래에는 낙화암 아래로 몸을 날려 백마강 물결 위에 고혼으로 떠돌게 되었고, 그리고 왕은 태자 효와 왕자 태융, 연과 함께 신하들에 안내되어 웅진으로 피신했으나 곧 잡혀와 항복한 뒤 왕자들과 대신 등 93명. 주민 12,871명이 당나라에 볼모로 끌려갔는데 이방의 하늘아래를 떠돌다가 병사했다고 한다.

백제의 시조인 온조가 위례에 사직을 쌓은 지 678년 31대, 기원은 660년이다.

산을 내려와 우리는 차를 이용하여 부여읍 동남리에 있는 정림사 절터로 이동을 했다. 문을 들어서면 연못이 있고 연못의 다리를 지나 넓은 사지(寺址)가 있으며 그 가운데 오층석탑이 있었다.

'정림사지오층석탑'은 백제 중기에 축조된 것으로 추정되고 고려 초기에, 절터에서 발견한 와편(瓦片)에 정림사라는 글자가 새겨져 있어 정림사지로 알려져, 그렇게 명명되었으며 국보 9호로 지정했는데 높이는 833cm라는 안내원의 설명이었다. 소정방이 백제를 정벌하고 탑을 쌓은 후 평제탑(平濟塔)이라 이름을 지었다는 내용으로, 학교에서 배운데 대해 질문했는데 당나라 소정방이 이미 세워진 탑 1층 4면에 '大唐平百濟國碑銘'이라 허위사실을 각자(刻字)했는데 이후에 지워버렸다고 안내원은 대답한다.

해는 서산에 떨어지고 모색이 짙게 드리워진다. 새들은 숲으로 드는데 폐허의 절터를 지키며, 부도(浮圖)는 어둠에 싸여가고 있다. 한때 모두가 앞에서 고개 숙였을 저 퇴락한 부도, 사람들, 영화의 끝자락을 보는 듯하여 마음 어둡다.

　가야 한다고 한다. 정림사지로 가야 한다고 하더니 정림사지에서 또 가야한다고 한다. 하루를 접고 내일로 갈 수밖에 없는 우리는 머물지 않고 어디로 자꾸만 가야 하나 보다.

　부여에서 석식(夕食)을 하고 귀로에 올랐다. 차안에서 술잔도 돌리고, 노래도 부르고 잡기 자랑도 하며 여느 여행과 같이….

　차는 쉬지 않고 어둠을 뚫고, 시발지로 되돌아 달리고 있다.

청포(靑葡)집

　　어느 술이 가장 맛이 있을까? 이렇게 묻는다면 우문(愚問)일까. 술이 감미롭지 않으니 이 말은 우문일 수밖에 없다. 그러나 많은 주호(酒豪)들이 술맛을 얘기하니 아주 우문만은 아닌가보다. 나도 한잔의 술을 사양치 않으니 그러한 질문을 합리화 않을 수 없다. 술로 허기를 추스를 때의 맛, 조용하고 안온한 장소에서의 술자리, 그리고 마주앉은 주우가 마음에 들 때엔 술맛이 좋다고 할 수 있을 것이다.

　　"청포 집 술맛이 괜찮아."

　　누가 술맛을 물으면 나는 서슴없이 대답하리라.

　　청포 집은 포도와는 아무 관계가 없는, 우리 동네 입구 골목에 있는 조그만 술집이다. 주모 혼자 가게에 딸린 방에서 기거하며 동네 공사장의 공부(工夫)들에게 밥을 해 날라다주기도 하고, 술을 팔기도 하는 간이주점이다. 간판은 없지만 그렇게 부른다.

　　나는 술자리를 피하지 않음에 주객이라 할 수 있고, 자주는 아니지만 혼자서도 가끔 들르기도 하니 그 집에 단골손님이라고 할 수도 있을 것이다.

정신 근로자인 나는 하루를 격무에 시달리고, 또 직무의 특수성 때문에 도시락으로 끼니를 메운다. 퇴근 시에 한참을 만원버스에 시달리다가 차에서 내리노라면 추레한 몸이 되게 마련이다. 그렇게 동네에 들어와 대개는 곧장 집으로 가지만 마음이 허정한 날엔 청포 집엘 들러 한 잔 술로 심신을 추스를 때가 있다. 그런 연유로 나는 그 집의 술맛이 괜찮다고 하는 것이다.

처음 청포 집엔 동네 주우들과 몰려가 술을 마시곤 했었다. 그러던 어느 날 직장에서 늦게 일을 끝내고 동료들과 회식을 한 후 퇴근 버스에서 내려, 마침 설 먹은 술기운에 아무 생각 없이 혼자 들어간 곳이 그 집이었다. 술손님이 없어 한적했고, 주모는 주방에 앉아 책을 보고 있다가 나를 맞았다. 나는 탑상(榻床)에 걸터앉았고 주모는 나의 술시중을 들었다. 책과 가깝게 지내고 있는 내가 그냥 지나칠 리 없다.

"지금 보던 것이 뭐요."

내가 물었다.

"책이지 뭐예요. 호— 이것."

농담 섞어 대답하며 음식 매대(賣臺)위에 놓았던 책을 집어 들어 표지를 보여준다.

"참 좋은 책을 읽고 있어요. 『고요한 돈강』이라."

미하일 솔로호프의 노벨 문학상 작품이었다. 독서력이 있는 여자이구나 생각했다.

"이 책 보셨어요?"

허룽한 사람으로 보았나? 주모는 의아해 하며 묻는다.

"감명 깊게 보았어요. 아주 장웅하고 격정적인 대하 명작이야. 내가 제목을 붙인다면 '소요(騷擾)한 돈강'이라고 하겠어. 볼가강 지류의 돈강인데 그 강 주위엔 고요와 소요가 천변만화이며 코삭크족언 주인공 그레고르도 돈강처럼 소요스런 삶을 살았거든, 유부녀와 뜨겁게 사랑하기도 하고 전쟁에 나가 앞장서서 용감하게 싸우기도 하고 말이요."

"보셨구나. 저는 이제 시작이예요."

주모는 탑상 귀에 엉덩이를 걸치며 빤히 쳐다본다.

"폭발하는 젊은 힘을 사랑과 싸움으로 소진한 주인공의 끝 얘기가 멋있어. 그렇게 소란스런 삶을 살고도 농사를 지으며 평화롭게 살고 싶다는 그의 말과 만사는 뜬구름이라는 말, 그리고 모든 사람들이 그러한 소요보다는 적요(寂寥)를 원한다는 것을 시사하는 책이지, 표절시비도 있었던 작품이야."

"비평도 멋있어요. 존경스러워요 선생님."

아저씨가 선생님이 되고 보니 기뻤다.

"술 좀 따르라구—. 선생님에게, 선생님이 설명하느라 수고했는데 말야."

그가 중년 여인이고 나이차이도 있어 농담을 했다.

"아이— 참, 술손님 자리에 처음 앉아 보는 건데, 알았어요. 선생님인데 어떨라구."

나는 그 책을 읽을 때 섭렵한 조박(糟粕)한 지식으로 허세를 부렸고 주모는 환한 얼굴로 "그래요, 그렇군요, 맞아요." 그렇게 내 말을 수긍하면서 술시중을 들었다.

그 날은 그렇게 하고 나왔다.

빈약한 주머니 사정으로 자주 들르지는 못하지만 나는 계속 친구들과 아니면 혼자서도 가끔 청포 집을 찾아 주흥을 가졌다. 처음엔 출근길에 지은이가 내 이름으로 된 문예집 한 권을 선사했다. 그때 여인은 "작가 시군요"라고 말하며 몹시 기뻐하고, 더 존경스럽다고 호들갑을 떨었다.

그 집을 즐겨 찾는 이유로는 술로 삭막한 마음을 다스릴 수 있는 데다 조용하고 술값도 헐해서이다. 더구나 주모가 마주 앉아 내가 배설하는 허세를 흥미 있게 들어주니 체기가 가셔지는 것 같으며 해우(解憂)도 되고 금상첨화였다. 나는 술이 거나해지면 취미로 책에서 섭렵한 교부 철학이나 현학(玄學)따위를 씨부렸고 주모는 "그래요—. 맞아요—"를 연발하며 틈이 나면 자기도 장황하게 문학 얘기를 했다. 주모의 성은 우씨라고 했다. 중년의 우여인은 용모나 차림이 수수했다. 그러나 얼굴과 행동이 몹시 여성스러웠고 구간(軀幹)이나 행실이 반듯했으며 독서량이 많아서인가, 그의 언행에서 지성미가 많이 묻어났다. 얼굴도 화색(花色)이 가셔지지 않아 볼이 발갛다.

어느 토요일이다. 늦은 퇴근길에 그 집엘 들렀는데 주방에 있던 우여인이 반갑게 맞는다.

"내가 이 집에 오지 말아야 할까봐, 내가 오기만 하면 술손님이 없으니 말야."

"무슨 말씀이세요. 손님이 없어도 좋으니 매일 오세요. 호—."

나의 농담에 찬기(饌器)를 탁자에 가져다 놓으며 우여인이 대답한다.

"마담. 종이와 연필 가져와요. 글 하나 멋있게 써줄게."

"그러세요. 선생님 작품 감명 깊게 보았어요. 잘 써주시면 소중하게 간직할게요."

지필(紙筆)을 가져오며 그녀가 말했고 나는 필을 잡는다.

청포(靑葡) 집

탑상(榻床) 세 개가 놓인 조그만 술집
간판은 없고 청포집이라 부른다
주모는 언제나 주방에 있어서
주모의 머리 위엔 전깃줄도 있고 거미줄도 있다

가며오며 들르는 집 청포집
나는 술을 마시고 주모는 술을 따른다
주모는 술을 따르며 초혼에 실패한 얘기
두고 온 아이가 보고싶다는 얘기를 한다.

글을 써내려 가던 나는 생각이 막혀 중동무이 하그 연필을 그녀에게
넘겨줬다.

"어머, 선생님—. 제가 말씀 안 드렸는데 저의 처지를 꿰뚫어 보셨어
요. 혼인에 실패한 얘기와 아이 얘기 말예요."

술을 따르며 우여인이 말한다.

"나는 글도 쓰지만 관상도 본단 말야."

농담을 했다.

"쓰신 글에 또 한 절(節)이 더 있나본데."

"생각이 막혔어요. 화룡점정은 다음에 해줄게."

나는 술을 거푸 마셨고, 그녀도 술을 달라고 했다.

"아니. 술을 안 하던 사람이 웬일이요."

내가 술을 따르며 말했다.

"선생님이 술을 마시게 했잖아요."

술을 입에 가져가는 여인의 얼굴이 우울하다. 초혼의 실패와 아기 애기를 들췄으므로 기분이 상했다는 말이다.

나는 술을 꽤 많이 마셨고, 여인은 조금 마셨다. 그런데도 여인의 언행과 자세가 조금씩 흐트러져갔고 나는 정신이 또렷했다.

"마담은 재혼을 해도 될텐데 왜 안 하는 거요?"

"관심 있어요? 전 결혼 같은 거 잊은 지 오래 됐어요."

"관심을 가졌더니 포기해야겠군."

농담을 했다.

"사모님을 모독하시네. 그리고 선생님은 솥뚜껑이세요. 저의 남편은 자라이고요. 자라보고 놀란가슴 솥뚜껑보고 놀란다고 하잖아요."

우여인이 쳐다보며 농담을 한다.

"왜 마담은 단골손님인 나한테 자기 소개를 안 하나요."

여인의 과거 얘기를 해 달라고 내가 졸랐다.

"궁금하세요? 아무한테도 내 과거애기를 한 적이 없는데 말씀드리죠. 왜 선생님이 솥뚜껑이 되는 가도요. 제 이름은 우숙이이고 고향은 강원도 깊은 산골이예요."

술자리의 분위기를 부드럽게 이어가기 위해 내가 재촉했고 여인이 비교적 자세하게 그의 과거를 말해 나갔다.

"저는 문학소녀였죠. 책을 많이 읽었어요. 그런데 학교를 졸업하고 일찍 결혼을 한 거예요. 한천(旱天)을 바라보거 하늘바라기 다랑논 농사를 하는 저의 아버지는 제 대학진학의 뒷받침을 할 수가 없었거든요. 저의 시댁 역시 산골이고 농사를 지었어요. 그런데 편모 모시고 둘만이 살던 저의 남편은 저를 끔찍이 사랑했어요. 시모 역시 저를 위해줬고요. 시가의 논에는 물이 그득그득해서 생활도 넉넉했어요. 저 역시 남편을 사랑하며 꿈같은 결혼생활을 이어 나갔지요.”

나와 우 여인은 다시 술을 한 잔씩 더 마셨는데 그는 세 잔째 마시는 셈이다. 여인은 화술이 대단했다.

아이도 생겼다. 내외는 자주 등 고개 너머 옻샘골 분지에로 가서 우렁이도 줍고, 나물도 캐고 비둘기처럼 사랑을 쌓으며 놀다 오곤 했다. 푸른 유월인데, 봄꽃이 지고 여름 잎이 무성했다. 그 날도 내외는 옻샘골을 찾아 남편은 아이를 안은 채 서서, 그리고 여인은 나물을 캐며 얘기를 주고받았다. 그런데 그때 옻샘 소택(沼澤) 쪽에서 뜸부기가 울었다. “저 소리는 우는 소리일까 웃는 소리일까?” 여인이 물었다. 남편은 옻샘 논배미 주인에게서 들었다고 하며 울고있는 뜸부기에 대해 얘기하기 시작했다.

소택과 도랑 그리고 논꼬는 사철 물이 마르지 않으며 미꾸라지와 새우 그리고 거머리, 물벌레들이 지천이라 했다. 그리고 논두렁 옆 청벼 우거진 고랑에 고초(枯草)로 둥지를 틀어 놓고 뜸부기 한 쌍이 정답게 살았다. 암놈이 물어다 수놈을 주고, 수놈이 물어다 암놈을 주고 서로 사랑하며 살았는데 어느 날이다. 논 주인은 뜸부기 다치랴, 놀라랴— 둥지 옆을 피해 조심스레 논 김을 매던 중이었다. 그런데 그때 자지러질 듯한 뜸부기의 비명이 허공을 쨌다. 놀라 고개를 들어보니 삵이란 놈이 뜸부기 한 마리를 채 가지고 둔덕모롱이를 돌아, 내달리고 있었다. 남은 한 놈은 채인 놈의 비명이 메아리져간 곳을 향해 멍하니 처다보고 있었다. 그 후 남은 뜸부기는 서럽게 울다가, 또 울다가 어디론가 사라진 뒤 가끔 저렇게 찾아와 울고 가곤 한다고 했다.

남자가 말을 마칠 때였다. 얘기를 듣고 있던 여인은 들고 있던 호미를 땅에 던지고 "그만" 이라는 외마디를 내지르며 일어섰다. 그리고 얼굴이 창백해지고, 넘어질 듯 비틀거렸다. 남편은 놀라 그를 부축했다. 처연한 뜸부기 울음을 옻샘골에 남겨두고 돌아온 그 날밤이다. 청포(靑葡) 무늬의 섶을 단 청포(靑布) 이불을 끄옥 싸 덮고 둘이 누워서, 남편이 물었다. 왜 그렇게 뜸부기 애기에 심한 자극을 받았느냐고 여인의 귀에 속삭인 것이다. 그들의 불행이, 행여 행복한 자신들의 틈서리로 이입되는 것 같은 환영(幻影)이 뇌리를 스치며 현기증이 일더라고, 여인이 대답했고 그 대답에, 이렇게 탄탄한 장한(壯漢) 앞에 '누가 감히 우리를'라고 안심시키며 남편은 억센 팔을 뻗어 여인을 당겨 꼬옥 끌어안았다. 여인도 남편을 굳게 믿었다.

그런데 며칠 후 청천벽력이 일었다. 남편이 돌연사(突然死)한 것이다. 탄탄한 장한 이니 믿으라고 철석같이 약속한 남편의 베갯머리 맹세는 끝내 허공에, 허무하게 바람 되어 날아가버리고 만 것이다. 서러운 우여인은 서러워할 겨를이 없었다. 사체를 검안 나온 경찰 돌보랴, 실신한 시어머니 간병하랴, 장례 수습하랴, 눈코 뜰 새 없었다. 정신 없이 대사를 치른 후 여인은 돌개바람이 휘몰아간 폐허 위에 몸져누웠다. 그러나 남편의 죽음은 그를 편하게 누워 있도록 내버려두지 않았다. 정신을 수습한 시어머니는 며느리를 서방 잡아먹은 몹쓸 년으로 만들어 버린 것이다. 우여인은 시모의 날로 더해 가는 구박을 견디지 못하고 시집을 나왔다. 뜸부기처럼 사랑하다 외뜸부기 되어 아기 떼어놓고 집을 떠나오던 날, 여인이 옻샘골 방둑을 가로질러 건널 때 옻샘배미 무논에선 뜸부기가 슬피 울었다.

술을 몇 잔 마셨을까. 우 여인의 자세가 흐트러졌다.

"그랬군, 으음 그랬어요."

나의 무념한 대답이다.

"어때요, 재밌어요? 서울의 여사(旅舍)에서 며칠 지나니 온몸이 아프고 그제서야 눈물이 마구 쏟아지데요."

장황하게 자신의 과거를 토설한 우여인이 말하며 일어나다가, 비틀거리며 쓰러지려 한다. 내가 얼른 목로(木爐)모서리를 돌아가 여인을 부축하고 그녀의 겨드랑이를 잡았다.

"어머 선생님 망측해요오. 호— 저 우리 남편은 자라이고 선생님을 포함해 바지 입은 군상들은 모두 솥뚜껑으로 보여요. 이해가 되시죠 호—."

초점 잃은 눈으로 쳐다보며 여인이 말했다.

'세상에 사연 없는 사람 없구나.' 목로를 정리하는, 그녀를 뒤에 두고 돌아오는 길에 그렇게 생각했다.

어느 날인데, 토요일이고 손님이 없었다. 우여인이 반갑다고 하며 술상을 차리고 마주 앉았다. 이것저것 빛 좋은 안주를 내놓으며 술값은 걱정하지 말라고 했다. 그러는 그녀의 표정은 우울했고, 특히 술을 한 잔 하겠다고 했으며 내가 술을 따르자 곧 잔을 입으로 가져갔다. 그러면서 전에 술이 취해 실례했다는 말로 대화를 시작해서 자신의 과거얘기로 이어졌다. 또 전날엔 그녀의 중학교에 다니는, 두고 온 아들이 너무 초라한 모습으로 다녀갔는데 아이를 만나서 반갑기보다는 마음이 몹시 아프다는 말을 했다. 그 날 나는 술을 따르며 그녀의 말을 듣는 편이었고 그녀는 술을 마시며 많은 말을 했다. 술도 내가 서너 잔밖에 안 마셨는데, 그녀는 못 먹는 술을 꽤 여러 잔 마시고 대취했다. 여인은 횡설수설하며 몸을 가누지 못하므로, 나는 조심스레 그녀를 부축해 방에 데려가 눕혔다. 같은 여자이면 저고리와 치마 그리고 모두를 홀홀 벗기고 재운 뒤 나왔을 텐데, 내가 남자라서 망측해 할까봐 그냥 이불만을 끌어다 덮어주고 나와버렸다. 이불은 청포 무늬의 이불이어서 그의 남편과 덮었던 그 이불이구나 생각을 했다.

집에 돌아와 저녁을 먹으며 반주로 술 한 병을 다 마셔 버렸다. 술값을 챙겨줬는데 집에서 안 하던 술을 하느냐고 처가 의아해 하며 물었고 나는 그 물음에 대답하지 않고 곧 서실(書室)로 들어가서 컴퓨터 앞에 앉아 전날 그리다 만 청포집 시구(詩句)를 마무리해 나갔다.

어제는 초라한 차림으로 아이가 다녀갔다고
하며 술이 먹고싶다고 했다
거꾸로 나는 술을 따르고
주모는 눈물을 흘리며 술을 마셨다.

동백꽃 편지

해동이 되었는데도 응달의 숲속에는 하얀 잔설이 버티고 있다. 동백나무 관목이 헝클어져 있어 무성한 이파리를 헤쳐보니 붉은 덩이 꽃이 여기저기 매달려 있다. 자색과 노란색, 하얀색으로 치장한 동박새란 놈이 가지에 매달린 동백꽃을 얼싸안고 애간장을 태운다. 노란 화수(花鬚)를 젖혀놓고 가늘고 긴 부리를 깊숙이 꽂은 뒤 기를 쓰고 빨아댄다. 삭막한 겨울 골짜기에서 목타게 개화를 기다리더니, 춘향이 이도령과의 사랑인가. 칠석날 견우와 직녀의 해후인가. 꽃을 얼싸안고 온 몸을 버둥대는 놈은 옆에 사람이 있는데도 몰라본다.

입영(入營)을 앞둔 터여서 책을 들여다보아도 글씨가 눈에 잡히지 않아, 보던 책을 밀어놓고 집 뒤 울타리 너머에 있는 동백우물에 나와봤다. 여명이 드리우기 무섭게 시작한 물동이 소리와 바가지소리 그리고 여인네들의 두런거리는 소리가 한나절이 다되도록 이어지더니 물일을 끝낸 아낙네들이 모두 돌아가고, 산골짝 우물터에는 봄 햇살 내려오는 소리말고는 절간같이 적막하다.

대처에 나가 학교를 다니다가 어차피 군무는 필해야겠기에 군에 자원 입대키로 마음을 정한 나는 다니던 학교를 휴학하고 귀향했다. 같은 값이면 다홍치마라던가, 까만색 세일러제복이 매력 있어 입영대상을 해군으로 정하고 입대시험에 응시해 합격했는데 입영하는 날이 내일 모레인 것이다.

나의 고향집은 산동네 윗뜸인데 마을의 여섯 가호 중에서도 그중 가장자리 산골짜기에 위치해 있다. 돌 너덜르 이루어진 산곡 아래에 동백나무 숲이 있고 그 밑에 큰돌로 포개 쌓은 박우물이 위아래로 두 개가 있으므로 쌍우물인 셈인데 아랫것은 허드렛물로 쓰고 있다. 동백천(冬柏泉)이라고도 부르는 우물은 수량(水量)이 많고 맑으며 차가운데 사철 석반(石盤) 위로 철철 넘쳐나는 샘물은 우리 집 울타리 옆으로 계류가 되어 끊이지 않고 흘러내려 간다.

손을 뻗어 나뭇가지를 탁 쳐본다. 박새란 놈이 푸르륵 소리를 내며 옆의 가지로 옮겨 앉았고, 떨기 꽃은 툭 떨어져 하얀 눈 위에 낭자한 선혈이 된다. 조매(鳥媒)로 후대를 사속(嗣續)한 동백꽃은 사랑과 목숨을 다 끝내고 떨어져 가고 동박새는 죽어간 꽃이 제 놈의 잘못인 양 안타까워 찍 찍 소리내어 애곡한다.

박우물로 내려왔다. 석탁(石卓)에 걸터앉아 표주박 가득히 청냉한 물을 떠서 마신다.

"학상 지신대요."

"네 여기 있습니다."

동사(洞使)인데, 우리 집을 들여다보며 나를 찾고있고 나는 일어서서 그쪽을 내려다보며 대답한다. 강원도 어느 산골에서 피난 왔다가 눌러 살고있는 사람으로 동네 잡일을 보는 나이 지긋한 사환이다.

"이따가, 세시쯤에 아랫말 회관으로 오시래요."

"네 알겠습니다. 고맙습니다 어르신."

동네 분들이 나의 입영 송별회를 열면서 부르러 온 것인 줄 알아차리고 얼른 대답을 한 것이다.

고향에 모든 것들이 정들었지만 그 중에서도 잊을 수 없는 게 이 우물이다. 비가 오나, 눈이 오나 가까이 지내던 우물, 방에서 책을 읽다가 지루해지면 자연 발길을 옮겼던 우물, 또 밖으로 나돌다가 돌아오면서도 집보다 먼저 들르는 곳이 이 우물이다.

어디 나뿐이랴. 이 우물물을 먹는 윗뜸 사람들은 이 우물과 더불어 살아간다. 남녀노유 모두가 우물터에서 만나 대화하고, 씻고 닦고 마시고 그리고 사람을 찾을 때도 이곳을 먼저 둘러본다. 또 사람들은 우물터에서 우선 만난 뒤 떼지어 일하러가고, 일을 끝내고는 먼저 이곳으로 돌아와 마무리하고 집으로 돌아간다. 부엌 두멍에 물을 그득하게 길어다 두고도 이곳에 와서 물을 마시고 가며, 누가 마실 물을 청해도 달려와 떠다가 주고, 어머니들은 밥상을 차려놓고서도 이곳에 와서 물을 퍼간다.

그런데 우리 뜸에 사는 사람들 중 한 집만이 이 물을 긷지 않는다. 송이네로, 송이 아빠가 결혼을 하고 우리 이웃에 분가했는데 젊은 새댁이 물동이를 이는 게 볼썽사납다고 돈을 많이 들여 그의 집 마당에 수동식 펌프시설을 한 것이다.

아랫말에 큰댁을 두고 있는 송이네는 동네 사람들이 부잣집이라 부르곤 했다.

송이 아빠는 나보다 나이가 많고 학교도 몇 해 앞선, 외모가 반듯한 나의 선배다. 부잣집 아들인 그는, 공부에는 마음을 두지 않고 건달배들과 어울려 술집이나 빵집엘 자주 드나들며 놀러 다니기를 좋아해서 진학시험에 늘 낙방하는데 돈이 많고 지면이 넓은 그의 아버지가 여기저기 찾아다니며 어떻게, 어떻게 해서 대학까지 졸업시켰다. 보결(補缺)제도가 공공연히 있었던 시절이기 때문이다. 학교를 졸업한 그는 군무도 서울 어디에서 편하게 지내다 제대를 했는데 그곳에 근무할 때 송이 엄마와 눈이 맞아 그림같이 예쁜 지금의 여인을 처로 맞아들인 것이다. 결혼 후 그들은 우리 이웃에다 집을 장만하고 살림을 시작했는데 처음에, 남편은 새댁에게 잘해 주었다. 돈이 많은 남편은 부인에게 있는 것, 없는 것 모두 챙겨주었고 좋은 것, 나쁜 것 가려주며 끔찍이 위해 주었다. 옷이랑 화장품들도 넘치게 들여주어 여인의 모양새도 항상 꽃처럼 곱게 가꾸어 주었다. 그렇게 여인은 행복하게 살아가면서 여아까지 얻은 것이다.

내가 송이엄마를 처음 대한 것은 얼마 전이었다. 나의 공부방과 박우물은 울타리 하나를 사이에 두고 있다. 그 날도 나는 습관처럼 공부를 하다가 책에서 눈을 뗀 뒤에, 우물토 가서 물을 마시고 석반(石盤) 위에 앉아있는데 그녀가 송이를 앞세우고 물을 길러 왔다. 송이 엄마가 집에 물을 두고도 박우물엘 오는 것은 드문 일이다.

"안녕하셨어요."

"아— 네 안녕하십니까?"

나는 당황했다. 한두 번 길에서 마주친 적은 있지만 대화는 처음이고 또 그녀가 나를 알아보고 먼저 인사를 건네는 것이 몹시 기뻤다. 여인은 아름다웠다. 훤칠한 키에 검고 긴 흑발이 철렁거렸고 그리고 분홍빛 얼굴에 목이 긴, 퍽 여성스러운 미인이다.

"아찌 안녕."

"아찌가 뭐야. 삼촌이라고 그래."

"삼촌 안녕."

송이가 인사를 했고, 그의 엄마 말에 아이는 나를 삼촌이라 고쳐 부르며 다시 인사를 한다.

"옳지. 송이가 참 예쁘고 착하네."

나는 아이를 안아주며 얼굴을 쓸어 주었다. 아이도 엄마를 닮아 얼굴이 몹시 예뻤다.

"시골에 오셔서 심심하시겠어요. 심심하심 저의 집에도 놀러 좀 오세요."

"심심하지 않습니다. 네— 그러지요."

그녀가 놀러오라는 것이 의례적인 것임을 알고 있다. 그의 노시모(老媤母)가 그녀와 같이 살고 있어, 외간남자인 내가 놀러갈 수 없기 때문이다.

그 날 나는 몇 마디를 더한 뒤, 그녀와 처음 하는 대화라 쑥스러워서 곧 헤어졌다. 미인인 그녀를 알게 되고, 대화하게 되고 또 여인이 나에게 관심 있음을 눈치채고는 뛸 듯이 기뻤다. 유부녀이고 그리고 같은 동네의 선배 부인이어서 모두가 부질없는 생각인 줄은 알지만, 아름다운 여인으로부터 관심의 대상이 된다는 것은 젊은 남자로서 얼마나 기쁜 일인가.

그녀는 조그마한 물동이를 옆에 끼고 자주 우물엘 왔으며, 아니면 간단한 빨랫감을 가지고 오기도 하고 빈 몸으로 와서 손발을 씻고 가기도 했다. 마당에 있는 펌프가 고장이라고 말하는 여인은 그렇게 박우물을 전용(全用)하는 가구의 대열에 듦으로써 우리 뜸에 살고 있는 여섯 가구 모두가 그 우물을 길어 가는 셈이 됐다.

그녀가 우물에 자주 모습을 나타냄으로 자연히 나와 마주치는 횟수가 늘어나게 되었는데 대개는 인사를 나누는 정도에 그쳤다. 마음 같아서는 그렇게 아름다운 여인과 같이 대화하고 가까이 사귀고 지냈으면 하는 바램이었으나 시골이고 남녀유별이라는 습속 때문에 터놓고 대화를 하거나 하물며 서로의 집엘 오가며 상종한다는 것은 생각할 수가 없었다. 그녀 역시 나와 마음놓고 만나지 못하고 대화하지 못함을 퍽 안타까워하는 눈치였다.

그 후에 우리는 두세 번쯤 우물가에서 둘만이 대화를 했는데 서로의 주변에 대한 것과 학교시절의 얘기를 주로 했다. 남들이 우물 일을 마치고 돌아간 낮 시간인데 마음놓고 많은 얘기를 나눌 수는 없었다. 여인은 여학교시절에 문학을 좋아해서 책을 많이 읽었다고 말했고 나도 문학을 좋아하지만 시간이 없어서 문학서적을 많이 못보고, 가난한 농촌에서 벗어나기 위해 보통고시에 응시하기로 마음을 정한 뒤 이에 대비해 수험서적을 주로 본다고 얘기했다. 그렇게 만나고 대화하면서 서로 책을 빌려보곤 했는데 외국의 명작이나 국내 작가들의 작품집을 교환해 보았으며 그녀는 많은 양의 책을 가지고 있었다.

어느 날인데 사람들은 물일을 끝내고 돌아갔고 우물 주위는 조용하고 적요했다. 그녀가 나를 불러냈다. 우리는 우물을 사이에 두고 각각 석대(石臺) 위에 걸터앉았다. 화장을 유난히 짙게 한 여인은 그날따라 몹시 아름답게 보였는데 표주박에 물을 가득 떠서 나에게 건네며 몹시 초조한 모습으로 말을 시작했다.

"저— 삼촌이 보고있는 보통고시 시험과목에 법률문제도 나오나요."

그녀는 딱히, 나에 대하 호칭이 마뜩치 않은지 송이가 부르는 대로 삼촌이라 했다.

"시험과목에 '법제대의'가 있긴 하지만 자세하게 나와 있지는 않습니다. 왜, 무슨 일이 있습니까?"

주저주저하다가 여인이 입을 열었다.

"부끄러운 얘기여요. 삼촌에게만 믿고 얘기하는데 송이 아빠가 퍽 좋지 않은 사람이예요."

어렴풋이 들었던 얘기가 생각난다. 그녀의 남편이 읍내 어느 화류촌(花柳村)을 드나드는데, 여자에 빠져 살림까지 차렸다는 풍설을 들은 일이 있다.

저렇게 아름답고 착한 부인을 두고 한눈을 팔다니 안타까웠다. 헛소문이 아니구나 생각되었다.

"어느 정도인데요."

"이제 와서 말씀드리는데 꽤 오래되었어요. 지금은 가끔 집에 들르는데 내가 뭐라고 말하면 손찌검까지 하는 걸요. 그 사람 결혼 전에도 불량했었다고 그러던데요?"

"무어— 별로, 가정에 소홀히 하면 안 되는데, 그런데 법은 무얼 알아보시게요."

"헤어지려고 해요. 살 수 없어요. 바람피우는 것도 용서할 수 없는데, 폭행까지 하는데는 도저히 참을 수 없어요. 누구와 상의할 사람도 없고, 좀 도와 주세요."

우리는 남의 이목이 두려워, 오래 대화할 수가 없어서 조금 더 얘기하다가 헤어졌다.

알고 보니 남편의 바람기는 우발적인 것이 아니고, 부잣집 아들로 어려서부터 몸에 익혀진 좋지 않은 습관이다. 그리고 남자가 바람 피우는 것은 정당한 것이고 남편이 그렇게 하더라도 여자는 가정을 지키며 참고 순종하는 것이 미덕이라는 인식이 그의 마음의 근저를 지배하고 있기에 그의 행위는 고쳐질 수가 없다. 그래서 그런 사람과 동반한다는 것은, 평생을 불행하게 살아가야 한다는 것으로 젊을 때 빨리 헤어져야 한다. 그러므로 이혼법에 대해 자문을 해달라는 게 여인의 그 날 애기의 요지였다.

나의 마음도 혼란스러웠다. 연상이긴 하지만 착한 미인을 자주 접하고 그리고 그녀가 관심을 가지고 접근해 오며 더욱이 남편과의 불화로 고민하면서 나에게 조언을 구하므로 덩달아 나까지 착잡한 마음을 금할 수가 없었다.

며칠 후 한 번 더 만났다. 그 날도 우물가의 석탁(石卓)에서 그녀와 나는 마주 걸터앉았다. 그런데 여인은 잔뜩 토라져 있었다.

"사람이 왜 그래요."

"무슨 말씀을— 혹시 제가 잘못한 일이라도 있나요?"

"군에 입대하신다면서요."

"아— 네. 제가 말씀을 안 드렸나요."

군에 입대하면서 그녀에게 애기하지 않은데 대해 화가 나 있었다. 나는 몹시 미안하다고 말했는데, 여인은 자기를 그렇게 무시해도 되느냐 하며 눈시울까지 붉혔다. 무슨 일이 있어도 상의하고 대화할 상대가 없어 몹시 답답하고 외로웠는데 나마저 군에 간다는 애기를 듣고는 더 난감하다는 것이다.

"미안합니다. 요즈음은 휴가도 자주 있다는데요 뭐. 제가 자주 연락을 드리고 대화 상대를 해 드리면 되지요.”

"군에 입대하신다는 소리를 듣고 정말 섭섭하고 한팔 떨어져 나간 기분이에요. 가시기 전에 좀 만나요.”

그 날은 화가 난 여인을 달래며, 조금 더 얘기하다가 인기척이 있어 그냥 헤어졌다. 시골이라 부녀자가 외간 남자를 만나는 것이 큰 흉이기 때문이다.

몹시 불안해하는 모습의 그녀는 남편과 이혼하기로 이미 마음에 결정을 했다고 말한다. 그리고 우리나라 사람들의 인식이 잘못되었다. 남자는 바람을 피워도 용납이 되고 여자만이 왜 그러한 불이익을 당하며 희생하고 살아야 하는가? 자신은 남편을 잘못 만나 어두운 생활의 연속이다. 이곳에라도 나와야 답답한 마음이 조금 트이는 것 같고, 그래서 펌프가 고장났다고 거짓핑계를 하고 우물엘 자주 오가는 것이라고 했다. 송이 아빠의 빗나간 소행으로 인해 펌프가 고장이 나는 셈이고 그의 나쁜 소행이 더해갈수록 고장도 잦아지는 꼴이 됐다. 덧붙여, 우물에를 나와야 나와 만날 수 있고, 상의할 수 있고 위로의 말이라도 들을 수 있어 자주 나오게 된다고 솔직하게 말했다.

나는 여인에게 일렀다. 여자의 입장에서 남편의 부정은 이혼의 사유는 되지만 좀더 참고, 기다리고 남자의 바람을 재울 수 있는 정성과 인내심으로 평온한 가정을 회복하려 노력해보는 것도 부덕(婦德)이 아니냐. 법을 논하기에 앞서 우리 시골에서는 아름다운 관습이 있으니 사안에 먼저 우리네 관례를 이입해 보는 것도 방법이 될 수 있다. 남자가 바람을 피우고, 여자가 맹목적으로 순종하는 것이 정당하다는 게 아니고, 당사자끼리 해결할 수 있는 일이면 되도록 법에다 연결하지 않는 게 좋

다는 뜻이다. 남자가 바람을 피운다고 곧 이혼을 생각하거나 덩달아 그
릇된 행동을 한다는 것도 아이와 주위 사람들을 생각해서 좋지 않다는
원론만을 얘기해줄 수밖에 없었다.

　동네 회관에는 이장을 비롯해 여러 어른들과 젊은 친구들이 많이 모
여있었다. 가까운 친족과 부녀자들도 몇 분이 있는데 이미 음식상이 차
려져 있었고 빛 좋은 안주도 여러 가지가 많이 눈에 띄었다.
　술을 너무 하지 말라는 어머니의 말씀을 뒤로하고 서둘러 아래 말 공
회당에 내려온 것이다. 내려오다가 송이 엄마를 만났는데 그녀 역시 술
을 조금만 하라고 이르며, 저녁에 집에 있으라는 말을 덧붙였다. 유난히
화장을 진하게 한 그녀는 초조한 얼굴이어서 나의 마음까지 언짢았으나
아름답고 젊은 여인이 관심을 가지고 걱정까지 해 준다 생각하니 한편
으론 귀한 것을 얻은 것처럼 몹시 기뻤다.
　길다란 탑상(楊床) 위에 음식이 조르르 진열되어 있고, 남녀 혼성하여
상을 가운데 두고 둘러 앉아있는데 이장이 일어나 일장의 송별사를 했
다. “전쟁은 끝났으나, 전쟁으로 인한 폐허 위에서 겪어야 하는 군생활
이라는 게 말할 수 없는 고생이다. 그러나 이 사람은 해군엘 간다니 후
방근무라서 좀 덜하리라 생각되긴 하지만 군무라는 게 다 그게 그거가
아니냐. 시대가 가져다준 불행한 우리 운명이니 피해갈 순 없는 것이다.
군에 가는 사람은 고생을 참고, 군므를 열심히 하고 남은 사람은 그의
무운을 마음속으로 빌자”는 요지의 말을 하고 끝냈으며 이어서 내가
“젊어 고생은 사서도 한다는데 참고 군무에 열심히 하겠습니다. 고향
어른들 부디 안녕하시길 바랍니다”고 간단히 답사를 하였으며, 이장이

다시 일어나 "동네가 가난해 조찬 박주(粗餐薄酒)로 준비했습니다. 많이 드시고 뜻 있는 추억의 자리가 되길 바랍니다"로— 그리고 이장의 제창으로 잔들을 높이 들었다.

그렇게 시작한 술자리가 한참이 계속되었다. 서로들 옆사람과 술잔을 부딪치기도 하고, 잔을 돌리기도 하고 권커니잣커니 하며 두런두런 얘기도 나누고— 주로 누구의 삼촌은 전방 어디에서 근무한다더라, 누구는 서울 어디서 편하게 있다 더라는 얘기와 그리고 누구는 어디서 근무하는데 배가 고파 돈을 부쳐달라더라는 얘기들이다. 이장과 부녀회장이 일어나 몇 주순(酒巡)을 더하였고 주흥이 한참 무르익었는데 누구의 제창으로 전우의 노래와 유행가 가락으로 분위기가 고조되었다. 이때 청년회장이 이장을 불러 말했다.

"이장님— 우리는 이 사람 데리고 주막으로 가서 한차례 더 하겠으니 남은 어르신들 드시다가 끝내도록 하세요."

"아— 그런가, 그렇게 함세. 그리고 주막에서의 주대는 대동곗돈으로 충당할 테니 그리 알게."

"그렇게 하시겠습니까? 감사합니다."

젊은 사람들끼리, 자유스럽게 한바탕 더 기분을 내자는 얘기이다. 노인들 앞이라 맘대로 즐길 수가 없다는 것이다.

꽤 여러 잔을 받아 마셨더니 취기가 온몸에 엄습했다. 술을 조금만 하라는 송이 엄마의 당부도 있어 조심해야겠다는 생각을 하며 밖으로 나왔다. 밖은 어두컴컴해지고 있었다.

우리는 젊은 축 몇 명이서 석고개 넘어 주막으로 몰려가 술을 시켜 놓고, 노래도 부르며 한참을 더 기분 좋게 놀았다. 그리고 자정이 다 되어서야 술자리를 파하고 나왔으며, 나는 동구 앞에서 친구들과도 헤어졌다.

이 사람, 저 사람이 권하는 술을 꾀 많이 받아 마셨나보다. 주기와 군입대와 또 송이엄마의 일로 회명(晦冥)해진 마음을 추스르며 동구 앞 방천으로 나왔다.

강변에서 밤바람이 시원하게 안겨왔다. 조각달이 서산에 걸려있고, 건너산 중턱의 산사에 조는 듯한 불빛이 힘없이 내려다 보고있다. 길을 잃었나— 어디서 물새가 운다. 새물 소택 위 하늘에 무리별이 하늘 가득 드리워져 있고 또 한 무리는 유성우 되어 소택으로 쏟아져 내린다. 한동안 헤어져야 하는 정든 고향산천의 야경이다.

물가에로 내려가 얼굴에 찬물을 끼얹어 본다. 정신이 퍼뜩 들었다. 술기운에 힘입어 콧노래를 부르며 윗말로 향했다. 송이네 집 입구에 이르자 어둠 속에 누가 서있다. 찬찬히 다가가 본다. 송이 엄마이다.

"뭐예요—."

나는 그녀를 물끄러미 쳐다만 봤다.

"지금이 몇 시예요. 눈이 빠지게 기다리게 해놓고, 사람이 왜 그래요. 송별회가 일찍 끝났다던데."

"미안— 미안해요."

화가 많이 났는가보다. 자기를 배려하지 않는 연이은 나의 무심함에 몹시 섭섭했나보다.

나는 취기에 힘입어, 별안간 달려들어 그녀를 끌어안았다.

"어머머 왜— 왜 이래, 당신 미쳤어요. 아이— 참, 누가 봐요."

아닌 밤중에 홍두깨이다. 그녀는 당황해 하며 고개를 외로 돌리고 가슴을 밀친다.

"누가 본다고 그렇게 놀래. 가만 있어봐요."

나는 그녀의 목을 잔뜩 끌어안았다. 이때 저 아래쪽에서 인기척이 난다.

"저 봐— 빨리 집에 가요."

물러서는 나에게 여인이 당황해하며 나직한 목소리로 말했고 나는 얼른 발길을 돌렸다.

여기에도 무리별이 수심(水心) 깊이 쏟아져 들어와 박혀, 나요— 난 여기요 하고, 보석처럼 빛나며 아우성치고 있고 저기 태조산 골짜기에도 떼별들이 쏟아져 내려오고 있다. 동백 숲 그 뒤에서 부스럭 소리가 난다. 심술쟁이 너구리란 놈이 우물까지 내려와 항아리에 담가놓은 산나물과 도토리가루들을 석반 가득히 매대기 친다더니 그놈이 놀라 도망가나보다.

술기가 엄습하고 눅눅한 기분에, 잠이 얼른 올 것 같지 않아 동백우물로 발길을 돌린 것이다. 옷을 벗어 던지고 벌거숭이에 바가지로 찬물을 퍼서 좌악 좍 쏟아 붓는다. 정신이 퍼뜩 든다. 나는 오한에 몸을 한번 떨어본다.

집에 돌아온 나는 개운한 마음으로 이부자리를 편다. 이때였다. 밖에서 누가 톡톡 가볍게 문을 두드린다. 문을 열어본다. 송이 엄마가 차반(茶盤)에 과자와 술병들을 차려 들고 방으로 들어온다. 한껏 모양을 낸 옷차림에 화장도 진하게 했다. 아름답다.

"차암— 이런 걸 왜 가져와. 가져가요."

"뭐라구? 말 다했어요. 그걸 지금 말이라고 하는 거예요?"

미안해서 한 말인데 서운한가, 얼굴이 울상이 된다. 또 토라졌다. 눈을 치뜨고 원망에 시선을 내 얼굴에 꽂아댄다.

'저렇게 아름다운 여인이 또 있을까.' 분명히 요부이다. 숨이 탁탁 막히고 가슴은 마구 방망이질을 한다.

사랑하는 게 죄일 순 없다. 청춘인데 앞뒤 가릴게 무어냐. 나는 거칠게 가녀린 여인의 목을 당겨 끌어안고 마구 입맞춤을 퍼부어댄다.

"아— 아이 왜이래. 당신 이러심 안돼요— 오."

그녀의 당연한 비명인데 나는 이미 이성을 잃었다. 불의에 맞선 분노의 포도이다. 조드가의 장손 톰이다. 여인의 가녀린 애원이 애원(愛願)으로만 들릴 뿐이다. 이십 년 동안 벼르던, 아니— 가두어 두었던 분노는 폭발하여 탄탄한 내 젊음이 슬기운 더불어 난폭자가 된다.

술병이 구르고 과자상자가 던져져 흩어지고, 그녀의 몸체가 이부자리 위에로 넘어져 풀어지고, 난폭자의 폭력은 그녀의 얼굴을 사정없이 점령해버리고 다음엔 가슴으로— 가슴을 젖혀놓고 얼굴을 쳐 박은 젊은 분노는 마구 여인의 젖가슴을 유린해대고 그리고 그녀의 '안돼요' 소리가 자지러지면서 대신 '여보'로 이어 '사랑해요'로 다시 변하고, 난폭자는 다시 여인의 몸 구석구석을 또 순서에 의해 아랫도리로— 이후로는 여인까지 합세해 공범이 되고 그리고 가늘고 기인 여인의 비명은 아니 희음(戱音)은 한참이 이어지는데—.

새벽이다. 누가 방문을 살며시 여는 소리에 덜 깬 잠을 추슬러본다. 그녀이다. 여인은 들고 온 개킨 속옷을 방바닥에 밀어놓으며 말한다.

"빨리 런닝이랑 옷 벗어내요. 이것으로 갈아입으시고."

"뭣 하러, 어이— 빨리 들어와 봐."

"쉿— 아버님 깨셨나 봐, 어서 옷이나 벗어요."

　　팔을 잡아당기는 나를 향해 그녀는 검지를 입에 가져다 대며 조용 하란다.

　　나는 여인이 주는 내의로 갈아입었고 그녀는 황급히 서두르며 화장 때 묻은 나의 셔츠와 내의를 주섬주섬 거두어 가지고 바람처럼 사라져갔다.

　　어젯밤이었다. 그녀의 작아진 소리가 멎고, 내 가슴에로 한번 더 파고들며 흐느끼던 여인이 벗어 던진 옷이랑 찢어진 즈로즈를 챙겨 입고 도망하듯 가버린 뒤에 혼자 남은 나는 허정한 마음을 추스를 길 없어 울다가, 웃다가를 거듭했다. 이십 년 동안을 소중하게 간직해온 정(貞)을 던져버린 아쉬움에서 나는 울었고, 아름답고 착한 여인을 내 사람으로 만들었다는 기쁨에 웃었다. 또 이루어질 수 없는 사랑 즉 유부녀와의 불륜이라는 생각에 기쁨보다 서러운 마음이 나의 양심을 짓누르는 듯했다. 거의 파경에까지 이른 그녀의 가정이고, 자유로운 몸이 되어 가는 여인이긴 하지만 그것은 그녀가 가정을 정리한 이후의 일이 아닌가? 이 생각 저 생각하다가 아름다운 여인과 단둘이서 소중한 꽃나무 하나를 심었다는 것과 될 대로 되라는 방만한 생각을 하다가 잠이 들었다.

　　그 날 나는 하루종일을 바쁘게 돌아쳤다. 아버지께서 삼촌댁엘 다녀오라고 해 그곳에 갔다왔고, 오후엔 고모님 내외가 오셔서 손님의 시중을 들었는데 하루만이라도 집을 비우지 말라고 해서 밖으로 나돌 수가 없었다. 마음 같아서는 당장 달려가 그녀와 얼싸안고 즐기고 싶었으나 사정이 그러했고, 남들의 이목이 두려워 애만 닳았다. 이후에 얼마든지 만날 수 있다는 것으로 위안을 삼았다.

　　그녀는 문 앞에 나와 서서 해바라기가 되었다. 내가 있는 방향만을 응시하며 망인석(望人石)이 된 것이다. 한 번을 그녀와 나는 조우했다.

"어쩌지, 손님이 와서 사정이 이턴데—."

"전 괜찮아요. 내일 가시니까 부모님께 잘 해드려요."

"미안해, 고마워요."

치장도 잘했고 얼굴이 너무 예뻐 보였다.

그 날 저녁에도 부모님들의 성화로 집안에만 붙어있어야 했다. 그래서 나는 가족들과 초저녁을 보냈고 부모님들 방에다 잠자리를 펴고 일찍 잤다.

입대하는 날이다. 갈 길이 멀어 아침 일찍 서둘렀다. 어머니가 만들어 주시는 여비전대(纏帶)를 옷 속의 허리께에 두르고 떡이랑 먹을거리를, 싼 보자기를 들고나섰다. 일찍 찾아와 나에게 '축 입영 만세'라고 붉은 물감으로 쓴, 어깨띠와 머리 끈을 착용해 준 이장과 아버지가 앞서고 나는 뒤를 따라 집을 나섰다. 조금 내려오다가 송이네 집 앞에서 어른들에게, 인사를 드리고 가겠노라 말하며 이장과 아버지를 따돌려 보내고 송이네 집 골목으로 들어갔다. 마침 기다렸다는 듯이 그녀가 싸리문 뒤에 지키고 서 있다가 억지미소로 반겨 주었다. 잠을 못 잤는가, 푸석한 얼굴인 여인은 황급히 나를 데리고 집 뒤 굴뚝모퉁이, 감나무 아래로 갔다.

"미안해. 가면 아주 가나, 곧 올텐데."

"몸조심하세요."

빤히 내 얼굴을 쳐다보는 그녀의 눈에서 눈물이 주르르 흐른다. 그녀는 나의 고의(袴衣)춤에 무엇인가를 찔러 넣어준다.

"울지마— 굳세게 살고 기다려, 갔다올게."

나는 그녀를 당겨 끌어안고 손바닥으로 분수처럼 끊이지 않고 흘러내리는 여인의 눈물을 훔쳐 주었다.

“어서 가세요.”

“잘 있어.”

그녀는 서럽게 울면서 나의 가슴을 밀었고, 나는 돌아섰다.

동구 앞 방천을 지나고, 개천의 징검다리를 건너고, 마차 길로 조금 더 가면 주막거리가 있고 그리고 그 주막집 앞에 가로지르는 버스길이 있다. 여인이 문밖에 나와 손을 흔들었고 징검다릴 건너던 나도 손을 흔들어 주었고, 그리고 나는 뛰다시피 잰걸음으로 주막집에 닿았다. 이장과 반장 그리고 동네 어른들과 부녀부원들까지 꽤 여럿이 나와 기다리고 있었다.

이장이 사람들의 대열을 대강 정리하고 나를 담 옆의 석반 위로 불러 세웠다. 그리고 간단히 군에 입대하게 된 경위를 설명하고 배웅인사가 있었는데, 내용은 송별연에서 했던 송별사와 대동소이하다. 이어서 이장의 선창으로 ‘대한민국만세’ 삼창이 있었고 그리고 그렇게 입영의식을 하는 동안 버스가 주막정거장에 도착해 정차했다. 버스 운전기사는 시간을 지체하고 있는, 입대장정인 나를 배려하여 자리를 잡아놓고 차에서 내려와 기다렸다. 나는 돌아가며 동네 어른들에게 허리 굽혀 개별인사를 하였고 이장은 동네에서 주는 전별금과 또 부탁받은 봉투까지 설명을 곁들여 나에게 건네주었으며 가깝게 지내던 분들도 더러 나의 주머니에 여비를 찔러 넣어주었다. 그리고 인사를 끝낸 내가 기사의 안내를 받으며 차에 오르자 동네 어른들은 나를 향해 이별의 손을 흔들었고, 버스는 곧 출발했다.

차는 자갈이 깔린 산골길을 터덜거리며 계속 달려가고 있다.

나는 주머니에 손을 넣어 그녀가 울면서 건네준 물건을 꺼내 풀었다.

하나는 연분홍색 바탕에 파란 색실로 '안녕'이라고 두 글자를 정성스레 수(繡) 놓은 예쁜 손수건이고 하나는 '몽블랑' 상표딱지가 붙은 고급 만 년필이었다. 그리고 다시 찰한(札翰)지가 들어 있어 펼쳐보니 연한 하늘 색 바탕에 붉은 동백꽃이 새겨진 편지지인데 또박또박 정성 들여 써내 려 간 글씨가 퍽 아름다웠다. 일절일루(一節一漏)를 하였는가, 눈물자국 도 여기저기 보인다.

　사랑하는 이에게 드리는 글
　당신. 지금은 야반인데 세상 모두가 어둠에 묻혀 잠이 들었어요. 저 혼자 서한 지를 앞에 놓고 울다가, 웃다가 그리고 당신이 사무치게 그리우면 문을 열고 조심 스레 당신의 불꺼진 집 앞을 돌아보다가, 이 밤을 새우고 있습니다. 당신과 서로 사랑을 나누게 된 행복한 마음에 나는 웃다가 문득 당신의 소중한 사랑을 받을 자격이 없는 초라한 여자라는 생각이 떠오르면서 눈물을 흘립니다.
　사랑하는 당신. 나는 당신을 처음 본 그 날부터 몰래 사랑을 하고 있었어요. 사 랑을 하면서도 당신 곁으로 다가갈 수 없는 저는 당신의 생각이 떠오르면 물동이 를 옆에 끼고 무작정 우물로 달려가곤 했지요. 당신이 지근에 있다는 위안으로 그 리고 행여 당신의 얼굴이라도 마주하는 때에는 당신과 마주하는 기쁜 마음에 저 는 우물터엘 오가며 행복했습니다.
　사랑하는 당신. 저는 당신을 사랑할 자격이 있는 자유로운 여자예요. 그러나 당 신의 소중한 사랑을 받을 자격이 없는 여자이고 당신의 소중한 사랑을 받아들일 만큼 뻔뻔스런 여자도 되지 못합니다. 저는 그동안 당신과 사랑을 이룰 수 없는 서러운 마음에 많이 울었습니다. 그래서 당신의 곁을 떠날 결심을 했고 또 그래서 저의 시가와 친정의 어른들에게 내락을 받아 놓었어요. 지옥 같은 가정생활을 정리 하고 친정으로 돌아가기로 말예요. 당신이 휴가를 얻어 귀향을 하실 때엔 저는 아 마 이곳에 없을 거예요. 생각하니 가슴 아프네요.

사랑하는 당신. 저는 행복한 여자예요. 아름다운 당신의 고장에 와서 당신을 만났고 착한 당신을 만나서 사랑을 하였고 그리고 당신의 사랑을 받아낼 수 있어서입니다. 저는 어젯밤에 있었던 우리 둘만에 사랑의 순간을 이 생명 다할 때까지 잊을 수 없습니다. 전부터 저는 당신의 뜨거운 사랑을 애타게 기다렸지요. 그런데 저의 소원이 이루어진 것이에요.

사랑하는 당신. 당신은 죽어도 잊을 수 없는, 참 좋은 사람이에요. 부디 몸조심하셔요. 만남은 헤어짐의 시작이라고 하던데 우리는 조금 빨리 헤어지는 것일 뿐이어요. 저는 저의 정성을 담아 조그만 이별의 선물을 드립니다. 저를 생각하며 소중하게 쓰시고 제가 드린 물건들이 다하는 날에 저를 잊어 주셔요. 그리고 열심히 하시어 당신이 목표한 시험에 성공하셔서 훌륭한 사람이 되시길 바랍니다. 당신은 반드시 그렇게 되리라고 믿어요. 저도 정성을 다해 당신의 성공을 빌겠어요.

안녕하세요. 부디 안녕하세요.

00월 00일

당신의 여인이 올림

아냐— 안 되는데, 안 돼— 나는 속으로 부르짖었다.

그동안에 차는 산골길을 한참 달리다가 여인의 삶처럼 가파른 소나깃재를 오르기 시작한다.

이 버스에 합승한 승객 중에, 저 손님은 차에서 내려 저리로 갈 것이고, 이 손님은 이리로 갈 것이다. 이 차도 정해진 길을 터덜거리며 가고 있고, 나 또한 가야할 곳이 있어 거기로 가고 있다. 아름답고 착한 여인도 나에게 말고 가야하는 정해진 길이 있는가 보다.

차는 계속 허억 헉 헛 숨을 토해내며 힘겹게 고개를 오르고 있었다.

2부

산사 가는 길

산사(山寺) 가는 길

선생님이 되려고 그쪽 방면의 과정을 밟고있는 사람들, 즉 교육대학교 학생이나 교원연수생들은 무엇을 원하고 무슨 꿈을 가지고 있을까? 물론 학생들에게는 장래에 훌륭한 동량이 될 수 있도록 꿈을 심어주려 정성을 다해야 하고, 자신에게는 스승이 된 보람을 느낄 수 있도록 혼신의 노력을 기울여야 하며, 보호자에게는 믿고 학생을 학교에 보낼 수 있도록 신뢰감을 심어준다는 목표가 있어야 할 것이다.

교원 실무연수를 받으면서 위와 같이 기본적인 사도정신(師道精神) 외에도 풍광이 좋은 산촌에서 바람과 구름 더불어 조용히 책을 읽고 글도 쓰는 생활을 원하기도 할 테고, 시원한 바다가 있는 곳에서 갈매기 더불어 너른 꿈을 가지고 살아가는 낙도 근무를 원하기도 할 것이며 아니면 젊음이 철철 넘쳐나는 여자고등학교에서 푸른 여학생들을 상대로 교사생활을 했으면 하는 경우도 있을 것이다.

대학에서 학위논문을 통과하고 해당학점을 어려움 없이 받아낸 다음, 교원자격증을 얻은 나는 지방 교육청에서 실시하는 임용고시를 거쳐 공교롭게도 충청도의 작은 도시에 있는 여자고등학교로 발령을 받았다.

사실은, 임용되기 전에는 여고에라도 발령되어 푸르고 꿈 많은 여학생들과 정서적, 모험적인 학교생활을 경험해 봤으면 하는 생각이 없었던 게 아니었으나 정작 발령장을 받아들고는 덜컥 겁이 났다. 나 역시 젊고 건강한 청년이긴 하지만 겨우 학교와 군 생활만을 거친 사회 초년생으로서 이성에 대한 편력(遍歷)이라곤 전혀 없는, 젊은 여성들과 시선이라도 마주하노라면 얼굴이 빨개지는 숙맥(菽麥)이라서 여선생들과는 어떻게 처신을 해야하나, 여학생들을 상대해서는 수업을 어떤 방법으로 해야할까 걱정이 되어 잠을 이룰 수가 없었던 것이다.

몹시 긴장했던 것과는 달리 발령을 받은 학교의 교풍이 교직의 초보자인 나로서는 그리 까탈스레 생각하지 않아도 될성싶었다.

출근예정일을 며칠 앞두고 학교를 방문하였다. 학교가 파한 오후시간인데 마침 교장선생님과 교감 그리고 선생 몇 분이 잔무를 정리하다말고 반갑게 맞아 주었다. 나이가 지긋한 교장선생님은 부모님같이 인자한 모습이었는데 선생님들을 일일이 소개하며 초임이니 잘 이끌어 주도록 주문까지 하고서는, 다시 교사(校舍)를 한바퀴 동행해 돌며 학교에 대한 실정을 자세히 일러주었다. 그리고 나이든 교무주임을 불러, 따로 자리를 하여 학교사정과 선생님으로서 대비해야할 사안을 일러주고 그리고 숙소나 사생활까지도 소상히 상의하라 해서, 우리 둘은 학교부근에 있는 대폿집에서 막걸리를 마시며 대화를 나눴는데, 나는 긴 시간동안 그 교무선생님으로부터 많은 가르침을 받고 돌아온 것이다.

학교는 자신이 거쳐온 곳 중에서 가장 깨끗하고 안온한 기분을 느끼게 하는 곳이니 초임이라 해서 긴장하지 말고 용기 있게 행동하라고 주임선생은 말했고, 또 학교에 대해 건전한 전통을 세우고 교풍을 정화(淨

化)하기 위한 교장선생님의 의지가 남다른데 학칙을 제정하거나 운영위에서 주도하는 예산결산의 실태와, 도서와 교복 기타 물질이 관계되는 관리업무는 학생과 부형까지도 소상히 파악할 수 있도록 제도화되어 있다고 했다.

초임을 여자고등학교로 발령 받고 잔뜩 긴장했던 나는 그렇게 학교를 다녀오고서야 마음이 놓였고 그리고 출근 첫날엔 교직원들의 배려로 마음 편하게 등교를 할 수가 있었다.

봄날이었다. 선배들이 일러주는 대로 간편한 복장을 하고 첫 출근을 했는데, 교정에 들어서자 무리 지어 등교를 하던 학생들이 박수를 치며 반겼고 나도 반갑다는 답례로 손을 흔들어주었다.

여선생들도 여럿이 근무했는데 그들도 나를 스스럼없이 대해주었다. 나는 3학년 학생을 담임하고, 영어를 맡아 가르치게 되었다.

넓은 강당(講堂)에 학생들을 모아놓고는 교장선생님이 나를 소개했다. 먼저 나의 이력을 자세히 설명 한 다음 "유능하고 젊은 선생님이지만 이곳이 초임이니 서로 도와 즐겁고 바른 학교생활이 되도록 해달라" 주문했고 "선생님들의 도움을 받아 열심히 일하겠으니 서로 연구하는 자세를 가지고 학업에 정진해 달라"는 내용으로 부임인사를 했다.

학과 첫 시간엔 학생들과의 상견례와 앞으로의 학습계획을 세우는 것에 시간을 보냈다. 대학에서 영문학을 전공하였고, 입대 후에는 주한미군부대에 배속되어 군복무를 하며 미군들과 생활하고 대화한 것이 학생들을 가르치는데 많은 도움이 되었다, 학습계획으로는 영문법과 작문에도 소홀히 하지 않겠지만 문장의 암기와 영어회화에 주력하겠다고 했다.

체벌을 모르는 여학생들은 수다스러우며 농담이 심하였다. 넉넉하고 또 개화된 세상이어서, 몸과 마음이 완숙한 젊은 학생들은 이성(異性)에 대한 농담도 스스럼없이 해왔는데 애인 있나요, 중신 설까요 심지어는 데이트 신청할 게 받아주세요 라는 말을 서슴없이 하면서 까르르, 까르르 웃음바다를 이루곤 하였다. 그렇게 여학생들과 어울리고, 같이 농담을 주고받으며 지내다보니 마음의 여유가 생기고 학교생활에도 재미를 붙이게 되었다.

세월은 봄을 보내고 여름의 문턱에 들어섰다. 산천은 푸른데, 나뭇잎들은 작고 푸른 손을 내밀어 시원스런 미풍에 살랑살랑 사래질을 하고 있었다.

하늘도 푸른데 까르르 대던 푸른 학생들이 오후 수업을 하기 위해 교실로 모두 몰려들고, 살랑바람마저 빠져나간 비인 교정은 따스한 초여름 햇살만이 조용히 내려오고 있었다.

내가 맡은 학급의 영어시간인데, 교실 문을 열고 들어서자 학생들의 시선이 나에게로 일제히 집중되고있다.

내가 교단 위에 올라서고, 반장의 구령으로 학생들과 예를 끝낸 다음 나는 학습교재를 교탁 위에 내려놓았다.

"선생님— 드세요."

나는 백묵을 들고 흑판으로 다가가다가 고개를 돌렸다. 학생들이 긴장되어 나를 쳐다보고 있는데, 우츠 뒷자리에서 김영숙 학생이 방글거리고 있다.

"무엇을—."

"저— 저희들이 마음을 모아 선생님 목마르실까 봐 준비한 음료수예요."

　교탁 위엘 쳐다보니 음료수 글라스가 하나 놓여있다. 고맙다는 인사를 하고 나서 나는 무심코 음료수 글라스를 들고 마셨다. 시원했다.

　"선생님— 첫 경험 얘기해주세요."

　별안간 교실 한 가득 웃음바다가 된다.

　"또 무슨 장난이야."

　"저— 선생님, 제가 글라스에 입술을 대고 살짝 빨았걸랑요. 선생님과 감미로운 간접 입맞춤을 하려고요, 호—."

　쳐다보니 글라스에 입술연지가 붉게 칠해져있다. 나는 또 당했구나 긴장하면서, 겉으론 태연한 척 하고 휴지를 꺼내 입술을 닦았다.

　다시 까르르— 여학생들의 웃음소리가 교실 가득히, 창 밖으로 퍼져 나간다.

　"김영숙. 정말 혼나고싶어."

　나는 정색을 하고, 크게 말하며 탁자를 탁 쳤다.

　조용히 긴장하다가, 다시 교실 가득히 웃음의 물결이 철렁거리고, 나도 이내 크게 웃어주었다. 푸른 계절인데, 창 밖의 하얀 교정엔 계속해 초여름햇살만이 사락거리며 내리고 있다.

　그렇게 장난을 주고받으며 학생들과 어울려 재미있게 여름을 보냈다.

　세월은 터질 듯한 여학생들의 젊음과 웃음을 싣고, 여름을 보내고 가을로 들어서고 있었다. 질 푸른 산천의 색깔은 조금씩 갈색으로 덧칠되어가고, 교정의 은행나무 행렬에도 빛바랜 이파리부터 차례로 하나 둘씩 떨구어내고 있었다.

　그동안 나는 여학생들에게 심심찮게 농담이나 장난의 대상이 되었는데, 영숙이도 여러 번 장난을 쳐왔다.

　학교생활에 모범이고 성적도 우수한 김영숙 학생은 학생답지 않게 성숙했으며 상당한 미인이었다. 갸름한 얼굴은 발갛게 물들어있고 넉넉한 가슴에서 허리로 내려간 선이 곧고 호린 데다 상연한 얼굴엔 항상 미소를 흘리고 있었다.

　영숙의 미모나 밝은 성격 때문에, 나는 그에게 관심을 가지고 예의 주시해 보았다. 그런데 가을로 접어들면서 영숙의 학교생활에 변화의 기운이 일고 있었다. 그는 수업시간에 창 밖을 내다보며 골똘히 무슨 생각에 잠기는 때가 많았으며 공부보다는 정신을 딴 곳에 가져다두는 듯한 모습을 확연히 엿볼 수가 있었다. 반에서 수석을 다투던 그의 성적도 차츰 아래로 내려가는 것이다.

　선생이지만, 젊은 남자인 나는 영숙의 아름다운 모습을 항상 가슴에 두고 그의 학습태도를 몰래 관찰해 보았는데 그의 학습태도에 변화가 감지되었던 것이다. 그렇다고 내가 그와 사제간의 신분이라는 한계를 떠나서 생각해본 일은 없다.

　나는 즉시 영숙의 학교생활기록부를 열람해 보았다. 학적부에 등재된 내용만으로는 그의 생활에 영향을 미칠만한 요소를 발견할 수가 없었다. 두 부모가 모두 생존해 있고 가정형편도 넉넉했으며, 영숙의 신체발달사항이 정상적이고도 건강하였다. 또 성격이 밝고 학과의 성적도 우수한 학생으로 기록되어 있으며 선생님들의 그에 대한 종합평가가 양호하고 모범된 학생으로 설명되어 있는 것이다.

　여전히 여타학생들은 밝고 건강하게 학교생활을 이어나가는데 영숙은 전과 다르게 실심한 사람처럼 행동을 하며 성적도 부진하여 덩달아 나까지 마음이 좋지 않았다.

어느 날 오후이다. 나의 수업에 학생들은 열심히 귀를 기울이고 질문도 하는데 영숙이 고개를 숙이고 다른 곳에 정신을 쏟고 있었다. 나는 학생들에게 자습을 시키고 영숙의 곁으로 다가가 보았는데, 그는 계속해 책읽기에만 열중하고 있었다. 얼른 보기엔 무슨 철학에 관한 책 같았다.

"공부는 안하고 어디에 정신을 쏟고 있어."

"선생님— 왜 이러세요. 공부하고 있잖아요."

영숙이 읽고 있는 책을 잡아채며 내가 작은 소리로 말을 하자 영숙은 아무 책이든 익히면 공부가 아니냐는 투로 말했다.

"학과 끝나고 교무실로 와—."

한 마디 하고는 교단으로 돌아와 수업을 계속했다.

영숙이 읽던 책은 철학에 관한 책이었다. 라틴어로 된 교회 초기의 교부(敎父)철학자이고 중세 종교철학에 가장 영향력을 미친 아우구스티누스의 고백록을 번안 해설한 것인데 탕아로서 또 마니교에 쏠렸다가 늦게, 성녀(聖女)이고 그의 어머니인 모니카로부터 감화를 받음으로써 기독교에 귀의하여 수도원생활을 하며 신을 알고, 신을 사랑하고 신의 사랑을 받으며 성인이 되는 과정을 기술했는데, 주된 내용은 탕아시절에 접했던 정신과 육체의 쾌락을 이성에 의한 의지로 억제하고 금욕(禁慾)을 함으로써 종래엔 신을 통해 영혼을 구원받았다는 내용이다. 책의 내용을 대강 훑어보았는데 종교인이나 철학자 그리고 금욕주의자들이 도덕적 목적이나 삶의 가치를 정신적인 의지로, 몸과 마음에 옮겨지는 욕심을 떨구어 버리며 실현해 간다는 내용이었다.

훈육실의 탁자 위에 책을 던져놓고 영숙과 나는 마주 앉았다. 학생들은 학과를 파하고 모두 돌아갔으며 선생 몇 분이 교무실에서 잡무를 정리하고 있을 뿐이다.

"선생님, 뭐애요 아이들 창피하게—."

"뭐— 뭐라구, 그걸 지금 말이라고 하나."

영숙이 학습태도를 지적한데 대해 불평을 했고, 나는 학생이 선생에게 대하는 태도에 어이없어 화를 냈다.

"학과시간에 책 읽는 것이 무슨 잘못이에요?"

"선생이 영어를 가르치는데 엉뚱한 짓 하는 게 잘한 거야. 그리고 영숙인 요즘 태도가 그게 뭐야."

영숙이는 나를 빤히 쳐다보며 말했고, 나는 말꼬리를 올리며 그의 학습태도와 부진해 가는 성적까지도 싸잡아 추궁했다.

영숙이도 지지 않으려그 맞대거리를 했다. 성적이 대단한 게 아니라고 말하며, 고3(高三) 정도면 조금은 자유로워야 하고, 사고력(思考力)도 넓혀야 한다 했고 이에 나는 학생이 본분을 잊으면 안되고, 조직체에 몸을 둔 학생은 몸가짐이나 성적이 중요한 기 아니냐며 단호하게 잘못을 추궁했다.

마주하고 대화를 해보니, 생각보다 영숙은 그의 미모만큼이나 당돌하고 똑똑했으며 화술도 대단했다. 어굴어물하다가는 그의 비뚤어져 가는 태도를 고쳐 잡을 수가 없을 것만 같았다.

"그리고, 선생님에게 하는 영숙의 태도가 그게 뭐야. 영숙은 학생신분이라는 걸 모르느냐 말야."

"선생님— 제가 보고있는 책이 불량서적이 아니고요, 그러고 전 선생님께 틀린 말 한 적이 하나도 없어요.”

　나는 계속해 꾸짖는 어투로 말꼬리를 올렸고, 영숙은 다소곳이 고개를 숙이며 항의했다. 고개를 숙이고 앉아있는 영숙의 모습은 흑발이 철렁거리고, 목덜미가 길고 희며 건강미가 넘쳐나는 미인이었다.

　내가 한참 더 훈계를 했고, 영숙인 듣고만 있었다.

　“두고 보겠어. 학업에 열심히 해서 성적 좀 올리도록 해. 그리고 어려운 일이 있으면 상의하고, 권장하는 도서 외에는 가까이 하지 않도록, 알았어?”

　나의 말이 끝나자 영숙은 책을 집어들고, 내 말엔 대답을 하지 않은 채 작은 목소리로 인사말만을 남기고 돌아갔다.

　산천에 풀 나무는 붉게 물든 이파리들을 떨구어 버리며 겨울을 준비하고, 기러기는 창공을 가로지르며 아예 삭풍을 피해 어디론가 멀리 날아가고 있다.

　내가 학교에 부임한 지도 어연간 수 개월이 되는 셈인데, 초임이라서 조그만 실수는 더러 있었으나 다행히도 별탈 없이 지나온 셈이다.

　계속해 나는 영숙의 학교생활을 주위 깊게 관찰했는데 역시, 전같이 명랑한 태도를 회복하지 못하고 무엇인가를 골똘히 생각하는 모습이었다. 그리고 그가 섭렵하고 있는 책이 염세철학자나 금욕주의자들의 사상을 해설한 것들이었다.

　어느 날인데 퇴근길이다. 해는 떨어지고 서녘 하늘엔 황운이 붉게 물들어 있다. 늦게까지 일을 보고 학교 문을 나선 나는 도로 목책(木柵)옆에 무리 지어 서서 어둠에 묻혀 가는 코스모스를 따라, 코스모스를 희롱하며 걷다가 주택가를 빠져나와 밭 둑길로 들어설 대이다.

"선생님— 같이 가세요."

돌아보니 무거운 책가방을 들고 종종걸음으로 따라오는데, 자세히 보니 영숙이다.

"아니 웬일이야, 늦게까지 뭐했어."

"모르셨어요? 남아서 책을 읽다 으는 건데."

의아해 묻는 나에게, 내가 퇴근하는 걸 보고 따라나오는 거라고 부연한다. 우리는 어깨를 나란히 하고 모색이 짙어져 가는 둑길을 걸었다.

"영숙인 책을 열심히 보는가본데 왜 성적이 오르지 않는가?"

"선생님— 재촉하지 마세요. 전 성적에 관심이 없어요."

"그런 말이 어디 있어. 진학도 해야 하는데."

"죄송해요. 성적이나 진학문제 때문엔 조금도 걱정을 안 해요. 저는 사람들이 욕심내는 또 구하려고 기를 쓰는 즐거움 같은 건 의지로 억제하고 그 억제해 가는 것으로 기쁨을 얻었으면 해요. 무슨 말씀인 줄 모르세요?"

나는 의아해하며 영숙을 쳐다보았다.

"좋은 학교 나오고, 좋은 사람 만나고 명리를 얻어 산다는 것이 우리 사회에서는 얻는 보람보다 더 고통스러울 것 같아요. 쾌락 그 자체도 허무한 것이고요."

나는 그의 의중(意中)을 알 것도 같았다.

"알아듣겠는데, 사람들의 대열에서 빠져나가지 않고 같이 어울려 지내며 얻는 고통도 미(美)가 아니겠어. 어차피 우리는 그렇게 태어났고, 우리네 부모님도 그런걸 원하시고 말야."

"제가 말씀드리는 것은 욕심을 줄여본다는 거에요. 고통이나 불편이 수반하긴 하지만 마음속에 있는 허욕이나 쓸데없는 정한을 의지로 억제하며 아름다움을 구해보는 거예요, 우리 부모님들은 저의 하는 일에 말할 자격이 없는 사람들이고요.

나는 영숙이 염증(厭症)이 아닐까 의아해졌다. 부모님에 대해선 묻지를 않았다.

우리는 둑길을 나와 작은 공원 옆을 지나게 되었다.

"집에 가야 되지? 난 좀더 얘기하고 싶은데 말야."

"전 괜찮아요, 선생님이 좋으시면요."

영숙의 마음을 떠보고, 설득을 하여 도움이 되는 얘기를 해주고 싶었으며 그리고 둘만이 대화를 하고도 싶었다.

공원엔 모두 돌아가고 노인 몇 분이 자리에 앉아있다. 우리 둘은 숲속의 한적한 평상을 찾아 들었다. 사위는 어두컴컴해지고, 청량한 저녁 기운이 한낮의 잔열(殘熱)을 거두어 가고 있다.

"영숙이— 충동이나 욕망을 누르고, 이성을 가지고 정신적인 삶의 가치를 추구하는 것도 궤도를 벗어나지 않고서 얼마든지 실현할 수 있는 거야."

"알아요. 그러나 어느 한쪽에 충실하려면 한쪽은 소홀하게 되는 거지요."

영숙은 이상하리만큼 밝은 표정으로, 상냥한 말투로 나의 말을 받았다.

일몰을 보내며 분주히 서두르던 새들도 모두 숲으로 들고, 어두워진 공원은 조용했다. 하늘에는 별들이 하나 둘 모습을 나타내기 시작한다.

"나도 알아. 자신의 영혼을 정화하기 위한 고행(苦行) 즉 리고리즘에 관한 책도 읽어보았어. 이성이 최선이므로 그 이성으로 감성의 즐거움을 억제한다는 사상 말야. 그러나 금욕주의자들도 현실에 충실하고 나서 그 목적을 실현해야 하지 않나 말야.”

“현실에 충실하고 무슨 영혼의 만족을 얻겠어요. 알았어요 선생님, 깊이 들면 끝이 없어요. 이제 그런 골치 아픈 얘기 이렇게 좋은 시간엔 그만.”

영숙은 다가앉으며 나의 가슴에 얼굴을 묻고는 작은 소리로 속삭인다.

“안 돼, 영숙이— 조금 더 있다가 우리 만나자구.”

나는 그의 머리를 살며시 밀어내겨 말했다. 난감했다. 영숙일 설득해 좋은 쪽으로 유도하려던 나의 생각은 여지없이 허사가 되고 말았다.

터질 듯한 열여덟 젊은 처녀의 공세에, 젊은 나의 가슴도 불덩이처럼 뜨거워지고 있었다. 당황했다.

“선생님, 전 아이가 아녜요. 촌스럽게— 우리 건전하게 사귐 되잖아요.”

영숙은 몸뚱이 공세를 계속하며 나의 목을 잔뜩 끌어안았다.

“그럼 약속해, 앞으로 학습에 열중하고 나와 건전하게 사귀겠다고 말야. 이러는 게 정말 영숙이가 말하는 욕심이라구. 영숙의 행동이 이율배반이라구.”

나는 그의 거친 공세에 곤혹스러워하며 말을 얼버무렸고, 영숙은 이성을 잃은 듯 나의 목을 잔뜩 당겨 안고는 입맞춤을 퍼부어댔다. 그래서 나도 뜨거워진 몸뚱이를 억제하지 못하고 그의 머리를 쓸어 주었다.

집에 돌아온 나는 저녁도 거른 채 이불을 펴고 누웠다. 아쉽고, 허전하고 난감한 마음에 머리에까지 이불을 뒤집어쓰고는 한숨을 길게 쉬었다.

영숙이 어찌 그리 대담해졌을까? 무슨 불안한 일이라도 생겼는가?

자지러지는 희음(戱音) 더불어 한참을 버둥대던 영숙이 머리를 나의 가슴에 묻고는 나를 빤히 올려다보며 사랑한다 속삭였고, 이에 '우리 이제 자제하고, 이것으로 끝내고 열심히 해서 훗날 자격자가 되어 꼭 만나자.' 내가 말을 했고, 아쉬운 듯 그는 나를 얼싸안고 한차례 더 입맞춤을 격렬히 한 뒤, 그를 데려다주고는 이렇게 숙소로 돌아온 것이다.

나는 솟구치는 내 감정을 억제하며 그의 몸만을 가벼이 감싸주고 달래주었다. 젊음이 젊음의 공세에 젊음을 억제한다는 게 차라리 고통이었다.

그도 나를 사랑할 수 있고, 나도 그를 사랑할 자격이 있다고 생각한다. 20세를 의사 표시나 사안결정의 주체로 하는 우리의 민법이지만 남자, 여자 18, 16세이면 보호자의 동의를 얻어 결혼을 하게 되어있다. 그러나 그와 나는 사제지간이 아닌가. 부모님과 선생님의 그늘 아래에 있는, 학생인 영숙을 사리 판별의 능력자로 인정해서는 안될 것인데, 나는 그의 보호자이고 스승으로서 영숙이를 건전한 쪽으로 이끌어야할 책임이 있는 게 아닌가? 공원에서 그런 기회를 제공한 꼴이 되어 나는 후회했다. 한편, 나는 미모와 지혜를 갖춘 총명한 영숙에게 마음이 기울어져 있음을 느끼고 당황했다. 그렇다면 영숙을 학업에 정진하도록 옳은 쪽으로 인도하고 또 건전하게 사귀었다가 훗날에 결실을 맺도록 한다면 두 마리의 토끼를 모두 잡는 셈이 되는 게 아닌가? 앞으로는 영숙과의 사이를 각별히 조심하고 옳은 쪽으로 선도해야겠다고 다짐했다.

그 날은 이런저런 고민을 하다가 잠이 들었다.

이튿날은 오전수업만을 하고 나서 학교 도서관 이용실태에 대해 기명(記名) 설문조사를 끝낸 뒤 학생들을 집으로 돌려보냈다. 나는 몹시 긴장하면서 영숙의 행동을 예의 주시했는데 그는 오히려 즐거운 듯 질문도 하고, 급우들과 대화도 하며 전같지 않게 태연히, 명랑하게 행동했다.

나는 그의 즐거워하는 행동이 퍽 다행이라 생각하고, 오후에 설문지를 검토 집계하였다. 그런데 웬일일까? 영숙의 설문지에 설문사항은 기입하지 않고 시가 한 수 적혀 있었다.

山寺가는 길

김영숙

산사에로 가는 길은 좁고 험한데, 나
걷다 보니 이렇게 좁은 길로 가게되었네

험한 이 산길에도 꽃피고 새가 우는 곳
지나온 길을 되돌아보니 눈물이 나네

바람도 머물다가는 가파른 이 산곡 길
가야할 길을 바라보니 또 눈물이 나네

山寺에 들려오는 소리 있어 가는 길이니
소매 잡고 말리는 이여, 슬퍼하지 마세요.

무슨 말인가? 무슨 뜻일까? 나는 당황했다. 마음을 비워내는, 사찰에로 향하는 마음을 은유하는 것일까? 금욕을 지향하는 영숙이 입산(入山)을 암시하는 것일까? 몹시 궁금하였으나 속수무책이었다.

이튿날 영숙은 결석을 했다. 학수고대했으나 종내 그의 모습은 보이지 않는다. 급우들에게 물어보았으나 모두가 모른다는 말뿐이다. 영숙의 집으로 전화를 하였는데 응답이 없다.

며칠 후, 교장선생님의 수시 방문 승낙서를 받아내 영숙의 집을 찾았다. 그러나 그의 집 문은 굳게 닫아 건 채 아무도 없었다. 이웃집에도 알아보았으나 모두가 모른다는 말뿐이었다. 다만 영숙의 아버지가 서해안 건설공사의 현장소장으로 일하는데 여자관계가 복잡해 부부싸움을 자주 했다고 한다.

'가정이 좋지 않구나, 영숙의 어머니는 싸움을 하고 친가로 간 걸까?' 미루어 생각하며 허탈한 마음으로 돌아올 수밖에 없었다. 우선 나는 학교생활에 충실하였다. 영숙의 오랜 결석이나 그의 문제에 대해서는 되도록 덮어두고 전혀 내색하지 않았으며, 내색할 수도 없었다. 만일 나와 영숙의 관계가 외부에 알려진다면 나의 교사생활에 돌이킬 수 없는 상처를 입을 수 있기 때문이다. 한편 나는 영숙이 잘못되지나 않을까 몹시 애가 닳았고, 나 역시 평온했던 가슴에 영숙이 남기고 간 상처가 너무 커서 고통을 어우르기가 쉽지 않았다. 스승의 입장에서 나는 마음을 억누르고 행동을 자제하려 했지만 아름답고 영리한 영숙에 대해 나의 장래까지를 깊이 생각해 보았기 때문에 아무리 애를 써도 그의 환영이 뇌리에서 얼른 지워지지가 않았던 것이다 .

한번 더 영숙의 가정을 찾아갔는데 여전히 그의 집 대문은 굳게 잠겨

저 있었다.

겨울이다, 산야에 헐벗은 풀 나무들은 삭풍에 떨고 있고 진일 삭막한 겨울들판을 헤매며 먹이를 찾던 새떼들이 고달픈 몸으로 숲을 찾아드는 저녁때이다.

하루 일을 마친 나는 지친 몸을 이끌고 숙소로 돌아오다가 우편함에서 편지 한 장을 발견했다. 발신인 난이 비워져 있었다. 이상한 예감에 피봉을 뜯어보니 역시 영숙으로부터 보내온 것이다. 찰한지(札翰紙)를 펼쳤다.

사랑하는 선생님께 올리는 글
선생님 그동안 안녕하신지요.
선생님께 죄를 지은 영숙이입니다. 우선 저의 잘못을 용서해주시기 바랍니다. 저는 많이 방황했어요. 선생님이 자기의 자리에서 목표를 실현해 보라는 옳으신 말씀도 깊이 생각해 보았고요. 그러나 제가 보고 듣고 느끼는 세상의 모든 것들이 저의 감정을 억제할 수 없게 만드는, 고통의 원인인 욕심들뿐이어요. 세상을 살아가려면 욕심이 있어야 하고 몸과 마음에 욕심이 가져다주는 즐거움이 있어야 하는데, 저는 거짓말이나 남을 누르지 않고는 살아가기가 어려운 이 세상에서 살아갈 자신이 없어졌어요. 명리를 쌓으려면 그만큼 어려움과 욕심이 수반되는 세상이잖아요. 그래서 내 마음을 비우고 남을 사랑할 수 있는 세상이 없을까 많이 생각했어요. 욕심과 고뇌와 정한을 많이 떨쳐버릴 수 있는, 그러한 것들이 엄습하지 못하는 세상 말예요. 그래서 저는 티끌이 더 많이 나의 몸에 옮겨 붙기 전에 거짓과 욕심과 쾌락으로부터 유리(遊離)되어, 몸과 마음의 쾌락보다 더 유희(遊戲)의 세상을 찾아보려, 인위(人爲)로부터 조금 멀리 와서 구름과 바람, 새소리 물소리 더불어 지내고 있습니다.

사랑하는 선생님, 지금 제가 말씀드리는 것은 저의 마음과 경우에 한한 것일

뿐이고, 선생님이나 저의 동무들은 격랑의 세상 속에서 얼마든지 아름다움을 찾을 수 있으리라 생각합니다. 그리고 저는 제가 아름다움을 찾아 이 길로 접어든 것이므로 저의 운명이 저를 걱정해 주신 선생님과는 무관하다는 걸 말씀드립니다.

그 날 공원에서 아름다웠던 선생님과의 시간을 고이 간직하고 있습니다.

다시 한번 용서를 바라며, 선생님 내내 안녕하세요.

00월 00일

김영숙 올림

'그랬었구나. 왜 그랬을까? 왜 그렇게 밝고, 아름답고 영리하며 푸른 학생이—' 매우 안타까운 마음이다.

나는 영숙이 이 세상을 거짓과, 욕심과 쾌락으로만 생각하고 이를 그의 의지로 피해 가려는 것이지 그의 행위를 염증으로 생각하지는 않는다. 염세란 세상을 불합리한 곳, 암흑 또 구원할 수 없는 것으로 생각하고 이에 대한 구원은 생의 끝과 사(死)의 시작, 즉 이승의 끝에 이르는 것이라던데, 영숙이는 쾌락을 절제하고 무욕의 경지에서 아름다운 영혼을 구하려는 것이리라고 생각했다.

그와 뜨겁게 사랑을 주고받은 것은 아니지만 나에게 당겨져 오는 영숙이를 이성으로 깊이 생각했기 때문에 순진했던 나의 마음은 충격이 적지 않았다. 허전했다. 그래서 학교에서도 무엇을 잃은 듯 허전하지만, 내색을 하지 않으려 노력했고 그래서 더 학생들과 열심히 어울렸다. 그리고 집에 돌아와서는 책읽기에만 열중하였으며, 휴일에는 거르지 않고 배낭을 메고는 산에 올랐다.

독서와 등산으로 마음을 추스르며 지내는 동안 겨울도 지나고 봄이 되었다. 얼었던 산과 들이 풀리며 계곡의 물도 많이 불어나고, 겨우내 갇혀있던 사람들도 푸르러지는 들과 산으로 퍼져 나와 봄을 어우르고 있었다.

어느 날인데 연휴이어서 좀 멀리 등산선(登山線)을 정하고 아침 일찍 서둘러 집을 나섰다. 아무도 동반하지 않는 홀로의 여행이고 사람이 많지 않는 한적한 곳을 택하는 것이 나의 등산취미이다.

하산길이다. 절이 있고 조그만 암자도 있어 모두 답사를 했으며 봄꽃이 여기저기 널려있어서 시간을 지체했는데도, 일찍 나선 탓에 아직 한 나절을 조금 지나 해가 거웃하다.

바위 턱에 배낭을 내려놓고 앉아 쉬었다. 구름 하나 없이 하늘은 멀끔한데 초여름 해는 서녘하늘에서 지척거리그 있다. 뻐꾹새 울음에 시들은 떨기 철쭉이 툭 떨어진다. 바람은 없는데도 송홧가루가 풀풀 날리고 있다.

"선새앵님."

산중인데, 이게 무슨 소리일까?

봄 산에 취해 망연히 앉아있던 나는 깜짝 놀라서 둘레둘레 찾아보지만 아무도 없다. 다시 여인의 목소리가 들린다. 소리나는 쪽으로 고개를 돌린다. 저 멀리, 저 아래에서 희미하게 올라오는 사람의 형상이 보인다.

"선생님 저예요."

귀에 익은 목소리이다. 가까이 올라오며 계속해 부르는 여인은 승의(僧衣)에 걸낭을 등에 진 비구니이다. 분명히 영숙의 목소리이다. 이게 웬일일까?

“선생님 절 몰라보세요. 안녕하셨어요.”

다가오며 합장배례하는 여승은 영숙이였다. 나도 마주 합장 배례를 했는데, 영숙은 고개를 오르느라 얼굴이 발그레 물들었다.

‘산과, 바람과 나무와 더불어 사는 영숙의 눈은 너무 맑고, 밝은 형안(炯眼)이 되었나보다. 멀리— 아주 멀리서도 나를 바라보고 소리를 치다니— 그와 나, 산인(山人)과 속인(俗人)의 차이일까?’

“선생님, 왜 말씀이 없으세요. 저 영숙이예요.”

난처했다. 제자이지만 어엿한 품위의 스님이다.

“아 그러신가. 예….”

어쩔 줄 몰라 엉거주춤할 뿐이다.

“선생님 저, 제자 영숙이예요. 편하게 해 주세요.”

“아, 그 그래요.”

나는 난처했다. 영숙은 승의를 걸쳤으나 밝은 표정에 목소리가 낭랑했다.

“선생님, 선생님 생각 많이 했는데 이렇게 뵈올 줄 정말 몰랐어요. 이렇게 좋은 봄날에요. 아 저 하늘 보세요. 저 꽃들 좀 보세요. 정말 좋은 날… 기쁜 날이네요. 어젯밤 제가 꿈을 자알 꿨걸랑요. 이렇게 좋은 일이 있으려고… 호.”

봄날에, 하늘은 맑은데 정말, 봄 산에서 영숙의 하얀 얼굴은 더 맑았고 재잘대는 그의 목소리는 낭랑했다.

나는 무엇에 홀린 사람처럼 망연할 뿐이다.

“선생님, 모르셨어요? 조기 저 아래에 샘이 있어요. 약수인데 물이 참 좋아요. 가세요.”

영숙에 이끌려 조금 아래의 계류로 갔다.

석간(石間)에서 맑은 물이 퐁퐁 솟는데, 주위엔 늦은 봄꽃이 눈부시게 널려 있었다.

우리는 석반 위에 마주 앉았고, 영숙은 박기(薄器)를 집어들어 청냉한 샘물을 가득 떠서 그와 나의 앞에 놓고 그리고 합장하며 기도했다. 나도 따라 합장하고 고개 숙여 기도를 했다.

"선생님, 기도 중에 무슨 생각을 하셨어요."

"생각은 무슨 생각을…."

기도를 끝내고, 영숙이 나에게 샘물을 권하며 물었고, 나는 물을 마시며 쑥스러운 듯 우물쭈물 말했다.

"전 선생님이 기도하시며 무슨 생각을 했는가 알아요. 저어— 학교 생각, 집 생각하시고 산을 내려가는 생각도 하시고요. 기도는 무념에 들어야 하는 거예요. 깨끗한 무념, 선생님이 생각하시는 거나 욕심과 고뇌는 모두가 인간사예요. 참고 견뎌야하는 그통의 세상사 말예요. 생각을 깨끗하게 하는 거, 기도하며 고뇌를 털어 버리는 것이 금욕이예요. 세상에서 가장 아름다운 시간, 아시겠어요?"

알 듯, 모를 듯한 그리고 나보다 생각이 앞서는 그의 말에, 나는 계속 대답을 하지 못했다.

"선생님, 저기 좀 보세요. 참 아름답네요."

영숙이 가리키며 달려가는 곳엔, 언덕의 많은 봄꽃들 중에 백도라지 꽃이 하얗게 활짝 웃고 있었다. 꽃의 맑은 웃음이 사람들에게, 꺾어가세요. 아니면 영숙이처럼 홀로 있게 해주세요. 하는 것 같기도 하고….

개화기가 7월인 도라지꽃이 벌써 피어 있었다.

영숙은 허리를 굽혀, 하얀 꽃에 그의 입을 가져가 입맞춤을 하며 방긋 웃었다.

"선생님 예쁘지요."

"예쁘군."

'맞아, 하얗게 웃고있는 꽃잎과 승의를 걸친 영숙의 해맑은 얼굴이 저리 닮았을까? 저렇게 깨끗할 수가 있을까. 모든 것을 벗어버린, 털어 버린 듯한 해맑은 얼굴들. 해탈(解脫)해 가는 모습이 저런 것인가 보다.'

"선생님, 일어나세요. 만났으니 헤어져야해요. 좋은 만남도 이렇게 잠시고, 아쉬움뿐이지요."

바람도, 구름도 가고 더 지탱하려고 안간힘하며 머물렀던 모든 사물들이 이 좋은 봄날에도 자꾸만 저렇게 떠나가는데… 우리도 이제 가야 하나보다.

한참을 분주하던 영숙이 나에게 인사를 하고, 형언할 수 없이 평화로운 얼굴을 하고는 손을 흔들며 산곡 길을 오르고, 나도 영숙의 낭랑한 목소리에 취해 멍하니 서 있다가 다음으로 가기 위해 무거운 발길을 돌리는 것이다.

머나 먼 봄길

새벽산행을 하다가 봄꽃을 보았다. 오늘만의 산행이 아니고, 오늘에서야 본 개나리 진달래가 아닌데 새삼스럽다는 생각이 든다. 산길을 걷다가 동행하는 벗과 봄 얘기와 꽃 얘기를 많이 했다.

"벌써 개나리가 활짝 폈네."

"아이 참— 밖에 나가 봐요. 꽃들이 난리야."

꽃 얘기를 하다가, 봄나들이 얘기도 했다.

겨우내 추위에 갇혀있던 사람들이 꽃의 부름에 봄 언덕으로, 또 버들 개천으로 흩어져 밖으로 나도는 얘기와 해토된 논밭에 거름을 내는 농사 얘기에서 바쁜 농사를 잠시 쉬고, 무쇠 솥들을 준비해 가지고, 개울에 나가 고기를 잡아 끓이고 화전(花煎)을 부쳐먹으며 하루를 즐기는 시골 사람들의 봄놀이 얘기로, 급기야는 우리도 봄놀이 가자는 데까지 합의했다.

꽃피는 봄이 오면 처녀들 바람 난다던데 어디 처녀뿐이랴, 풀 나무도 마음이 달떠서 몸 안에 가두어 두었던 각색 꽃과 잎들을 밖으로 토해내고 그리고 사람들도 그 꽃 속에, 봄빛 속에 자연과 같이 어우러진다.

산천에 진달래 피는 봄이 오면 산골사람들은 봄 속에 또 꽃 속에서 그와 더불어 양춘(陽春)절기를 즐기며 보내지만 도시사람들은 다르다. 도시 속에 갇혀 봄을 모르고 삭막하게 살아가는 경우가 허다하다.

그렇게 우리들은 큰맘을 먹어야 산 구경을 하고 봄 구경, 꽃 구경을 하는 것이다. 하루를 평소에 교유하는 술벗들과 봄 동산에서 술을 마시고 떠들어대며 즐겨보는 것도 살아가는 재미가 아니랴.

벗과 그런 얘기 끝에, 다섯 명이 승용차를 이용해 놀러 가기로 상의했다.

차 주인의 성은 홍씨이며 교회 집사로 마침 술 담배를 하지 않는 사람이고, 남은 넷은 교직과 국영업체에서 일했던 사람들로 대주가(大酒家)들인데, 객지 벗이지만 어떤 허튼소리를 해도 서로 이해해주고 심지어 실수를 해도 감싸고 덮어주며, 해학과 재치가 모두 뛰어나 자주 어울려 즐기는 술친구들이다. 홍집사는 각 지방에 지리를 훤히 꿰뚫고 있으며 놀이의 준비와 진행과 마무리에 모두 일가견이 있고 운전기술도 뛰어난 분이다. 서로의 호칭은 편의상 홍집사 그리고 박선생, 성선생, 현선생으로 부르고 지내며 여행할 때 항시 관리를 담당하는 나를 그들이 김반장으로 부르고 있는데, 모두 고등교육을 받은 한량들이다.

행선지는 영월로— 자연경관이 빼어나고 조선 6대 단종 임금의 슬픈 흔적이 남아있으며 그리고 방랑시선(詩仙) 김삿갓 묘소가 있는 곳이니 금상첨화가 아니냐는 의견들이다. 홍집사는 이미 영월여행 전력이 있다고 한다.

봄놀이, 술놀이판에 슬픈 사연이 웬말이냐는 생각도 나 혼자 해 봤으나 이참에 글감을 마련하는 셈친다라고 생각하고 이의를 달지 않았다.

술과 안주 그리고 비상약품까지 미리 준비해 차에 실었다.

서울에서 영월까지는 먼 거리여서 일찍 출발했다. 고속도로로 한참을 내달리니 새벽빛이 가셔지고, 햇살이 퍼져오며 산천의 모습이 서서히 드러난다. 비 온 끝이어서 씻은 듯 깨끗했고 풀 나무와 봄꽃들이 생기가 넘쳤으며 하늘에도 구름 하나 없다. 모두 "좋다— 좋다—"를 연발한다.

일행들은 만나자마자 떠들어대기 시작했다. 놀이 날을 잡아놓고는 명절날을 기다리는 어린아이처럼 마음이 들떠 있었던 것이다. 그도 그럴 것이 날씨 좋은 봄날이고, 꽃을 만나는 날이고, 마음껏 마시는 날이고, 마구 떠들어대는 날이며 공기 좋고 물 좋은 산천에서 모든 걸 잊고 생활에 찌든 진애(塵埃)를 말끔히 털어 버리는 날이 아닌가.

차에 타자마자 동네 돌아가는 얘기로부터 떠들어대기 시작한다. 아무개네 잔치가 언제이고, 누구 마누라는 바람이 낫나보다로, 어느 주점에 놀러오는 아무개 여편네가 어떻더라는 식인데 젊고 직장생활을 할 때는 점잖은 지식인이었으나 지금은 건달들이다. 남자들이 모인 자리에서의 대화방향은 뻔한 것이 아닌가?

"박 선생, 저 소설 금병매 말야. 그 책 봤수. 이건 처음부터 지랄들 하는 것으로 시작해서 끝날 때까지 지랄들 하는 얘기니 말야. 어휴 흉해."

"맞어— 주인공 서문경 짜식은 말여 친척이고, 하인이고 무에고 치마만 두른 사람이믄 그냥 두지 않으니 말여. 놈이 반금련이하고 지랄하는 건 예술이야. 방중술에 범전이란 말야."

"별의별 예술두 다 있다 참, 나는 안 봤는데 당신들 골고루두 봤나봐. 그 책이 명나라 때 나온 유명한 책이라문서."

"그려, 4대 기서의 하나인데 대단한 책이야."

성과, 박과 현이 서로 주고받고 웃으며 떠들어댄다.

"거— 서문경이나 반금련이처럼 색사(色事)에 탐닉하는 것도 미학(美學)의 대상이 될까?"

"이런 예미— 미학의 대상에 제한이 있는가. 아 에로스나 아가페 같은 거 생각해 봐."

"이런 예기— 에로스가 색사냐? 그건 성애야. 그거 말여, 섹스할 때 지랄덜 하는 건 정신이상자들의 도착행동이여. 가학이나 피학 같은 거, 또 오럴이나 펠라티오(變態 性戱)도 그렇구 말야."

"야— 박선생 부인께서 가끔 얼굴이 안되셨는데도 히죽히죽 웃으시던데, 혹시 마조히스트(被虐症) 아니신가."

"예끼— 이 사람, 농담은. 그러구 말여 미학은 철학 용어라구, 함부로 쓰지 마, 사람들아."

"야— 치워라, 지저분한 사람들아."

농담에 내가 끼어들었다.

책에서 섭렵한 색사 이야기로 그리고 과거에 겪었던 염력(艶歷)에 보태고 거기에 재치와 은유를 가하여 정신 없이 떠들어댄다. 운전석 옆에 앉은 나는 뒷자리 돌아보랴, 웃어대랴, 소리지르랴 고개가 아플 지경이다.

"야 씨알, 그런데 어떻게 된 거야. 해장도 안 했잖았나 말야? 홍집사아—."

"왜 그러셔, 허허."

박선생이 소리를 빽 지르며, 놀이의 준비를 맡았던 홍집사를 부르자, 운전을 열심히 해가며 홍집사가 대답한다.

"당신— 오늘같이 좋은날 우릴 굶겨 쥐길거여, 해장을 못해 죽것구먼 시리."

"정말, 해장이 늦어 죽겠다."

"됐어, 조금만 더가면 문막 휴게소니께 거기 가서 볼일두 보구 우동 하나씩 하자구. 해장 겸해서 말야."

박 선생이 말하고 나와 성, 현도 끼어 한마디씩 거들었다.

태양이 저만치 산 위에서 벗어나 햇살을 뿌리고 있는데, 도로의 소통도 원만하고 새차여서 승차감도 쾌적했다.

식전이고 식사가 좀 늦었다. 우리는 휴게소에서 우동 하나로 아침을 대신했고 소주도 물컵으로 하나씩 가셔댔다.

식사를 끝내고 차는 다시 달리기 시작했는데, 그때부터 컵으로 마셔댄 술기운이 온몸에 번지고 그리고 일행들의 말들이 거칠어져간다.

"야— 못 쓰것어, 술을 코에 바르다 말았으니 말야."

떠들어대는 속에 주호인 박이 말했다. 나는 운전석 옆에 앉아, 개울가 황새 고개 내두르듯 앞뒤로 연신 머리를 도리질 해가며 대화에 끼어든다.

"자— 조용히 합시다. 그래도 행선지가 임금님의 능이 있는 영월인데 조금은 숙연해야지, 안 그래?"

"아니, 술 한 잔 더 하자는 데 무슨 새소리여."

"술은 조금 더 가서 하고, 내가 조금 알아두었던 단종에 대해 강의를 할게. 잘 들어둬."

나의 말에 모두 좋다고 한다. 차는 충북 제천을 지나고 있다. 도심을 지나는데도 차량의 막힘이 없어 속도가 빠르다.

"에, 술이 급하다고 하니 간단히 하지. 에—."

"에, 그놈의 에 소린 빼라."

"에, 이성계가 고려 사직을 무너뜨리고, 조선을 세우고 그리고 태조가 된 다음에 장자인 정종이 대를 잇고, 개국공신인 차자 방원이 두 차례나 왕자의 난을 일으켜 형제 상잔(相殘)의 권력다툼에 성공을 한 뒤 3대 왕위에 올라 정치를 잘 하다가 아들 세종에게 임금자리를 양위한 건 다 알잖는가베— 에— 영왕 세종이 장자 문종의 도움을 받으며 나라를 태평성대로 이끌었으나 왕세손이 없는 거야. 그것 때문에 궁전에서들은 모두 걱정이 태산이었지."

차는 제천을 빠져나와 막힘 없이 계속 산길을 달린다. 술기운이 몸에 퍼지고, 차창으로 드리워지는 따가운 봄 햇살에 모두 겉상의를 벗어 던졌다. 나는 앞뒤로 고개를 내두르며 여행에 대비해 조사했던 자료를 기준으로 계속 말을 이어갔고, 일행들은 반쯤 눈을 감고 조용히 듣고 있다.

"그런데 궁궐 안에 근심이 말끔히 가시어지는 일이 생겼네. 세종 23년(1441. 7. 3.)이었지, 문종의 처인 권부인이 회임(懷妊) 끝에, 동궁 자선당에서 아들을 낳은 거야, 그때 출산아가 단종이지, 그런데 권부인은 안타깝게도 몸이 허약해 곧 이승을 하직했어, 어쩌겠어, 세종임금은 안타깝지만 그래도 왕세손을 얻은 것에, 신이 나서 정사(政事)를 더 잘하였지."

"술 한 컵 마시고 재미없는 얘기 들어주느라 진 욕본다. 홍집사아—."

"예. 예에, 말씀하십시오— 나으리."

“술은 어떻게 된 거요, 술을 설 먹었더니 안 먹음만 못해.”

“예. 조금 가면 ‘선돌’이라는 명소가 있는데, 그곳에 가서 한 잔 하도록 해 드리지요, 허허.”

농담 섞인 박과 홍집사의 대화이다.

“그럼 막간을 이용해 간단히 얘기를 끝내겠어, 에— 또 단종은 태어나서 왕족들로부터 귀여움을 독차지하고, 아버지인 문종이 즉위한 후 10살 되는 해에 왕세자로 책봉되고 그리고 문종은 몸이 약해 재위 2년 만에 붕어했는데 단종은 12세 어린 나이에 보위에 올랐어, 그런데 숙부인 수양대군, 안평대군, 금성대군 그리고 궁내 신하들과 단종을 보위(保衛)하는 세력들간의 권력싸움에 단종은 자리 보전이 어려웠다. 단종의 즉위 후 1년 만에 계유정란이 일어났다. 왕위를 노린 수양대군과 추종 세력들이 단종 보호파인 거두 김종서를 새벽에 습격해 그와 아들 둘을 살해하고, 황보인과 일파를 모반자로 몰아 입궐하는 그들을 습격 살해했다. 단종 2년(1454. 1. 10)에 송헌수 딸이 단종 왕비로 간택되었고, 수양대군의 역모에 의해 정적인 동생 안평과 금성대군 그리고 그의 반대파 다수를 유배보내 놓고는, 수양은 같은 허 6월 11일 왕위를 찬탈했다. 이듬해 6월, 성삼문 등 사육신들의 단종 복위를 위한 모사가 있었는데, 배반자 김질에 의해 거사가 탄로되어 모두 참혹한 국문 끝에 주검을 당했다. 동시에 단종은 상왕에서 노산군으로 강등되어 지금 우리가 가고 있는 영월 청령포에로 유배된 것이다. 청령포와 영월의 동헌인 관풍헌에서 솔바람과 풍월을 벗삼아, 왕비에 대한 절절한 그리움을 달래다가, 순흥에서 유배 생활하던 금성군의 반(反)세조 모의사건이 탄로되어, 후환의 씨앗을 없애려는 세조, 세조가 보낸 사약을 마시고 짧은 삶을 끝낸 거야. 이상.”

“너무 달린다. 홍집사, 선돌이 얼마 남았어.”

“다 왔어.”

“죽겠어, 술두 다 깨구 말여.”

길가에 노랗게 치장한 개나리가 촘촘히 서서 봄빛을 즐기고 있다. 차는 소나깃재라고 하는 산 고개를 오른다.

나뭇가지 끝에 파란 움들이 튀어나와 “여기요— 나요” 하고 고개를 내밀고 있고 산새들이 신기한 듯 재잘거리며 나뭇가지에 톡톡 부리질을 하고 있다. 산수유꽃과 진달래는 활짝 폈고 산도화와 다른 봄꽃들도 일제히 가지 끝에서 툭툭 멍울을 터뜨리고 있다.

“자— 여기가 선돌인데 산경이 그만입니다.”

“경치보다 술이 급해.”

“예미, 술걸레라구 안 그럴까봐, 구경하구 먹자구.”

“깔지마, 나보다 더하면서.”

차를 세우며 안내 말을 하는 홍집사에 주호인 박과 내가 농담을 주고받았다.

고개 위 도로 옆에 노점이 있는 주차장이 있어, 우리는 노점 앞에 차를 세우고 오솔길로 내려갔다. 비탈을 조금 내려가자 철책이 가려 쳐져 있고, 그 아래로 절경이 시야에 들어온다. 아무리 조물주의 작품이지만 감탄하지 않을 수 없다. 아득히 절벽 아래로 푸른 소나무 숲이 있고, 숲을 헤치고 커다란 바위 봉우리가 두 갈래로 치솟아 있으며, 석봉(石峰) 아래로는 푸른 강물이 휘돌아내려 간다. 강 건너 작은 들, 들판에 농부 몇이서 화사한 봄빛을 맞으며 실랑이를 하고 있고, 들 가장자리에로 조그마한 산들이 봄빛에 젖어 옹기종기 웅크리고 앉아있다. 모두 푸르다.

"뭐해. 빨리 와."

대강 둘러보고, 일행들은 다시 올라와 노점 앞의 주탁(酒卓)을 가운데 놓고 둘러앉아 술을 시작하며 소리친다. 선돌 안내간판을 들여다보다 말고 나도 뛰어가 합석했다.

이곳에서 소나기를 만났다고, 고개이름이 소나기재인가 보다. 소나기재는 어디에도 있을 수 있고, 길을 가다보면 누구도 넘어야하는 삶의 고개이다. 단종도, 김삿갓도 나도 그리고 누구든 고개는 넘어야 한다. 단종은 유배 사사되려고 이 고개를 넘었고, 김삿갓은 하늘이 부끄러워 삿갓으로 하늘을 가리고, 동가식서가숙으로 세상을 주유하다 고개를 넘었다. 소나기 내리는 이 재를 많은 사람들이 곤고한 몸을 이끌고 넘었지만 우리는 봄꽃 속에, 자연 속에 이렇게 술을 마시며 소나기가 없는 날을 골라 고개를 간다. 꽃피는 봄날에, 산에서 새소리 들으며 마음에 드는 주우들과 고개를 넘는 것이다.

차는 다시 10분쯤 고개를 내리 달려 영월 영흥리 산 1017번지, 단종이 누워 있는 장릉(莊陵) 앞에 닿았다. 장릉은 사적 196호이다.

주차장에 차를 세우고 우리는 먼저 소나무 언덕을 조금 올라가 능묘를 참배했다. 묘봉과 그 앞에 문인석 2개와 4각 장명등 그리고 상돌, 석물(石物)들이 모두 조화롭게 배치되었는데, 그 위에로 봄 햇살이 흠뻑 내리고 있었다. 묘시(墓翅) 너머에도 붉은 진달래가 만발했다. 구릉 중허리에 묘둔이 있고, 그 아래에 비각과 재실 그리고 영천(靈泉)이 있어, 우리는 내려오며 모두를 둘러보았는데 묘를 밀장(密葬)하고 또 세월이 많이 지난 뒤 잃어버렸던, 단종의 묘를 찾아낸 충신 엄흥도와 박충원을 기리는 정려각과 비각도 있었다.

산세(山勢)와 묘역을 얼른 둘러보았다. 풍수학에서 사람의 시신이 누운 자리를 음택이라 하고 주거지나 사찰 그리고 각종 축조물의 자리를 양택이라 한다. 우선 음택을 정하는데는 형기와 이기를 고찰한다고 한다. 산세와 지세 그리고 여타의 외형을 형기라 하고 지질과, 일조 방향과 바람 그리고 주위경관을 이기라 하는데, 형기와 이기를 관찰하고 물형의 어우러짐을 연구하는 게 풍수지리학이라 하며, 사록에 보면 우리나라는 삼국시대에 중국에서 천기와 지기의 순역을 가늠하는 감여(堪輿)학을 들여와 인용했다고 한다. 역학이나 풍수학 모두가 오랜 경험에 의한 통계과학으로 70퍼센트는 맞는다고 한다.

장릉의 정(靜)형세로는, 태조산에서 지맥이 알맞게 내려와 용혈이 이루어졌고 동(動)형세로는, 양옆에 작은 계류가 있어 장풍득수 즉 바람과 물이 조화로우며 남아 도는 풍수를 그 계류가 알맞게 흡수하여 기세가 알맞다. 주위의 형세가 음양오행의 상생흐름이 원활하고 그리고 비암비토여서, 지질이 좋아 풍수지리를 잘 모르는 내가 봐도 주작(朱雀)이 비천하는 형국이라 할 수가 있겠다.

엄홍도가 야반에 아들들을 데리고, 남들이 모르게 이곳에 평장으로 몰래 묘를 썼다고 하는데 경황이 없는 중에도 용혈을 잘 잡았구나라고 생각했다. 풍수에 정통한 도선이나 격암 남사고 선생도 지나치게 좋은 것보다는 중용을 택했다고 하는데, 묘 터가 썩 좋다는 생각이 들었다.

단종이 여기에 눕고, 묘석들이 갖추어지고 그리고 묘역의 부속 재실들이 지금의 모습을 드러내기까지는 숱한 우여곡절을 겪었다.

세종의 여섯째아들이고, 세조의 동생인 금성대군이 경북 순흥에서 귀

양살이하던 중 그곳 부사 이보흠과 단종의 복위를 모의하다가 발각되어 세조로부터 사사되었다. 그 연유로 한명회 일파의 끈질긴 단종 제거 권유로 세조는 마지못해 사약을 내리게 되는데, 당시 단종은 청령포에서 유배생활을 하다 강의 홍수 때문에 관헌객사인 관풍헌으로 처소를 옮겨 지내며, 매죽루에 올라 송부인에 대한 절절한 그리움과 시름을 달래가며 세월을 보내고 있었다.

단종이 두견새와 세상사 서러운 마음을 이심전심하며, 눈물로 밤을 지새우던 당시 매죽루는 이후에 자규루로 개칭되었는데, 그의 시내용은 이렇다.

자규사(子規詞)

달 밝은 밤 두견새 울면/ 시름 못 잊어 다락에 기대었다/ 네 울면 내 듣기 괴롭다/ 네 소리 없으면 내 시름 없을 것을/ 이 세상 괴로워 너에게 말하노니/ 춘삼월엔 자규루에는 오르지 마소.

원통한 새 궁중에서 나온 뒤/ 외로운 그림자 푸른 산을 헤매네/ 밤마다 잠 들려하나 잠 이룰 길 바이없고/ 해마다 한을 안 하려 애를 써도 끝없는 한이로세/ 울음소리 새벽 산에 끊어지면 지는 달빛 내리고/ 봄 골짜기에 토한 피가 흘러 낙화인 양 붉었고나/ 하늘은 귀 먹어 저 하소연 듯 듣는데/ 어쩌다 내 귀만 홀로 밝았는고.

1457년 10월 24일, 관풍헌 누대(樓臺)에 곤룡포와 익선관 차림의 열일곱 살 단종이, 그리고 단종 앞에는 독배를 받쳐들고 금부도사 왕방연이 부복해 있다.

　일반적으로 단종은 사사되었다고 하나 그게 아니라고 하는 기록도 있다. 사록(史錄)이라는 게 정사나 야사가 다르고, 어느 편에 누가 사기를 작성했느냐와 얼마나 객관성 있게 정리했느냐에 진실이 가름되는 것이다. 정조때 이긍익이 쓴 『연려실기술』이나, 『병자록』에 왕방연이 사사 진행 중에 자진했다는 설과 단종을 모시던 통인 하나가 뒤에서, 활줄로 목을 감아 당겨 시해했다고도 하나 독배 사사가 통설이다.

　수양대군이 권력다툼을 하며, 단종으로부터 왕위를 찬탈하고　세조가 되어, 주변을 수습하고 단종의 흔적을 지워버리는 과정에 혈족과 단종의 처가 쪽을 포함한 친족 그리고 신하들을 무려 200여 명이나 희생시켰다고 한다.

　그렇게 단종은 열일곱 살 꽃다운 나이에 죽어 아무렇게나 버려졌다. 시녀들은 호곡을 하며 강물에 몸을 던지고, 온통 세상은 슬픔에 잠기는데 폭군 세조와 그 주위의 모사꾼들이 무서워 누구도 불평을 하거나 단종의 장례를 엄두도 낼 수 없었다. 그런데 당시 영월의 호장 일을 보고 있던 엄흥도라는 이가, 단종 편에서 편의를 제공하는 자는 삼족을 멸한다는 세조의 엄명에도 불구하고 관(棺)을 준비하고 시체를 수습하여 지금의 능소에 몰래 장사를 지냈는데, 그 후 세인들은 까맣게 묘를 잃어버렸다가 중종때 군수 박충원의 침소에 단종이 현몽(現夢)해 위치를 일러 주어 묘를 찾았다고 하며, 숙종때 경연관 이민서의 주선으로 노산군에, 또 현감 신규의 상소에 의해 단종으로 추봉(追奉)되었고 그리고 나라에서 능묘도 정성스레 정화(整化)하고, 능호를 장릉으로 명명함으로써 드디어 지금의 모습을 드러내게 되었다 한다.

“야— 날 좋고, 경치 좋고 꽃 좋다. 반장— 여기서 한 잔하고 가자.”

“야— 씨알, 여기서 위떠키 술을 먹냐, 내참— 저기 학생들을 봐라.”

학생들이 차에서 내려, 무리 지어 경내로 입장하고 있다.

박이 정려각 비문을 보고있는 나에게 접근하며 술 먹자는 제의를 하자 옆에 서있던 성이 말을 가로채며 혀를 찬다.

“남들 모르게 먹으믄 되지, 술발 받을 때 말야. 차암.”

“참어, 청령포에 가서 먹자. 정숙을 지켜야지. 이러한 장소에서 예도도도 모르나?”

“예미— 예도(禮道) 찾을라문 술을 먹어라. 참묘하고 음복(飮福)하는 건 만고에 진리여. 임금이구, 붕어구 능이구 모두 사람이 만든 거여. 예미— 단종 임금님두 17년 동안 거품처럼 잠시 부유하다 꺼져간 허상이라구. 살아서 두 허상인데 죽고 나면 여느 사람들처럼 무란 말여 무— 예미—.”

나의 참으라는 말에 박이 혀 꼬부라진 소리로 구시렁거린다.

“야, 제법 주태백이가 철학적으로 논다.”

“박 선생 말이 맞아. 이분도 잠시 머물다 간 인생이지, 삶은 허상이라는 반야경도 있잖아. 그러나 허상이 실상이구 실상이 허상인거라, 교부학이구 실존학이구 모두 인간이 만든 거야. 많은 슬기로운 사람들이 실존은 긍정하면서두 신은 부정했는데 말야. 개체의 존재와 존재에 주어진 자유 말야. 행동이나 의사에 자유가 주어지지 않는다면 인간은 피조된 거구 신을 긍정하는 게 되지 않나 말야.”

“시끄러 예미, 술 한 잔 하자는 게 웬놈우 철학이여.”

성선생이 야유했고, 내가 끼여들어 한 마디 했는데, 박이 화를 벌컥

낸다.

"뭣혀요오—."

홍집사가 정문 밖에서 차를 손질하며 빨리 나오라고 소리지른다. 주차장에 차가 밀리고 참배객들이 차에서 내려 정문이 미어지게 쏟아져 들어온다.

술기에 젖고, 춘양(春陽)에 젖은 일행을 태우고 차는 다시 달리기 시작한다. 사방은 산이고, 물이고 바람이었다. 여기도 봄꽃이 만발했다.

"참 좋은 고장이여, 발 닿는 곳마다 절경이니 말여."

"그려, 참 너무 아름답다. 좋다."

"술이 깨는데 뭐가 좋냐?"

내가 말하고, 성이 받았고, 박이 투덜거렸다.

"조금 참으셔, 청령포가 좋다니 거기 가서 한 잔 더 하자."

차는 달려 청령포 배 턱 앞에 대었다.

멀리 삿갓처럼 생긴 비죽비죽한 고산이 병풍을 두른 듯 둘러싸고 있고, 그 아래로 푸른 강물이 휘돌아 나가며 강 가운데 있는 육지 안의 섬이 청령포인데 건너다 뵈는 소나무 숲속의 경치는 너무 아름다웠다.

강 뱃사공아 날 건너 주게 청령 곤룡포 다 찢어진다.
여보게 사공을 부르지 말게 지난밤 비바람에 날아갔다네.

술병을 든 박이 선착장의 사공을 향해, 비틀거리며 정선아리랑 곡을 끌어다 붙여 구성지게 부르고, 이에 현이 빙긋이 웃으며 대거리를 한다.

"어르신 죄송합니다. 술 반입이 안 되는데요."

매표소의 젊은 관리인이 공손히 인사를 하며 박이 들고있는 술병을 보고 말한다.

"뭬여, 이 사람아— 딱 한 병인데 뭘 그러나. 봐 주지."

"안 되는데요."

"봐 주게. 사람도 없는데— 조용히 먹을 테니."

박이 술을 가지고, 배를 타려 고집을 부린다.

"박선생. 고집할걸 고집해. 법규범이 아닌 사회의 일반규칙이나 관습이라도 법처럼 엄격하고 냉정해야돼. 한두 사람 봐주다 보면 질서가 엉망이 되고, 그 잘못된 결과가 어긴 사람들에게 해독이 되어 되돌아오는 거야. 저 건너 왕방연 시비가 있다고 하니 그리로 가서 하세."

"그런가. 예미 또 참아야 하는군."

나의 만류에 박이 이해했고, 관리인이 미안해하며 술을 받아 보관한다.

강을 건너니 청령포 입구에 돌탑이 있고, 빽빽한 노송 속에 단종의 시중을 들던 시녀들에 행랑처소가 있으며 안쪽으로는 단종 임금이 거처하던 어가(御家)가 자리잡고 있다. 장득과 생활 가구들이 정갈하게 정돈되어 있으며 단종과 시중을 들던 사람들의 모습, 그리고 당시의 생활상을 그대로 복원해 놓았는데, 1990년 영월군에 의해 만들어졌다고 한다. 고색이 창연한 집 안팎을 모두 둘러본 우리들은 솔밭 길을 따라 단종의 슬픔을 알고있다 하여 이름이 지어진 고목 관음송을 구경하고 다시 그곳을 지나 노산대에 올랐다.

노산군으로 지위가 내려진 단종이 유배생활 중, 송부인이 사무치게 그리울 때면 찾아올라 서러움을 삭이던 작은 산봉이다. 청산이 둘러싼 분지, 분지에 녹수가 있고, 녹수에 둘러싸인 작은 섬이 청령포이며 강물과 연접한 작은 구릉이 노산대인데, 아득한 청벽 아래로 검푸른 물이 휘돌아 내려가고 있다. 상량한 바람이 안겨와 취기와 등산으로 인한 더위를 거두어 가고 있다.

박이, 좋다 좋다를 연발하고 있다.

"아니, 박 선생은 무에 그리 좋아서 좋다를 연발하시오."

"아니, 이보다 더 좋은 곳이 어딨어, 한가지 술이 없어 서운하긴 하지만 말야."

"하하— 또 술이어."

현과 박이 대화 중, 현이 말끝에 히죽 웃는다.

"아니, 김 반장은 또 단종 생각 허시우?"

성의 말이다.

"하늘같은 권세 그리고 부귀영화와 사랑하는 님의 곁을 강과 감시군사에 막혀 달려가지 못하고 이곳에 앉아 흘러가는 구름을 쳐다보며 지나가는 바람 편에나 절절한 사연만을 띄워 보냈을 단종의 심정을 생각해 보시우. 차라리 명리와 거리가 먼 우리네 같으면 그리 서럽진 않을 테지만 말야."

"그만, 또 시심이 동했구려."

두런두런대며 지척거리는 일행들을 빨리 서둘러 가야 한다고 재촉해 산을 내려왔다. 영월 땅은 발길 닿는 곳이 모두 절승지여서 다 볼 수도 없고 더욱이 원행(遠行)이라 대충 몇 군데만을 관광키로 한 것이다.

되돌아 강을 건너서 이정표를 보고 조금 달려가니 길가에 느티나무가 있고, 나무 아래에 왕방연 시비가 있어 우리는 잠시 시비 앞에 자리를 펴고 술병도 꺼냈다. 그곳 역시 절경이었다. 시비 앞에 강물이 흐르고, 강 건너 송림 숲이 청령포이다. 사방이 높고, 푸른 산이고 계절이 봄이어서 각색 꽃들이 어우러져 있다.

금부도사 왕방연이 나이 어린 임금을 모셔다, 고도(孤島) 청령포에 떼 놓고 되돌아가려니 발길이 떨어지지 않아, 나무 아래에 앉아서 강 건너 단종이 있는 곳을 바라보며 절의 단장가를 부른 곳이다.

아득히 먼 곳에 나이 어린 임금님을 모시고 와서 오지에 두고 가려니 발길이 떨어지지 않네/ 그래서 냇가에 이렇게 앉아 서러운 마음을 달래려 하는데/ 저 강물도 내 마음을 아는지 울면서 밤길을 흘러가고 있네.

온 나라 백성과 신하들이 단종의 처절한 운명을 그렇게 애통해 했는데, 단종을 끔찍이 사랑하고 믿었던 세종과 문종이 만일 하늘에서 그 정경을 내려다보았다면 마음이 어떠했을까? 단종의 비인 정순왕후는 81세까지 수(壽)를 했다는데, 패덕의 세즈로부터 봉록이 내려져도 받지 않았다고 한다. 슬기롭지 못하고, 천륜을 거역해 후대에 만고의 포악한 임금으로 기록된 세조도 가슴 한 구석에 찔리는 점이 있었나 보다. 단종의 어머니가 현몽하여 그의 얼굴에 침을 뱉은 후로, 피부병에 걸려 평생을 고생했다고 한다.

우리는 자리를 거두어 차에 싣고 다시 달리기 시작했다. 희대의 시선(詩仙) 김삿갓의 흔적을 더듬어 보기 위해 20리 와석계곡을 오르는 것이다. 이 계곡은 『정감록』과 격암 남사고의 『남격암산수십승보길지지』에 삼재가 들지 않는 땅으로 어지러운 세상에 피난하기 알맞은 곳이라 했듯이 깊은 오지이었다. 역시 바람과, 구름과 시 더불어 주유했던 삿갓시인의 발길이 닿은 곳이어서 절경이고 깨끗했다.

"아니 김반장은 단종에 대한 강의가 끝났는가?"

술을 해서 더 떠들어대던 박이 나에게 한 마디 한다.

"단종의 유적지는 지났지. 지금부터는 시선 김삿갓이야."

"그럼 잘됐네. 당신이 시를 아니께 삿갓에 대해 얘기를 좀 해봐."

"삿갓에 대해선 예비 조사를 많이 했지. 그런데 너무 장황해서 다 얘기할 수야 있능가?"

깊고 긴 계곡이지만 길이 잘 정비되어 오르기엔 수월했다. 소설가 정비석 선생이 영월의 유지 박영국씨와 평소에 흠모하던 김삿갓의 묘를 참배하려 마음을 굳게 먹고 찾아왔다가 길이 험해 승용차를 세워놓고 그리고 발을 삐고 개울을 건너 온갖 고생 끝에 간신히 삿갓묘소를 참배했다고 한다.

"젊은 나이에 사랑하는 어머니와 처자식을 두고 집을 나와 단 한번만을 집에 다녀갔을 뿐, 평생 객지를 떠돌다가 그만 숨을 거두었지, 묘소도 잃어버렸다가 80년대 초에, 박영국이 수소문 끝에 고생고생을 하고서야 찾아낸 거야.

삿갓의 호는 난고이고 이름은 김병연(1807~1863)이지, 그의 조부 김익순이 선천 부사였어. 양주가 고향이고 안동 김씨 세도가였는데 조부가 홍경래 난 때 술에 대취해 잠을 자다가 거세게 밀려오는 반란군들에게 잡혀 항복했어. 그 죄로 난이 평정된 뒤 처형을 당했지. 그래도 김씨들이 득세하던 때여서 멸족은 면하고 폐족에 그친 거야. 그의 부 김안근은 화병으로 죽고, 나이 어린 삼 형제를 데리고 모친 이씨는 역적의 가족이라는 세상사람들의 눈총을 피해 떠돌이로 살다가 오지인 이곳 와석리 어둔 마을에 정착을 한 거야. 자라며 학군을 익힌 영재 병연은 약관에 영월 백일장에서 장원을 하고 그리고 집에 돌아와 모친 이씨와 기쁨을 함께 한다. 갖은고생 끝에 자식을 키워낸 이씨는 아들과 장원의 기쁨을 함께 나누다가 시제가 뭐냐고 묻는다. 병연은 반란자에게 항복하여 처형된 김익순을 탄핵하라는 시제인데 중국의 고사를 인용하고 또 익순이 백 번 죽어 마땅하며, 저승도 못 갈 역적 놈이라며 마구 욕을 해줬다고 자랑을 늘어놓는다. 얘기를 들은 이씨는 얄궂은 운명이 된 시아버지와 아들, 아들에게 익순이 조부임을 실토하며 모자가 서로잡고 통곡한다. 병연은 할아버지를 욕한 자신이 부끄러워 집을 나간다. 삿갓으로 하늘을 가리고 술과, 시와, 구름과 지팡이 더불어 바람이 일러주는 대로 평생을 떠돌아다닌 거야. 자잘한 얘기는 그만두고 개략하면 말야.”

“대강은 알고 있지.”

나의 얘기에 성선생이 대답한다.

차는 속력을 내고있다. 묘소가 가까워 오는가? 시를 새긴 석비와 장승들이 가끔 눈에 뜨인다. 나의 설명 끝에 홍집사가 한 마디 한다.

“여기가 영월 와석리 노루목이구 한참을 더 올라가면 김 삿갓이 살았던 집이 있다우.”

“아니 홍집사는 예를 와 본거유.”

“참— 내가 여길 두 번이나 와 봤다우.”

운전을 하는 홍집사와 현이 대화한다. 묘소가 가까워오자 삿갓의 시를 각자한 시비가 난립해 있다. 어수선해 아쉬웠다.

차에서 내려 묘소엘 오르며 길가에 있는 비의 시문을 되새겨 본다.

"여기서 한 잔하지."

"또 술타령이야."

"이런 예기— 여기 묻힌 분이 시선이기도 하지만 주선(酒仙)이라는 걸 몰라. 술 애기 나무라면 이분을 모독하는 거야."

"알았어. 때가 많이 지났어. 길 건너 객점(客店)에서 아주 점심을 하자구."

김삿갓의 시혼이 드리워져있는 골짜기는 너무 아름다웠다.

우리는 그가 누운 무덤 옆 잔디밭에 둘러앉았다.

"잘 들어. 내 삿갓의 짧은 시 하나 소개할게."

석양이 애석해서인가 까마귀가 운다. 삿갓에 두루마기와 미투리차림을 한 이 양반이 고달픈 몸을 지팡이에 의지하고 유해 갈 곳을 찾아, 어느 마을에 들어선다. 작은 산동네이다. 그중 부유해 뵈는 집 마당에 차일을 쳤고 마당 가득히 흰옷들이 오가며 어수선하다. 삿갓이 기웃해 본다. 아— 안됐다. 갓 시집온 스무 살 꽃 새댁의 숨이 멎은 것이다. 부엌과 뒤꼍이 부산하고, 방안에선 젊은 주검을 놓고, 상주들이 애곡을 하고 있다. 감초 김삿갓이 그냥 지나칠 리 없다. 걸낭에서 지필묵을 꺼내 준비했다는 듯이 흰 종이에 검은 붓을 휘두른다.

生也一片 浮雲起 사는 게 구름 하나 떠있는 거고
死也一片 浮韻滅 죽는 건 잦아드는 메아리와 같은 게요

평소에 풍월을 좀 안다고 하던 상주가 지면에 눈을 주다가 곧 무릎을 꿇고 삿갓을 대했다.

"하— 기막힌 즉흥 운(韻)이야."

"아니 박선생이 술말고 시도 아는가봐."

"예끼 이 사람— 내가 국문학 전공이라는 걸 모르나."

성과 박이 농담을 주고받는다.

삿갓을 부정적으로 보는 사람도 있다. 모르고 조부를 욕한 건데, 모친과 처자식을 버려 두고 집을 나가 떠돌이로 생을 보낸 것은 주위 사람과 영재인 자신은 물론 나아가 나라에도 배리(背利)한 게 아니냐는 것이다. 그러나 나는 생각을 달리한다. 자신의 어긋난 운명으로 인해 그의 사상이 권부(權富)있는 자와 부조리를 증오하게 되고, 그게 집을 나간 원인이 되었으며 가출이 하늘의 달별을 보고 구름 바람 더불어 풍찬노숙을 하게 된 것인데, 그런 기발한 재치와 은유의 주옥 같은 글들을 술술 토해내게 된 것도 그의 여정에 연유된 게 아닐까? 사유는 각인각색이다. 그를 이상하다거나 방랑벽이 있다고 하는 것은 그릇된 생각이다. 주어진 삶이 어떠했든, 사는 게 부운(浮雲)이라 말했던 그가 하늘을 가리고 지팡이에 기댄 그의 생이 그의 판단에 의해 결정한 것이라면 긍정적으로 보아야 할 것이다. 지워진 한 조각의 구름을 저리 많은 아쉬움에 비를 세우고, 아쉬워하는 사람들이 길을 머워 찾고 있으며 해마다 저리 그의 시를 축하해 주는데, 뉘 그의 삶을 손가락질하랴. 누운 자도 생각 있다면, 그가 어느 귀인인들 부러워 할 이유가 없다.

나 또한 삿갓의 시를 매우 좋아한다. 아쉬웠다. 좀더 시간이 있으면 삿갓을 생각하며 그의 시를 더 음미해 볼텐데 하는 마음이었다.

큰아들은 그의 형에게 양자로 보내졌고 둘째 아들 익균이 종주(宗主) 노릇을 했는데 그가 아버지를 집에 안주시키기 위해 천신만고 끝에 삿갓을 찾았다. 세 번이나 찾아온 아들이 아버지의 귀가를 간곡히 권했는데 한 번은 여사(旅舍)에서 아들에게 심부름을 보내놓고 도망했고, 한 번은 밤에 자다가, 그리고 또 한번은 길을 가다 뒤를 보마고 하며 보리밭에 들어가 삿갓을 보릿대 위에 얹어 놓고 고랑 사이로 줄행랑을 놓았다니 여귀(旅鬼)가 씌어도 단단히 쓰인 사람임에 틀림없다. 그가 전라도 화순 땅에서 객사를 했는데 3년 후에 아들이 시신을 찾아다 이곳에 이장을 했다고 한다.

우리는 자리에서 일어나 도랑을 건너 삿갓식당에로 들어갔다. 한나절이 많이 기울어 속이 비었고 오다 마신 술도 거의 깨었다. 관광도 일이라면 하루 일이 끝난 게 아니냐며 좀 근사한 식사로 주문하고 술도 나우 하자고들 제의했다. 그래서 우리는 좀 나은 식사에 술을 곁들여 취하도록 질탕했는데 내종엔 노래도 부르고 그리고 박선생이 주부(酒婦)를 두 명이나 주방에서 끌어내 같이 뛰어대며 놀았다.

뒤처리는 홍집사가 모두 맡아서 했다. 되돌아오는 길에, 어느 휴게소에서인지 술을 더 마신 생각이 어렴풋이 나는데 이튿날, 그래도 여행을 잘 끝냈다고 생각을 했다.

소이역(蘇伊驛)

　소이역에는 쉬어 가는 기차가 있고 쉬지 않고 그냥 지나가는 기차도 있다. 기적소리를 앞세우고 산모롱이를 돌아온 기차는 역을 지나 또 한 번 소리만을 내지르고 산모롱이를 돌아가 버린다. 성냥갑만한 역사(驛舍), 그 간이역을 우리네 삶처럼 잠시 스쳐가 버리는 기차들은 짐 실은 차가 있고 사람을 싣고 가는 객차도 있다. 조그마한 산 마을의 가장자리에 자리한 소이역의 대합실은 항상 텅 비어 있다. 기차를 타려는 사람이나 또 차에서 내리는 사람이 드문 시골역이기 때문이다.

　소이역 대합실의 게시물 옆에 경찰 순찰함(巡察函)이 하나 걸려있다. 시골 동네 한가운데 자리한, 지서에 근무하는 직원들은 골목을 나와 철로 옆의 목책(木柵)을 따라 도보로 한참을 가다가 대합실에 들러 순찰표에 날인을 하고 다음 순차지(順次地)로 향하게 된다. 역의 주위에서 일어나는 사건을 처리하게 하기 위해 순찰선을 정한 것인데 씻고 보아도 경찰이 참견할 일이라곤 아무 것도 없다. 가끔 기차시간을 묻는 촌부(村婦)가 있긴 하다. 역원(驛員)의 제복과 경찰복을 분간하지 못하는 시골사람들이다. 곡물자루를 이고, 들고 추레한 차림의 노부(老婦)는 잰걸음으로 다가와 황급히 묻는다. 아무 데 가는 차가 몇 시에 있느냐고, 그러면 나는 얼른 생각이 나지 않아 우물쭈물한다.

"아니 간수(看守) 양반 뭐혀. 빨리 대답잖구. 바쁘구먼시리."

"예, 네 시에 있습니다." 기억을 더듬어 얼버무린다.

"얼른 일러주면 될걸 가주구 뭘 꾸물거려. 외양은 멀쩡해 가주구."

혼잣말처럼 한마디 불평을 한 촌부는 미안해하는 나를 뒤에 남겨두고 후딱 치맛바람을 날리며 역구로 뛰어간다.

바람도, 구름도 그리고 기차도 잠시 스쳐 지나가 버리는 소이역, 가끔 가다 쉬어 가기도 하지만 오르내리는 사람 없어 직행열차는 지나간다는 신호로 소리만을 하늘에 남기고 사라져 버린다. 하는 일없이 소리만 저리 내지르니 소이역의 기차는 모두 목이 쉬지 않았을까?

그곳 지서에 부임한 지 얼마 되지 않는, 어느 해 가을의 오후였다. 철로를 따라 노방(路傍)에 해롱대는 연분홍 코스모스들에게 수작을 걸며 순찰을 돌던 나는 첫 번째 순찰함이 있는 역 대합실에 들러 표에 날인을 하고 정거장 마당으로 나왔다. 청량한 가을날인데 마당의 느릅나무 교목(喬木)에 낙엽 몇 개가 허공을 맴돌며 떨어지고 있었다. 허리 굽은 역부(驛夫) 하나 방금 기차 보내고 출구를 돌아 사무실로 들어가고 정거장 마당이고, 대합실이고 플랫폼이고 모두가 절간처럼 고요하다.

나는 마당 모서리의 가겟방 쪽으로 돌아 두 번째 순찰함이 있는 방향으로 발길을 돌린다. 앞서 걷고 있는 젊은 여인을 발견하고 인사를 건넨다. 구면(舊面)이다.

"안녕하세요."

"네 안녕하세요."

배시시 웃으며 인사를 받는다.

내가 대합실에 들어설 때 정거장 마당에서 잠시 서성이던 여인, 호구 조사할 때 그의 집에서 인사를 나누고 대화를 했던 여인, 그리고 언젠가도 정거장 마당에서 서성이는 것을 한두 번쯤 본 생각이 나는 여인이다.

"누굴 배웅하셨나요."

"아니에요. 그냥 나왔어요."

억지 웃음이 쓸쓸하다.

그녀의 집이 순찰함이 있는 방향이어서 같이 걷게 됐다. 얘기를 주고받으며 어깨를 나란히 하고 우리는 동네를 빠져 나와 가을논둑 길로 들었다.

황금 들판이다. 가을 창공을 떠나가던 기러기가 바람에 방향을 바꿔 날고 풀섶의 메뚜기들이 콩알처럼 논으로 튀어든다. 길가에 무리 코스모스의 행렬, 가을 바람 하나가 목이 긴 코스모스 꽃 이파리를 희롱하고 있고 또 하나는 여인에게 달려들어 머리칼과 치맛자락 끝을 잡고 흔들어댄다.

"산골에 오셔서 고생이 많으시겠어요."

"괜찮습니다. 아직 젊어서 재미있습니다. 그런데 전에도 역에서 서성이는 걸 본적이 있는데 무슨 일이 있습니까?"

"네. 누굴 기다리고 있어요."

웃으며 대답하는 젊은 여인의 옆얼굴이 갸름한 미인이다. 진자색 스웨터에 연분홍 긴치마차림인데 둔부로 이어 내린 허리의 선이 곧고 길고 호리다.

"그럼 사람이 오지 않았습니까?"

“네, 오지 않았어요. 올 리가 없어요.”

무슨 말인가? 아리송하다.

“도무지 알 수가 없군요.”

“그럴 걸요.”

여인이 쳐다보며 바람에 흩어진 머리칼을 쓸어 넘긴다. 더 궁금하다. 치마가 한 번 펄럭인다.

“누굴 기다리기에 그런 말씀을 하시나요?”

“저의 딸이에요. 저의 딸인데 이름은 옥이.”

더더욱 알 수 없는 말이다. 무슨 사연이 있구나 직감이 든다. 순찰함이 있는 곳까지 왔다. 농협 창고의 담 벽에 순찰함이 걸려있고 조금 떨어진 곳에 그녀의 초가집이 있다.

“저의 집에 들러 차 한 잔 하고 가세요.”

“네 그러겠습니다.”

나는 순찰표에 날인을 하고 그녀의 집에 들어가 안내하는 대로, 마루에 경찰모를 벗어놓고 자리했다.

그녀가 차반(茶盤)을 가져와 가운데 놓고 마주 앉았다.

“집이 양지 바르고 아늑하군요.”

가을볕이 따습게 내리고 검은 경찰제모의 모표(帽標)가 햇빛에 번쩍 빛난다. 어디서 탈알 탈탈— 가목(架木)으로 두텟대 두드리는 추수의 소리가 들린다.

“옥이 얘기 좀 해주시겠습니까?”

“말씀드리지요. 저의 딸 옥이가 네 살이었는데 잘못됐어요.”

“그렇군요. 그런데 어떻게 그런 일이, 그리고 역과 무슨 관계라도.”

짐작은 했었다.

"말해드릴까요. 바쁘시지 않으면."

"네 좋습니다."

나는 대답하고 말해 주기를 재촉했다.

"저의 남편은 이곳 소이역에서 한 정거장 떨어진 곳의 철도 건널목 간수(看守)예요. 선생님처럼 대학을 졸업하고 고시 준비중이며 아르바이트를 하는 셈이었지요. 그리고 저의 친정도 그곳이고요."

찻잔을 권하며 여인이 말했다.

"그렇군요. 결혼을 일찍 하셨나봐요."

언젠가 내가 자신도 경찰직에 있지만 아직 수학(修學) 중이라고 말했던 생각이 난다.

"네. 저의 남편이 근무하는 건널목 근처에 저의 친정이 있어요. 제가 여학교 다닐 때 그 건널목으로 다녔는데 상 하학(上下學) 때마다 지금의 남편과 서로 자주 보게 되었고, 그래서 사랑하게 되었고 또 그것이 인연이 되어 여학교를 졸업하고 곧 결혼을 했지요. 그리고 이곳에다 보금자리를 만들게 되었어요."

"네— 그래요."

"그래요. 역이 있는 곳에서 태어나 철도 건널목에서 철도 간수인 마음 착한 남편을 만났지요. 서로 좋아 사랑하고, 서로 좋아서 결혼을 했고 꿈 같은 결혼생활에서 예쁜 딸아이 옥이를 얻었어요. 저희들은 행복했습니다. 고시에 합격하 명리(名利)를 얻는 것보다 저를 만난 것이 더 기쁘다고 남편은 말했고 저도 그랬으니까요.

남편은 열심히 공부하며 일했고, 저 역시 아이 돌보고 남편 뒷바라지

하며 화목한 생활을 꾸려 나갔지요. 아이도 건강하고, 더욱 예쁘게 자라 네 살이 되었어요. 그런데 어느 날이었습니다. 깊은 가을밤인데 밖에선 짓궂은 바람이 불었습니다. 낮에 잘 놀고 그리고 저녁에 잘 자던 아이가 잠에서 깨어 보채기 시작했습니다. 우리 내외는 자다말고 놀라 약포(藥鋪)로 달려갔습니다. 그리고 주인을 데려와 응급 처방을 하고, 진땀을 흘리며 아이 간병을 했습니다. 그러나 허사였어요. 이 작은 역 주위엔 병원이 없습니다. 밤이 깊어가며 아이의 병세는 호전되질 않았고, 알 수 없는 괴질(怪疾)인데 불덩이같이 뜨겁게 열이 오른 아이는 밤새 엄마를 부르며 울었습니다. 우리 내외는 당황했습니다. 밤 지나 날이 새기를 기다릴 뿐 속수무책이었습니다. 멀리 있는 병원엘 가는 시간보다 첫 차를 기다리는 게 유리했기 때문이지요. 밤이 지나고, 울다 지친 아이가 실신해 가고 그리고 문창(門窓)에 새벽빛이 서성일 때 우리 내외는 서둘렀습니다. 첫차를 잡기 위함이었지요. 남편은 아이를 부둥켜안고 앞서고 나는 남편의 뒤를 따르고, 그렇게 우리는 역을 향해 달렸습니다. 기차는 빨리 오라고 허연 입김을 허공에 토해내며 소리치고 있었습니다. 아이는 눈을 감고 말이 없고, 나는 아이 이름을 부르며 울부짖었어요. 남편은 저에게 입원(入院)하고 기별할 테니 아이 옷이랑 챙겨 가지고 뒷차로 오라하고, 역원의 부축을 받으며 기차에 올랐습니다. 남편과 옥이를 실은 기차는 기적소리만을 하늘에 남기고 떠나갔습니다. 새벽이어서 텅빈 역구를 나와 집으로 돌아온 저는 아이의 옷가지를 챙겨놓고 눈이 빠지도록 소식을 기다렸습니다. 한참 후 역원이 달려와, 걱정 말고 집에서 기다리고 있으라는 전갈만을 하고 돌아갔습니다. 저는 아이에게 달려가야 하겠는데 아이의 행적을 알 수가 없어, 일각이 삼추(三秋)같이 초조하게 기다리는 수밖에 없었어요. 오후에 역원이 다시 찾아와, 남편으로부터 철도전화로 그냥 더 기다리라고만 하더라는 내용을 말하고 돌아갔지요. 이튿날 아침이었습니다. 뜬눈으로 밤을 새우고 마루에 멍하니 앉아 기다리고 있는데 남편이 싸리문으로 털레털레 들어섰습니다. 나는 마루에 쓰러져 기절하고 말았습니다. 옥이와 같이 나간 남편이 혼자 돌아왔기 때문이지요. 눈을 뜨니 병원이더군요. 옆에는 남편이 근심스레 지켜보고 있고요. 저는 울었습니다. 며칠을 식음 폐하고 울었습니다. 또 울었습니다."

여인은 수난을 겪었던 사람같지 않게 초연히 말했다.

"아 그런 일이 있었군요."

"그 후 가끔 저는 역전에 나가, 가고 아니 오는 옥이를 기다리다 오곤 해요. 세월이 가며, 아이 배웅하는 것을 소홀히 하는 것 같아 덜컥 겁이 날 때도 있어요."

"잊으시고 용기를 내세요. 아직 젊은데 아이를 또 두시고요."

"역엘 나가, 가고 아니 오는 아이를 기다리는 것과 다시 아이를 두는 것과는 무관한 일이에요. 그리고 역에 아이 배웅 나가는 나의 일상이 아이의 흔적을 추스르는 것 같아 싫지가 않아서 그렇게 할 뿐이에요."

"그렇겠군요. 죄송합니다 상처를 건드려서."

미안했다. 그의 말이 옳았다.

다시 들르겠다는 말로 인사를 대신하고 그녀의 집을 나왔다.

나는 순찰을 한바퀴 돌고, 지서에 들러 근무일지에 기록을 한 후 다시 역으로 나왔다.

기차 하나 목메어 뉘를 부르고 있었다. 옥이 엄마가 옥이 부르는 소리
더불어 애절하기 그 소리가 그 소리 같았다. 뉘 기다리던 기차는 불러도
대답하는 이 없어 산모롱이를 돌아가고, 옥이 엄마 옥이 기다리다 발길
을 돌린 정거장 마당은 적막했다. 인간사, 옥이 엄마와 같이 기다림인
가.

정거장 마당의 아카시아 교목 이파리는 노랗게 변해가고 있고 그 이
파리 몇 개 우듬지와의 인연을 뒤로한 채, 낙엽이 되어 가끔 허공을 쓸
쓸히 맴돌고 떨어져간다.

기차도 잠시 스쳐가고 옥이도 잠시 왔다 떠나가 버린 간이역, 그 소이
역에는 우리네 인간사처럼, 모두가 잠시 얼굴만을 비치고 떠나가고 있
을 뿐이다.

소이역(蘇伊譯)

뉘 온다는 신호이기에 기적이 울고 있고나
오늘도 소이역에 나와 가고 아니 오는 사람을 기다린다

오르는 사람도 없고 내리는 사람도 없는데
驛夫 하나 기차 보내고 출구로 돌아 나온다

꽃피는 봄 언덕에서 그 사람 만나 정을 주었고
입지는 가을 이 역에서 그 사람 보냈네

오늘도 그 사람 만나지 못하고 待合室에서
쓸쓸히 쓸쓸히 쓸쓸히 발길을 돌린다

디딜깐

하늘은 멀끔한데, 보름달이 중천에 떠 있다. 달과 마주한 산골동네가 대낮같이 환하다. 동구앞 개울을 거슬러 오른 상류의 새물 하구에 물새가 울고, 허공의 기러기 행렬이 두런거리는 소리를 내며 부지런히 하늘을 건너가고 있다.

"어허 어러리 어서 가세 어허이—. 어허 어허이 서두르세 어리리."

개울의 자갈밭길을 건너오는 상두군들의 상여소리이다.

"다 왔능개벼. 어서 제물을 차리자구."

"도착 되거덩 하지유 뭐."

"아녀, 늦으면 못써. 서둘러야 혀."

동구 방천의 당목(唐木) 아래에서 개울을 건너오는 남정네들을 기다리던 아낙과 아이들 무리이다. 여인들이 떡이랑 과일과 나물류로 제상 차리기에 여념이 없다.

아닌 달밤에 무슨 상여일까?

정월 대보름이고, 방아뱅이라는 동네 액막이 동제(洞祭) 때문에 동네 사람들이 모두 나서서 증일을 준비하였다. 상두군들이 메고 오는 것은 상여가 아니고 디딜방아이다. 예로부터 내려오는 습속으로 이웃동네의 방아 신(神)을 몰래 모셔다가 액풀이를 하면 한 해를 평안히 보낼 수 있다는 것이다. 어느 해인가 뱅이액풀이를 거르는 바람에 호되게 어려움을 당한 일이 있다. 기황(饑荒)과 괴질이 들어 동네 모두가 온통 혼쭐난 기억이 있어 그 후로는 해마다 거르지 않고 액풀이 행사를 하고 있다.

행사 며칠 전부터 덕이 있고 길한 사람으로 제관과 축관(祝官)을 선정했고, 집 안팎을 깨끗이 청소하고 그리고 동네사람 모두가 몸을 정갈하게 함은 물론 기간 중에는 부부 접사도 금하도록 하였다. 그리고 당일에는 돼지를 잡아 제사 준비를 끝낸 후에 해지길 기다렸다가 남정네들은 야음을 타고 개울건너 앞 동네로 숨어들어 방아를 훔쳐 메고 오는 중이고, 아낙네들은 제사준비를 해 가지고 이렇게 동구의 당목 아래에 나와 남정네들이 도착되기를 기다리는 것이다.

드디어 방아가 도착했고, 붉은 팥죽 칠을 한 방아의 가위다리가 하늘을 향하도록 해 방아가 모셔지고, 달거리를 끝낸 청결한 젊은 여인의 속옷 두 벌이 방아의 양다리에 걸쳐지고 그리고 그 앞의 제상에 제물이 차려졌다. 제관이 주도해 제사가 진행되고 축관의 동네 태안을 비는 축문이 낭독되며 그리고 나서 음복(飮福)들을 하고, 음식을 나누어 먹고는 방아신으로 하여금 동네의 악귀를 진압하고 선령(善靈)을 부르는 의식으로, 상쇠를 선두로 풍장놀이가 질펀하게 벌어진다. 그렇게 한바탕의 행사가 끝이 나면 젊은이들에 의해 방아는 개울 건너 자갈밭에 가져다 버려진다.

버려진 방아는 기다리던 방아의 소유 동네 젊은이들이 도로 가져가는데, 행사 중에 방아를 못 훔쳐가게 말리거나 의식을 방해하면 방아신이 노하여 재액을 내리므로 그러한 행위를 모른 체 하거나 오히려 도와주어야 한다.

　우리 집에서 한 집 건너에 순이네 집이 있고 순이네 바깥마당을 지나면 디딜방앗간이 있는데 사람들은 그냥 디딜깐이라 부른다. 이 디딜방아 역시 이웃동네의 액막이행사에 쓰이기 위해 한 해도 거르지 않고 수난을 당하는데, 방앗간엔 헛간이나 다름없는 멍석이 깔린 허름한 방이 하나 있다. 그리고 시렁 위엔 동네 공유인 담 틀과 가마니를 그리고 차일(遮日)과 잡다한 용구들이 무겁게 얹혀 있으며 방앗간 앞에는 오래 묵은 호두나무가 있고 나무아래에 우물이 있다.

　고향동네 아래뜸에 우리 집이 있는데 뒤에는 높은 산이 둘러쳐져 있고, 앞에는 맑고 찬물이 항상 끊이지 않고 디리저리 흘러내리는 산골 내 고향이다.

　사철 동네사람들은 방앗간에 모여 일하고 즐기며 세월을 보낸다. 잔치를 벌여도, 반회(班會)를 해도 그곳으로 장소를 정하고, 그곳 방에는 항시 마을꾼들이 모여 새끼를 꼬고 짚신도 삼으며 밤을 보내는데, 어머니들은 아예 아기들을 디딜깐 방에 재워놓고는 밤낮을 가리지 않고 벼와 보리, 잡곡을 찧고 양념을 빻으며, 더러는 밥도 해 먹어가며 그곳에서 살아가고 있다.

　배우고, 개화된 부모를 둔 순이는 무남독녀의 외동딸이고 여자중학교 학생이다. 얼굴이 예쁘고, 마음이 착하고 똑똑하며 공부도 썩 잘하는 순이는 디딜깐에서 낳았다고 해서 방아데기라고도 불렀다. 순이 엄마가 디딜질을 하고 굉기로 방아공이를 고이고는 확에서 곡물을 파내다가 아랫배가 무지근해서 곧바로 아랫도리에 힘을 주어 순이를 낳았다고 한다.

　나보다 한 살 위이고 학교에도 한 해를 먼저 들어간 순이는 나와 항상 디딜깐의 우물을 들여다보며 노는 날이 많았는데, 부모의 사랑을 듬뿍 받는 순이는 수수떡이랑 과자들을 가져 와 나에게 건네주기도 하고, 책을 빌려주기도 했다.

　자라면서 순이와 나는 자주 어울려 놀긴 했으나 둘이 어울리다가 사람들과 마주치기라도 하면 쑥스러워서 아닌 척 하곤 했는데 더 자라 중학생이 되고 나서는 남녀가 유별한 시골이어서 가끔 만나 서로 책을 빌려보는 정도의 사이가 되었다.

　사춘기가 되면서 나는 순이 생각을 하는 때가 많았는데 용기가 없어 그의 집을 기웃거리기만 할 뿐이고, 터놓고 만나지 못해 몹시 안타까웠는데 순이 역시 그러한 눈치였으며 서로 마주칠 때엔 그도 반색을 하고는 몹시 좋아했다. 서로 좋아는 하면서 가슴앓이만을 하는 셈이다.

　해동이 되고 새싹이 돋아나는 이른봄이며 모두가 농사일에 나설 때이다. 순이 엄마가 우리집에 밤마을을 와서 애기하는데, 순이가 학교엘 가지 않고 방에만 처박혀 있다고 걱정을 했다. 겉으로 보기엔 아무렇지도 않고 아픈데도 없다는데 얼굴이 수척해지니 병원에라도 데리고 가봐야겠다고 말한다.

　나는 몹시 걱정이 되었으며 덩달아 나까지 심란해서 어머니께 순이의 사정을 알아보라고 일렀다.

　순이 엄마의 말이라 한다.

　아름다운 산곡마을의 디딜 방앗간에서 태어난 외동딸 순이는 양부모의 극진한 사랑을 받으며 곱게 자라는데, 가끔 엉뚱한 말을 할 때가 있다. "엄마, 오늘은 비가 오니 들에 가지 마세요. 아무 데 사시는 외삼촌이 많이 아프세요. 동네 아무개 네는 도둑이 들겠어요"라는 말을 서슴없이 하는데, 문제는 어린 순이의 그러한 말들이 영락없이 들어맞는데 있는 것이다. 순이 부모는 어린 딸의 아무렇게나 해내는 말에 기괴한 마음까지 들었으나 자신들의 목숨처럼 사랑하는 아이에 허물이랄 수 있는 사실을 아무렇게나 토설할 수가 없었다고 한다. 그래서 벙어리 냉가슴 앓듯 속만을 태우던 차에 이젠 학교는 고사하고 아예 방안에만 들앉아 이렇다할 말도 건네려 하지 않는 아이의 행태에 부모마음이 너무 아파, 병이란 자랑을 해야한대서 이웃들에 털어놓는 거란다.

어머니로부터 내용을 전해들은 나는 놀랐다. 순이를 생각하고, 순이를 만나는 것으로 마음을 어우르고 즐기며 학교를 오갔는데 순이의 신변에 이상이 있다는 말을 듣고는 심란했다.

산과 들엔 봄꽃이 만발하고 냇가의 버드나무엔 황조(黃鳥)란 놈들이 봄놀이에 여념이 없는 호시절이다.

순이네 삽짝엘 들어서니 집안이 조용했다. 우측으로 돌아가면 순이가 쓰는 방이 있는데 방문 앞, 담 옆의 복숭아나무에 복사꽃이 흐드러지게 폈다.

석양인데, 나는 학교에서 돌아오자 곧바로 순이의 집을 기웃거리다가 사람이 없는 기색이어서 숨어들은 것이다.

"아니 웬일이지."

인기척을 듣고 기다렸다는 듯이 순이가 쪽마루로 나오며 반색을 한다. 나는 대답을 하지 않고 순이를 물끄러미 바라만 보았다.

"뭐해. 마루에 올라앉아. 오랜만이야."

"퍽 궁금했어. 어떻게 된 거지?"

순이는 예상외로 깨끗한 옷차림에 얼굴엔 화장까지 했는데 언행에 생기가 느껴졌다. 예쁜 얼굴이다.

맑은 서녘하늘 가운데 석양이 서산으로 다가가다 말고 순이의 얼굴을 환하게 비추고 있다.

"뭐가 궁금해. 이렇게 잘 있는데."

"학교엔 왜 안 가지."

"학교 다니는 건 시간 낭비야. 나 따로 하는 게 있어. 누가 권하는 학습재료도 있고. 훗날 말해줄게."

따로 배우는 게 있다는 말이 이해가 되지 않았다.

순이는 아무렇지도 않다는 듯 밝은 얼굴로 대화를 한다.

"어쩌지. 나 가야 하는데."

"그래. 우리 자주 만나자구. 나도 보고 싶었어."

조금 더 얘기하다가 나는 불안하여 일어섰다.

순이는 얼른 방으로 들어가 공책과 연필 그리고 참고서를 가져 와 선물이라며 건네주었는데, 나는 뉘 볼까 두려워 얼른 받아 가지고 집을 나왔다.

순이 엄마는 우리 집엘 자주 드나들며 순이에 대해 얘기하곤 했다.

순이는 생기를 잃고 시름시름 하며, 밤잠이나 조석 끼니도 전과 다르고, 여느 사람 갖지 않게 행동을 한다고 했다. 엉뚱한 소리를 하기도 하고 알 수 없는 생각에 골똘히 잠기기도 하는데 어디가 아프냐 물으면 아무렇지 않다고 부인한단다.

순이엄마가 순이를 데리고 읍내 병원을 찾았다.

전부터 지면이 있는 의사는 청진기를 순이의 몸에 이리 저리 대보고는 아무런 이상이 없다고 한다. 천만 다행이라 생각을 하고, 순이 엄마는 나이 지긋한 의사와 마주 앉았다. 그리고 평소에 순이 행동과 몸의 증상에 대해 자세히 일러 주었다.

"아이가 가끔 알 수 없는 말을 하는데 어떤 일에 대해 미리 얘기를 하면 그 내용이 맞아떨어지기도 해요."

"그렇습니까. 몸에는 이상이 없는데 공연히 아프거나 행동에 장애를 느낀다면 건강한 정신이라고 볼 수 없지요. 정신질환이라고까진 말씀드릴 수 없지만요."

의사는 병증을 말하며 미안해했고, 순이엄마는 정신이라는 말에 가슴이 덜컥 내려앉았다.

"선생님 자세히 설명해 주세요."

"네— 알아들으실 만한 분이니 얘기하지요. 현대의학에선 딱히 이런 병이라 말할 수가 없고, 가장 가까운 증세로는 서로 다른 기능을 하는 정신요소들이 연결작용을 해야하는데 이에 장애를 일으켜 분리되는 현상을 말하며 그런 걸 해리(解離)장어라고 하지요. 무슨 말이냐 하면 무의식에서의 정신작용이라고도 하는데 투영(投影)되는 외부의 자극에 합리적으로 적응하지 못하는 상태를 갈해요. 아주 까탈스런 병질인데 가벼운 증세일 때는 최면요법 즉 환자에게 직간접의 암시를 주어 무의식 상태에서 그 불합리의 원인을 제거하므로 치유가 가능하다지만 고친다 해도 재발하곤 합니다. 한의학에선 외부의 영향에 의해 정신적인 어려움으로 마음에 잠재하는 사기(邪氣)와 음기가 승하게 되고, 그것이 건강하고 맑은 정기를 압도하므로 사람을 우울케 하여 정신적으로 어려움에 처하는 것이라고 합니다."

"그렇군요. 그럼 어떻게 해야 하나요."

"글쎄요. 민간신앙에서는 신들림이라 하지요. 그리고 무속(巫俗)의 세계에서는 빙의(憑依)현상이라고 하는데 자신을 상실하고, 자기를 벗어버리고 그리고 황홀이나 미몽에 드는 상태를 이르지요. 의사의 입장에서 죄송하지만 당신(堂神)이나 목신 그리고 우리 주위에 있는 귀신과 죽은 이의 원귀가 옮겨 붙었다고도 합니다. 대개의 신들림은 죽은 이의 신이 육신을 쫓아 구천에 들지 못하고 이승을 떠도는 신, 그 사령(死靈)이 빙의한 경우가 많다는데 그럴 때는 무당을 불러 사기를 벗겨주고, 눌리고 엉켜있는 환자의 정기를 풀어야 한다고 합니다. 그렇게 하면 환자는 병이 낫고 무당이 되는데 그냥 내버려두면 정신이나 신체에 장애가 오며 심한 경우엔 잘못되는 수도 있다고 해요. 크게 걱정을 하진 마세요. 학생만이 그런 게 아니고, 동서양을 막론하고 인간이 사는 곳이면 그러한 현상이 어디에든 존재하며 우리사회에도 많은 점술가나 무당들이 그런 신들림 과정을 거치는데, 그들도 사회의 한 부분에서 그들 나름대로의 영역을 만들고, 그들만의 긍지를 가지며 살아가고 있으니까요."

손님이 없는 시골병원이라서 시간을 내어, 의사는 자기도 무속에 대한 책을 많이 보았다고 하며 자세히 그리고 친절하게 얘기해 주었다.

순이 엄마는 실망했다. 눈에 넣어도 아플 수 없는 자식을 버렸다는 생각이 드는데, 의사는 그네들 나름대로의 삶이 있고 생활의 가치가 있다고 위로해 주었다.

"그렇군요."

"네— 의사 입장을 떠나서 말씀드리는데요, 먼저 몸에 든 악귀를 풀어 잘못된 걸 바로 잡아야지요. 그리고 신내림을 해야합니다. 무인(巫人)

이 되는 과정도 몇 가지가 있다고 해요. 선대로부터 기질적 유전에 의한 세습무가 있고 신이 돌연히 몸에 엄습해 되어지는 강신무가 있으며 생업 때문에 무인을 따라다니며 일을 거들어주다가 되어지는 수습무가 있는데 이 학생은 돌연 신내림인 것 같습니다. 내림굿을 하여 악귀를 쫓아주고 선령(善靈)을 모심으로 무인이 되는데요, 몸도 건전해지고 생업도 해결이 되니 그렇게 하여 삶의 아름다움을 그 방면에서 구해보는 것도 한가지 방법이라고 생각합니다. 복술을 하는 사람들은 감여(堪輿)의 운기(運氣) 그리고 자연현상에 인간사를 이입해서 통계치를 내어 그 자료로 명운이나 사세를 감지하는 것이고, 무속인은 굿을 하여 악귀를 진압하고 생기복덕을 불러들이는데, 무속인은 신과 사람의 중간에서 연결구실을 하며 병을 다스리고 윤택한 삶을 살아가도록 방법을 제시해준다고 하지요. 제 생각엔 그런 행위가 훌륭한 정신요법의 하나가 될 수도 있다고 생각합니다. 사람의 몸을 정신이 지배하는 건데, 일반인들의 생각을 무속인이 지배하는 셈이지요. 그런데 무속인이 여느 사람의 생각을 지배하기 전에 사람들이 먼저 사람의 생각을 무당 신에게 주고 있다고도 할 수 있어요. 신묘한 것은 이심전심으로 그들의 예측 판단이 상당 부분 맞아떨어진다는 겁니다."

순이엄마는 의사로부터 대략 그런 내용의 가르침을 받고 병원 문을 나섰는데, 병원을 다녀온 후로는 세상사는 재미를 잃었다고 한다.

순이와 사랑을 주고받진 않았지만 나의 가슴속에는 순이의 생각이 많은 자리를 차지했다. 나이가 어려서 사랑을 하진 못하였고, 그와 나는 사춘기라서 서로 가슴앓이만을 할 뿐이었다. 나는 되도록 순이의 환영을 떨쳐버리고 공부에 진력하려 노력했으나 여린 아이의 마음이고 여자에 대한 첫정이어서 좀체로 그의 환영(幻影)을 떨쳐버릴 수가 없었다.

나는 고등학교에 진학하고는 읍내에서 하숙을 하게 되었는데 집엘 자주 오가면서 어머니로부터 순이의 얘기를 전해들었으며 더러는 순이 엄마가 우리 집엘 찾아와 얘기하는 것을 여러 번 들을 수가 있었다.

어느 저녁인데, 순이 엄마가 마을을 와서 자초지종 순이의 얘기를 늘어놓았다. 더 견디지 못하고 순이를 신에게 넘겨주기로 부부가 상의했고, 신내림 굿의 날짜까지를 정해놓았다고 그간의 경위를 자세히 얘기했다.

배꽃이 흐드러진 달밤이었다. 순이엄마는 순이가 잠을 자지 않는다는 남편의 얘기를 듣고 나가 보았다. 기척이 있는 쪽인 바깥마당 귀의 디딜깐을 살펴보니 순이가 달빛을 하얗게 받고, 방아 앞에 정화수소반을 놓고는 알 수 없는 주문을 외며 비손을 하고 있었다. 방아 신이 들었구나 생각이 되어 놀랍기도 하고 무섭기도 했다. 이젠 올 것이 왔다고 생각했다. 한참 후, 순이가 정화수를 거두어 가지고 그의 방으로 든 뒤에 잠자리로 돌아온 순이엄마는 울면서 남편과 상의했다. 디딜깐에 있다는 귀신이 순이 몸에 옮겨 붙은 게 틀림없다며 남편도 순이에게 신내림을 해주자는 제의에 동의했다. 디딜깐에는 목매 죽은 귀신이 있는데 가끔 사람들의 눈에도 뜨인다고 했다. 구전해 내려오는 얘기인데, 오래 전에 동네에 있었던 일이라 한다.

시집간 순녀는 남편을 일찍 여의고 젊은 나이에 혼자되어 친가살이를 했다. 담 하나 사이의 이웃에 머슴을 사는 젊은 수만이는 편모만을 모시고 외로이 살아가는 순녀네에 나무도 들여주고, 군불도 때주고 거친 일들을 거들어주며 잘해 주었다. 몸을 돌보지 않고 지성으로 도와주는 수만이에게 순녀는 친절히 대했고, 그러다가 남녀는 눈이 맞아, 수만이는 밤마다 담을 넘어 순녀의 방엘 드나들며 사랑을 불태웠다. 그렇게 두 남녀는 사련(邪戀)에 깊이 빠져들었는데 급기야 순녀의 배가 불러오기 시작했고, 남이 알아볼 지경에 이르자 그들은 당황했다. 둘의 사이를 남들에 터놓는다는 건 상상할 수 없는 그러한 시절이고, 시골이었다. 둘은 서로 붙안고, 울고 또 울었다. 어느 상량한 가을밤이다. 순녀와 수만이는 달빛이 흘러드는 디딜깐을 찾아 한참을 울다가, 방앗간 천장의 가로대에 새끼줄을 걸어 똑같이 목을 맸다. 공가(竐架)에 매달린 종이 울고, 딸을 잃은 순녀의 어머니도 서럽게 애곡하는데, 동네사람들이 모여들어 그들의 주검을 수습했다. 이튿날 순녀의 꽃상여는 만장을 휘날리며 만리산을 향했는데, 수만이의 사체도 담가(擔架)에 들리워 상여 뒤를 따랐다. 순녀의 무덤이 만들어지는데, 순녀 어머니는 수만이 시신을 순녀의 발치에 누이는 것까지 반대하진 않았다.

그때 비련의 남녀 원귀가 시신을 따라 구천에 들지 못하고 디딜깐을 맴돌고 있다는 것이다.

어느 날 순이 엄마는 순이와 마주 앉았다. 조용한 날 오후인데, 순이 엄마는 무념한 척하며 물었다.

"너는 요즘 무슨 공부를 그리 열심히 하느냐?"

"응, 엄마— 아주 오묘한 진리를 공부하고 있어요. 우리 인생이 무엇이고 또 어떻게 운명이 바뀌고 어떻게 살아가야 하며, 이 세상의 모든 일들이 어떻게 되어 왔으며, 어떻게 되어 가는가를 연구하는 학문 말에요."

“그게 그리도 중요한 공부이냐?”

“참 엄마두, 중요하잖구. 두고봐, 나 큰사람이 될 테니.”

순이는 밝고 기쁜 표정으로 말하며 자신의 행태에 자신감을 가지고 부끄럼 없는 투로 말했다.

“어디 아픈 데는 없고?”

“응 아무렇지도 안 해요. 노하셨던 신령님이 지금은 잘해주시고, 나도 신령님을 열심히 섬기고 있어요.”

역시 그랬구나 생각하며, 순이엄마는 난감한 마음에 한숨을 쉬었고, 순이는 아무렇지도 않은 듯이 밝은 얼굴로 말을 했다.

조반을 일찍 끝낸 순이 엄마는 바리만신(萬神)이라 부르는 큰무당을 찾아 집을 나섰다. 그는 바리만신을 굿마당에서 자주 만나 서로 아는 사이이지만 그의 집은 초행이다. 시오리나 되는 산길을 가야한다. 만신은 만리산 산자락에 초막을 엮고 무녀생활을 하고 있다.

봄꽃이 모두 지고, 산천엔 새싹이 우북하게 자라 푸른 빛깔로 덧칠되어 가고 있다. 산꿩이 자지러지게 우는데, 순이 엄마는 자꾸만 서러운 마음이 북받친다. 하나뿐인 혈육을 무계(巫界)로 떠나보낼 생각을 하니 눈물이 앞을 가린다.

산문에 들어서니 만리산 산경이 너무 아름다웠다. 봄빛을 받은 나무와, 바위와 산곡의 계류가 한 폭의 그림이다. 저만치 산비탈에 바리만신이 살고있는 초막이 매달려 있다.

“뭐 허구 인제 오나. 빨리 서둘잖구.”

조용히 봄 산을 둘러보며 산곡을 오르던 순이엄마는 째지는 듯한 여인의 목소리에 깜짝 놀랐다. 산채마당에서 무녀복장인 몽두리차림의 바리만신이 부채와 방울을 흔들어대며 소리를 내지른다. 순이엄마는 부지런히 초막으로 달려 올라갔다. 숨이 턱에까지 차오른다.

"아— 딸 아이 때문에 왔으면 서둘러 오잖구 뭘 꿈지럭거려, 바리공주님이 노하고 계시는데. 어서 공주님께 공손히 인사드려."

바리만신은 흥분이 되어 벌겋게 상기된 얼굴을 하고는 토마루에로 순이엄마를 안내하며 무방(巫房)을 향해 절을 하라고 재촉한다.

만신은 어떻게 내가 아이 때문에 이곳에 오는 걸 알았을까? 순이 엄마는 섬뜩한 마음이 들며, 그가 시키는 대로 무방안의 신상(神像)과 탱화를 향해 십 배를 했다.

절을 마치자 바리만신은 방으로 들어가 신상 앞에 무릎을 꿇고는 비손을 하며 주문을 외우기 시작한다. 자세히 알 수는 없지만 '어리석은 여자가 몰라서 실수를 했다. 늦게르도 이곳까지 어려운 걸음을 했으니 거두어 주시고 딸아이를 보살펴 주십사'라는 내용 같았다.

비손을 끝낸 만신은 옷을 갈아입고 얼굴 단장까지를 마친 뒤에 순이 엄마를 평소 자신이 기거하는 별채로 안내했다. 처음 흥분할 때와는 달리 그녀는 너무도 평화롭고, 인자하고 아름다운 모습으로 변했다. 그녀는 주신(主神)과 대화가 순조로이 이루어저 마음이 평안해진 것 같았다.

따스한 봄 햇살이 비쳐드는 방에서 차반을 가운데 놓고 두 여인이 마주 앉았다.

"드세요. 둥굴레를 우려내 만든 차예요. 저기 골짜기에 요즈음 둥굴레 새순이 지천으로 올라오고 있어요. 둥굴레가 옛날에는 구황식품이었는데, 성인병 중에도 특히 당뇨나 심장에 효험이 있어 약재로 쓴다고 해요. 멀리 오시느라 수고가 많았어요."

만신은 건너 산곡을 가리키며 둥굴레에 대해 설명하고 그리고 다정한 목소리로 차를 들라했다.

"네. 고맙습니다. 이렇게 찾아뵈어 죄송합니다."

"오실 줄 미리 알고 있었어요. 우리 공주님도 암시를 해 주셨고, 그쪽 동네에 서기(瑞氣)가 이는 걸 보았거든요. 우리는 신들림이 있는 곳을 알 수가 있어요."

순이 엄마는 또 섬뜩했다. 말문이 막혔다.

"언제 날을 잡아, 공주님의 허락을 얻어 따님의 성무(成巫)행사를 해야지요. 몸에 든 잡귀를 풀어내고 몸과 마음을 정결하게 한 다음에 신령님을 모셔야 해요. 축하해요. 사람은 신령님을 모셔야 비로소 선향(仙鄕)에 들게 되는 거예요. 신령님이 사랑과 기쁨과 부귀를 주고 욕심과 번뇌와 고통을 말끔히 없애주시지요.

"고맙습니다. 고맙습니다."

순이 엄마는 고맙단 말 외에 달리 할 말이 아무것도 없었다. 만신의 시원스레 해내는 말에 감화를 받은 순이엄마의 설움이 조금은 누그러진다.

쌍뻐꾹새 울음이 멎을 줄 모른다. 밖의 허공에는 송화가 시름없이 날린다. 소복을 하고 앉아있는 바리만신의 모습이 선녀같이 아름답고 인자해 보였다.

"나도 여학교 때 몸 안에 넘나드는 사음(邪淫)을 쫓아낸 뒤에 바리공주님을 섬겼어요. 공주님을 모신 이후에는 모든 것이 그렇게 즐겁고 행복할 수가 없어요. 몸과 마음을 시원스레 정화해 주고 슬픔과 어려움을 모두 해결해 주시니 고통이란 아예 없는 거예요. 하물며 신령님의 계시

로 남의 어려움을 해결해 주며 살아가니 보람도 느끼고 관무부(官巫簿)
에도 올라, 불려 다니며 관에서 하는 기우제나 다른 행사도 해주고, 관
액도 눌러주고 있어요."

"그렇군요. 말씀을 들어보니 마음이 조금은 풀리네요."

만신은 화술이 좋고 똑똑했다. 신을 모시며 만리산 절경에서 세상사
를 잊고 구름과 바람 더불어 살아가는 여인의 모습이 평화롭게 보였다.
사랑하는 딸의 장래를 맡겨도 되겠구나 라는 생각이 들기도 했다.

"나도 처음엔 불행했어요. 우리네 삶이 무의미하거든요. 희로애락이
나 부귀빈천이라는 게 얼마나 허무해요? 재물이나 권좌라는 게 우리네
삶의 시공(時空)을 생각하면 뜬구름이라 생각하니 눈물이 자꾸 나는 거
예요. 이제는 그런 고뇌를 훌훌 털어 버리고 즐겁게 살아가지요."

그는 바리공주가 무조신(巫祖神)이어서, 바리공주를 모시고 있으니 순
이로 하여금 자기를 신어머니로, 장차 바리공주를 주인 신으로 모시도
록 하라며 바리에 대해 길게 얘기한다.

구비돼 내려오는 무가(巫歌)에는 서사와 서정과 희곡이 있는데 서사
무가에 있는, 버린 아이라는 뜻의 바리데기에 대해 설명했다.

아득한 옛날 오구대왕은 딸만을 두었는데 일곱 번째에도 딸을 낳았
다. 노한 오구왕은 이름을 바리로 짓고는 아이를 옥함에 넣어 황천강과
유수강 사이의 황새여울에 내다버렸다. 옥함은 공덕할멈에게 발견되어,
공주는 할멈에 의해 자라게 되는데 공주가 15세 되던 해에 오구왕은 불
치병이 들어 회소할 수 없는 지경에 이르게 되었다. 어느 날 왕의 꿈에
청의동자가 나타나 선계(仙界)에 가서 신선불사약을 구해 다 먹으라고
한다. 약을 구해 오라 하나 공주들은 모두 거절을 하고, 점술사 오도할

멈에 의해 바리공주는 사경을 헤매는 아버지 오구왕을 찾게 되고 그리고 왕에게 불사약을 구해오겠다 하고는 선계에로 떠난다. 십이지옥의 장도를 지나 선계에 이른 바리데기는 불사약 약수지기인 무장신선을 만나 결혼하고는 나무하기, 물긷기와 불때기 각 3년씩 선계에서 9년을 살아간다. 그동안 아들 7형제를 낳은 후 약속대로 불사약수를 가지고 남편 무장과 같이 집으로 돌아오니 때마침 오구왕은 죽어서 상여가 나가는데, 바리공주는 부왕의 시신을 풀어 불사약으로 아버지를 살려낸다.

그렇게 이승과 저승을 오가며 불사약을 구해, 생사를 마음대로 다룬 바리공주를 무계(巫界)에서는 무조신으로 추앙하게 되는 것이다.

만신의 과거 얘기를 조금 더 듣고, 순이의 신내림에 대해 상의를 하고 나서 초막을 나왔는데, 순이엄마는 서럽고 서리워 소리내 울면서 산을 내려왔다고 한다.

정해진 날에 순이의 내림굿을 하게 되었다. 신내림굿을 하기 전에 순이는 바리만신의 초막을 찾아 신당의 바리공주에게 얼굴 익힘의 예를 드렸음은 물론이다.

나는 순이가 만신이 되는 날이라서 틈을 내 내림굿 구경을 하기로 했다. 무더운 여름의 그믐밤이다.

순이의 집 마당에 무구(巫具)들이 갖추어지고 제상에 제물이 차려졌으며 걸립(乞粒)한 곡류들도 진열되었다. 이웃사람은 물론이고 인근의 동네에서도 구경꾼들이 넓은 마당에 가득 모여들었다. 신어머니인 바리만신과 순이가 무복으로 치장을 했고, 보조 고수(鼓手)로는 동네 40대의 병수라는 이가 선발되었는데 신의 계시에 따라 길인으로 정한 것이 그렇게 되었다고 한다.

내림굿의 순서로는 잡신을 물리치고, 입무인의 몸과 마음을 정화하는 허주굿과 주인신인 바리공주를 맞아들이는 내림굿 그리고 큰 신을 모시고 무계에 입문하는 솟을굿으로 구분해, 날을 따로 잡아 세 번을 해야하는데 순이는 마음이 여린 소녀로서 신을 잘 받아들임으로 단번에 해치울 계획이고, 만신의 영험과 신비와 위엄을 보이기 위한 작두 타기를 해야 하는데 생략한다고 했다. 작두 타기를 보려던 많은 사람들이 몹시 서운해했다.

순이가 이후로 같이 울고 웃어야할 무구에 대한 예를 하고, 세상을 밝게 해주는 일월(日月)을 가슴에 품어들이고 그리고 내림 신에 대한 예의 갖추기와 입무자의 말문열기에 이어 무녀 머리 올리기를 하고는 행사를 끝낸다고 했다.

무복을 갖추어 입은 순이는 울고 계속해 울었다. 스무살의 어린 나이에 무당이 되는 기구한 운명이 서러운가보다. 그를 괴롭히는 잡신에 해원(解寃)을 하고, 선령을 받아들이는 순이의 모습을 지켜보리라 마음먹었는데 울고있는 그녀의 모습이 보기가 싫었다. 이웃에서 같이 자라며 서로 마음에 두었던 사이였는데 어쩌다 그가 신들림이 있게 되고, 가까이 할 수 없는 사이가 되었는가. 갈려진 그와의 운명이니 잊어버려야 한다고 여러 번을 다짐했는데 그리 쉽게 그의 모습을 지워버릴 수가 없다.

동구 앞 버들천으로 나왔다. 굿 행사가 시작되면서 더 서럽게 우는 순이의 모습이 애처로워, 볼 수 없어 개울가로 피해 나온 것이다. 여느 날 같으면 개울에는 무더위에 쫓겨 나온 동네사람들의 물놀이 소리로 소란스러울 텐데 모두가 굿판으로 몰려갔기 때문에 밤 개울엔 여울물 소리 외에는 몹시 적요했다. 동네 굿판이라도 벌이는 날에는 남녀노유 모두가 몰려들어 큰잔치로 알고, 구경하고 먹고 마시며 즐기는 날인 것이다.

밤 언덕은 지척을 분간할 수 없이 캄캄했다. 하늘엔 무수한 별들이 드리워져 있다. 저 멀리 강변 하구의 늪에로 별들이 쏟아져 내리고 있다. 만리산 산 위에로 무리 별들의 잔치가 소란스레 벌어지고 있다. 수많은 별들, 별처럼 많은 사람들. 별과 사람과 모든 사물이 언젠가는 물거품처럼 자적(自寂)하고 말텐데 저렇게들 아우성인가. 별처럼 많은 사람 중에 작은 한 소녀의 운명이 갈리는 순간이고, 소녀의 운명으로 인해 내가 깊은 고뇌에 빠져있는 것이다.

맞아. 바리만신이 말했듯이 부귀빈천이나 희로애락 모두가 지나간 뒤엔 허무한 것이다. 설사 지난 일이 뇌리에 잔재되었더라도 의미가 없는 것인데 하물며 저들처럼 기억기관이 손상되거나 해리현상으로 생각이 연속되지 않고 끊어진다고 할 때 세상사는 아무것도 아닌 것이다. 그렇다면 정도(正道)에서 갈리어 욕심이나 쾌락의 세계를 비켜 가려는 순이 삶의 행로를 긍정적으로 생각할 수도 있을 것이다.

어디서 물새가 운다. 소쩍새 울음도 끊이지 않는다.

울적한 마음을 안고 돌아온다. 순이 집 마당에서 사람들의 무리가 디딜깐을 향해 몰려간다. 순이를 괴롭히는 디딜깐의 귀신을 진압하려 가는가 보다.

어머니는 자정이 훨씬 지나서야 돌아왔다. 순이의 신내림 굿이 그제야 끝이 났다고 한다. 순이의 신내림은 수월하게 이루어졌는데 방앗간의 잡신을 축귀(逐鬼)하느라 애를 먹었다고 한다. 두 원귀가 버티고 있어 바리만신이 큰 고생을 하였고, 순이가 울며 애원을 해 귀신들을 시신이 있는 구천으로 보냈다고 한다.

디딜깐은 나와 순이가 더불어 자랄 때 소중한 추억이 어린 장소이다. 그러나 그와 내가 다른 길로 갈리면서 나는 나대로 학교의 성적도 올려야 하고, 군생활도 마쳐야 하고 거친 세상을 살아가야 하는 어수선한 삶 속에 순이 환영에 매달린다는 게 부질없다는 생각이 들었다. 그래서 그로 인한 마음의 상처도 세월이 흐르며 조금씩 아물어 가기 시작했다.

내가 학교를 졸업하고 군생활을 마친 뒤 고향에 돌아왔을 때 디딜깐은 폐허가 되어가고 있었다. 개울건너 동네에 원동기를 장착한 기계방아가 생겨 모두가 그곳을 이용해 곡류를 도정하기 때문에 디딜방아가 무용(無用)해졌고 그래서 사람의 발길이 뜸한 그곳은 돌보는 이가 없음으로 퇴락되어 있었다. 방아와 방앗간에 딸린 방에는 분진(粉塵)이 더께가 되어 앉았고 지붕의 한쪽 귀는 땅으로 무너져 내렸으며 방앗간 마당은 물론이고 안에까지도 망초와 쑥대가 무성하게 자라고 있었다.

방앗간뿐만이 아니고 호소에서 맑게 내리던 앞개울에도 양편으로 방둑을 탄탄히 쌓고, 뗏장다리는 간 곳이 없고 현대식의 커다란 교량이 놓여져 있었다.

내가 군생활을 마치고, 집에서 취직시험 준비를 하고 있음을 알고 순이는 사람을 보내 자기 집에 들르라는 전갈을 해왔다.

신내림을 마치고 순이는 바리만신을 따라다니며 무사(巫事)를 수습하고는 독립하였고, 근방에서 이름 있는 무녀가 되었는데 돈도 많이 벌고 바쁜 생활을 한다는 소문이 자자했다. 그리고 내림굿 당시에 고수 노릇을 하던 나이가 많은 병수라는 이가 순이의 머리를 올려주고 첩으로 들여 동거하는데 그것은 신의 계시에 의한 것이라고 했다. 순이가 무사를 할 때에 병수가 징을 두드려야만 신령의 반응이 빠르고 오신(娛神)과 공

수가 잘 이루어진다 했고, 자세한 것은 모르나 병수가 무능하여 본처도
출산을 하지 못하고, 순이 역시 아이를 원하는데도 남성이 부실하여 회
임을 할 수 없다고 했다.

순이의 집은 동산 산곡의 계류 옆에 있는데 양옥으로 조그맣게 새로
지은 집이다.

오후이다. 순이는 하얀 한복차림인데 오랜만에 보아서인지 많이 달라
진 모습이다. 세사에 시달려 곤고한 표정이 역력했고, 성숙한 여인이 된
순이는 나를 보자 몹시 반가워하고 안방으로 안내하며 그동안 자기를
찾지 않은데 대해 몹시 서운해하는 눈치였다.

"내가 이렇게 산다고 모르는 척 하는가봐."

"아닙니다. 좀 바빠서 그랬어요."

어른이 되었으므로 자랄 때의 말투로 대할 수는 없었다.

"제대하고 직장도 좋은 곳을 목표로 공부한다는 소식이던데, 그렇지
요?"

"아— 그렇게 좋은 곳은 아닙니다."

"너무 기뻐요. 항상 마음속으로 잘되기를 빌었는데."

순이는 술을 대접한다고, 상차림으로 분주히 하며 말했다. 그녀를 대
하고 보니 왜 이렇게 되었는가하는 회한의 마음이 들었다. 남편 병수가
방문을 열고 들여다본다.

"자네 왔능가."

"아— 네 안녕하셨어요."

나와 인사를 하며 자리에 끼려는 것을 순이가 남편에게 다른 방에 가
있으라고 한다.

"너무 반가워요. 우리가 왜 이렇게 됐는지 모르겠어."

"네, 살다보면 마음대로 안 되는 일이 많이 있나봐요."

순이가 술을 권하며 말했고 내가 무념히 대답했다.

"나도 모르겠어요. 사람은 누구나 정해진 길이 있다고 그래요. 나는 이렇게 이런 길을 가도록 운명 지워진 것처럼 말예요."

"그래도 잘 사시는 걸 보니 제가 좋군요"

"나도 이렇게 후회 없이 살고 있어요. 많이 갈등을 했어요. 얼마나 많은 사슬에 얽매어 세상을 어떻게 살아가야 하나 걱정했지요. 사람들이 살아남기 위한, 또 욕심과 쾌락을 위해 얼마나 무거운 멍에를 지고 힘겨워들 하고 있느냐 말예요."

나는 그녀가 측은한 생각이 들어서 위로해주기 위해 마음에 없는 말을 했고, 그는 운명을 바꾼 자신의 삶이 온당하다고 했는데, 순이가 심한 허무감에 빠져 있었나보다 생각했다.

"맞아요. 어려선 몰랐는데 세상 살아가기가 힘들어요."

"저도 이 길이 아니었다면 욕심과 고뇌 속에서 헤어나지 못했을 거예요. 명리를 위해 남을 속여야하고 육신의 고통을 견뎌내야 하는데 자신이 없더라고요."

순이는 자기도 술을 조금씩 짤끔거리며, 나에게 자꾸만 술을 권했다. 사람이 만들어 놓은 규제의 사슬에 매여 살면서 명예를 얻고 돈을 얻으려면 고통을 겪고 남을 속여야하므로 자유스런 길을 택했다는 말인데 순이는 신의 속박에, 신이 시키는 대로 살아가면서도 역설을 하는 게 아닌가 하는 혼란스런 생각이 들었다.

"나는 내가 모시고 있는 공주님이 시키는 대로만 하면 모든 게 해결되고 즐거워요. 두려움도 없고 모든 속박에서 벗어나니 자유스럽고요. 사람은 자신의 의지대론 살 수가 없고 어느 힘에 떠밀려 삶의 길을 가는 것 같아요."

"그래서 우리들은 이렇게 헤어진 게 아닐까요."

술과 대화를 조금 더 하고, 나는 술기운이 올라 다음에 또 들르마 하고는 자리에서 일어섰다. 그녀는 가장 가까이 하던 사람이고, 생각을 많이 하는 사람이라 아쉽다 말하고는 포장지에 싼 물건을 건네는데 값비싼 손목시계라 했다.

새소리, 물소리 들으며 솔바람 마시고 살아가는 순이가 자유스러울 수도 있다는 생각을 하며 돌아왔다.

생업 따라 객지를 떠돌던 나는 어느 날 풍편에 순이가 잘못되었다는 소식을 듣고는 몹시 놀랐다. 고향에 있는 저수지에서 익사자의 씻김굿 끝에 망자의 넋 건지기를 하던 중 잘못하다가 익사를 했다 한다. 취직을 하고, 직장 따라 객지로 다니며 결혼을 하고 생업에 매이다보니 고향소식 특히 순이와는 한동안 적조했는데, 놀랍고 슬픈 소식을 접하고는 망연할밖에 없었다.

향우를 만났다. 고향 저수지에서 비련으로 자결한 남녀의 지노귀굿을 하다가 익사했다는 것이다. 물 속에서 헤어나지 못하는 남의 넋을 건지려다 잘못되었다고 한다.

디딜깐에 귀신이 있고 없음은 알 길 없다. 모든 형상이 그러하듯이 다만 순이와 나 그리고 디딜깐의 이웃들이 디딜깐에 기대 살면서 디딜깐에 마음을 주고 의지하며 살았던 게 믿음이 되었고 그 믿음의 형상이 신이 된 게 아닌가하는 생각이 든다. 그래서 그 디딜깐의 환영이 순이의 마음에 투사(投射)되었고 그 투사현상에 적응치 못한 순이의 정신반응이 불합리로 나타났으며 그 불합리가 순이의 운명을 바뀌게 되었나본데 결론은 순이의 정신에 부적응이란 결점이 순이의 삶과 동행을 하게 된 것으로 본다. 말하자면 우리 인간들이 스스로 만들어 놓고는 그것에 휘둘려 생겨난 사안이 아닌가 한다.

디딜깐에서 태어나 디딜깐 귀신 때문에 무녀가 된 기구한 운명의 순이는 고향 저수지의 고혼이 되고, 폐허의 디딜깐도 누가 정리를 하고 채마밭으로 만들어 그 흔적을 찾아볼 수가 없다. 모든 사물의 있고 없음은 동일하다는 불계(佛界)의 반야경 구절이 생각났다.

서로 쳐다만 보고 비껴간 순이와 나이다. 서운한 마음이, 몹시 서운한 마음이 들었다. 틈을 내어 순이의 묘소를 찾아주리라 마음을 먹어본다.

3부

만리산

만리산

조락(凋落)의 계절이다. 아득히 높은 산, 그리고 깊은 계곡은 분주히 가을을 보내고 겨울로 들어서고 있다. 기러기 높이 하늘을 건너고, 풀 나무들 부지런히 마른 잎을 떨구고 있는데 고훼(枯卉)된 나뭇가지들 부서져 내리는 소리도 가끔은 산곡의 정적을 깨고 있다. 가득했던 산야를 비워놓고 또 두텁게 입었던 옷들을 훌훌 벗어 던지며 가벼이 가고 있는 가을의 뒷모습들이 저렇게 아름다울 수가 있을까?

서울에서 차를 몰아 경부 고속도로를 달리다가 입장 분기점에서 갈리어, 신호등의 가리킴에 따라 서다, 가다를 되풀이하며 이곳 엽전고개의 초입까지 왔는데 시간이 꽤 오래 걸렸나보다. 해가 한나절 지나 거운하게 기울었다. 허리도 펼겸 노방에 차를 세워놓고 길옆의 산 둔덕에 오른 것이다.

만리산에 걸쳐있는 엽전고개가, 구절양장의 오름길이 시오리이고 내림길도 시오리라던데 앞에 가로막고 있는 산이 매우 우람해서 단박에 넘자고 달려들자니 엄두가 나지 않는다.

만리산 너머 고개중턱에 있는 산골 마을이 내 나서 자란 고향이다. 동네이름이 진천 백곡면의 달우물 부락인데. 부모님 선영(先塋)이 있으며 누이 내외가 그곳에 살면서 선산을 돌봐준다. 휴일인 오늘 아침에 처와 아이들은 볼일이 있다고 뿔뿔이 집을 나가버리고, 혼자서 하릴없어 추석에 못했던 성묘를 하러 나선 것인데 시골의 늦가을 정취가 아름다워 나서길 잘했다고 생각했다.

저만치 솔밭 모롱이에 외딴 주막이 보인다. 시장하기도 하고, 무료하기도 하여 그쪽으로 발길을 돌린다.

"주인 계세요."

"네. 어서 오세요."

주모가 부엌에서 일하다 말고 나오며 반긴다. 파란 스웨터에 긴 치마 차림인데 미인은 아니어도 살결이 희고 세련된 듯하며 나이는 마흔 중반쯤으로 보인다.

"쉬어가려구요."

"올라앉으세요. 무엇 좀 드시겠어요."

"네. 술이 있으면 주십시오."

여인이 쪽마루에로 안내하고 부엌으로 다시 들어간다.

낡은 섶 바자로 울타리를 둘렀고 삽짝은 아예 없다. 황토맥질도 해를 걸렀는가 흙벽의 색이 많이 바랬다. 마당귀 커다란 감나무에 감이 흐드러지게 달렸는데 까치 두 마리가 달려들어 분주하게 감을 파먹고 있다.

여인이 주안(酒案) 소반을 가져다 놓는데 안주는 데운 시래기국에 산나물이 고작이다.

"안주가 없어서 미안해요. 드세요."

"좋습니다. 같이 드시지요."

"전 술을 못해요. 어서 드세요."

여인이 마주앉아 술을 따라주며 미안해한다.

시장기 때문에 소주를 거푸 두 잔이나 마셨다.

"외딴집이라 적적하시겠습니다."

"안 그래요. 여기저기 암자도 있고, 도시사람들 산장식당도 꽤 많은데 모두 이웃같이 지내고 있어요. 동네도 가까워요."

살아가다 보니 습관이 되었고, 모두들 서로 의지하며 지낸다고 한다. 산나물이나 산과(山果)도 지천이어서, 자주 만나 산으로 몰려다니며 같이 즐기기도 한다고 부연(敷衍)한다.

"감이 딸 때가 지난 것 같습니다."

"네―. 저의 주인이 날품팔이를 다니느라 일손이 딸려요. 지붕도 해이질 못한 걸요."

"손님은 많이 있습니까?"

"서운산과 만리산에 등산객이 많이 찾아와요. 가끔 숙박 손님도 있고요. 이런 곳에 살면 생활비가 적게 들어서 손님에 별 관심이 없어요."

밤에는 등유(燈油)를 쓰고, 물은 개죽산에서 흘러내리는 맑은 계류가 마당에 넘쳐나니 세금이 없다며 마당가 수채에로 넘쳐흐르는 대롱(竹筒) 물을 가리킨다. 시골에는 돈이 있어도 써야할 데가 없다고 한다.

"그렇군요. 서울에선 돈이 없으면 나서질 못합니다. 정수기를 쓰고 있으니 물 값도 이중으로 내는 셈이지요."

"그래요. 저도 서울에서 살아봤는데 답답하고, 복잡하기도 하구요. 이렇게 조용한 산 속을 떠나선 못살 것 같아요."

여인은 산골 예찬을 장황하게 늘어놓으며 술을 권했고 나는 소주 한

병을 거의 다 비워갔다.

도회지에선 힘들게 돈을 벌어 힘들게 쓰고, 사람들 사이에도 온정이 없는데 산골사람들은 쉽게 조금 벌어 조금 쓰는 셈이며 아직은 돈에 큰 욕심이 없고, 이웃들끼리도 서로 도우며 오순도순 재미있게 살아간다고 한다.

"맞습니다. 자연은 사람의 마음을 어루만져 순화시켜준다고 합니다. 이런 곳에 살면 범죄가 거의 없지요 사람의 행동을 제한하는 규칙도 필요없겠어요. 사립문이 없는 걸 보고 그런 생각을 했습니다. 이렇게 살다 보면 사람도 자연의 일부분이란 생각이 들겠습니다."

"여자가 손님자리에서 너무 말이 많다고 흉보시겠어요. 미안해요."

"아닙니다. 말씀이 재밌고, 또 시중 들어주셔서 고맙습니다. 참— 이곳이 남사당(男寺黨) 본거지 아닙니까?"

"그래요. 사당패들이 저기 서운산 불당골에 기거하며 활동했다고 그래요."

학교 다닐 때 관심을 가졌던 남사당에 대해 내가 물었고, 여인이 마당으로 내려서서 안성의 청룡리 쪽을 가리키며 말했다.

"그러면 사당패 초대 여자 꼭두쇠인 바으덕이 묘소가 이곳 근처에 있다던데 어디쯤 됩니까?"

"네, 저기로 가서 저쪽 저수지를 돌아가면 밤나무골 입구에 묘가 있습니다. 차도 갈 수가 있어요."

여인은 손가락질을 하며 묘소 위치를 자세히 일러주었다.

나는 고맙다는 인사를 하고 주막을 나와, 바우덕이 묘소를 둘러보기 위해 서운면 청룡리 저수지 쪽으로 차를 몰았다.

주막집의 위치는 천원군 입장면과 안성군 서운면의 경계에 있으며 그곳에서 엽전재를 넘어가면 진천군 백곡면에 이른다. 장산(長山) 만리산과 서운산에 둘러싸인 그곳은 산세가 수려하고, 대소 사찰도 여러 개가 있으며 맑고 아름다운 호소(湖沼)도 곳곳에 널려있다. 그리고 만리산과 서운산에 각각 신라 김유신의 아버지 김서현 장군과, 임진왜란 당시 홍계남 장군이 토성을 쌓고 고구려와, 또 왜놈들과 분전한 흔적이 많이 있으며 고찰이나 암각 불상 같은 문화재들도 여기저기 널려 있어, 등산객과 학술탐사가들이 심심찮게 오가는 산골이다.

바위덕이 묘는 경기도 무형문화재 21호로 지정되어 있는데, 묘소를 찾기에는 그리 어렵지 않았다. 저수지 옆을 돌아가면 밤나무골의 양지바른 언덕에 묘소가 있으며, 규모는 작으나 안성군의 남사당 후예들이 퇴락되었던 것을 찾아 돌보고 가꾸어 놓았다는데, 김암덕(金岩德)이라 이름이 새겨진 작은 비석 하나가 늦가을의 따가운 햇살을 받으며 젊어서 죽은 한 많은 여인의 묘소를 지키고 있었다.

한번쯤 들러보려 마음먹었던 곳이다. 가져온 술을 잔 가득히 부어놓고 추모의 예(禮)를 올렸다. 그리고 음복(飮福)을 두 잔이나 했으며 남은 술은 묘봉에 뿌리고 나서 돌아섰다.

김암덕은 1847년에 나서 1870년 스물 세 살의 꽃다운 나이에 죽은, 여자로서 하나밖에 없는 사당패의 꼭두쇠이다. 어디서 누가 낳았으며 어디로 어떻게 흘러 왔는지 모르는 그는 다섯 살 때 사당패에 버려졌다.

커가면서 몸과 행실이 반듯해져 가는 여아는 사당패들의 사랑을 듬뿍 받으며 귀여움을 독차지했는데, 본이름은 김암덕이고 사람들이 바위덕이라 불렀다. 사당패들을 따라 유랑생활을 하며 심부름을 해주고 자란

덕이는 열다섯 살이 되면서 성숙한, 절세가인(絶世佳人)으로 그 소문이 자자하게 된다. 사당패들에 의해 줄타기 무동타기와 사당놀이의 각종 기예를 익히게 되는데 미모만큼이나 지혜도 명민하여 오래잖아 모든 사당놀이 묘기를 두루 섭렵하면서 그의 재주를 따를 자가 없게 되었다.

꼭두쇠란 사당패 우두머리를 말함인데, 덕이는 불당골 요사채(寮舍砦)에 기거하면서 안성 진천 용인 일원을 돌며 재액(災厄)을 진압하고 복덕을 발원하는, 진풀이와 벅구잡이 채상 놀이를 해주는 사당패의 여자 꼭두쇠가 된 것이다.

'덕이는 날아다니는 선녀이다. 덕기는 나비처럼 하늘에서 논다'라는 소문이 떠돌기 시작했다.

안성청룡 바위덕이 小鼓 잡으면 돈 쏟아진다.
안성청룡 바위덕이 배싯 웃으면 돈 쏟아진다.
안성청룡 바위덕이 치마 날리면 돈 쏟아진다.
안성청룡 바위덕이 바람 실술에 떠나가네.

당시 중부지방 일원에 돌아다니던 속요(俗謠)인데, 떠나간다는 끝 구절(句節)은 좀 마음에 언짢은 감도 있긴 하다.

탄탄한 젊음과 그림처럼 예쁜 덕이의 얼굴 때문에 당시 젊은이들은, 사찰의 신표(信標)를 가지고 곳곳을 누비는 덕이패의 걸립(乞粒)놀음판으로 그의 얼굴을 구경하려 구름처럼 몰려들었으며 그리고 애타게 그녀를 선망했다.

조선말 고종 당시 대원군이 집정하면서 왕실의 권위를 높이기 위해,

경복궁을 중건하게 되는데 그로 인한 재정의 어려움이 몹시 컸다. 그래서 대원군은 그 어려움을 면해보려 악화(惡貨)인 당백전을 발행했는데 화폐의 발행목적도 무위로 끝나고 공사(工事)에 동원된 인부들의 원성도 만만치 않았다. 그렇게 어려운 때에 바위덕이의 얘기가 대원군에까지 알려졌다. 그녀의 기예와 미색이 만발할 때인, 그녀나이 열여덟 살 때인데 대원군은 동원인부의 불만을 위무하기 위해 바위덕이 패를 불러, 수많은 관객 앞에서 패 놀음판을 벌인 것이다. 연예(演藝)란 어휘조차 없었던 시절인데 덕이패의 놀이판은 대성공을 거두었다. 줄과 무동 위에서 나비처럼 놀아나는 아름다운 덕이의 몸매와 묘기에 관객 모두가 넋을 잃고 찬사를 퍼부었으며 특히 대원군은 마음먹은 대로 행사가 이루어졌으므로 매우 만족해하고는 바우덕이에게 정3품 당상관 이상에만 내려지는 옥관자(玉冠子)를 하사했다.

덕이는 여기저기에서 초청을 받고 공연하면서 유혹도 많았다. 고관과 만석지기 부자들이 그랬고, 한량이나 젊고 반듯한 청년들도 수없이 접근해 왔다. 그러나 그녀는 조금도 눈길을 주지 않았으며 오로지 패 놀이 기예에만 혼신을 다했다. 그런데 운명이었을까. 덕이가 40세 나이의 사당패 이고수(李鼓手)와 눈이 맞은 것이다. 덕이와 이고수는 서로 사랑에 빠졌고, 그래서 곧바로 신접살림을 차렸다. 사랑을 얻은 둘은 더 신나게 패 놀이에 열중했다. 이고수는, 하늘에서 묘기를 부리는 덕이를 바라보며 신들린 듯 북을 두드렸고, 덕이는 줄 위에서 이고수를 내려다보며 신나게 외줄을 탔다. 그러나 덕이들도 인간이어서 부운(浮雲)같은 인간사는 그들에게 한결같이 호사만 있게 내버려두지 않았다. 사랑도 기예도 익을 대로 무르익어 꿈같은 세월을 보내고 있을 때인데, 덕이에게 괴질

(怪疾)이 들은 것이다. 용하다는 의원들을 모두 불러 온갖 방법을 다했으나 허사였다. 이고수는 시들어 가는 덕이를 방안에 뉘어놓고 좋다는 약초를 찾아 주위의 만리산과 서운산을 모두 뒤지며 헤매었다. 그러나 많은 사람들의 바람도, 이고수의 지극 정성도 꺼져가는 사람의 운명을 되돌리지는 못했다. 멀리서 사당패의 풍장소리 아련히 들려오는 어느 백일(白日)에 덕이는 기운이 진하여 더 버티지 못하고 눈을 감고 말았다. 남들에 악귀와 재액을 눌러주고 쫓아주던 덕이는 자신에게 엄습한 악귀는 누르지 못하고 그녀의 아까운 목숨만을 내주고 말았다. 사랑을 잃은 이고수는 잠시 버티다 스러져간, 편운(片雲)같은 덕이의 운명이 서러워 땅을 패며 울었다. 그 후 덕이의 주검을 땅에 묻고는 개죽산 계곡의 울음바위에 올라, 정신 없이 징만을 패대며 서러움을 달래던 이고수는 어디 모르는 곳으로 가버렸는데 이후엔 그를 본 사람이 아무도 없다 한다. 어디서 자진(自盡)했다는 소문관이 잠시 돌았을 뿐이라 했다.

나는 차를 되돌려 산곡을 빠져나와 다시 고갯길로 접어들었다. 술기운이 온몸을 엄습하므로 이차선의 넓고 한산한 도로이지만 조심스레 운전해갔다.

가끔 탁음(鐸音)이 맞은편 산사에서 건너올 뿐 장곡(長谷) 길은 몹시 적막했다.

고갯마루에 올라 차를 갓길에 세워놓고 잠시 쉬었다. 늦가을 해는 부지런히 서산을 향해 다가가고 있고 성환 쪽의 너른 벌판에, 더러는 낮은 산들이 추색에 젖어 고즈넉이 엎디어 있다. 미풍이 술기운으로 오른 이마의 화기(火氣)를 시원스레 어루만져주었다.

둔덕의 풀섶에 드러누워 청량한 가을하늘을 바라본다. 새털구름 몇 조각이 하늘에 떠있는데 작고 예쁜 구름이 해죽이다가 점점 작아지더니 흔적 없이 사라져갔다. 덕이 얼굴같이 예쁜 구름이었는데 없어지곤 그만인 것이다.

이곳이 엽전재 정상이다. 우리네 인생살이만큼이나 가파른 고개, 이 고개를 도부(到付)장사와 사당패가 넘어 다녔고 그리고 저 아래의 산곡 여기저기에 초막을 엮고, 산전에 수수와 감자를 가꾸며 사는 산사람들이 구절양장의 초간한 고갯길을 등짐을 지고 힘겹게 넘어 다녔다.

저 아래, 저 산곡이 내가 모진 가난과 싸워가며 자라난, 그래도 정들어 항상 그리워하던 고향이다. 우리 집은 편모(偏母)와 누이 나 세 식구가 산 뙈기밭을 일구고 살았다. 어머니는 나를 학교에 보내기 위해 산전을 가꿔가며, 또 틈틈이 입장 장터의 옹기점(甕器店)에 주인을 정해놓고, 그릇을 머리에 이고는 성환과 안성의 시골 동네를 돌면서 장사를 했다. 나는 어머니를 도와 농사일을 거드는 한편 동네 사람들과 나무를 하여 읍내에 내다 팔기도 했는데 진천 장은, 학교동무들을 만나면 창피하므로 주로 입장 장을 다녔다. 또 감이나 대추와 산과(山果)를 지게에 지고 팔러가기 위해 이 고개를 넘기도 했으며, 어머니들이 장사를 나가 저녁 늦도록 돌아오지 않으면 동네아이들과 떼지어 이곳으로 마중을 나와 기다리기도 했다.

만리산 산자락에 새끼줄처럼 걸쳐있는 엽전고개— 왜 엽전고개라는 이름이 생겨났을까?

노변(爐邊)에서의 옛이야기이다. 유난히 눈이 많은 옛날의 만리산에 백설이 내리고— 백설이 쌓이고 그리고 눈보라가 울타리를 때리고 몰려가는 겨울밤이면 사람들은 무리무리 모여 새끼도 꼬고, 잡기(雜技)도 하고 또 옛날이야기도 하면서 긴긴 겨울밤을 보낸다.

"옛날, 옛날 고려(高麗)적에—."

"어서 해봐. 뜸들이지 말고."

방안 가득한 마을꾼들의 눈과 귀가 한곳을 향하고— 옛이야기는 그
렇게 시작이 되고….

만리산 산중턱에 젊은 도둑이 살았는데 밤 마을을 갔다. 마을꾼들의 오가는 얘
기 중 도둑의 귀에 솔깃한 말이 들린다. 재 넘어 입장리의 민부잣집 뒤껼 고방(庫
房)에 엽전이 가득 쌓여있다고 한다. 집 위치까지 자세히 얘기를 들었다. '옳다꾸
나.' 속으로 쾌재를 부르며, 도둑은 소피(所避)를 가는 척하고 슬며시 나와 단숨에
고개를 넘었다. 맹수가 수두룩하던 시절이지만 개의할 형편이 못된다. 해 거르지
않고 든 기황(饑荒)으로 누런 얼굴을 하고 풀뿌리를 찾아 산야를 헤매는 처자식이
눈에 자꾸만 밟혔기 때문이다. 자세히 듣고 왔으므로 집을 찾는데는 어렵지 않았
는데 낙심했다. 고대광실인게 담이 너무 높아 엄두가 나지 않는다. 혹시나 하고
솟을대문으로 접근하다가 도둑은 깜짝 놀랬다. 웬일인가. 문지기 하인들이 장작개
비처럼 아무렇게나 뒹굴며 코를 골고 잠들어 있는 게 아닌가. 쉽게 대문 안으로
숨어들었는데, 도둑은 또 놀랬다. 주인과 아랫것들까지도 모두 대취해 쓰러져 자
고 있고 방과, 마루와 마당에는 먹다 남은 산허가미(山海嘉味)가 그대로 차려져
있다. 그 날이 마침 민부자의 생일이었던 것이다. 초저녁에 마누라가 차려다 주는
멀건 시래기죽 한 그릇을 후저어 마셨을 뿐, 도득의 뱃가죽은 등짝에 들러붙은 지
오래되었다. 도둑은 앉아서 마냥 음식을 입에다 그러넣었다. 배에 가득 음식을 채
운 다음 도둑은 들은 대로 뒤껼 고방(庫房)을 찾아 들었는데, 문을 당기다가 이번
엔 놀라서 뒤로 벌렁 자빠지고 말았다. 엽전이 산더미같이 쌓였기 때문이다. 정신
을 추스른 도둑은 가져온 자루에 엽전을 가득 채운 다음 등짐을 만들어 걸머지고
집을 나왔다. 짐이 힘겹긴 했으나 흥분된 마음어 도둑은 입장리를 빠져나와 만리

산을 향해 마구 달렸다. 밤은 어두웠는데 어디서 맹수들의 울음소리도 들린다. 뛰다시피 한참을 가다보니 산 고개로 접어들었는데 오름 길이 가파르고 등짐이 버거웠다. 그러나 도둑은 처자식과 등에 짊어진 돈을 번갈아 생각하니 힘이 불끈 솟았다. 맞은편, 서운산 절간에서 건너오는 스님의 경음(經音)으로 보아 야반은 훨씬 지났나보다. 땀이 얼굴에 흐르고 등짝에도 흥건히 젖어온다. 짐을 내려놓고 숨을 돌리고도 싶었으나 등에 지고 있는 게 돈이 아닌가. 맹수의 울음소리도 또 허기를 얼싸안고 자신만을 기다리고 있을 처자의 모습도 그를 지체하지 못하게 했다. 죽을힘을 다해 고개를 기어오른다. 오르고, 오르고 또 오른다. 고갯마루가 얼마 남지 않았다. 스님의 독경소리와 산짐승 울음소리는 계속해 그의 뒤를 따른다. 몇 발짝 더 올라가면 고개 위이다. 도둑의 힘은 이미 진했다. 죽을힘을 다해 고갯마루에 닿았다. 도둑은 등짐을 벗어 팽개치고는 벌렁 드러누웠다. 이렇게 누우면 그만인데, 돈도 헛것인데… 도둑은 그렇게 중얼거렸다. 사방은 부유스레하게 여명이 드리워지는데, 저 아래 도둑의 집 불빛이 고개 위를 빤히 올려다보고 있었다. 한참을 누워있던 도둑은 갑자기 일어나 자루를 풀고 엽전을 꺼내 사방에 뿌려댔다. 뿌리고, 뿌리고 엽전을 모두다 내뿌린 뒤 다시 벌렁 드러눕고 눈을 감았다. 그리고는 숨도 멎었다. 서운산 사찰에서 스님의 독경소리가 산을 타고 그곳까지 올라와 도둑의 욕심을 비웃고 있었다.

"그래서 엽전고개라 부르게 됐지."

"그 도둑은 원두 읎것다. 돈을 원읎시 만져 봤응깨. 나두 그래 봤으면 좋것다."

"퍽두 좋것다 죽웅깨 그만인데."

재물을 하늘만큼 그러모아다 쌓아 놓은 민 부자나 넘치게 욕심을 부리다가 제풀에 꺾여버린 그 도둑 같은, 어리석은 사람이 이 세상에 또 없다고 할 수 있을까. 나도 그런 지경에 이르면 그같이 어리석게 과욕하진 않을까?

노루와 산짐승들이 길을 건너고, 수수와 감자를 가꾸며 사는 산사람들과 보부상과 소장수들이 힘겹게 등짐을 지고 넘던 이 고개. 이 길을 지금은 번쩍이는 승용차를 부리며 도시사람들이 쉽게 넘어 다니고 있다.

해가 산아래, 저 지평선으로 많이 다가갔다.

나는 일어나 차를 몰고 고개를 한참 내려가다가 우측 노견에 다시 차를 세웠다. 그리고 오솔길을 따라 골짜기 아래로 조금 내려가니 약수터가 나온다. 옛날엔 바위틈에서 샘물이 펑펑 솟았었는데, 바위를 파쇄해 버리고 대롱을 꽂아 놓았으며 공가(杢架)를 만들어 표주박도 여러 개를 걸어놓았다. 옆에는 입 간판을 세우고 '자연을 보호합시다.' '자연을 파괴하지 맙시다.' '사랑합시다'라는 구호를 써 붙였다.

약수를 퍼마시고 잠시 앉아 쉬었다.

만리산 정상에 헬기장도 만들었다던데…. 저렇게 도로도 확장하고, 저렇게 자연을 마구 파헤치다니…. 옛날 심산(深山)에 때묻지 않았던 자연도 병들어 가는 구나 라고 생각을 했다. 나는 자랄 때 지게를 지고 나무를 하러 다녔다. 그렇게 나무를 해오면 열량이 해결되고 따로 운동을 하지 않아도 될텐데, 사람들은 돈을 들여 도로를 만들고, 돈을 들여 차를 사서 타고 다니며 그리고 그로 인한 운동부족으로 다시 돈을 들여 운동을 하고 있다. 어리석은 경제수치가 아닌가.

모든 생물들은 생존본능이 있다고 한다. 생물은 존재하기 위해, 유전자가 조합하고 변이(變異)하며 주변의 자연에 적응하려 한다는 데— 그래서 자연학자들에 의하면 생물은 살아가면서 자연에 적응하는 자만이 생존하고 자연에 순응치 못하면 도태된다고 한다. 용불용설(用不用說)도 같은 이치가 아닌가.

만리산에 그 숱하던 짐승이 거의 사라져간다고 한다. 살아남기 위해, 토끼는 재빠르고 여우는 사악(邪惡)하며 호랑이는 포악한 힘이 있어 각기 자신들을 보호하여 존재시킨다. 사람은 더 빠르고 강한 힘과 두뇌와 연장이 있어 사람에 견디지 못하는 짐승들이 점차 사라져 가는 것이다. 이타(利他)행위나 일부가 사멸해 가는 것도 보존본능의 한 수단이라는 자연학자들의 주장이던데 정말 그럴까? 인위(人爲)의 영역이 넓어지면 넓어진 만큼 자연이 파괴되고 그 폐해가 사람에게로 되돌아오는 게 아닐까?

넘쳐나던 만리산 산짐승들…. 늑대가 장난을 치려고 동네로 내려온다. 꿩이나 노루들이 폭설과 추위에 쫓겨 인가(人家) 울타리 안으로 찾아들면 먹이를 주고 산으로 돌려보내 주던 옛날 어른들. 바위를 들어내고 개구리나 굼벵이까지 쓸어내다 먹어 치우는 세상이고 보니 몹시 안타까운 마음이다.

조금 더 올라가면 내가 자랄 때 가끔 품팔이 다녔던 숯가마가 있다. 나는 옆의 수풀을 헤치고 둔덕으로 올라가 부모님 묘소를 찾았다. 노송 숲속에 있는 묘소는 잡초도 없고 잔디도 깨끗하게 가꾸어졌다. 가방에서 술과 어포를 꺼내 상석에 차려놓고 예를 올렸다. 그리고 제주잔(祭酒盞)을 기울였다.

서녘하늘의 구름은 빨갛게 물들고 산 속은 조용했다. 고향 땅이 — 부모님 발치가 이렇게 포근할 수 있을까. 비록 산비탈 노지(露地)이긴 하지만 내 자랄 때 오르내리고 정들었던 산이요, 부모님 영위(靈位)의 앞이다. 항상 '무엇을 해야하는데… 어디를 가야하는데…, 삭막한 겨울 들판을 날아가다가 나뭇가지에 잠시 앉아있는 새처럼 마음이 불안했던 타향살이였는데, 고향의 품이 이렇게 포근할 수가 있을까?

"엄마." 부르면 곧 환한 얼굴로 "응. 그래라." 하며 무엇을 챙겨주려 부엌으로 드시던 어머니, 어머니의 그 자애로운 모습이 눈에 스치다가 봉분(封墳) 뒤로 사라진다.

어려서 아버지를 조실(早失)했고, 어머니는 내가 대학을 졸업하고 법조계에 입문하고도 몇 년을 더 사시다가 돌아가셨으며 내 자란 고향엔 누이 하나가 결혼해 살고 있을 뿐이다. 어머니는 모진 가난을 억척 하나로 이기며 나를 학교에 보내주시고 누이를 출가시켰다. 사철 산전에 엎드려 흙과 더불어 지내고 더러는 안성쪽의 시골 동네를 돌아다니며 옹기를 팔아 나의 학비를 마련하셨다. 어머니의 지극 정성에 보답하기 위해 나와 누이는 어머니를 도와 열심히 일했다.

제사 때나 생일날이 되어야 쌀밥을 먹어본다는 가난한 고향 사람들, 산전에 조와 수수 감자를 심고 가꾸며 살아왔고 더러는 보리 농사를 하는 사람도 있었다.

"사람은 습관을 잘 들여야 한다. 어른은 일하는 습관을— 학생은 책 읽는 습관을, 쓸데없는데 마음을 두면 못쓰는 거여. 너는 학생이니깨 항상 책과 가까이 있어야 하는 겨." 언제나 간곡히 이르는 어머니 말씀이었다. 내가 책을 가까이 할 때 어머니는 가장 기뻐하셨다. 그래서 나는 어머니를 즐겁게 해 드리려고 항상 책을 지니고 다녔고 또 책을 들여다보는 습관을 들였는데, 그로 인해 나의 학교 성적은 언제나 상위권에 머물렀다.

　나는 서울의 이름 있는 법과대학에 응시해 무난히 합격하여 어머니를 기쁘게 해 드렸다. 내가 대학에 입학하고 고향을 떠나 서울로 유학(遊學)을 하게 됨으로써 어머니는 나의 학자금 때문에 더 고행을 하게 되었는데, 전에도 그랬지만 어머니는 자식을 위한 가난한 삶을 몹시 즐기시는 것 같았다. 나 역시 어머니의 고생을 덜어드리려고 아르바이트를 해가며 더 열심히 학구에 진력하게 되었다.

　그렇게 어렵사리 학교에 다니면서 나는 지금의 아내와 약혼을 하였고, 군에서 제대를 하고는 곧바로 결혼을 했다. 처의 가속(家屬)은 사업을 하는 이들로 이재에도 무척이나 밝아 부동산에 관계를 하며 상당한 부(富)를 축적했다. 나는 처가의 사업장에서 일용(日傭)품을 팔다가 처를 알게 되었고, 그네의 배려로 처갓집에서 숙식을 하게 되었으며 처와 혼인 얘기가 오가게 되고 그리고 그쪽에서 서둘러 약혼을 하였는데 처갓집으로부터 많은 도움을 받았다. 이후에 알게 되었지만 그들은 계산이 빠른 장사꾼들로 인간관계에다 얼마든지 이해관계를 이입시킬 수 있는 이들이었다. 그러므로 만리산 산자락에서 흘러가는 구름만을 바라보며 자란 나와는 생각하는 게 많이 달랐다. 그들은 처음 법률공부를 하는 나에게 많은 관심과 기대를 가지며 넘치는 배려를 해주었는데, 결혼을 하고 살아가면서 나에게 소홀히 함은 물론 처와 아이들까지도 돈을 물쓰듯 하면서 나보다는 사치와 호화로움에 더 가까이 다가가 생활을 하고 있다. 그리고 나의 어머니도 안하(眼下)에 두고 대하였다.

　나는 오로지 고생하시는 어머니 모습만을 생각하며 학교생활에 충실하였으므로, 그동안에 거쳐야 하는 모든 과정을 어려움 없이 통과할 수가 있었다. 학교에서 치러야하는 대소시험은 물론, 대학 3학년 때 사법

시험에 응시해 합격하고 곧 사법 연수원을 수료했으며 이어 군법무관 시험을 치르고 입대하여 군복무를 끝낸 뒤 제대를 하였다. 그리고 그 후 검사시보 생활을 마친 뒤 평검사로 법관생활을 시작했다. 그렇게 학창과 군 생활을 끝내고 사회생활을 시작하기까지 여러 고비를 큰 어려움 없이 넘겼는데, 그때마다 어머니는 몹시 기뻐하며 더 열심히 산전에서 흙을 어우르고 고생을 즐겨하셨다. 그러나 평검사로 일선에 발령을 받고 근무를 시작하면서, 나는 직업에 크게 실망을 하고 말았다. 고작 만리산 산자락에서 새소리 더불어 행운유수(行雲流水)로 살아온 나로서는 솔로몬의 지혜보다 더 영악스런 기술을 요하는, 도시의 생존경쟁에서 유발되는 비정하고도 지능적인 사건들을 파헤치며, 진실을 밝혀내고 사안을 판단해 법정에 사건을 소추하는 일이 몹시 힘겨웠다.

실타래처럼 얽힌 사건들에 매달리느라 어려운 직장생활을 하였는데, 나에게 상당한 기대를 걸었던 처와 처족들로부터는 호평을 받지 못했으나, 어머니는 여전히 나를 바라보며 즐거워했고 내가 물질적으로 다소 배려를 하려해도 한사코 거절하셨다. 그리고는 오직 만리산 산바람과 시래기죽만을 마서가며 흙을 어우르고, 흙과 더불어 살며 흙을 닮아가고 있었다. 그렇게 두 해를 어렵게 보낸 나는 산더미 같은 사건서류에 짓눌리어 더 견디지 못하고, 사표를 던지고는 변호사 사무실을 개업했다.

변호사 업무라는 게 소송을 대리해서 당사자의 법익을 위해 일하는 것인데, 검사업무보다는 수월했지만 원칙을 행위의 기본으로 살아온 나로서는 범죄 사실을 말끔히 파헤쳐야 하는 수사업무나 당사자의 법익을 대신해 찾아주는 변호사 사무 모두가 나의 성격에는 적합하지 않았다.

나는 이제까지 살아오며 남들이 부러워하는 그러한 나의 직업에 재미를 붙이지 못하였고, 처자들로부터도 좋은 가장으로 인정받지 못했다. 그러면서 항상 내가 나서 자란 만리산과 그곳의 산바람을 그리워했으며, 시골에서 초등학교 교사로 일하다가 정년으로 직장을 끝낸 뒤 무심히 흘러가는 조각구름을 바라보며 곡굉지락(曲肱之樂)으로 살아가는 매형의 삶을 부러워했다.

어느새 땅거미가 드리워지고 있다. 일찍 어두워지는 산골짜기인데, 옛날 그 시절이면 저녁 술을 놓고 밤마을을 나갈 때이다. 만리산에서 태어나 만리산에서 자란 나는 명리에 대한 욕심 때문에 신비의 만리산을 훼쇄(毁碎)하고 있는 괭이들로부터 산을 지키지 못하고 산을 등졌다.

바람에 이끌려 이곳을 떠났던 나는 다시 나를 기다리는 사무실과 처자들 곁으로, 사슬에 매이기나 한 것처럼 부자유스런 타향의 둥지로 돌아가야 한다.

누이 집에서 일박(一泊)하려던 계획을 바꿔, 올 때 들렀던 주막에서 주인과 술이나 마시고 아침 일찍 서울로 가야겠다고 생각하며 부모님께 예를 올리고, 나는 산곡 길을 되돌아 천천히 차를 몰았다.

박가(朴家)

가난했던 지난 시절에, 주위에서 얻기 쉽고 우리의 생활에 가장 흔하게 쓰였던 것이 박[匏瓜]이라 할 수 있다.

박은 우리의 일상생활에 기명(器皿)으로 요긴하게 쓰였음은 물론이고 식용이나 민속, 민예품 그리고 한약재로도 두루 이용돼 내려오면서 우리의 선대와 역사를 같이했다.

박농사를 많이 짓는, 박가(朴哥)가 살고 있는 박가 촌은 작은 강안(江岸)에서 조금 떨어진 곳인데 뒤로 높은 산이 둘러싸여 있는 산명 수려한 산촌이다.

박가의 머언 선조가 벼슬을 하다가 조정의 잦은 정치 싸움에 회의를 느끼고 낙향해, 절승지에 자리잡은 게 그곳이라는데 이름만 박가 촌이지 박씨 성을 가진 후예들은 모두 이향(離鄕)을 하고 서너 가호만이 살아간다.

사람들이 그냥 박가라 부르는 이의 집은 동네 후편의 산곡에 매달려 있는데, 박가의 집 뒤에는 높은 산이 우뚝 솟아 있고 좌측엔 맑고 찬물이 끊이지 않고 흘러내리는 작은 계류가 있으며 양지바른 곳이다.

박가의 집안엔 온통 바가지 천지이다. 방이고, 부엌이고 담벼락에도 끈에 꿰어진 바가지 꾸러미들이 주렁주렁 매달려 있고 뒤꼍 토광에도 바가지가 가득하게 쌓여 있다.

박가가 다른 농사보다 우선하여 박을 심고 가꾸는데 온힘을 쏟게 된 것은 어려서 할아버지의 당부말씀 때문이다.

"박농사만 잘되면 궁기(窮氣)는 면하능겨. 박이 풍년이면 집안에 근심이 읎능겨."

담 안엔 물론이고 담 밖의 산비탈 여기저기에 구덩이를 파고 박씨를 놓아 가꾸면서 자주 이르시던 할아버지의 말씀이다. 박 구덩이에서 싹이 트고 새순이 나와 자라나면 할아버지는 받침대를 세워 넝쿨을 잡아 매 올리며 정성스레 박을 가꾸는데 그 시절, 가을이 오면 지붕이고 담 위에 온통 둥근 박이 천지였다.

박이 열리면 바늘로 박을 꼭꼭 찔러보아 못생기고 설익은 박은 썰어 말려 박고지로 만들어 저장하고, 장아찌나 나물 그리고 박 국을 끓여 식용으로도 쓰는데 서리맞은, 잘생기고 탄탄한 박은 거두어 톱으로 타서 속살을 꺼내고 삶아말려 생활용기인 바가지로 만들어 사용한다.

박가가 박농사에 정성을 쏟게 된 것도 할아버지로부터 배웠기 때문이다. 할아버지의 말씀대로 박농사는 소홀히 하지만 않으면 실패가 없으며 수확물은 우리의 일상생활에 어디에고 쓰이지 않는 곳이 없다. 흉년에 구황(救荒)식품으로도 한몫을 하던 바가지는 모든 그릇의 대용으로 쓰였으며 예술품으로도 두루 사용되었다. 부엌엔 밥 박, 장독 안엔 장 조롱박 그리고 성냥이나 씨앗을 넣어 바람벽에 매달아두는 뒤웅박과 우물 박이 있고 쇠죽을 퍼내는 바가지도 있다.

선대들이 모두 돌아가시고 농사를 이어받은 박가는 집안과 텃밭엔 물론이고 논두렁, 밭두렁에까지 더 많이 박을 심었다. 기황과 집안의 근심을 없애준다는 어른들의 말씀이 옳았기 때문이다.

올해에도 박 풍년이 들었다. 쪽빛 가을하늘에 구름 하나 없는데 박가네 지붕에도, 담 위에 온통 박 세상이다.

박가 내외가 박을 거두고 있다.

"반반한 늠까지 자꾸 따서 던지문 어떡혀유."

"남은 것들도 많은데 뭐, 박고지를 많이 만들어야 궁기를 덜지. 나눠 줄 데도 많고⋯."

박가가 잿간 지붕 위에 올라가 박을 따 내리고 박가의 처는 마당에서 박을 다듬으며 주고받는 대화이다. 박가는 바늘로 박을 하나하나 찔러 보고는 박나물이나 박고지를 만들기 위해 덜 익은 놈으로 골라 따낸다.

"이장님 댁에서 바가지 몇 개 보내 달라던데유."

"보내 드려야지— 며느리 들이는데 바가지 한 죽 하구 뒤웅박두 큰 것으로 보내야 혀."

이장댁 잔치에 쓸 바가지를 보내야 하고, 신부가 가마 타고 입가 하는, 납채(納采)시에 써야할 뒤웅박도 보내라는 박가의 말이다. 신부가 가마에서 내릴 때 바가지를 밟아 소리를 내어 액땜을 하는 습속이 있기 때문이다.

박을 수확한 뒤에 친지들에 바가지 한 꿰미씩을 싸 보내는 게 박가네 후한 인심이고, 바가지가 필요한 집은 박가네로부터 가져다 쓰는 게 상례(常例)다.

남의 큰일에 부조(扶助)물도 바가지로 대신 하는데, 바가지 인심 때문에 박가는 남들로부터 후덕하다는 소리를 많이 들으며 살아간다. 바가지만이 아니고 박고지나 박으로 만든 반찬도 이웃에 넉넉히 나누어주는 것이다.

"아니— 이 여편네는 바쁠 때 좀 다녀가문 안되나."

"참— 영감은 또 세실댁 생각이 나시우. 댕겨간 지가 얼마나 된다구 찾으시우."

"바쁘니께 그렇지, 이런 제기— 임자가 지금 그 사람을 두고 투기(妬忌) 하능겨."

"참— 투기는 무슨 투긴감유— 요즈음엔 하두 바쁘니께 당신이 옆에 오는 것두 반갑잖구먼유."

말은 그렇게 해도 박 속같이 하얀 세실댁 속살생각이 없다는 건 박가의 새빨간 거짓말이다. 살짝 곰보이지만 몸매가 반듯한 여자. 세실댁의 헛투정질하는 모습이 자꾸만 눈에 어른거린다.

미숙한 박을 골라 다듬어낸 박가의 처는 표피를 벗겨내고 속을 파낸 다음 과육을 얇게 저며, 박고지로 만들어 볕바른 곳의 빨랫줄에 널어놓는다.

"해지기 전에 서둘러야겄어. 이 많은 걸 다 어띠키 한댜."

"밤 늦게라두 모두 켜서 널어야지유."

가을해가 서산으로 다가가다 말고 박가 내외를 빤히 내려다보고 있다.

세실댁은 박가의 드나기 첩이다. 먼 남방의 세실동네에서 올라와 박가네 바가지를 가져다 팔던 바가지장수 세실댁이 박가와 눈이 맞은 후에 박가네 집을 드나들며, 농사를 거들어주기도 하고 바가지를 가져다 팔기도 하며 지낸다. 얼마 전에도 다녀갔다.

처음에, 박가는 행상으로 고생하는 세실댁이 바가지를 가져가 대금으로 가져오는 보리쌀이나 잡곡을 받지 않았고 그의 처에게도 받지 말라고 일렀다. 그리 고맙게 대하는 박가네에 바가지 거래를 하며 무시로 드나들던 세실댁이 박가와 눈이 맞아 인연이 된 것이다.

서너 해 전의 늦은 봄이다. 바가지 때문에 박가네집에 들른 세실댁은 논갈이와 밭일로 바쁜 박가네의 농사일을 며칠 동안 거들어 주기로 했다. 마침 박가네는 박 구덩이를 파고 거름을 내는 일이 겹쳐 눈코 뜰 새 없이 돌아칠 때이다. 박가 내외는 고마워했으며 세실댁 역시 바가지 때문에 신세를 많이 지고 있는 처지여서 몸을 아끼지 않고 들일을 거들었다.

들일을 끝내고 늦게 돌아온 박가들은 저녁 술을 놓고는 피곤한 몸으로, 박가 내외가 안방의 아랫목에 누웠고 윗목엔 세실댁이 쓰러져, 셋 모두는 곧바로 깊은 잠에 빠졌다. 늘어지게 자다가 잠이 깬 박가가 옆을 더듬는데 잡히는 여인이 처가 아니었다. 사람이 손에 설었던 것이다. 잠결에 오줌 박을 더듬어 소피(所避)를 끝내고는 그냥 쓰러져 잠든 것이 세실댁 옆이었나 보다. 밤은 칠흑인데 뒤곁 가까이에서는 소쩍새 울음이 멎질 않는다. '그냥 가느니 스쳐 가자.' 내친김에 정신을 추스르고, 박가는 세실댁의 허리부위를 손으로 감아 당겨본다. 기다렸는가, 여인이 얼른 박가의 품안으로 파고든다. 세실댁이 박가에게 귀엣말로 아랫목의 박가 처 걱정을 했고, 잠이 깊으니 염려 말라고 박가가 안심을 시킨다. 박가 처의 거친 숨소리로 보아 잠이 깊이 들었나보다. 박가가 이불을 당겨쓰고는 여인에게 서두르며 재촉을 하고, 세실댁도 급하게 아랫도리의 고쟁이 끈을 풀었다.

이튿날 일찍 박가의 처는 정해진 남의 품앗이 일을 해주러 갔는데, 스스럼없는 박가 처의 표정으로 보아 지난밤 박가와 세실댁의 접사(接事)를 모르는 눈치이다.

세실댁 역시 일찍 간다고 나선다. 도둑이 제 발 저리다고 간밤의 소행으로 박가처를 대할 면목이 없나보다.

"너무 많이 내놓지 말어유."

"기왕이면 나우 가져다 팔아서 쓰라구, 바가지는 많이 있으니께."

고방에서 바가지를 꺼내 노끈에 꿰어 짐을 꾸리는 박가와 세실댁의 오가는 말이다.

"성님 미안시러 자주 못들리것내유."

"씰대없는소리 말어. 집에 내려가더래두 지체하지 말구 횅하니 댕겨와야 혀. 알았어 임자."

세실댁은 박가와의 부정행위로 박가처를 대하기 미안해서 하는 말이고, 박가는 세실댁이 떠남으로 아쉬움에서 빨리 다녀오라는 당부의 말이다.

박가가 짐을 꾸려놓고는 힐끔 세실댁을 쳐다본다. 얼굴에 약간의 곰보자국이 있긴 하지만 가슴이 넉넉하고, 허리로 이어 내린 구간(軀幹)의 선도 반듯하고 탄탄하며 살며시 웃을 때에는 퍽 여성스럽다. 40에 못미치는 젊은 몸뚱이를 경험한 박가는 세실댁을 곁에 잡아두고 같이 살고싶은 마음이 간절했다.

"갈라면 일찍 나서야 혀."

"알었구먼유."

박가와 세실댁이 짐을 나눠들고 동구 밖으로 나간다.

동구 방천의 아카시아 행렬, 아카시아 가지 끝에선 유봉에서 흘려내는 토유(吐乳)같이 일제히 하얀 꽃을 밖으로 밀어내고 있다. 개울가의 양 버드나무 관목은 허리를 굽혀 푸른 손으로 소택의 물을 이리저리 젓고 있는데 청 보리밭 둔덕 위 하늘높이 노고지리란 놈들이 부산하게 부유하며 박가와 세실댁을 내려다보고는 허리를 잡고 자지러진다.

푸른 세상이고, 봄빛이 내리는 봄 언덕에는 모두가 쌍쌍이 봄 놀음이다. 버들천의 황조(黃鳥)란 놈도, 청보리밭의 노고지리도 또 장다리 밭에서의 벌과 나비가 모두 춘흥에 취해 날고, 봄 길을 나란히 가고있는 박가와 세실댁도 예외는 아니다.

"가거던 횡하니 댕겨와야혀."

"성님 미안시러 어띠키 드나든대유."

작은 이별이지만 아쉬워서 박가가 빨리 오라는 부탁의 말이고, 박가와의 색사(色事)로 박가처에게 미안해 세실댁이 거듭 하는 말이다.

"아— 우리 집은 일 읎다니께 그러네."

"그럴 리가 있남유. 그런 일엔 부처님두 돌아앉는다던데."

"염려 놓으라구. 그러구 집에 들어갈 때 잊지 말구 고깃근이나 사 갖구 가야 혀."

"돈은 있구먼유. 바가지도 돈이 되구."

박가가 세실댁의 허리춤에 여비를 찔러주었고 여인은 사양을 하는데, 서로 실랑이를 하다가 고맙다는 인사를 하고는 세실댁이 발길을 재촉한다.

정해준 혼처가 마뜩치 않았으나 마마자국의 흠 있는 얼굴 때문에 참고 시집을 갔다. 시집에서 기다리는 건 모진 가난과 반치(半痴)의 남편이었다. 간난의 시집살이에서 벗어나는 방법은 돈을 벌어다 시가식구들을 부양한다는 평계밖에 더 있는가. 그렇게 고향을 등지고, 구름을 보고 구름을 따라 바가지 더불어 떠돌아서 십 년이 흘렀다.

곤고한 삶과 바가지를 등에 진 세실댁이 개천의 섶다리를 건너다말고 돌아보며 손을 흔들었고, 박가가 손을 마주 흔들어 주고는 발길을 돌린다.

박이란 심어만 놓으면 많이 거둘 수 있고, 생명력이 끈질기며 표피(表皮)는 단단해서 오래간다.

"박나물은 절간에서 신선들이 먹는 음식이다. 정신이 흐린 임금님이 자시면 총명해져서 나라를 잘 다스리므로 진상품이다"라는 게 항시 이르시던 할아버지 말씀이었다. 신비의 영양소가 많아 상식(常食)을 하면 각종 질병에도 약효가 있다고 했다.

그리고 할아버지는 동네 어린아이들을 불러 표주박을 허리춤에 채워주며 바가지를 지니면 병액(病厄)이 범접을 못한다 했고, 혼례나 상사(喪事)에도 바가지를 이용해야 그 바가지가 악귀를 멀리 쫓아버리고 복덕을 불러들인다 했다. 일상에 바가지와 가까이하면 생기가 일고 복을 끌어들이는데, 살결도 고와지고 몸을 균형있게 하는데도 한몫을 하는 게 박식품이라는 것이다.

할아버지의 가르침을 받고, 열심히 박씨를 놓아 박을 기르며 박 농사를 지었는데 이웃이나 인근 동네사람들이 바가지나 박고지를 가져가고는 매우 고마워했고, 바가지 장수들도 바가지를 가져다 팔고는 더러 쌀이나 잡곡을 가져다 주므로 양도(糧道)걱정도 덜게 되어, 박 농사를 하면 집안에 궁기를 모르고 근심이 없어진다는 할아버지의 가르침에 따르기를 잘했구나 생각했다.

어느 여름날인데 해는 서산너머로 빠지고, 저녁안개가 드리워지고 그리고 안개는 동산에 오르는 둥근 달, 달빛에 밀려나지 않으려 안간힘을 쓰고 있다.

모든 사물이 그러하듯 박 농사도 마찬가지이다. 장마철엔 물이 잘 빠지게 골을 터 주어야하고 가물에는 물을 넉넉히 주어야 한다. 부실한 놈은 거름을 나눠주고 박 포기나 박꽃이 촘촘하면 솎아주어야 하며 위로, 위로만 향하는 박 넝쿨 본래의 성질이므로 받침대로 받쳐 주어 넝쿨이 하늘로 뻗을 수 있도록 해 주어야 한다.

박가는 집의 앞뒤를 돌며 실하게 자라고 있는 박넝쿨을 둘러보고 흐뭇한 표정을 짓고 있다. 박가의 처는 부지런히 부엌에서 저녁을 챙기고 있다.

"저녁은 아직 안 됐능가."

"다 됐구먼유. 마당에 멍석 피시유."

늦은 저녁이어서 못마땅해하며 박가가 한 마디 했고, 박가는 멍석을 가져다 마당에 펴고는 다시 잿간 지붕을 물끄러미 바라보고 있다.

비단옷 입고 밤길 걷기라더니 종일을 오므리고 있던 박의 하얀 꽃잎이 일제히 벌어지고 이에 고운 화수(花鬚)가 수줍은 듯 얼굴을 내밀고 있다. 달빛을 받고 은은하게 핀 박꽃이 퍽 아름다웠다.

이웃에 사는 사촌오빠와 서로 애끓는 사랑을 하다가 이룰 수 없는 사랑 때문에 오빠가 먼저 세상을 뜨고 그리고 하늘 나라에서 별이 된 오빠를 그리며, 오빠를 쳐다보려 잿간지붕에 올라가 하얀 얼굴을 하고 사랑하는 오빠를 바라보다가 꽃이 되었다는 비련의 박꽃여인이다. 박가가 자랄 때 사람들로부터 숱하게 들어오던 전설이다.

박가는 또 박꽃처럼 하얀 세실댁의 가슴이 생각난다. 살짝 곰보 하나가 흠일 뿐이지 마음이 착하고 사랑스런 여인이다.

"어서 와 저녁 자셔유."

처가 멍석에 박나물이랑 양념반찬을 차린 소반을 가져다 놓고는 그리고 칼국수가 가득히 담긴 대바가지를 들고 부엌에서 나오며 말한다.

"뭐하시유, 빨리 오잖쿠."

처가 다시 소리를 높이고, 박꽃을 쳐다보며 골똘히 생각에 잠겨있던 박가가 멍석에로 자리를 하고 앉았다.

"당신 세실댁 생각 하시남유."

"아니— 임자가 왜 세실댁 얘기를 하남?"

박가처가 호박으로 채 썰어만든 꾸미를 국수에 넣어 휘휘 젓고, 바가지에 국수를 담아 건네며 말하고 이에 박가가 놀라며 퉁명스레 처의 말을 받는다. 그 날밤 세실댁과의 관계를 처가 어떻게 알았을까 의아해 하는 말이다.

"아— 나는 목석인 줄 아는감유. 내가 그 날 잠 안자구 죄다 봤구먼유."

"임자가 봤다구? 으음— 그럼 지금 투기하는감, 당신."

"투기는 어짠 투기래유. 그렇다는 얘기이지 차암."

"그런 일에 참는 사람은 읎다던데. 임자는 아무러치도 않는가?"

"그럼 어띠키한대유. 당신 일인데."

박가처가 무넘히 말한다.

'제길헐, 여편네덜 시새움 없으면 어디 재미가 있다능가.' 배부른 박가의 경망스런 마음이다.

박가처가 자랄 때 친정아버지께서 이웃집 과부와 정분이 났다. 어머니에게 과부의 머리채를 쥐어뜯자고 채근했더니 어머니가 말렸다. 당사자가 아버지이시고, 남자가 부실하면 계집질도 못하는 거라며, 아무렇든 남정네가 처자식에게 잘단 해주면 다행이고 고맙게 생각하라시던 친정어머니의 가르침이었다.

박가 처가 친정부모님 얘기를 하며 웃는다.

"곰곰이 생각해도 지당한 친정어머니 말씀이구먼유."

"옳여. 장모님 말씀이 지당허서. 있을 수 있는 남자덜 일을 가지구 여자가 속썩으면 서로 손하라니께. 그리고 우리네 인생사도 어른들이 시키는 대루 따라가게 마련 아닌가. 나는 할아버지 가르치심에 따라 박 농사에 지성이구, 임자는 장모님 가르치심에 내가 첩실 (妾室)을 들인대두 수긍하구 말여. 안그런가 임자? 내가 앞으루는 임자한테 잘 할꺼구먼."

"알었시유. 그러니께 당신 일에는 챙견 않잖어유."

"국수가 너무 뜨겁다 날두 더운데. 요새 날씨가 왜 이렇게 찌남."

박가는 처가 시샘하지 않음을 요행으로 생각했다. 박가 내외는 후룩후루룩 소리를 내며 뜨거운 국수 바가지를 기울인다.

지붕에도, 돌담에도 개똥벌레가 푸른 눈을 깜박이고. 어느 놈은 마당 위 허공을 가로질러 잿간 지붕을 넘는다. 뒷산에서 소쩍새 울음이 내려오고, 문 앞의 무논에서 개구리들의 소리가 어지럽다.

"나 등목하러 개울에 가는구먼."

"알었시유. 다녀오시우."

저녁을 끝낸 박가가 마당 귀의 질화로에 솔가지와 청초를 섞어 모깃불을 피워놓고는 사립문을 나선다.

둥근 달이 동산 위에로 한 뼘을 올라왔다.

박가가 잿간지붕에 올라가 박고지감을 골라 박을 따던 날 박가네에는 작은 흉사(凶事)와 호사가 겸해 있었다. 흉사는 박가가 일을 마친 뒤 사다리를 타고 내려오다가 잘못해 떨어져서 허리를 다쳤고. 호사란 박가가 기다리던 세실댁이 하루 지나 늦은 저녁에 돌아온 것이다. 박가가 대소쿠리에 박을 따 담아 한 손에 소쿠리를 끼고, 한 손으로는 사다리를 잡으며 내려오다가 발을 헛디뎌 몸을 가누지 못하고 떨어졌다. 마침 널려있는 장작 위에로 떨어졌기에 망정이지 마당의 맨바닥에 곤두박였다면 크게 다쳤을 것이다.

놀란 박가의 처는 울며불며 박가를 업어다 안방에 뉘이고, 이웃동네에 의원을 불러오고 소란을 떨어댔다. 의원이 달려와 검진을 하고 허리에 침을 놓고는 대단하진 않으나 환부가 허리임으로 얼른 쾌차하지 못하리니 누워서 잘 요양하라 이르고 돌아갔다.

박가 처가 의원에게 왕진비를 주려했으나 굳이 사양했다. 바가지신세를 숱하게 졌는데 웬 진료비냐며 오히려 몸에 좋다는 보약을 한 제 보내왔다. 동네에도 박가가 허리를 다쳤다는 소문이 돌면서 사람들이 문병을 오기 시작한다. 문병객들은 가정에 상비해두었던 봉밀(蜂蜜)이나 약재 그리고 식품들을 가져오는데, 박가의 처는 환자 수발하랴, 손님 맞으랴 정신 없이 바쁘다.

박가는 누워서도 마음이 한갓지지를 않았다. 가을걷이도 마무리 해야 되고 더욱이 숱해 많은 벼들을 거두고 타서 삶아야 하는데 누워만 있으려니 난감한 마음이며, 수심이 태산이었다. 겉으론 태연했다. '심하게 다치질 않아 다행이여. 액땜한 거여.' 문병객들에 이르는 박가의 말이고, 아니면 '인간사 무상한 건데. 어디 사람에 좋은 일만 있다던감'라며 오히려 태연했다.

박가가 허리를 다치고, 다음날이다. 하루를 부산하게 보내고 해질 녘인데 세실댁이 왔다. 본가에 가을걷이를 마치고 오느라 늦었다며 사립문에 들어선 그녀는 처음엔 깜짝 놀랐으나 다친 정도가 가볍다는 얘기를 듣고 안도하는 모습이었다.

세실댁은 박가의 처소를 윗방으로 옮기고는 박가의 병 수발에만 매달렸다. 박가 자신도 세실댁이 옆에서 시중을 듦으로 마음이 훨씬 편했다. 본실(本室)도 믿음직스럽긴 하지만 바지런한 세실댁이 곁에 있음으로 박가는 남은 농사일도 걱정이 덜되었다.

가을도 저물어 간다. 가을 가득했던 들판에서 모두가 빠져나가고 비인 산야엔 삭풍이 불어온다. 가을바람은 산으로 들로 돌아다니고 그렇게 바람이 지나간 곳의 풀 나무들은 모두가 힘을 잃고 색이 바래는데 색깔이 변한 풀 나무들은 또 조금씩 부서져 내린다. 바람은 쉬지 않는다. 그렇게 바람은 끊임없이 불어대고 그 바람 때문에 남지(南枝)에 둥지를 두었던 새들은 떠나가 버리고, 기러기도 멀리 장천을 건너가고는 산과 들에 있던 것들이 모두 떠나가는데 이별의 언덕에서 남은 것들이 떠나는 것을 향해 아쉬움의 손을 흔들고 있다.

박가네 뒷산에 산국(山菊)이 가을바람에 떨고, 여름내 무성하던 박가네 박 넝쿨도 메말라 오그라들었다.

박가네 가을걷이도 거의 마무리가 되었다. 박가의 두 처들이 쉬지 않고 돌아치는 바람에 들일은 끝나고 박을 거두는 일만이 남아 있을 뿐이다.

박가도 세실댁이 열심히 돌보고 조섭을 잘해주어 많이 회소(回蘇)되었다. 아침저녁에는 물론이고 들에서 일하다가도 참참이 달려와 시중을 들어주므로, 이제 지팡이를 짚고는 바깥출입을 하게끔 된 것이다.

박가네 박 따는 날인데 가을하늘이 깨끗했다. 거두어야할 박의 양이 너무 많아 미리 날을 잡아 놓고 품꾼을 사려했는데 동네 사람들이 박 거둠 일을 자원하였다. 바가지 신세를 많이 지고 있는데다가 박가가 요양중이라 동네사람들이 나선 것이다. 날이라도 좋아야할텐데 하고 박가가 걱정을 했는데 아침에 서리가 조금 내렸을 뿐 하늘은 멀끔했다. 박가가 처들을 시켜 미리 마당과 텃밭에다가 가마솥을 여러 개 걸어 놓았고 박을 써는 톱이랑 박 거둠에 필요한 연모들도 모두 준비해 놓았다.

박가네 박 일을 거들어주기 위해 동네 사람들 여럿이 몰려들어 일이 시작되었다. 한 무리는 지게에 바 소쿠리를 얹어지고는 논밭으로 몰려가고, 한 무리는 지붕에 올라가 박을 따 내리고 또 한 무리는 따들인 박을 다듬고 톱으로 타서 삶아내느라 분주하다. 박가네 처들도 일꾼들 돌보랴 참 준비하랴 바쁘게 오가고 있다.

박가가 텃밭 둔덕에 지팡이를 짚고 부산하게 일하는 일꾼들의 모습을 물끄러미 바라보고 있다.

'박 거둠이 잘되어 한 해가 무사해야 할텐데.' 그게 박가의 걱정거리이다.

朴家

朴哥村 박가네
박 豊年 들어
지붕에도 박, 담 위에도 박
박 천지이다

박처럼 둥글게
둥글게, 둥글게 살아가는 박가

박 가네 박 삶던 날
밥상 위엔
국도 박국, 나물도 박나물
박 飯饌 천지이다.

바람과 등불

　나라의 임금이 슬기롭지 못하고 또 조신(朝臣)들이 권력이나 재물만을 탐하여 맡은 직분을 다하지 못할 때, 우민(愚民)들의 원성은 높아지고 나라의 사직이 어지러워지는데 그렇게 나라가 어지럽고 쇠약해진 틈을 이용해 주위 침략자들이 나라를 침범해오면 이에 대항할 힘을 잃은 그 나라 국토는 적병들의 더러운 말발굽에 짓밟히게 되고 그리고 그 침략자들의 만행으로 죄 없는 백성들은 도탄에 들어 혹심한 고통을 겪게 되는 것이다.

　우리나라의 역사를 되돌아보면 왕이나 중신들의 자리는 거의가 세습돼 내려왔는데, 임금은 나이가 어리거나 무능해서 또 신하들은 사리사욕을 위한 당파싸움 때문에 나라의 힘은 약해지고 외세의 침입을 막을 힘이 없게 되어, 북으로는 대륙을 지배하는 세력이 바뀔 때마다 그 지배하는 자의 야욕으로 우리나라에까지 쳐들어와 갖은 만행을 다 부리고 우리를 괴롭혔으며, 남으로는 섬나라 왜인(倭人)들이 끊이지 않고 남쪽 해안으로 침범해 노략질을 함으로 우리의 아름다운 강토는 그들로부터 무수히 유린되었고, 선량한 백성들은 온갖 고통을 다 겪으면서 잠시도 평화롭게 살아온 날이 드물었던 것이다.

유사 이래 크고 작은 외세의 침략이 끊일 새 없었는데 그중에서도 이웃나라로부터 침입을 많이 받고, 백성들이 가장 고통을 심하게 당하던 때는 고려와 조선시대로 짧게는 몇 년 동안을, 길게 몇 십 년 간을 임금과 신하들은 이리저리 피해 다니고, 백성들은 가진 것이라고는 모두 빼앗긴 채 압박을 받으며 혹심한 고통을 겪어왔다. 또 부녀자들은 마구 능욕을 당하였고, 문화유산은 수없이 불타 없어졌으며 심지어는 나라를 내주고 그들에게 예속되어 얼마나 많은 수모를 겪어야 했던가, 생각해 보면 매우 가슴아픈 일이 아닐 수 없다.

그러한 여러 난리 중에서도 나는 고려시대에 몽고의 침략을 받고 오랜 세월동안 그들로부터 어려움을 겪었던 일과, 와중에도 침략자 몽골군을 토멸하고 크게 공을 세운 충북 진천의 임연 장군에 대해 얘기를 하려는 것이다.

당시의 나라정세를 살펴보면 매우 어지러웠다.

고려 태조 왕건이 기원 918년에 궁예를 제거하고 부하인 홍유와 배현경의 추대를 받아 송악에 사직을 쌓으며 고려국을 세운다. 그렇게 왕위에 오른 왕건은 후백제와 신라를 차례로 접수하며 후삼국을 통일하였고, 그리고 그 이후에 고려는 북으로 거란이나 여진족과 남으로 왜인들에 끊임없는 침략을 받으며 시련을 겪지만 그때마다 슬기롭게 대처하여 외세로부터 큰 어려움 없이 나라를 지켜올 수가 있었다.

그런데 18대 의종 조어 와서 사회적으로 문신을 중히 하고 무신을 천하게 여기는 풍조가 만연하게 되었다. 개국 후, 이백여 년을 지나오면서 개국이념인 불교를 중히 여기고 또 학문을 숭상하며 학자 중심의 정치를 폄으로써 문약(文弱)에 빠져들게 된 것이다. 무인은 아무리 공을 세워도 공과에 의한 최고의 지위에는 문신이 모두 차지하고, 무신들은 아무렇게나 대우를 하였는데, 때마침 문신 김부식의 아들 돈중이 무신인 견룡대장 정중부의 수염에 촛불을 들이대 수염을 불사르는 일이 발생하였다. 이어서 문무신하들이 의종을 호위해, 장단의 보현원 행사장에 가다가 개경의 오문 앞 놀이터에서 무예경기를 하며 놀던 중, 젊은 문신 한뢰가 나이 많은 무신 이소웅의 뺨을 때리고 야유함으로써 무신들로부터 한껏 원한을 사게 된다. 그렇게 문신들이 무신 알기를 자기들의 호위병 정도로 알고 아무렇게나 취급하였으며, 그들에게 주어야 할 녹봉도 모자란다는 이유로 배급해주지 않아 무신들의 반발이 심해지고 분노는 하늘에 닿았는데, 그러한 감정이 그때 의종의 보현원 행사장에 이르러 폭발하고야 말았다.

무신인 정중부와 이고 나무신들은 닥치는 대로 증오의 칼을 휘둘러 문신들의 목을 마구 자르고, 난동을 부렸는데 그 당시 문신들 희생자 수가 무려 60명이 더 되었다고 한다. 무신들은 개경으로 돌아와서도, 다시 문신들을 찾아다니며 닥치는 대로 도륙을 하였고, 그러고 나서 의종을 폐하고 왕과 아들을 거제도와 진도로 각각 유배를 보냈으며, 임금의 자리에 왕제(王弟)인 익양공 호를 옹립했는데 그가 명종이다. 이같이 난리를 일으킨 정중부는 그의 휘하에 정사(政事)를 간섭하는 중방을 설치하고 권세를 마구 휘두르며 무단정치를 시작한다. 그렇게 정중부가 난을 일으킨 이후로, 백여 년 동안을 그에 이어 무신들이 섭정을 하게 되는데 그로 인해 왕과 문신들은 무기력해져서 정치와 사회질서가 붕괴되고, 무신들만이 마구 발호하는 가운데 무신들끼리의 권력다툼과 이에 반항하는 천민들의 난리가 끊이지 않으므로 기층 우민들은 도탄에 들어, 조정을 원망하며 하늘을 우러러 탄식하는 세상이 되었다. 그렇게 나라는 변란에 휘둘리어 국력이 쇠약해지는데, 고려의 북쪽에 접한 중국대륙에서도 역시 국가와 국가사이, 세력에 거센 회오리가 몰아쳐 나라마다의, 그 판도가 일대 변화를 가져오게 되고 그 영향이 고려에까지 파급되어 휘말려 들게 된 것이다.

10세기 몽골에는 테무친이라는 걸출한 영웅이 나타나 몽고 사막을 중심으로 눈부신 활약을 하게 된다. 기마병을 거느리고 대륙의 벌판을 내달리며 소수민족의 여러 부족국가를 병합하고, 중원의 요충지인 서하와 화북 그리고 서요를 점령한 그는 멀리 유럽과 동남아시아까지 공략하여 대몽제국을 건설한다. 그리고 1206년 오능강변의 부족회의에서 징기스칸(성길사한) 즉 통치자로 추대되어 왕으로 즉위하고 다시 한나라를 치며 남진을 계속하다가 전장에서 돌아오는 길에 사망하게 된다. 당시 징기스칸은 아들 네 명을 두었는데, 점령지를 모두 분할해 주어 그들을 각기 지배자로 만들었다. 그렇게 그가 사망한 뒤, 1229년 그의 셋째아들 오고타이가 부족의 총 회의에서 몽골의 칸(지배자)으로 추대돼, 아버지 징기스칸의 뒤를 이어 태종으로 즉위하고, 원나라를 세우며 향후 12년 동안 대 제국을 통치하게 된 것이다.

태종이 즉위를 하고 나서 몽골국은 계속해, 남진하여 내려오며 만주를 점령하게 되는데, 그곳에 웅거하던 걸안족은 몽골군에 패해 쫓기면서 고려 국경을 넘어, 함경도 일대에 자리를 잡고 오랫동안 고려국을 괴롭힌다. 이에 만주를 점령한 몽골은 장군 합진에게 일만 명의 군사를 주어 파견하고, 동 진국의 완안자연 이만 명 그리고 고려와 세 나라가 연합하여, 강동성에 진을 치고 강력히 저항하는 걸안군을 인멸하게 된다. 고려에선 이이제이(以夷制夷)인 셈이다.

강동성을 함락시킨 뒤 몽고는 고려에 강제로 형제의 나라를 만들고, 걸안족을 소탕해준 대가를 요구하였으며 이에, 고려는 강대한 몽골국의 요구를 들어주지 않을 수 없게 되었다. 한편 고려는 오갈 데 없는 걸안의 패잔병과 부녀자 오만여 명을 고려국에 정착시키기 위해 걸안장을 만들어, 그들을 수용하므로 걸안 패전유민들은 화척(禾尺)이라는 이름의 천인이 되어, 고려국에 귀화해 살게 된다.

몽고는 큰 은혜를 베푼 것처럼 사신을 보내 고려국에 많은 공물을 요구하는데, 1225년경 몽고에서 고려국에 사신으로 두 번째 왔다가 오만불손한 행동을 하고 돌아가던 저고여라는 자가 의주 부근에서, 고려인 복장을 한 진나라 사람에게 습격을 당해 피살되는 사건이 발생하였다. 몽고와 고려를 이간하려는 진국의 소행임에도, 몽고에서는 그 사건의 가해자가 고려인이라는 구실을 붙여 고려 국을 침공하는 것이다.

고종 18년(기원 1231. 8.)에 드디어 몽고의 살례타가 군사를 이끌고 압록강을 건너 침입해오므로, 고려는 귀주에서 박여 장군이 그들을 맞아 잘 싸웠으나 중과부적으로 밀리게 되었다. 이에 여러 성을 공략하며 남진한 몽골군은 다시 개경 부근까지 내려와, 고려국을 압박하며 많은 조공을 요구하였고 그러고는 고려와 화의를 한 후 서북면에 다루하치(점령지 관리소원)를 주재시키고 군사를 철수하였다.

그렇게 시작한 몽고의 고려국 침입횟수가 이후로 크게는 6회이고, 소규모까지 합해서 모두 11회나 되는데 기원 1270년 고려와 강제화의 끝에 자진해 군사를 철수할 때까지 40여 년 간을 고려국에 무단(無斷)침입하여 나라 전역을 짓밟아 초토화시킨 것이다.

고려의 사회제도상 신분은 문무귀족과, 하리(下吏)와 양민 그리고 천인으로 구분되고 있었다. 외세의 침입에 대하여는 위정자들이 정치를 잘하고 사회질서가 정연하여 관민 모두가 일사불란하게 대응을 해도 적을 물리치기가 어려울 텐데, 당시의 사회실정이 그렇게 온전하지가 못하였다. 왕과 조정 신하들은 몽고의 강압에 의해 갈피를 잡지 못하였고, 무신들은 그들대로 평소에 나라 안의 경비임무를 맡았던 삼별초군을 이끌고 강화도로 피해 몽고군에 항쟁을 하였으나 세력은 미약했다. 일부 농민이나 노비와 천민들이 단결하여 충주와 광주 예산 등 여러 곳에서 강력히 대항하였지만 중과부적이고 다듬어지지 않은 오합지졸이어서 그들에게 부분적으로 약간의 피해만 주었을 뿐, 결정적인 전과는 올리지 못한 가운데 적들은 온 나라를 마구 짓밟고 유린하여 인명피해는 헤아릴 수 없이 많았으며, 부인사의 대장경이나 황룡사 구층탑과 같은 소중한 문화재들이 무수히 소실되었고 재산의 손해도 막대하였다.

충청도 진천지방에도 예외없이 오랑캐 수백 명이 들끓으며 사람을 죽이고 마구 재물을 노략질하였다. 남진을 계속하며 용인을 거쳐 내려온 몽골의 주력부대가 점령지인 진천땅에 주둔군을 떼 놓고 다시 남으로 내려갔는데, 남겨진 몽고군의 수가 300명은 족히 되어 보인다. 기원 1234년 8월경인데 놈들은 계획적으로 추수기를 택해 침입하였으며, 주둔군도 사실은 식량을 약탈하려 한 것이다.

놈들의 일차 침입은 개경 외곽까지 접근해 고려국 수도를 압박하다가 화의 끝에 물러갔고, 두 번째는 용인에서 진을 치고 만행을 부리던 중에, 대장인 살리타가 고려 승장(僧將) 김인후에게 피살되어 자진해 부대를 철수시켰기 때문에 진천 땅에는 몽골 오랑캐들이 처음 선을 보인 것이다.

차령산맥의 지류인 만리산과 문안산, 봉화산에 아늑하게 감싸인 심심산골 진천은 산이 높고 골이 깊으며 토지가 비옥하다. 백곡방면 산곡의 작은 호소(湖沼)에서 항상 맑은 물을 흘려보내므로 가물을 모르고, 농사가 잘되어 주민들은 아쉬움 없이 알뜰하게 살아가고 있는데, 난데없이 몽골군들의 침입으로 큰 난리를 만나게 된 것이다.

이월 방면에서 고개를 넘어 진천으로 진입한 몽골군의 주력은 다시 남쪽 잣 고개 넘어 청주쪽으로 남진해갔는데, 그 대열에서 낙오한 오랑캐들은 진천의 지형을 둘러보고는 논밭이 많은, 덕문이 들판 옆 걸미산, 산협으로 달려들어 진을 치기 시작했다. 장도(長途)에 지친 놈들은 누더기차림의 걸인풍이고, 굶주림으로 모두 야위었는데 물론, 그들이 가진 것이라고는 아무것도 없으며 진지를 만들기 위한 목봉과 천포(天布)와 취사구가 고작이다. 몸뚱이만 가지고 노략질로 모든 것을 해결하려는 놈들의 계획된 심보인 것이다.

삼덕리의 가을들판은 황금물결이었다. 그 해에 마침 수량(水量)과 일조가 알맞아 농작물이 풍성했으며 산과(山果)도 지천이어서 사람들 모두가 넉넉한 가을의 추수를 준비하다가, 놈들에 불의(不意)의 습격으로 모두 놀라 망연히 하늘만 바라보며 한숨만 쉴 뿐이다. 관가에서도 어찌해 볼 도리가 없었다.

양곡(良穀)의 나라 고려국 침략을 자원해온, 굶주린 몽골의 걸인 군단(群團)이다. 오랑캐 진영에 밤이 지나고 날이 밝았다. 난장판같이 어수선한데 부장(部將)이 그들을 모아놓고 진지한 말로 행동지침을 시달하고 있다. 헐벗고 굶주린 병사들이 점령지에 이르러서, 해야할 일이란 떼지어 다니며 생존을 위한 노략질밖에 더 있겠는가?

"병사들이, 쏘다니며 강제로 물품을 수탈하거나 피해를 주어서는 안된다. 지금 당장 생활용품이나 병량(兵糧)이 바닥났으니 돌아다니며 협조를 얻어야하지만, 곡물을 징발할 때는 조심해서 구해오도록 하라. 주민들에게 새 세상이 되었으니 마음을 놓으라 이르고, 어려움이 있는 사람은 도와주도록 해라"는 요지의 달콤한 내용을 시달하는 것이다. 그러나 근본이 오랑캐이며 폐허의 사막에서 온 병사들인데 귀엔 아무런 말도 들리지 않는다. 그들은 오로지 헐벗고 굶주린 이리와 승냥이 떼일 뿐이며 당장 급한 게 주린 배를 채우는 일이다.

부장으로부터 지침을 시달받은 병사들이 병장기를 챙겨 걸머지고 무리무리 떼지어 나서기 시작한다.

관가에서는 모두가 몸을 피했다고 했다. 사람들은 곡류와 귀중품들을 전부 땅 속에 파묻거나, 깊숙이 감춘 뒤 문을 걸어 잠그고 밖의 동정만을 살필 뿐이다. 닭이나 돼지 가축들은 어떻게 해볼 도리가 없었는데 추수기여서 더러는, 조심스레 들녘에 나와 농사일을 하는 사람도 있었다.

흉흉한 소문이 끊임없이 돌았다. 뉘 집에는 오랑캐들이 몰려와서 밥을 해 달래 먹고 갔다더라― 어느 곳에선 쌀을 강제로 거두어갔다더라― 소를 잡아갔다더라에서 급기야는, 어느 동네 사람들은 젊은이들이 붙잡혀가서 진지 만드는 일을, 놈들의 군영에서 하루 종일, 무슨 군역(軍役)을 하고 왔다더라는 소문에 이어 여기저기에서 부녀자를 겁탈했다 했고 또 말을 듣지 않는다고 사람을 죽였다는 소문까지 들리기 시작하였다. 소문보다는 몽골병들의 만행이 훨씬 혹심했다. 젊은이들을 징발해 빨래와 취사, 진지구축의 노역을 시켰고 이를 항의하는 노인과 부녀자를 가리지 않고 폭행했으며 이 동네, 저 동네에서 집에 불을 지르기도 하고 사람을 마구 살해했는데, 그 피해 숫자는 헤아리기가 어려울 정도로 많았다.

승냥이만도 못한 오랑캐들에 점령당하고, 정복지의 사람들은 놈들이 마구 짓밟아 놓은 폐허 속에서 신음을 하며 혹독한 어려움을 당해야했다.

차령산맥의 지류에 봉화산이 있고, 봉화산 동쪽을 타 내린 구능에 연자봉이 있으며 그 품안에 굴티라는 동네가 있는데, 그곳이 진천 문백면 구곡리이다.

산수가 미려한 그곳, 망태산 아래 구곡리 구산동이 있고 그 부락에 승주라는 청년이 살고 있으며, 그는 상산 임씨인데 고려 2대 혜종왕비인 의화왕후의 아버지이며 문하시중 평장사를 지낸 임희의 8대 후손이다. 승주는 기골이 장대하고 어깨가 벌어졌는데 시커먼 고리눈이 정열적이고도 이지적이다. 장한(壯漢)이고 기운도 장사이므로 주위에서는 그의 힘을 당할 사람이 없는데, 의젓하고 생각도 깊어 점잖다는 소문이 인근에 자자했다.

승주가 소년시절이었다. 개경의 조정에서 세도가이고 대장군인 송언상이 고향인 진천에 다니러 왔는데 승주가 그의 눈에 뜨인 것이다. 아이들과 어울려 노는데 그 중에서도 승주는 군계일학이었다. 우선 생김생김이 대장군 풍이고 티 없이 맑아 보였는데, 관상학에 조예가 있는 그는 단박에 물주고 가꾸면 커다란 동량(棟樑)이 될 인물이라 생각을 하고, 승주의 아버지 임조를 찾아가 상의한 끝에 개경으로 데려 가 학문과 무예를 가르쳤다. 승주 역시 한천에서 물을 간난 고기인 셈이다.

아무리 훌륭하고 명민한 사람도 그늘에선 빛이 나지 않는다. 승주 역시 굴티 산골에선 크게 자랄 수가 없었는데 대처로 나오면서 큰 뜻을 품게 되었다. 그래서 그는 더 열심히 학문에만 진력을 하게 되었으며, 장군 송언상 역시 자신의 휘하에 탄탄한 주초(柱礎)를 마련하기 위해 마음을 쓰고 그를 보살폈다. 그런데 좋은 일엔 마(魔)가 낀다고 하던가. 승주의 학문이 일취월장하고 기예도 반듯하게 다듬어져 가는데 송언상 대장군이 급서한 것이다.

승주는 낙심했다. 자기를 돌봐주는 이가 없어졌으며 사방을 둘러보아도 그가 의지할 거라고는 아무데도 없는 객지이다. 송장군이 눈을 감으며, 가족들에게 승주를 잘 보살피라고 일렀지만 장군 잃은 가족들은 날이 가면서 더 냉담해졌다.

승주는 무과(武科)에 뜻을 두고 그 길로 출세를 하고 싶었다. 그런데 당시의 과거제도는 전에 정사(政事)를 휘두르던 문신들의 반대로, 무신을 선발하는 시험은 폐지되고 명경과, 제술과, 잡과의 문신만을 선발하는 제도뿐이어서 이에 대비해 혼신을 다했는데 좌절된 것이다. 수신(修身)을 하며 틈틈이 주인 가족들의 시중을 들던 승주는 더 견딜 수 없어 꿈을 접고 낙향하였다.

고향이라고 찾아왔는데 어수선했다. 관가 사람과 뜻 있는 이들은 모르는 곳으로 모두 피해버리고, 우딘(愚民)들만이 오랑캐들의 만행으로 모두 주눅이 들은 채 짓밟히고 있었다. 소문은 흉흉했다. 놈들은 여러 명씩 떼지어 멀게는 광혜원과 백곡 증평에 이르기까지 몰려다니며 마구 노략질을 해댔다. 속수무책이었다. 닭이나 가축을 닥치는 대로 빼앗아가고, 부녀자들은 눈에 뜨이기 무섭게 능욕을 해댔으며, 어쩌다 이에 반항하는 양민들은 병장기를 휘둘러 마구 죽이는데 희생자가 헤아릴 수 없이 많았다. 어느 동네에서는 환갑이 넘은 할머니가 능욕을 당했다더라— 어디에서는 갓 혼인한 꽃새댁을 두 놈이 번갈아 달려들어 욕을 보이고 도망하는 것을 신랑이 뒤쫓아가 모두 낫으로 쳐죽이고 피신했다더라는 등 별의별 소문이 다 돌아다녔다.

승주는 하늘을 우러러 한숨을 쉬고 깊은 생각에 잠겼다. 과거에 응시하여 합격을 하고 관가에 입사(入仕)해서 부모에 효도하며 개인의 영달을 꾀하는 것도 중요한 일이지만, 조국을 위해 한 목숨 던지는 것도 그에 못지 않은 장한 일이다. 물론 대군을 상대한다함은 무모한 짓이며 계란으로 바위를 치는 격이라는 걸 잘 알고 있다. 그러나 오랑캐의 말발굽 아래 비굴하게 사는 것보다 차라리 그게 떳떳하고 보람있는 일이 아닐까. 더욱이 자신은 남보다 억센 팔다리를 가졌고 그의 가슴엔 뜨거운 피가 솟구치는 젊음이 있지 않은가. 삶이란 지나고 보면 모두가 허행(虛行)인데, 사나이 한 번 태어나 명분있는 행동을 택하여 몇 놈이라도 해치우고 죽는 것도 나라와 부모형제를 위해 보람있는 일이 아닐까라는 데까지 그의 생각이 미쳤다.

그는 부모님으로부터 의거(義擧)를 승낙받으려다 단박에 거절을 당하고 핀잔만 들었다. 무모한 짓이라고 했다. 조상으로부터 물려받은 소중한 몸인데 발부(髮膚)라도 가볍게 생각해선 안 된다는 것이다. 그렇다고 그냥 물러설 승주가 아니다. 고집스런 부모님을 설득하느라 꽤 여러 날이 걸렸다. 오랑캐들에 맞서 싸우되 조심하고, 도망을 하더라도 반드시 살아남아야 한다는 조건을 달고 승낙을 받아낸 것이다.

우선 같이 일할 동지들을 규합해야 했다. 놈들과 맞서 싸우려면 우군을 많이 확보해야 한다. 동네 젊은이들을 불러모아 상의했는데 모두가 옳은 일이므로 나서겠다 했으며 그 숫자가 스무 명이 넘었다. 동구 앞 세금천 물길 따라 한참을 내려가다 보면 은탄리 앞 개울가에 너른 백사장이 있는데 그곳을 본거지로 정했다. 의병활동에 대해서는 극비에 부치기로 약조하고, 주로 야간에 만나서 활동을 했다.

놈들의 만행에 더 이상 참을 수 없다며 문백과 초평의 인근 동네 젊은이들이 알음알음으로 찾아와, 지원한 의용 대원의 숫자가 무려 백여 명이 훨씬 넘었는데, 그들은 해진 뒤의 야음에 그곳에까지 와서 간단한 훈련과 행동에 대한 지침을 시달받았다. 승주는 사람을 놓아, 읍내 대장간에 도검과 철퇴(鐵槌), 그리고 낫과 병 장기를 다량으로 주문하고 또 거사 날에 써야할 홰와, 등유와 마른 섶을 넉넉히 준비하도록 했다. 이곳저곳의 대장간에서도 보습이나 괭이를 벼리던 일까지 중단하고 병기와 장비를 만들어주겠다고 자원해왔다. 거사 날을 잡았는데 그믐께의 어두운 날로 정하고, 시간은 야반으로 했다. 뜻 있는 분들의 도움으로 군자금은 남아돌았으며, 진천이나 이월과 광혜원에 사는 분들이 몰래 찾아와 격려하고 도와주었다.

날을 잡아 정예 대원 열 명을 선발해 적정을 살피고 오도록 첩자(諜者)를 놓았다. 적진과 주변의 지형을 정찰하고 또 놈들의 동정을 알아보도록 해, 그에 준하는 작전을 세우기 위함이다. 걸인 복장으로 파견되어 놈들 동향을 살피고 돌아온 정찰대원들의 보고에 의하면 삼백여 명이 족히 되어 보이는 오랑캐들은 신정리 걸미산 앞 둔덕에 길게 진지를 구축하고 있으며, 수탈한 군량미가 많이 쌓여져있는데 놈들은 전혀 긴장하지 않고 병영과 초소의 경계근무도 생각한 것보다는 매우 허술하다면서 진지와 초소약도까지도 자세하게 그려 가지고 왔다.

거사의 날이 다가왔다. 마지막 모사(謀事)는 승주의 제의에 의해 조정에서 벼슬을 하다가 낙향해 한거(閑居)하고 있는 분들이 주동되어 당일 오후 늦게 이루어졌다. 각지의 여유있고 뜻있는 분들이 합세해, 자금을 염출하여 몽골군에 위로연을 해준 것이다. 돼지를 여러 마리 잡고 술을 다량으로 독하게 빚어, 몽골군 진영을 찾아가 이역에 원정하여 고생하므로 지역주민을 대신해 환영인사를 하는 거라며 준비해간 주효(酒肴)를 놈들 모두에게 넘치도록 권하였는데, 모두들 좋아라 하며 먹고 마시고 대취한 것이다.

해가 떨어진 지 오래된 세금천변의 백사장은 칠흑같이 어두웠다. 작전은 이미 세워져 모든 대원들에게 시달이 되었다. 전원이 백이십 명이어서 열 명씩 열두 개 분대로 조직해, 분대단위로 행동하도록 했으며 일개 분대는 적진 깊숙이 침투해 초병을 사살한 다음 본부를 점령하고, 적장을 사로잡는 임무를 맡았는데, 승주가 대장이 되어 앞장을 서기로 하였고 남은 대원들은 적을 포위해 쳐들어가서 전멸시킨다는 것이다.

"동지 여러분— 나라를 위해, 부모형제를 위해 한 몸 기꺼이 던질 때가 다가왔습니다. 전쟁은 승리하는 자만이 살아남는 것이고 패하면 주검만이 있을 뿐입니다. 보십시오. 오랑캐의 말굽아래 짓밟혀 황폐해진 우리의 고향 땅을, 젊은 우리가 어찌 보고만 있을 수 있습니까. 비굴하게 사느니 한 몸 기꺼이 던집시다. 우리, 오늘을 승리로 이끌어 나라와 겨레를 구합시다. 다행히 우리는 기습하는 편이고, 저들은 습격을 당하는 놈들이며 그들을 도와주는 것은 아무도 없습니다. 놈들을 빼면 모두가 우리편이므로 그들보다 우리가 유리한 고지를 선점한다고 볼 수 있습니다. 더욱이 놈들은 지금 술에 취해 잠들어 있습니다. 우리 다시 이 자리에서 낙오자가 한 명도 없이 모두 돌아와 축배를 들 수 있도록 용기 내어 열심히 싸웁시다. 이상—.”

작전에 필요한 물품이나 장비들은 작전지역의 부근 동네에 은밀히 옮겨다놓았다. 특히 읍내 대장간에서 놈들이 강제로 주문한 다량의 병장기 모두를 승주 편으로 몰래 돌려주어 전투장비도 넘쳐났다. 승주의 지략은 치밀하고 뛰어났다. 놈들의 진지 중에서 심장부인 본부에는 승주 자신을 포함해 열 명의 정예대원이 잠입해 점령하고, 다시 건장한 대원 열 명은 놈들이 들고나는 진지 입구의 요로(要路)에 매복하여 도망하는 자들을 모두 처치하도록 했으며, 나머지 전원은 포위망을 좁혀가며 놈들 모두를 섬멸한다는 것이다. 그리고 각 동네에 기별하여 젊은 장정들을 동원해 작전에 필요한 연락 임무와 장비물품을 조달받도록 계획을 세웠다. 의병대장 승주의 분대가 먼저 본부를 점령하고, 적장과 본부요원을 궤멸하게 되어, 남은 대원들은 모두 용기 백 배로 싸움에 임하게 된 것이다.

출전 명령을 하달하고, 작전지역으로 대원들의 이동이 시작되었다. 승주가 진두에서 달리고 대원들이 뒤를 따른다. 대원 모두가 자신감에 차 있고 사기는 하늘을 찌를 듯 했다. 세금천 개울을 타고 한참을 거슬러 올라가다가 어링이부락 앞을 통과하고 그리고 세끼미동네 옆을 지나 잠깐 구능에서 지체하며 다시 행동지침을 시달하고 쉬었다.

어스름 밤인데, 가을 들판이 정조에 묻혀 있다. 달 없는 그믐께인데, 하늘엔 별 무리들이 쏟아질 듯 드리워져있다. 유성 하나가 하늘을 긋고

봉화산 주봉 위에로 스러지는데, 어디서 물새가 섧게 운다. 저 물새 길을 잃었나보다. 오랑캐진영의 군막에서 불빛이 조는 듯 건너다본다.

왜 나라가 이지경이 되었는가? 가을 들판은 가득한데 추수는 놈들이 모두 빼앗아가고, 정든 고향이, 부모형제가 오랑캐들에 짓밟혀 신음을 하고 있으며 마구 찢겨지고 있는 것이다.

가슴에 치솟는 분노가 어디 승주 하나뿐이랴. 의용대원 모두가 처절한 심정이었다. 비감한 생각에 승주가 통방울 눈을 부릅떠본다. 다급한 마음에 수수밭 고랑을 타고 앞서서 내달린다. 그외 대원 열 명이 뒤를 따르고 남은 대원들도 모두가 숨죽여 달린다.

승주의 분노는 멈추지 않는다. 입구 초소에 초병이 셋인데, 수하(誰何)할 사이가 없다. 승주의 철퇴가 놈들의 머리에 벼락을 치고 그리고 따르는 대원들 참견할 새 없이 초병 세 놈 모두가 순식간에 거꾸러진다. 승주와 분대원은 본부를 향해 다시 달리고 나서 뒤따르던 일개분대가 입구 길가에로 몸을 숨기고 그리고 남은 병사들 전원이 진지를 에워싼다.

본부 앞을 지키는 초병들도 승주들에 의해 처치되고, 승주가 잡아당기는 활시위에서 공격신호의 불화살이 현란한 빛을 발하며 하늘을 향해 날아오르자 동원장정들에 의해 옮겨놓은 마른 풀과 나무더미에 불이 붙여지고 그리고 진지에 화염이 맹렬히 타오르며, 함성에 이어 비명과 동시에 진지가 폭발하기 시작했다.

실컷 먹고, 마시고 취해 잠들었던 몽골 본부 요원들이 놀라 일어나다가 승주 분대원들의 칼끝에서 초개처럼 쓰러진다. 그때 오랑캐 부장(部將)의 거구가 후딱 일어나 말을 잡아타고 내달리기 시작한다. 승주가 그를 놓칠 리 없다. 다시 그가 힘껏 잡아당기는 활시위에서 불화살이 날아가 부장의 등짝에 사정없이 꽂히고 그리고 놈의 몸뚱어리는 공중에서 원무를 한 번 그리고는 땅 아래로 거꾸러진다.

함성과 화염이 하늘을 뒤덮고, 의용병들의 병 장기들이 부지런히 또 샅샅이, 군막 곳곳을 돌아다니며 정신 없이 우왕좌왕하는 놈들을 요절 내고 있다. 아비규환이다. 놈들이 간간이 반항을 해 보지만 어림없는 일이다. 동원된 주민 장정들도 무장을 하고, 진지를 크게 에워싸 있으므로 놈들은 도주할 수도 없고, 어쩌다 도주하려 해보지만 곧 붙잡혀 분노한 주민군들로부터 몰매를 맞아죽는 놈도 여럿 있었다. 전투이기보다는 놈들을 마구 타도(打倒)하였을 뿐이다.

아수라장의 싸움은 오래잖아 끝이 났다. 동편하늘에로 부유스레하게 여명이 드리워지고, 들판과 개울을 뒤덮은 진천 주민들의 승리에 만세 함성도 하늘 위에로 잦아들었으며, 불타버린 진지의 잔화(殘火)만이 처절한 오랑캐들 도륙의 현장을 말해주고 있다. 의용 대원의 피해는 부상자가 몇 명이 있을 뿐이다. 놈들의 주검은 장작개비처럼 무수히 널려져 있고, 오십여 명의 포로들만이 오라가 지워진 채 눈을 부릅뜬 분노의 용병들 앞에 무릎을 꿇고 앉아있다.

밤이 지나는데도 구름처럼 모여든 흥분한 주민들이 돌아갈 줄을 모른다. 세상에 이렇게 후련한 일이 어디 또 있을까? 장검을 짚고 선 승주가 대원과 주민들을 향해 인사의 말을 한다.

"사랑하는 고향 어른들… 우리는 너무 많이 이들에게 가진 것을 빼앗기고 짓밟혔습니다. 그래서 우리 젊은이들은 정의의 칼을 들지 않을 수 없었고 그래서 이들과 싸웠으며 이렇게 이겼습니다. 먼저 피해를 입은 고향 분들에게 위로의 말씀을 드리고, 그리고 우리들 칼끝에 사라져간

저들의 주검에도 애도의 마음을 전합니다. 우리 모두 지난 일보다 다가 올 어렵고 중요한 일들을 슬기롭게 헤쳐서, 꺼지려는 고향의 등불을 삭풍으로부터 보호해야 하겠습니다. 우리 모두 나섭시다—."

의병들은 먼저 널려있는 수많은 시체를 몽골 포로들을 앞세워 공동묘지에 매장해준 다음 정중히 명복을 빌었고, 불타서 폐허가 된 전장을 수습하였으며 또 산더미같이 약탈해 쌓아놓은 군량과, 군마(軍馬)와 전리품들을 진천 전역의 가난한 사람들에게 풀어 나누어줌으로써 주민들로부터 많은 박수를 받았다. 그리고 승주는 이후의 닥칠 일에 대비하여 동지들과 같이 각 부락의 청장년들을 소집하고 야간을 이용해 훈련을 시켰으며, 병장기도 넉넉히 비축해 두었다.

하늘의 별이 빛나려면 구름이 걷혀야 하고, 어두운 밤이어야 한다. 사람이나 사물들도 그렇게 시대의 조류를 잘 타야하며 주위의 환경도 적합해야 구름을 잡을 수 있는 것이다. 바탕이 잘 잡혀지고 천성이 명민하여 사리에 밝은 사람이라도 시대를 잘못 만나면 그냥 묻혀버릴 수밖에 없고 오히려 시대에 역행하는 나쁜 사람으로 취급되는 수가 있음을 우리는 많이 보아왔다.

승주 역시 대인(大人)의 탈을 쓰고 세상에 나왔고, 지혜가 남보다 뛰어난 슬기로운 사람이었으나 어지럽고 허약한 나라에 태어나 반 몽골에만 너무 집착한 나머지, 삶의 끝자락을 아름답게 마무리하지 못하였다. 그의 행위에 대해 혹세무민한 무인 집정자이고, 임금을 능멸한 반란자라고 평하는 사람이 여럿 있는 것이다.

누란 위기에서 고향을 구하여 의인(義人)이라고 진천 주민들로부터 선망을 받던 승주는 몽고침입으로 강화에서 피난살이를 하던 조정의 김준 장군으로부터 부름을 받는다. 진천의 의거소식을 접하고 승주를 부른 김준 장군은 당시 무인(武人) 집정자 최항이 가장 신임하는, 최항 수하의 별장이다. 김준 장군의 뜻에 따라 임연으로 개명(改名)을 한 후, 그의 사랑을 받고 무관 직위에서 열심히 일하게 된 승주는 김준을 수양아버지로 존경하며 군대의 중간부장인 대정으로 일하다가 낭장으로 승진하고 그리고 다시 왕을 호위하는 상장군으로 진급하며 승승장구한다.

그때 최항이 죽고, 그의 아들 최의가 권력을 이어받으면서 그의 횡포가 심해지고 그래서 국민들의 원성이 날로 높아져갔다. 그러자 김준은 임연을 시켜 최의를 제거하고 그렇게 최의가 죽은 뒤, 김준이 권력을 움켜쥐게 되는데 그 역시 최의 이상으로 가혹하게 백성을 탄압하고 임금을 능멸함으로, 임연은 양부인 김준 앞에 부복하고 선정(善政)을 해달라고 간곡히 충언한다. 그러나 김준은 임연의 충언을 귀밖에 흘려 버리고 그리고 그의 포악한 행동은 날이 갈수록 더 심해져간다. 할 수 없이 임연은 모든 것을 단념하고 진천으로 낙향을 했는데, 다시 이번엔 원종 임금이 그를 불러 정사를 들보게 하고, 그리고 김준의 행태가 참을 수 없도록 심해지자 그를 제거할 것을 명한다. 임연은 의리와 정의 사이에서 깊이 고민하고 또 고민을 거듭하다가 나라를 구해야한다는 큰 명분을 택해 양부인 김준을 제거하고, 권력을 움켜쥐게 된다.

그렇게 권력을 잡은 뒤 피난지인 강화드에서 삼별초군을 거느리고, 몽고를 상대로 외로운 항쟁을 하며 아울러 정치에까지 참여하게 되었다. 그렇게 피난지에서 항몽대열의 선봉에 섰던 임연은, 몽고군에 휘둘리어 정사(政事)를 추스르지 못하는 원종임금과 갈등을 하게 되고 그래서 그는 할 수 없이 원종을 폐하고 원종의 아우인 창을 임금으로 옹립

하는데, 몽고의 압력으로 뜻을 이루지 못하고 마지못해 다시 원종을 복위시킨다.

대몽정책으로 원종과 갈등을 빚었고 그래서 원종을 폐하게 되었고 그리고 몽고의 압력에 의해 다시 임금을 복위시킨 사건으로 인해, 임연을 난을 일으킨 자 또는 반란자로 평하게 되는데, 그가 개인의 사욕을 위해 국가와 임금을 능멸한 게 아니고 다만 침략자 오랑캐를 쳐부수고 몰아내자는 충의에서 나온 행위이기 때문에, 임연 장군을 한쪽에서만 보고 그렇게 평가하는 것은 그 기준이 모호한 점도 있긴 하다.

그 후 임연은 대몽 정책으로 원종과 의견이 엇갈려 갈등을 겪은 일 때문에, 심한 고뇌로 화기(火氣)가 들어 병졸(病卒)하였는데 기원 1270년 2월이다. 그의 세력을 이어받은 아들 임유무도 같은 해 몽고에 동조하는 세력들로부터 피살되어 무단정치가 그 막을 내렸는데, 무장인 정중부가 임금과 문신들을 억압하고 섭정을 시작한 이후, 무신 10명을 거치면서 이어온 무단정치가 100여 년 만에 끝이 난 셈이다.

그렇게 고려국은 항몽을 외치는 무인들의 정치가 막을 내리는데, 이후로 원나라의 부마국이 되어 오랑캐들에 조공을 바치게 되고, 미녀들을 선발해 보내게 되고 그리고 그들의 강제에 의해 원나라의 제도와 습속을 따라야했으며, 몽골이 힘을 잃을 때인 공민왕대까지 향후 백여 년간을, 온갖 수탈과 수모를 당하고 억압을 받으며 지내게 된 것이다.

안면도 석양(夕陽)

잠에서 깨어 눈을 뜨니 분홍색 커튼 사이로 아침 햇살이 눈부시게 쏟아져 들어온다. 정신을 추슬러 보지만 머리가 개운치 않다. 몇 시까지 술을 마셨을까? 되도록이면 술자리는 피하려 했는데, 밤이 늦도록 너무 많이 마셨는가보다. 자리를 털고 일어나야 하는데 몸이 몹시 무겁다. 다시 눈을 감아본다.

벼르던 제사에 냉수도 떠놓지 못하더라는 말이 있던데, 내가 그짝이 된 셈이다. '안면도의 푸른 바다와 시원한 해풍, 그리고 불타는 노을과 그 노을을 남기고 장엄하게 모습을 감춰 가는 일몰을 배경으로 너른 백사장에 이젤(畵架)을 세워놓고 그림을 그린다. 그것도 뜨거운 가슴으로 저녁 바다의 장관을 캔버스에 담아내련다'라고, 마음을 먹고 이곳에 달려왔는데. 그렇게 가슴을 설레며 세워오던 계획이 처음부터 빗나가고 말았다.

안면도에 대하여는 익히 들어서 알고, 있었고 더 알아보기 위해 화상(畵像)으로까지 더듬어 보았는데, 그림에 나타난 섬과, 하늘과 바다의 저녁풍경이 너무 아름다웠다. 그림에 매료된 나는 그 아름다운 풍경이 아주 나의 뇌리에 각인이 되어 도무지 떨구어 낼 수가 없었다. 그래서 언제고 틈을 내 동경(憧憬)하는 안면도를 찾아 일몰의 풍경과 쌍돛배 그리고 백사장들까지도 모두를 캔버스에 담아오리라 굳게 마음을 먹었던 것이다.

그렇게 아름다운 섬 안면도를 생각하며 어렵사리 틈을 내 계획한 것을 결행한 날이 어제였다. 원행(遠行)이라 아침 일찍 서둘러 이젤이며 화구들과 잡다한 행장을 준비해 버스를 타고 출발했는데 아니나 다르랴. 좋은 일에는 꼭 마(魔)가 낀다고 하더니, 그러잖아도 선명치 못하고 우중충한 날씨여서 걱정을 했는데 짓궂게도 비가 내리기 시작했다. 기대했던 일이, 부풀었던 마음이 일시에 헝클어지고 말았다.

목적지에 당도했는데도 자꾸만 비가 내린다. 도착하는 대로 푸른 바다엘 달려나가리라는 나의 소망은 여지없이 무너지고 말았다. 거리는 멀었지만 일찍 나섰던 여행이어서 한나절이 조금 넘어 태안읍에 닿았고, 잠시 요기를 한 나는 우중(雨中)이라 택시를 잡아타고 곧바로 안면도에 달려가 여사(旅舍)를 찾았다. 이리저리 헤매다가 가까스로 작은 언덕 위에 있는 민박집을 찾아 들어갔는데 이층집이고 그림같이 아름다웠다. 옆의 마당에 접해서는 청포도가 주렁주렁 매달린 넓은 포도원(葡萄園)이 있고, 저만치 소나무 숲이 우람하게 펼쳐져 있으며 가까이에로 너른 바다가 내려다보이는, 호젓한 곳이 별장과 같은 집이었다. 차에서 내려 한참을 돌아치느라 비를 많이 맞은 나는 후줄근하게 젖은 옷차림으로 민박집엘 들어선 것이다.

"어서 오세요. 비를 많이 맞았네요."

　"네— 신세를 좀 져야겠습니다."

　초인종을 누르자 안에서 주인이 나오며 반가이 맞았고 주인의 인사에
내가 대답했다. 삼십대 후반의 젊은 여인인데 호감이 가는 인상이고, 미
인이며 매우 상냥했다.

　"혼자 오셨어요?"

　"네— 혼자예요. 조용한 방을 좀 부탁드립니다."

　"따라오세요."

　화구 보따리를 받아들고, 여인이 앞서고 내가 뒤를 따랐다.

　이층으로 올라갔는데 역시 바다가 내려다 뵈는 갓방으로 숙소를 정해
준다. 안내하는 주인여자는 이것저것 챙겨주고, 이것저것 일러주며 좀
수다스러울 정도로 말을 많이 했다. 방이 깨끗하고 소박했는데 전망이
좋아 주인을 잘 만나고 방도 잘 골랐다는 생각을 했다.

　"손님— 점심은 어떻게 했어요. 시켜 드릴까요?"

　"아닙니다. 요기는 했습니다."

　"우기(雨期)여서 방이 모두 비었어요. 이건 음식점 전화번호를 적은
목록이고 이건 인터폰이에요. 저의 도움이 필요하면 언제든지 부르세
요."

　나는 몸까지 척척하게 젖어와, 얼른 씻겠다는 마음에서 수긍하는 대
답만을 했으며, 여인은 말을 마친 후 낭랑한 목소리의 여운만을 남겨놓
고는 아래층으로 내려갔다. 정말 매력 있는 여자이구나 생각했다.

　먼저 욕탕으로 들어가 몸을 씻었다. 생글거리며 지껄여대는 여인의
상연한 얼굴이 자꾸만 눈앞에 어른거린다. 여자에겐 무념(無念)히 대해
오던 나는 주인여자의 아름다운 환영이 뇌리에서 지워지지 않았다.

　개운하게 씻었는데도 여독이 가셔지지 않는다. 화구들을 정리하지 않고, 버려 둔 채 자리를 펴고 누웠다. 창밖에는 추적대며 그칠 줄 모르고 비가 내린다. 객수(客愁)와 여주인의 생각이 뒤엉키는 데도 피곤이 엄습해와, 눈을 감고 잠을 청했다. 잠이 들었다.

　한참을 늘어지게 잤는가보다. 자리에서 일어나 창문을 열어 젖혔다. 내려다보이는 바다에도, 사구(砂丘)에도 저녁 빛이 짙게 내리고 있다. 해는 수평선 너머로 빠졌는데 바다 끝의 뭉게구름에, 바닷물에도 일몰이 남겨놓은 붉은 노을이 선연하다. 사람들은 궂은 비에 쫓겨 모두다 어디로 갔는가. 백사장이 여름의 잔해처럼 추레하게 젖은 채 길게 누워 있다.

　몹시 시장하다. 어떻게 할까 마음을 정하지 못하고 아래층으로 내려갔다. 다시 바깥마당으로 나간다. 집과 포도밭 사이에도 작고 깨끗한 마당이 있고, 그 마당에 해 가림 등나무넝쿨이 장치되어 있는데, 나무 아래의 평상에 앉아있던 주인여자가 일어나며 반색을 한다. 탑상(榻床)에 다과를 차려놓고 두 여인이 마주앉아 담소를 하는 중이다.

　"손님. 좀 쉬셨어요."

　"네— 잘 잤습니다. 포도가 풍년이네요."

　"그래요— 이리로 좀 앉으세요. 참 인사 드려라."

　주인여자는 자리를 권하며 마주 앉아있는 여인에게 인사를 하라고 한다.

　"저 인사드리겠어요. 이해정입니다."

　"제 동생이에요. 잠시 우리 집에 와 있어요."

　"아— 그리시군요. 안녕하십니까."

　동생이 먼저 고개 숙여 인사를 하고, 언니가 다시 소갯말을 했으며 나도 마주 인사를 했다. 주인여자를 빼닮았는데 미인이다. 레이스로 장식한 하늘색 블라우스에 청바지차림인데 흑발이 찰랑거렸고 분홍빛 갸름한 얼굴에 눈이 선명하다. 터질 듯한 가슴이며 허리의 선도 곧고 길었다.

　그렇게 해서 나는 미인 자매와 포도농원에서 다과를 하며 즐거운 마음으로 대화를 하게 된 것이다. 비에 씻긴 해변의 풍정은 산뜻하게 생기가 돌았고 푸른 숲과, 산가와 포도밭이 어우러지며 조용히 황혼에 잠겨가고 있었다.

　주인남자는 안흥 항구에서 해산물을 다루는 무역업에 종사하고 있다 하고, 별장으로 축조한 집인데 너무 적요하여 얼마 전부터 민박을 한다 했고, 손님을 골라서 접대한다고 한다. 주인여자가 말을 많이 했는데, 동생인 해정씨도 생글거리며 간간이 끼어 들어 말을 거들었고 나도 나의 주변에 대해 이것저것을 얘기해 주었다.

　자매가 번갈아 포도와 다과 그리고 건어(乾魚)를 차반에 차려 내왔으며 주인인 언니가 술을 좀 하지 않겠느냐고 물어왔다.

　“술이 있는데 좀 하겠어요?”

　“잘하지를 못하는데요.”

　“조금은 하나본데 가져올 게요.”

　다과자리가 술자리로 변했다. 주인여자가 술과 안주를 가져와 술판을 벌였으나 셋 모두 술을 즐기는 이가 별로 없는 것 같았다. 내가 소주를 조금씩 할 뿐이고, 해정씨는 맥주 반 병이 주량이라고 하며 맥주 컵을 입에 자주 가져갔지만 쫄끔거리기만 할 뿐이지 좀체 술이 줄어들지가 않았다.

　그때 문밖에서 자동차 소리가 나고 이어 경적이 울렸다. 남편이 왔다고 하며 주인여자가 달려나가는데, 일찍 자리를 끝내라고 말한다.

　어둑어둑해지자 해정씨가 외등(外燈)을 켰다. 구름이 걷힌 하늘에 별이 하나 둘 모습을 나타내고 있고 바다 저 건너에 불빛이 여러 개 생겨나며 모두가 이쪽을 건너다보고 있다. 꽤 굵직한 날벌레들이 귓바퀴를 탁탁 때리며 날아가고 어디서 소쩍새가 운다. 물새도 운다.

　"그림을 그리신다구요."

　"네 그렇습니다. 학교에서 전공을 했으니까요."

　"좋은 일을 하고 계세요. 부럽습니다."

　"각기 자신의 취향이 있지 않습니까. 저는 무슨 일이든 하고자 하는 것이면 그 일에 빠져버리는 성격이에요. 지금은 그림에만 빠져 있습니다."

　그녀는 대학에서 국문학을 전공했다고 하며 미술에 천착하고 있다는 나의 말을 듣고는 선망의 시선으로 바라본다. 그녀는 나보다 나이가 두 살이나 많았고 학교는 다르지만 대학도 두 해 먼저 졸업한 선배이다. 얘기를 주고받으며 해정은 술을 권하고 나는 몇 잔을 더 마셨는데 소주 한 병이 거의 바닥을 드러내고 있었다. 전에 없이 술을 많이 마시는 셈이며 술기운이 온몸을 엄습한다.

　"나는 이제까지 한곳에만 빠져 살아왔습니다. 어려서는 어머니에게 빠지고, 초등학교에선 담임 여선생에 정신이 빠져 멍하니 지냈지요. 군에 입대해서는 고생에 빠지고 지금은 그림에 빠져 이렇게 살아가고 있습니다. 여성과 이렇게 대화에 빠지는 것도 전에 별로 없었던 일이지요.

잡다한 생각을 떨구어버리고 그렇게 한곳에만 빠져 살아가는 게 오히려 편하다는 생각이 듭니다.”

장황히 말하고 미혼임도 은밀히 얘기해주었다. 사실 여자에 무관심했는데, 이 자매들의 미모와 여성스러움에 마음이 흔들리고 있었다.

“존경스러워요 선생님, 아름다움을 추구하는 학문에 깊이 빠져 있다는 게 얼마나 좋은 일일까요. 잘하셨어요.”

“그래요. 명리(名利)와는 거리가 멀지만 후회는 하지 않습니다. 오늘도 마음이 들떠서 달려왔지요. 이곳에 도착하는 대로 바닷가엘 달려나가 붉게 물든 하늘과, 바닷물과 그렇게 하루를 창조해 놓고 장엄하게 모습을 감춰 가는, 붉은 해를 화폭에 담으려는 꿈으로 부풀었는데 짓궂은 비 때문에 모든 게 허사가 되었지요. 나는 나대로의 화풍(畵風)을 가지고 있어요. 진실과 강렬함과 이지적인 화풍을요. 수묵으로 바닥을 다지고 담채색으로 조형을 장식하지요. 파스텔을 쓰고 있어요. 저 혼자 자랑하는 꼴이 되었네요. 해정씨 주변에 대해서 얘기좀 해 주시지요.”

“저도 꿈이 많은 학생이었어요. 온 몸으로 그리고 뜨거운 가슴으로 글을 쓰며 살아가겠다고 생각했어요. 그런케 학교 선배인 지금의 남편을 만나면서 그렇게 아름다웠던 꿈을 접고 말았지요. 남편은 잘생기고 유망한 청년이었어요. 일찍 결혼해 행복하게 시작한 신혼생활이 허무하게 깨져버렸지요. 돈이 많은 게 탈이었지요. 정치에 입문한 남편을 돈이 많은 시어른들은 마구 밀어 주었어요. 남편 역시 정치에 빠졌고, 돈을 마구 쓰는 남편은 돈과 흙탕물 세상에 오염이 되었어요. 명리에 맛을 들인 남편은 술과 여자에도 탐닉되어버리더군요. 저와 아이는 안중에도 없는 거예요. 그런 일도 남들처럼 깨끗하게 하면 얼마나 아름답겠어요.

자기 마음대로 못하게 한다고 폭행까지 서슴없이 하는 거예요. 나는 더 못 참고, 얼마 전에 모두를 포기한 채 집을 나와버렸지요. 제 남편은 이름을 대면 알만한 사람이에요. 장차 어떻게 해야할지 난감해요."

"좌절하지 마세요. 어려울 때, 그 어려움을 헤쳐 나가는 슬기로움이 값이 있는 게 아니겠어요. 나는 그림을 그리는 사람이라 사안의 가치를 아름다움에 두고 있지요. 유미(唯美)라고 해야하나요. 미를 즐긴다거나 구한다거나 같은 얘기로 하고요. 해정씨 부군의 그러한 행위도, 그로 인한 해정씨의 어려움도 모두 이 세상에 흔히 있을 수 있는 일이고, 그러한 거친 삶의 여정에도 아름다움이 동반하고 있다고 생각하세요. 고개를 숙이고 같이 가고 있는 아름다움이 고개를 들도록 하는 것이 해정씨의 슬기로움이 아니겠어요.

"네 옳은 말씀이에요. 그래서 선생님 말씀대로, 최선의 미를 추구하기 위하여 저는 남편과 헤어지기로 한 거지요. 남편은 그러한 자신의 생활 속에서 나름대로 아름다움을 추구하게 될게고, 저는 그로부터 도피함으로 나대로의 미를 창조할 거구요."

나와 여인은 같이 술잔을 입에 가져갔다. 나는 술이 취해 조금 흐트러져갔다. 여인은 나를 선생님이라 했고 나는 그녀를 그냥 해정씨라고 불렀다. 여인은 자신의 처한 입장에서인지 울적한 기분이 그의 모습에서 많이 풍겨졌다.

사위는 어둠이 둘러싸고 있고 비 개인 하늘에 별들이 무수히 드리워져 있다. 소쩍새는 무슨 일인가, 계속해 울고 있다.

"해정씨 생각에 이해가 갑니다. 우리네의 삶이란 오순도순 안온하게 가정을 꾸려 나가는 것이 목표이며 그런 생활이 중요하지요. 그런데 부군께서 만인이 선망하는 정치를 하며 공인으로서 그 세계에서 그렇게 떼밀려 다니다보니 술을 마시게 되고 그렇게 되는 게 아니겠어요. 좋게 말하면 보수에서 일탈한다고 할까, 미안합니다.”

“그렇게 좋게 보아줄 정도가 아니에요. 골치 아픈 그런 얘기말고, 참 선생님이 요즈음 그리시는 그림의 부류는 어느 것이에요.”

“좀 혼란스러워요. 문학을 하셨다니 말인데 모든 예술이 다 시대사조에 휘둘리는 게 아닙니까? 이십세기 초 서구에서 전쟁과 이념의 혼란에 영향을 받아 사실과 신비와 봉건주의의 테두리에 얽매였던 사념들이 그러한 형식(포멀리즘)에서 벗어나 개화와 현대 바람에 쓸렸지요. 그렇게 변해 오다가 지금은 대중주의나 현대주의(모더니즘) 바람에서도 벗어나, 어떤 부류나 사조를 구성하지 않고 자유 분방한 것 같아요. 나는 그런 사조에 얽매이지 않지만요.”

나에 자세는 완전히 흐트러졌다. 그녀의 맥주병도 거의 바닥이 드러나고 있고 나는 소주 한 병을 비우고 다시 두 잔을 더 마신 셈이다. 술을 잘 하지 못하는 여인의 얼굴이 발그레 물들어 있었다.

우리는 문학과 그림에 대해 조금 더 얘기하고 자리를 끝냈다.

초면에 실례했다고 혀꼬부라진 소리로 내가 말했는데 해정은 자기도 좋은 시간이었다고 겸양의 말을 건네며, 비틀거리는 나를 이층 방 앞에까지 부축해 데려다 준 것이다.

몹시 시장하다. 술과 안주를 아두리 나우했다 한들 끼니를 메우느니만 못하다. 머리맡에 차림 소반(小盤)이 놓여 있는데 어패류로 죽을 만들어 왔나보다.

어제는 작취미성(酌醉未醒)이었다. 가만히 생각을 더듬어본다. 그녀가 나에게 모범생같이 좋은 사람이라고 추커 주었고, 나는 고맙다고 답례의 말을 했으며 그녀도 나도 서로 호감이 간다는 말까지 주고받은 생각이 난다. 그리고 비틀거리는 나를 부축하여 이층 내 방 앞까지 그녀가 동행을 했고 그리고 방문 앞에 이르러 그녀를 내가 서슴없이 얼싸안았나본데 그렇게 무례한 행동을 하는 나를 그녀가 조용히 방으로 들여 밀고는 잘 자라는 인사까지를 하고 내려갔다. 화를 내거나 거칠게 뿌리치지를 않고 "취하셨네요. 이러심 안돼요." 두 마디만을 했을 뿐이다. 술김에 큰 실수를 저질렀나본데 미안하기도 하고 또 한편으로는 술의 힘으로 인해 아름다운 여인과 그렇게 가까워졌다는 게 더없이 기쁘기도 하다.

이부자리를 걷어치우고 일어났다. 정성스레 만들어온 전복죽으로 요기를 하고 미루어 두었던 행장을 정리했다. 화구도 정리하고 또 그림을 그릴 수 있도록 스케치 도구와 물감도 모두 점검했다.

노크를 하기에 문을 열었더니 주인여자가 다시 차반에 음식을 차려들고 왔다. 역시 해산물로 만든 죽인가 보다.

"시장 할텐데 여태 잤나봐요. 술을 많이 했다고 하던데."

"괜찮습니다. 아니 이렇게까지 안 하셔도 되는데요."

호들갑을 떠는 여자에게 내가 미안해하며 인사말을 했다.

"전업 하숙집이 아니니 어려워하지 말고, 내 집 내 누이처럼 편하게 해요. 청소라도 해줄 걸 그랬나봐."

"편하게 하고 있습니다. 어제저녁에 너무 실례를 많이 해서요. 정말 미안합니다."

"그런 말은 하지 말래도 그러네. 술을 많이 해서 몸이 안 좋을 거라며 동생이 열심히 준비하던데 맛이 어떤지 모르겠네. 좀 들어봐요."

"네— 고맙습니다."

주인여자는 여기저기 둘러보고, 욕탕까지도 살펴보며 불편한 게 없느냐하고는 한참 수다를 떨다가 내려갔다.

늦은 점심을 하고는 욕탕엘 들렀다 나와, 다시 누워서 눈을 감았다. 생각 같아서는 해정과 같이 해변을 거닐며 정담을 나누고 술로 인해 울적해진 기분이라도 털어 버렸으면 했으나 백주에 식구들 보기에도 그렇고 해서 아쉬웠다. 그녀의 우수가 드리워진 아름다운 얼굴이 자꾸만 눈앞에 어른거린다.

다시 한잠을 잤나본데 몸이 많이 가벼워졌다. 일어나 창문을 열어 제쳤다. 넓게 펼쳐진 수평선 넘어 하늘에로 뭉게구름이 피어오르고, 푸른 물결의 바다 그리고 그 바닷가 백사장엔 시원한, 여름 바다를 즐기고 있는 수많은 욕객(浴客)들이 고물거리고 있다. 푸른 서녘하늘 가운데 붉은 해가 부지런히 바다 끝에로 향해 다가가고 있고 바다를 수식(修飾)하고 있는 갈매기 떼들의 향연이 장관이다.

붉은 노을과 바다와, 바다에 빠져드는 태양을 뜨거운 가슴으로 캔버스에 담아 내려는데, 붉은 노을이 드리우기에는 아직 이른 시간이다.

아래층으로 내려가, 다시 대문 밖 마당에로 나왔다. 기다렸다는 듯이 해정이 따라 나온다.

"몸 좀 괜찮아요?"

"충분히 쉬었어요. 참 점심 고맙습니다."

"무슨 말씀을 하세요. 저의 집에 오셨다가 굶고 가시려했어요? 계시는 동안 조석걱정은 하지 마세요.”

역시 하늘색 블라우스와 청바지 그리고 철렁거리는 흑발과 짙게 화장을 한 얼굴이, 젊은 여체가 푸른 여름 더불어 생동감있게 조화를 이룬다. 저렇게 발랄하고 아름다운 여인을 두고 남편이 바람을 피우다니 믿어지지가 않았다.

“어제 너무 취해 미안했습니다.”

“아녜요. 취하시니까 더 재미있던데요 호—. 저도 좋은 시간이었어요. 선생님— 그림은 언제 그리시게요?”

“석양(夕陽)을 기다립니다. 하루를 창조하고 일대장관을 연출하는 태양, 그 일몰의 풍경을 그리려해요.”

“네— 바다를 바라보기엔 이곳이 제격이요. 저기 저 바위와 바위사이로 연출되는 붉은 석양이 퍽 아름답습니다. 저도 그림 그리는 거 구경 좀 시켜주세요.”

“부끄럽지만 같이 그립시다.”

우리는 누구의 제의도 없이 어깨를 나란히 하고는 걷기 시작했다. 어디로 어떻게 산책 선을 정한 것이 아니고 무조건 산보를 시작하는 것이다. 해정은 신이 난다는 듯, 많은 말을 했다.

“이곳에서 멀지 않은 곳이 저의 고향입니다. 이 섬은 참 아름다운 곳이에요. 조선 인조 임금때 원만한 해운(海運)을 위해 안면도와 태안 남면의 이어진 부분을 잘라내, 이곳을 섬으로 만들었는데 지금은 행정구역상으로 태안군 안면읍이지요. 저기 소나무군도 오래 전에 심겨졌나본데 그때부터 조정에서 사람을 보내 관리를 했다고 그래요. 안면송이라고도 부르는 소나무는 수간(樹幹)이 길며 반듯반듯합니다. 그리고 저기 바다에는 조석간만에 차가 적당해 어패류가 지천이지요. 자랄 때 자주 놀러와 재미있게 놀다가곤 했어요.

"참 좋은 곳입니다. 그림을 보고 뜨거운 것이 가슴에 솟더군요. 그래서 화폭에 담아내려 달려왔지요."

"이곳은 해안이 모두 깨끗한 모래밭이에요. 썰물 때에는 뻘밭이 많이 드러나지만요. 저 바다를 보세요. 그리고 저기 저 바위가 할미바위라고 합니다. 통일신라 문성왕 때 해상왕 장보고가 바다로의 침입을 막기 위해 여기에도 방어기지를 구축했는데, 이곳에 근무하던 부장(部將) 승언 장군이 다른 곳으로 전근되어 간 뒤에 돌아오지 않자 장군의 젊은 부인 미도가 사랑하던 남편을 기다리다, 기다리다가 지쳐 돌이 되었다고 그래요. 그리고 저쪽 바닷가에도 바위가 하나 있는데 고기잡이 나간 뒤 아니 오는 남편을 기다리다 지쳐, 돌이 되었다는 슬픈 전설의 바위이지요. 해변에 전해내려 오는 전설들은 모두가 바닷살이에 얽힌 슬픈 사랑의 이야기뿐이지요."

한참을 걸어서 우리는 송림 숲속의 산책로에 들어섰다. 나는 옆에서 신이 나 얘기하는 여인의 발랄함과 아름다움에 나도 모르게 매혹되어 그의 어깨를 가볍게 감싸 안았고 그녀도 기다렸다는 듯이 나의 허리에로 손을 감아 힘주어 당겼다.

"내가 왜 이렇게 되었는지 모르겠어요."

"아니. 해정씬 나와 이러는 것이 후회되는가봐."

"아이 참. 그런 얘기가 아니고, 자랄 때엔 살아가면서 즐거운 일만이 있을 줄 알았는데, 잘못된 지금의 제 처지가 비감해서 하는 말이에요."

"용기를 가지고 부군에게 잘 해요. 그분의 그러한 행동은 잠시일겁니다. 틀림없이 후회하고 돌아올 거예요.”

그녀를 안고 걷는 나는 그녀에 대해 음험한 마음을 가지고 있으면서도 천연스레 충고의 말만을 입에 올리고 있다. 나는 그것이 이율배반이라는 생각을 하고도 다시 말한다.

“아이와 가정을 위해서는 조금 어렵더라도 인내심을 가져야 해요. 세상을 살아가다 보면 그보다 더한 어려움이 많이 있을 겁니다. 모든 일을 긍정하며 살아갈 필요가 있어요.”

“도가 넘었어요. 상상하기 어려운 정도예요. 그러기 때문에 저는 선생님과의 이러한 나의 행위가 양심에 전혀 거리낄게 없다고 생각해요. 저는 유부녀지만 자유스러운 몸이에요.”

송림 길이 끝나는 곳의 평상 앞에 이르자 여인은 나를 빤히 쳐다보고 눈에 눈물을 그렁거리며 하는 말이다. 그녀가 사랑스러우면서 한편 불쌍하다는 생각도 들었다.

나는 멈춰 서서 여인의 상체를 당겨 꼬옥 끌어안았다. 손바닥으로 여자에 눈물을 훔쳐 주고 그리고 안겨져 온 여인에게 뜨거운 입맞춤을 퍼부어 댔다. 여인이 더 강렬하게 기세를 올렸다. 뜨거운 열기가 끓어오르면서 그녀의 희음(戱音)도 가늘게 이어진다.

평상에 앉으며 나는 다시 가볍게 여인의 어깨를 감싸안았고 여인은 안온한, 아니 행복한 얼굴로 빤히 나를 올려다보며 말했다.

“선생님 사랑해요.”

나는 대답을 하지 않고 더 힘주어 여인을 당겨 안았다.

그녀가 지친 가정생활 때문에 쉽게 나에게 다가오나 보다라고 생각했다.

　해는 하늘 끝에 닿으며 일몰을 시작한다. 저만큼 길게 뻗은 백사장엔 욕객들이 늦여름 오후의 해정(海情)에 축축이 젖어있고 할미바위 주위에로 갈매기 떼들이 석양을 아쉬워하며 부산하게 날고 있다. 안흥항 방면을 향해 고깃배들이 저녁 빛을 싣고, 푸른 물결 위를 미끄러져 가고 있다.

　찬란한 해변의 저녁풍경을 캔버스에 담아내겠다는 나의 욕심은 우연히 마주친 아름다운 여인, 그 여인과의 애정행각으로 인해 잊혀져 버려지고, 뒷전으로 미루어진 셈이다.

　다시 한 차례의 입맞춤이 시작되고 서서히 그 열기를 더해 가는데 여인이 거친 숨을 고르며 고개를 돌린다. 나도 고개를 돌리고, 그렇게 둘이서 정색을 했을 때이다. 우리가 걸어오던 길 방향에서 검은색 승용차 한 대가 이쪽을 향해 쏜살같이 달려오고 있다.

　"아니 저건 낯익은 차예요. 아니 어떻게 우리 차가—."

　여인이 놀라며 나의 귀에 입을 가져다대고 속삭인다.

　차는 의아해서 엉거주춤 일어서는 우리들 곁으로 미끄러져, 접근해 오더니 정차를 하고 그리고 차의 문이 열리며 검은 양복차림의 건장한 청년 두 명이 뛰어내린다.

　"아니 사모님 여기 이렇게 계시면 어떡해요."

　배가 많이 나온 땅딸보가 여인의 앞으로 다가서며 말한다.

　"웬일이에요—. 이렇게들 여기까지."

　"집에 들렀더니 이쪽으로 나오셨다고 하기에 부리나케 찾아왔습니다요. 사모님 큰일났습니다요. 나으리께서 노발대발하십니다요. 어서 차를 타시지요."

"안 갑니다. 어서 돌아들가요."

불량배 풍의 장다리이고 장발인 청년이 여인 앞에서 굽실대며 차에 탈 것을 권하였고, 이에 여인이 단호하게 거절을 한다.

"아니됩니다요. 사모님 모시고 가지 않으면 우리는 맞아 죽습니다요. 어서 차에 타세요."

역시 불량배처럼 험하게 생긴 땅딸보의 말이고 그리고 둘은 양쪽에서 여인의 팔을 잡고 부축해 강제로 차에 태운다.

"왜들이래요—. 놔요."

단말마의 비명을 지르는 여인이 강제로 차에 태워진다. 사세를 대강 알아차린 내가 끼어 들었다.

"그렇게 강제하면 어떡합니까? 이렇지들 마시오."

"아니. 이건 어디서 굴러다니던 벙거지야. 저리 가지 못해 임마."

땅딸보의 솥뚜껑 손아귀가 앞으로 나서는 나의 덜미를 우악스레 움켜쥐는가 하더니 나는 뒤로 홱 뿌리쳐지고 그리고 내 몸은 길가의 오니(汚泥) 가득한 웅덩이로 엉덩방아를 찧으며 처박히고 말았다.

여인은 차에 태워져, 가버리고 그녀와 내가 잠시 사랑을 나누던 평상은 텅 비었다. 나는 정신을 수습하고 고개를 들었다. 해는 수평선 너머에로 일몰을 마악 시작하고 있는데 바다와 구름은 온통 붉은 휘장을 두른 듯 현란하게 빛나고 있다.

'그래 맞아— 여자 하나 극복하지 못하는 소인배가 저리 장엄하고 신비로운 대자연을 어떻게 화폭에 담겠다고 오만을 떨었는가?'

빨간 석양이 바다 너머로 얼굴을 감추다말고 초라한 몰골로 자조(自嘲)하고 있는 나를 가엾다는 듯이 내려다보고 있었다.

빨간 함지

재 너머에 산전(山田)이 있다. 회초리에 매어, 사철 어미 소는 짐 지고 가파른 등너미 고개를 넘어 다녔고, 새끼소는 이리저리 뛰면서 어미 소를 따라 다녔는데 더러는 회초리가 무서워 집에 남아서 어미 소 올 때만을 기다리기도 했다. 어느 장날에 송아지가 팔려갔다. 쇠전에서 소장수에 송아지를 떼놓고 저녁 늦게 돌아온 어미 소는 팔려 가는 새끼소를 차마 못 잊어 울고 또 울었다. 소 여물도 거른 채 밤새워 목놓아 울었다.

통나무를 네모로 자르고 가운데를 파낸 다음 그것을 고르고 다듬어 곡류나 물건들을 담는데 쓰는 그릇이 함지이다. 또 폐지(廢紙)를 물에 불려 끓인 후 그 반죽으로 모형을 만들고 말려 기명으로 쓰는 것도 함지라 불렀다.

플라스틱이나 금속류의 재료를 흔하게 쓰는 지금애기가 아니고 산야에 나는 나뭇가지나 또는 농작물의 결실을 털어내고 그 남은 대 즉 고초(枯草)를 재료로 우리의 일상생활에 필요한 생활용구를 만들어 쓰던 오래 전의 얘기이다.

가을이다. 가을이고 석양인데 산비탈의 풀 나무들은 겨울로 가는 계절의 외곡에서 고훼(枯卉)된 몸뚱어리들을 서서히 털어 내고 있다. 봄에 싹을 틔우고 여름내 풍성한 녹음 잔치를 하는가 하더니 세월의 변화에는 어쩔 수 없는가. 가을이 오고, 삭풍이 불어 그 바람이 스치고 지나간 산야는 누렇게 또는 분홍으로 색깔이 변해지고 마른풀과 나무들은 몸을 굽히고, 눕고 또 가지 끝에서 버티던 이파리들도 가을 바람에 시달리다가 하나 둘 허공을 맴돌며 떨어져 날리고 있다. 그리고 삭은 가지들이 서서히 부서져 내리는 소리도 가끔은 산곡의 정적을 깨고 있다.

구봉(九峰)리 잿골은 산 마을의 이름이다. 병풍을 두른 듯 아홉 개의 높은 산봉우리가 빙 둘러싸고 그 산비탈에 드문드문 게딱지 같은 집들이 엎드려 있는 동네가 잿골이다. 아홉 개의 봉우리에서 구봉리 라는 이름이 생겨났고 또 산골이며 산골 사람들의 가파른 인생살이처럼 높은 고개가 많이 있어 잿골이라 부른다.

잿골 주위의 산에는 참나무와 오라나무들이 군락을 이루고 그 사이사이에 작은 키의 관목들이 빽빽하게 들어차 있다. 봄이면 꽃들이 산비탈에 지천으로 널려지고 여름이면 짙푸른 녹음이 풍성하다. 가을에는 빨갛게 단풍이 물들어 빛깔이 변한 이파리들이 허공을 맴돌며 무수히 바람에 날리고 그리고 겨울엔 눈이 많이 내려 산과 나무와 집들이 모두 백설에 파묻혀 눈 더미로 변해 버린다. 심심산천이다.

탈탈탈, 집집마다 양지바른 마당 귀에 널어놓았던 바싹 마른 두탯(묘太)대 두드리는 소리가 들린다. 가물에 비 안 오는 날이 없고 장마에 햇빛 안 드는 날이 없다 했는데 올해엔 장마도, 가물도 아닌 수량(水量)과

일조량이 알맞아 농작물의 결실이 잘되어서 모두들 풍년이라고 좋아했다.

계류 옆의 산자락에 엎드린 차수의 집 마당에서도 차수어머니가 가목(柳木)으로 두드리며 흑태(黑太)를 털고 있다. 회갑을 넘긴 차수 노모는 개신거리며 힘겨운 듯 자주 허리를 추스르고 우측 주먹으로 등허리를 툭툭 두드린다. 나이도 고령이지만 퍽 야위고 늙었다. 가까스로 내려치는 가목대 주위로 실하게 여문 검은콩 알갱이들이 우박처럼 쏟아져 내린다. 차수의 형 일수가 봉당과 연한 벽장에 올라가 청소를 하며 어지럽게 엉클어져 있는 가구들을 정리하는 중이다. 가을 석양이 따갑게 내리고 있다.

"콩이 참 탄탄하게도 잘 여물었다. 차수네에나 한 말 가져다주면 좋으련만."

노모가 굽은 허리를 펴며 혼잣말처럼 한 마디 했는데 벽장에서 분주히 손을 놀리던 일수는 그 말을 못들은 척한다.

작은아들 차수가 지난가을 장가를 들어 등고개 너머 여웃골로 분가를 해 따로 살고 있다. 품안의 자식을 출가시킨 노모의 마음에 무엇이고 주고싶어 한 말인데 큰아들인 일수는 못마땅한지 묵묵부답이다. 노모는 다시 가목을 집어들고 콩대를 탁탁 두드린다.

한 뼘 남은 석양이 유난히 따갑게 비추고 있다.

"아니 이게 뭐여, 지저분하게 시리."

물건을 정리하던 일수는 폐 용기를 두엄 간 쪽으로 휙 집어던진다. 종이를 재료로 빚은 함지인데 한쪽이 이지러져 못쓰게 되었다.

"아니 무언데 저리 내버리나."

아들의 투덜대는 소리를 듣고, 무심코 두엄간 쪽으로 눈길을 주던 노모는 일손을 놓고 달려가 두엄에 던져져 뒹굴고 있는 폐 함지를 집어들어 이리저리 살펴본다.

"아니, 아직 한참은 더 쓸텐데 왜 버리나."

"참 엄니두, 쓰지도 못할 걸 다시 들여유."

손질을 하면 될텐데 왜 버리느냐는 노모의 말에 일수는 못마땅한 듯 투덜대고 있다. 콩을 석이네 집에 가져다주자는 노모의 말이, 동생을 거두고 살피는 게 싫어서가 아니고, 해도 너무 한다 싶어 그는 심사가 틀어진 것이다.

이리저리 살펴보던 노모는 함지를 한쪽에 잘 간수해 놓고 탁탁 콩 타작을 계속하고 있다. 서산머리의 조개구름에 황운이 깃들고 집집마다 하루를 마무리하기 위해 산촌사람들은 하던 일을 서두르고 있다.

노모는 청상(靑裳)에 과부가 되었다. 처음엔 앞이 캄캄했다. 남편이 어린 아들 둘과 가난만을 그에게 맡기고 곁을 떠났을 때 그는 좌절했었다. 곤궁한 살림살이에 어린아이 둘을 데리고 살아갈 용기가 나질 않았다. 그러나 어린것들의 얼굴을 쳐다만 보고 망연히 있을 수는 없었다. 그는 마음을 독하게 먹고는 좌절에서 일어섰고 그리고 뛰었다. 산과 들을 가리지 않고 달렸으며 손에 잡히는 건 모두 거둬들여 오늘에 이른 것이다. 눈물과 한숨의 세월이었고, 고통의 연속이었으나 다만 한 가지 잘 자라주는 어린것들에 얼굴을 보는 기쁨으로 참을 수가 있었다. 지금 그의 앞에 남은 것은 장성해 짝을 지어놓은 두 아들과 노쇠해진 몸뚱어리뿐이다. 남들이 탐내고 부러워했던 분홍빛 얼굴과 푸르고 탄탄하던 젊음은 흔적도 찾아 볼 수가 없다. 그 또한 잘 자란 아들들의 얼굴을 보면서 아쉬움이 없으며 어려웠던 지난 일들을 모두 잊을 수가 있는 것이다.

그의 자식들도 그녀가 바라던 대로 반듯하게 잘 장성하였다. 일도 열심히 했고 행실도 바르다. 또 거친 음식으로 끼니를 이어가며 개미처럼 일을 해서 모은 것으로 땅뙈기도 얼마간 장만하여 조석걱정은 않게 되었다. 그런데 노모는 걱정거리가 하나 생겼다. 큰아들에 이어 작은아들 차수를 장가들인 것인데, 남들은 아들을 성사시켰으니 얼마나 좋으냐고 부러운 듯 찬사를 늘어놓았으나 그게 아니었다. 작은아들을 살림 내 보내고 떨어져 살 일이 막막한 것이다. 아들이 자라 머리가 커지니 짝 채워줄 일이 걱정이었는데 막상 결혼 얘기가 오가고 드디어 혼사까지 치르고 보니 자식을 언제까지나 품안에 둘 수는 없는 일이다. 신접살림을 차려 내보내야 하는데 품에 두고 살아오든 막내아들과 헤어져서는 도저히 살아갈 용기가 나지 않았다.

노모는 큰아들이고 작은아들 모두가 한집에서 살았으면 좋으련만 새로 장가간 작은놈이 분가를 해 새살림을 차리겠다 했고, 큰아들도 제 동생을 분가해 내보낼 눈치이다. 그들의 의사대로 차수를 분가시켜야 할텐데 이제까지 품안에 두고 살다가 떼어놓고 어찌 살아가나, 노모의 가슴엔 수심이 태산이다.

차수의 대사를 치르고 큰아들과 작은아들 모두 한 울타리 안에서 한 해를 살았다. 어느 날이다.

가을걷이도 모두 끝낸 산촌에 추위가 일찍 찾아왔다. 저녁상을 물린 지도 한참이 지났다. 밖에는 삭풍이 지나가며 짚가리를 치는 소리가 들리고, 방안엔 창 틈으로 새드는 실바람에 등잔불이 두어 번 몸부림친다.

노모와 큰아들이 차수의 신접살림에 대해 말을 주고받는다.

"아— 내가 절 보구 집을 나가라는 거유, 지가 나간다는 게지 참 엄니두."

"글쎄, 찬바람이 우— 하구 부는 이 추위에 어딜 가서 무얼 해먹고 살라구 살림을 내보내능거. 그냥 살던대루 한동안 더 살잖쿠."

차수의 살림나는 문제를 형제가 상의한 후 일수가 노모에게 그 말을 꺼낸 것이 노모의 비위를 건드린 것이다.

"걱정 마셔유. 젊은것들이 어련히 잘 살아 갈려구 그리 걱정이시우 참, 엄니두."

"그렇잖다. 손에 쥔 거 없이, 옰는 거 천진데 벌어먹고 살라면 얼마나 힘이 들것느냐."

처음엔 오순도순 말을 주고받다가 서로 역정을 내기 시작하더니 급기야 큰소리의 싸움으로까지 이어졌다.

"알았다 이눔아, 어린 동생 하나 있는 거 쫓아내고 넌 잘 살 것 같으냐. 나쁜 눔. 그눔 참 복도 지지리 없다. 성 하나 있는 게 독한 눔이라. 아— 살림을 나간대두, 성눔이 돼가지구 말릴 것이지 추운 겨울에 내쫓아, 이 나쁜 눔아."

사설을 늘어놓던 노모는 느물대는 듯한 큰아들의 고집에 분한 마음을 참지 못해 차수의 만류를 듣지 않고, 문을 열고 봉당으로 나왔다. 이쪽에도 산이고 저쪽에도 산, 구봉 만산 안의 노모 눈 아래 펼쳐진 좁은 분지는 어둠에 덮여 아무 것도 보이지 않는다. 기러기 한 마리가 뉘를 부르며 외로이 좁은 하늘을 가로질러 건너나보다. 찬바람 때문일까, 하늘은 맑은데 고개를 넘고있는 그믐달 옆에 몇 개의 별만이 나와 추위에 떨고 있다. 어린 자식 집 떠나 어이 살아갈라나, 허막한 노모의 입에선 기인 한숨이 흘러 나왔다.

노모의 간절한 소망에드 차수는 기어이 그의 품을 떠나 새 살림을 차리고 분가를 했다.. 등고거 녀머, 여웃골로 살림을 난 것이다. 등너미 고개가 그리 높지는 않지만 젊은이들도 쉬어 넘어야 할 만큼 초간해서 여느 대낮에도 그렇게 많은 사람들이 왕래하지 않는 고개이다. 여웃골 역시 산촌이어서 분지는 좁으며 산비탈에 외딴집들이 띄엄띄엄 흩어져 있는데, 동리 사람들은 주로 산전을 일구어 가난하게 생계를 이어가고 있다.

여웃골에 알고 지내던 사람의 집 방 한 간을 세 얻어 차수를 이사시킨 것인데 이사 전날에도 한 번의 분요(紛擾)가 있었다. 그 날도 저녁상을 물린 후 세 모자가 자리를 같이하고, 차수가 자립해 살아갈 때에 주의해야 할 점이나 생활태도 그리고 형제간의 우애에 대한 좌우명을 모친이 장황하게 얘기하던 끝에서이다.

"큰애야, 양도(糧道)라도 하게시리 논마지기라도 더 떼어 주도록 해라."

석이의 분가 몫으로 여웃골에 있는 밭 한 뙈기를 차지하도록 형제간에 상의를 한데 대해, 노모가 큰아들에게 재산을 더 주도록 권하는 말이다.

"참 엄니두, 누가 주지 않는다고 했어요. 지가 싫다는 걸 어떡해요."

밭 외에 논이라도 두어 마지기 더 주겠다고 했으나 어머니를 모시고 있고 또 여러 식구인 형이 농토가 많아야 한다고 차수가 극구 사양한 것이다. 자신들은 건강한 몸이고 마침 여웃골엔 산판이 벌어져 벌목장에서 열심히 일하면 벌어먹고 살수 있으며 돈도 모을 수 있으니 걱정 말라고 그의 형에게 말하고, 재산문제에 대한 형제의 상의가 이미 끝났던 것이다.

"매 맞을 눔에게 매맞겠냐고 해 봐라. 그냥 뚝 떼 주면 될 걸 가지구 그 고집이냐."

"참 엄니두, 해주는 밥이나 자시구 가만히 기셔유. 우리 일은 우리가 어련히 알아서 할라구요. 참."

"그래, 난 참견할 자격두 없단 말이냐. 알었어 이눔아, 나쁜 눔아. 동생 하나 있는 거 곪어두 괜찮다구. 이 독한 눔아."

그렇게 해서 모자가 한참을 큰 목소리로 다투게 된 것인데 차수가 그의 모친과 형을 간신히 뜯어말렸다. 노모에게 "걱정 마시오. 열심히 일해서 잘 살겠소. 그리고 자리잡고 안정이 되면 어머니를 모시겠다. 형님이 땅을 더 주겠다고 하는걸 자신이 싫다고 한 것이다"라고 그의 노모를 설득해 싸움을 말린 것이다.

일찍 찾은 어려움, 그 어려움과 같이 하느라 이것저것 생각할 겨를이 없었다. 정 깊은 자식도 짝 지워 놓으니 저희들끼리 도란거리며 어미에겐 저만치 가 있으라고 한다. 노쇠(老衰) 자리가 기다리는데, 노쇠의 자리에서 작은놈 빈자리를 쳐다볼 생각을 하니 그게 서러운 것이다.

그런 분란을 겪고 차수는 드디어 살림을 난 것이다.

잿골 골짜기에 한동안 찬바람이 우— 불어오더니 그 바람이 멎고 눈이 내리기 시작했다. 눈이 내리는 것이 아니라 쏟아 붓는다고 해야 옳을까. 며칠을 퍼부은 눈은 산과, 들과 지붕을 모두 덮어 세상을 눈 더미로 만든 후 눈은 그치고 강추위가 찾아왔다. 날이 추워져 산과, 들과 개골

창도 모두 꽁꽁 얼어붙었다.

차수가 분가한 날부터 노모의 한숨이 끊이지 않는다. 바람이 불어도 한숨, 눈이 와도 한숨 또 날씨가 추워도 노모의 우수에 한숨소리는 그치질 않았다. 앉으나 서나 차수 생각이고 미식(味食)을 보아도 차수의 입에 넣어주지 못해 안타까워 한숨이오, 거친 음식을 보아도 그런 조악한 음식이라도 거르지 않고 배부르게 먹고사는지 걱정의 한숨이다. 어두운 밤인데 밖에는 설한풍 몰아치는 소리가 들린다. 사나운 바람이 문풍지를 때린다. 안방 아랫목에서는 어김없이 노모의 땅이 꺼질 듯 한숨소리가 들려온다. 차수가 이 추위에 어떻게 밤을 지내고 있는지 궁금해서이다.

"참 청승맞게시리, 무슨 한숨을 저리 쉰담."

윗방에서 잠을 자던 큰아들이 어머니의 한숨소리를 듣고 아랫방을 향해 투덜대는 소리이다.

"이 추위에 장작이나 닳이 지피고 자는지. 휴―."

큰아들의 말에 아랑곳하지 않고 혼잣말 끝에 또 한숨이다.

"아니, 엄니는 듣기 싫게시리. 그게 무슨 소리유."

"아이 참 당신두, 못 들은 척 하시우. 부모가 자식 걱정 하는 게 변이유."

노모는 큰아들의 투덜대는 소리를 못들은 척 하며 계속 한숨이고, 큰며느리가 남편의 옆구리를 손가락으로 쿡 찌르며 핀잔을 준다.

"참― 방바닥 꺼지것다."

일수가 돌아누우며 하는 소리다.

밖에선 밤바람이 울타리 치는 소리, 방에선 노모의 땅이 꺼질 듯한 한숨소리, 한숨소리와 바람소리는 같이 긴 밤을 새운다.

잿골에도 봄이 왔다. 산골의 산야는 초동에 얼어붙으면 삼동이 가고 봄이나 되어야 풀린다. 눈 더미에 갇혀 겨우내 눈 속에서만 살아야 하는 산골 사람들이다. 아득하게 솟은 아홉 개의 봉우리 안에 사는 동네사람들은 눈 더미 속에서 헤어나지 못하고 두더지처럼 겨울을 살아가는데, 남녀노유가 무리무리 모여 이 집 저 집 회랑(回廊)을 돌며 잡기를 하거나 새끼를 꼬기도 하고 또 산다랑 논꼬의 얼음을 깨고 미꾸라지와 새우 그리고 송사리를 잡아 천렵도 하고 아니면 산토끼몰이도 하며 겨울을 난다. 뉘 집에는 메기를 대바구니로 하나 가득히 잡았다더라, 아무개가 놓은 노루 덫에 살쾡이가 치었다더라는 소문도 이때에 끊이지 않고 돌아다닌다. 남들은 그렇게 삼동을 보내는데 차수 노모는 눈에 묻힌 등고개 만을 바라보다가 겨울을 보냈다. 항시 차수의 모습이 눈에 밟혀 동리 사람들과 어울려 희락할 마음이 없었던 것이다. 그리고 그는 자신도 모르게 등 고개를 쳐다보게 되는데, 고개를 넘을 엄두도 낼 수 없어 한숨을 쉬며 기러기처럼 그의 품을 떠난 차수를 생각하는 것이다.

둘러싼 산곡에 얼어붙었던 눈이 녹아 계류가 넘쳐흐르고 응달에서 버티던 잔설도 자취를 감췄다. 눈길에 막혀 등 고개를 넘을 넘(念)을 내지 못했던 노모는 봄이 되어 얼었던 눈이 풀리자 고개를 넘기 시작했다. 눈이 녹으며 풀 나무들에 물기가 올라 생기가 돌고, 움이 트고 봄꽃이 다투어 피는 봄의 산 고개를 쇠잔한 노구로 오르기 시작한 것이다.

"아쉬울 텐데— 읋는 게 많을 텐데—."

노모는 독백처럼 중얼거리며 또 집의 앞뒤를 돌고 차수네 집에 가져다줄 곡식이나 물건들을 찾는다. 그러다가 마땅한 물건을 발견하면 그것들을 그릇에 담는데, 그릇은 언젠가 두태를 털고 있을 때에 큰아들이 버리는 것을 주워 보관했던 낡은 함지이다. 노모가 모형을 바르게 잡고 수선을 했는데, 겉면을 빨간 색의 부대(負袋) 종이로 싸바른 것이다.

처음엔 큰아들 내외도 동생인 차수네 집에 가져다주도록 곡류나 생활 용구를 챙겨주고 또 노모에게 잘 다녀오라고 격려의 말씀도 드렸다. 그런데 노모의 행위가 날이 갈수록 도가 지나쳤고, 기행(奇行)같은 행위가 큰아들 내외의 비위를 상하게 하는 것이다.

쾌청한 봄날 아침이다. 노모는 고방에서 차수네 집에 가져다줄 물건을 챙기고 있었다. 그런데 차수네 집에 가져다주려는 물건이 다름 아닌 일수의 처가 큰일에 쓰려고 보관했던 차조(粟米)를 노모가 보자기에 담고 있는 것이다. 그것을 눈치챈 큰며느리가 설거지를 하다말고, 거름을 내려 지게를 챙기고 있는 남편에게 잰걸음으로 다가간다.

"아니, 엄니는 아이 생일에 떡 해먹으려고 따로 둔 좁쌀을 또 담구 있어요."

"뭐라구. 참."

화가 난 일수가 어머니에게 달려갔다.

"아니, 엄니는 그게 무슨 짓이유. 큰일에 쓰려구 따로 둔 건데 그걸 건드리면 어쪄유."

"말 마라, 살림을 하다보면 다 이런 것두 아쉬우니라. 우리는 사다가 쓰면 되지."

노모는 하던 일을 계속하고 있다.

"다 쓸어다 줘유. 난 살림 안할 테니."

일수가 역정을 내며 들고 있던 작대기를 마당에 던지고 퉁명을 떨었고, 이에 노모도 화가 났다.

"저런 놈 봤나. 제 동생 갖다 주는 게 또 저리 배가 아픈가. 나쁜 놈."

"글쎄 해도 너무하니 말유. 남아나는 게 없으니 참."

"알었어 이눔아, 안 가져가면 될 거 아녀. 나쁜 눔."

서로 티적이던 끝에 고성이 오가고, 그예 노모는 앵돌아지고 말았다.

부엌 문 뒤에서 모자(母子)의 다툼을 주시하던 며느리가 달려왔다.

"당신, 왜 이래유. 엄니가 하시는 일이구, 당신 동생 일인데 그걸 갖구 그래유. 남 볼까 겁나유. 참어유."

남편을 떼밀어 내보내고는 노모를 달랜다.

"엄니 걱정 노으세유. 좁쌀은 또 있으니께 어서 챙기시유. 자식이 그런걸 가지구 무얼 그리 노하셔유. 섭섭한 거 풀구 마셔유."

"시끄럽다. 남정네들이 무얼 아나, 다 여편네들이 고자질해서 그런 거지."

화살이 며느리에게 향한다. 이에 며느리가 잔뜩 토라졌던 노모를 어린애 달래듯 한다. 그리고 좁쌀을 보자기에 담고, 함지에 챙겨 드렸으며 노모는 간신히 노여움이 풀려 며느리가 해주는 대로 함지를 개신거리며 머리에 이고는 등너미 고개 쪽으로 향해 발길을 재촉한다.

노모의 기행을 말릴 사람은 아무도 없다. 노모는 등 고개 넘는 것을 일상으로 살아가고 있었다. 일수 내외는 그의 행동을 못마땅하게 생각했으나 되도록이면 모친의 마음을 상하지 않게 하기 위해 노력했다. 평생 자식을 위하여 희생한데 대해 효도를 하자고 내외가 상의를 한 것이다.

차수 내외는 처음에 노모가 형의 집 물건들을 가져다주는 것이 형에게 미안했으나 어머니의 마음을 알아차리고는 웃는 낯으로 대했다. 그리고 세월이 가며 쇠잔한 몸을 이끌고 개신개신 고개를 넘어 다니는 것이 정도를 넘고, 분별 없이 물건을 가져오는데 대해 귀찮기도 했으나 안쓰러운 생각이 들어 참았다. 어느 날이다.

"엄니, 이제 그만 하셔유. 성이 어떻게 생각하것어유."

등고개를 넘어 와 굽은 허리를 추스르며 빨간 함지를 머리에서 내려놓는 노모에게 차수가 짜증 섞어 말했다.

"말 마라, 새 살림 하다보면 읎는 게 너무 많으니라."

"글쎄 필요 없대두 그러네. 이제 조 그러시면 도루 가져다 주겠어유."

"갖다 주면 주는대루 아무 소리 말구 가만있어."

"아— 성두 살어야지유."

"참, 말두 많다. 에미가 하는 일인데, 가만 있으래두."

그렇게 말이 오가다가 종내엔 짜증 섞어 가벼운 말다툼까지 하기에 이르렀다.

등고개 양지쪽으로 산 복사꽃이 구름처럼 피었다. 관목 사이 사이에 진달래꽃이 흐드러지게 펴 널려있다. 아기 포대기 만한 하얀 구름 하나가 고개 위를 지나다말고 멈춰, 고개에 오르고 있는 노모를 내려다보고 있다. 하얀 의상을 날리며 함지를 인 채 비탈을 오르고 있는 노모는 굽은 허리를 자꾸만 추스르고 있다. 동구 앞 보리밭에서 거름을 내고, 쇠스랑으로 밭을 고르던 사람들이 고개 쪽을 바라다본다. 노모의 모습이 산비탈에 백포(白布)를 널어놓은 양 하얗게 펄럭인다. 한마디씩 한다.

"저기 차수엄니 보게. 또 차수네 집에 가는구먼 그랴. 무슨 청승인감."

"글쎄 말여. 노상 저 고개를 넘어 다니기 힘두 안 드는감. 젊은 사람두 아니구."

"하긴 차수가 막내자식이니 주고도 싶구 보고도 싶것지."

"전부 쓸어다 주면 큰아들은 어떻게 살라구."

"아녀. 차수엄니가 저렇게 가져가면 모아놓았다가 노모 몰래 차수가 일수의 집에 가져다준다는 말두 있어."

"그려? 참 별일두 다 봤네."

"하하—."

"하하—."

차수는 노모가 그의 말을 듣지 않아, 그의 형에게 미안하므로 가져온 물건들을 보관했다가 형의 집에 도로 가져다준 것이 소문난 것이다.

"도로 가져다주는 동생이나, 돌려 받는 형이나 얼마나 불편하겠어."

청명한 봄날이다. 노모는 고개를 넘어 그들의 시야에서 완전히 사라졌다. 따스한 봄 햇살이 아지랑이를 피우며 눈이 부시게 봄 언덕에 쏟아지고 언덕너머 살구마을 앞을 감도는 실개천에 버들가지도, 버들치를 쫓는 아이도, 징검다리도 모두 봄빛에 취해 가물거리고 있다. 마을 뒷산에도 복사꽃이 뭉게뭉게 피어오른다.

노모의 한결같은 기행이 계속되고 있다. 세월은 멎지 않고 흐르고, 흘러 계절이 바뀌었다. 여름이 가고 가을이 오는가 싶더니 가을도 막바지에 이르러 구봉으로 둘러싸인 잿골에도 조석으로 선선한 바람이 분다. 산과 들에는 가을꽃들이 따스한 가을햇살로 체온을 보존하며 가을의 냉기를 이기고 있고, 기러기도 하늘 높이 날아 가을이 깊었음을 알리고 있다.

한유하게 지나던 동리사람들도 산으로, 들로 흩어져 가을걷이에 여념이 없다. 높은 산이나 깊은 골에 지천으로 널려있는 산과(山果)와 산다랑 논밭에 있는 농작물의 결실을 가리지 않고 거둬들여 겨우살이 준비에 여념이 없다. 추워지기 전에 추수를 끝내야 하기 때문이다.

사람은 심신이 온전하면 한곳의 일에만 정성을 다해 탐닉하게 마련인가보다. 술을 즐기는 사람, 잡기에 열중하는 사람, 눈만 뜨면 일손을 잡는 사람, 색사(色事)에 빠져 거기에만 몰두하는 사람 그리고 책을 읽으면서 세월을 보내는 사람이 있는가 하면 생활의 여유가 있으면서도 구걸에 취미를 붙여 추하게 살아가는 사람도 있다. 정력은 보존하는데 의의가 있는 게 아니고 소진시키면서 그 가치를 느낀다던가. 정신의학에도 힘의 배설본능이라는 말이 있지 않는가. 그렇다면 차수의 노모도 마찬가지이다. 푸른 시절에 혼자되어 유혹도 있었을 테고 또 욕심도 있었겠지. 재물에 대한 욕심이나 '나— 여기요' 하며 뽐내고 싶었을 테고 그리고 좋은 음식을 먹고 편히 쉬고도 싶었을 것이고, 재가를 하고 가정을 이루어 희락하며 살고도 싶었을 것이다. 그러나 불계에서 말하는 오욕을 억누르기에 많은 고통을 겪었을 테고, 그 욕심을 버린 후 다른 모든 일은 젖혀놓고 자식들에게만 온 흔을 쏟고 살아왔을 것이다.

그렇게 살아가면서 전에는 아들형제에게 모든 정성을 다하였으나 큰아들을 짝 지워 놓은 뒤에는 큰아들에 대한 시름은 잊고 오로지 차수에게만 정신을 쏟는 것이다. 차수가 별탈 없이 살고 있는지 걱정을 하고 또 그에게 도움이 되는 것이라면 어떠한 일이라도 주저하지 않고 해내는, 남은 여생을 그를 위해서 살아가는데 온 힘을 다하고 있는 것이다. 남편을 여의고, 자식 둘을 데리고 곤고하게 살아온 그는 흰머리와 굽은 등의 파리한 노구만 남았는데도 편히 쉬지 않고 남은 여생을 차수를 위해 개신개신 살아가고 있는 것이다.

때되어 돌아가는 모습, 스러지기 전의 모습은 유난히도 아름답다던가. 가을 석양이 한 뼘은 남았는데 가을 햇살답지 않게 따갑게 내리쬔다. 농부들이 저물기 전에 남은 일들을 끝내려고 가을 골짜기 여기저기에서 일손을 서두르고 있다. 올해도 농작물의 결실이 좋아 낫날에 벼 포기가 잘려질 때마다 이삭이 어깨너머로 묵직하게 감겨들고 있어 벼 베는 농부들의 마음을 즐겁게 하고 있다. 가을 산야의 풀 나무들도 겨울을 맞기 위해 몸의 물기를 말리고 삭은 가지와 잎새들을 떨구느라 부산하다.

노모가 뒤늦게 차수네 집에 가기 위해 고개를 넘고있다. 오늘은 그만두려 했으나 불현듯 아들 생각이 나므로 흑두 두 되를 챙겨 함지에 담아 이고는 집을 나섰던 것이다. 쉬엄쉬엄 오르며 고갯마루에 닿았다. 노모는 다시 길가 바위 등에 함지를 내려놓고 앉았다.

등 고개에도 가을이 깊었다. 빛 바랜 풀잎들이 고개를 숙이고, 고목의 가지 끝에 힘없이 매달려있던 나무 이파리들이 놓기 싫은 엄마의 손에서 떨어져 객지로 떠나는 아이처럼 한번 더 허공을 맴돌면서 땅으로 내려오고 있다. 서산머리로 향하던 석양이 노모를 빤히 내려다보고 있다.

노모는 바위를 등받이 삼아 비스듬히 앉아서 주먹으로 야윈 다리를 탁탁 두드린다. 석양을 받고 앉아있는 노모의 뼈만 남은 몰골이 가련하다. 멀리 마주한 고봉아래 바라보이는 여웃골 윗뜸 외딴 초막이 차수의 집인데 저물기 전에 그곳에 닿아야 한다. 해질녘이고 빛 바랜 가을 산고개 위에서 노모는 쇠진해 가는 노구로 아들집에까지 가려는 것이다.

노모는 다시 개신거리며 함지를 들어 하얀 머리 위에 올려놓았다. 그리고 굽은 허리를 두어 번 더 두드리고 또 함지를 한 번 추스른 다음 고개를 내려가기 시작한다.

이윽고 해가 서산 위에 걸리었다. 이미 스러지기 시작한 저녁 해는 기를 잃고, 힘없이 비틀거리며 걷고있는 노도를 비추고 있다. '해 넘어간다. 서둘러라.' 산아래 들판 여기저기에서 일몰을 두고 일꾼들이 소리치며 하던 일을 재촉하고 있다.

이때 학동(學童) 둘이서 단숨에 고개 위에를 뛰어 올라온다. 그리고 서로 장난질을 하며 희희낙락하고 있다. 책보를 허리에 잔뜩 동여맨 개구쟁이들의 하학 길이다. 한참 장난을 하던 한 아이의 시선이 저만치 고개비탈을 내려가는 노모에게서 멎었다.

"앗— 저 할머니, 할머니 봐. 왜 저러시지?"

다른 아이의 시선도 노모에게로 갔다.

"글쎄. 넘어지시겠어."

취한(醉漢)의 걸음걸이처럼 비틀거리는 할머니의 흰 치마가 한 번 펄럭인다. 빗물에 파인 길바닥의 허방을 밟는다. 치마가 한 번 더 펄럭이면서 노모는 거꾸로 너부러진다. '아 아— 앗.' 한 아이가 외마디 비명을 내지르며 달려가고 그리고 다른 아이가 뒤따른다. 빨간 함지는 노모의 손에서 내뿌려져 굴러서 저만큼 처박히고 그리고 함지에 담겨있던 흑두는 길바닥에 쏟아지며 마구 흩어진다.

먼저 달려간 아이가 노모를 일으켜 안는다. 눈을 감은 노모의 신양(身恙)을 아이는 알 길이 없다.

"빨리 사람 불러."

노모를 안은 아이가 소리친다.

다른 아이가 여웃골 쪽을 향해 소리를 내지른다.

"할머니가요— 여기요오, 할머니요 할머니가—."

아이의 악을 쓰는 소리가 산음(山陰)을 탄다.

"뭣, 뭐라고— 무슨 소리 여어—."

산아래, 여기저기에서 사람들이 아이를 향해 되묻는 소리이다. 처음엔 고개 밑에서 일하던 사람들에게 전달되었다.

해는 서산에 빠지는데, 아이의 외침은 하루 일을 끝내고 마무리하던 여웃골 분지 여기저기 사람들에게로 전달 또 전달되어간다. 등너미 고개에서 아이의 내지르는 '할머니' 소리를 들은 사람들이 금방 차수의 노모가 무슨 일이 있음을 어림짐작할 수가 있다.

"차수 엄니가 무슨 일이 있는 가벼."

메아리를 탄 아이소리가 산답(山畓)일을 마치고 논꼬에서 몸을 씻던 차수들에게까지 전달된 것이다.

"아니, 뭣 하는 거여, 차수 엄니가 무슨 일이 있는가 본데."

"그려, 얼른 가봐 이 사람아."

옆의 사람이 차수에게 재촉하는 말이다.

"뭐 뭐라구. 이런 제길헐."

사람들의 소리에 깜짝 놀란 차수가 몸을 씻다말고 어두움이 드리워져가는 등 고개를 향해 맨발로 달려가며 내뱉는 소리다.

4부

굴루미 선데이

주막거리

산 동네, 집들은 모두가 산에 매달린 초가집이다. 산천에 진달래 피면, 솔바람이 산으로부터 내려오고 숲속에 걸쳐있는 계류에선 항상 맑은 물이 끊이지 않고 흘러내린다. 여느 산골 동네와 마찬가지로 뒤에는 동산이 있고 동네 앞 작은 분지엔 개천과 논밭이 어우러져 있어, 산동네 사람들은 무리 지어 산과 들을 오가며 농사를 지으며 살아간다.

방문을 열면, 저녁엔 동산에 뜨는 달과 마주하게 되고 낮에는 동구 앞의 버들개천이랑 작은 들판이 훤히 내려다보인다. 자운영이 다보록하게 깔린 동둑 너머에 뗏장다리가 걸쳐있는 개울이 있고, 다리를 건너 자갈밭 길을 한참 가다보면 지천(支川)이 하나 다시 나오는데, 그곳에는 항상 맑은 물이 조잘대며 흘러내린다. 그 개천에 놓여 있는 징검다리를 건너면 맥랑(麥浪)이 파도치는 보리밭 둑길이 있고, 그 둑길로 조금 더 가다보면 길옆에 주막집 하나가 고즈넉하게 엎디어 있는데, 사람들은 그곳을 주막거리라 부른다. 주막집은 밤나무 섶 울타리에 대 사립문을 해 달았는데, 토막집이다.

주막집 앞을 가로지르는 한길이 있고, 길 쪽의 양지바른 곳에 툇마루가 있으며 그 마루 위에, 가게라고 하기엔 너무 부실한 낡은 목판 두서너 개가 놓여있는데, 목판 위에는 막과자와 북어 따위의 건어류가 아무렇게나 진열돼 있다. 가겟방 앞 작은 마당엔 살구나무 고목이 있는데, 봄이 오면 그 살구나무에 연분홍 살구꽃이 흐드러지게 핀다.

그리고, 살구나무 아래껜 맑은 우물이 있고, 우물 옆으로 꽤 큰 석반(石盤)이 하나 있어 술꾼들이 그 돌판을 주탁(酒卓)삼아 술자리를 벌이기에 안성맞춤이어서, 살구우물은 도주꾼들의 술청 노릇을 톡톡히 하고 있는 셈이다.

가게 목판 앞엔 항상 단면이 불그레한 얼굴의 노부(老夫)가 파리채를 이리저리 내두르며 파리를 쫓다가, 졸다가 조 쫓다가 그렇게 세월을 보내고 있다.

심심 산천의 조그마한 분지, 분지 한가운데를 휘돌아 가는 교차도로, 그 도로 옆에 주막집이 있는 것이다.

주막집 앞 도로로 지나다니는 행인은 별로 없다. 진일을 기다려 봐야 우마차 한두 대가 자갈이 깔린 신작로를 덜커덩거리며 지나 갈 뿐이다. 읍내 장날이나 되어야 장꾼들이 장을 보려 주막집 앞을 지나가는데, 그들이 오가다 가끔 들러 쉬면서 술을 받아 마시고 가고 그리고 주위 동네에 제(祭)라도 들은 집이 있으면 탁주(濁酒) 됫박이나 사가는 것이 고작이다.

가난했던 시절이다. 산야의 조박(粗薄)한 땅에 씨를 뿌려, 작물이 자라면 거두어 먹고, 가물로 흉년이라도 들면 나물이나 풀뿌리를 보태어도 입에 풀칠하기가 어려워, 밥술을 놓으면 남녀노유 모두가 산야에 흩어져 먹을 것을 찾아 헤매던 시절이다.

김생원은 동네 윗뜸에 사는 나이 든 농부이다. 그의 가계(家系)가, 생원과 관계가 있거나 그가 관청에 입사(入仕)를 해서 그렇게 부르는 게 아니고 얘기책이나 각종 서지 잡서를 섭렵하면서, 이웃들의 방문(榜文)을 써 주거나 대소사에 육합(六合)을 짚어 주며 청빈하게 살아가므로 사람들이 그렇게 부르고 있고, 그도 생원으로 불러주는 것을 무척 좋아한다.

산천에 진달래 만발했다. 해동이 되면서 부지런한 남들은, 뒷간에 이어 잿간과 두엄발치까지 거름을 멀끔히 치워 버리고 다른 농사 준비에 분주한데, 그는 뒤늦게 마지못해 장군과 똥바가지를 챙겨 뒷간거름을 내기 시작했다.

아침 일찍 서둘러서인지 사위가 부유스레했고 봄도 무르익었다. 지표에선 온열이 이는 듯 했고, 지천에 있는 작은 소택(沼澤)의 수면에선 새벽운무가 무럭무럭 피어오르고 있었다.

생원은 거름지게를 지고 개천 건너 자갈밭 길을 지나, 개신거리며 주막거리로 향했다. 주막집 뒤에 그네의 마늘밭이 있기 때문이다. 벌써 보리와 호밀 싹이 자라 우부룩 하게 올라오고 있고, 밭둔덕에는 활짝 핀 풀꽃들이 지천으로 깔려있다.

힘이 부쳐 허정거리며 발짝을 떼놓던 생원은 마늘밭을 거의 다 와서 둔덕의 턱에 지게를 내려놓는다. 쉬어가기 위해서이다. 엉거주춤, 똥장군 지게를 둔덕의 턱에 내리고 돌아서서 작대기를 받치려는데 지게발목이 퉁겨지며, 지겟고다리가 빙그르르 돌더니 아뿔싸, 털썩— 석대(石臺) 위로 내동댕이쳐지고 또 장군이 박살나면서 온통, 똥으로 매대기쳐진다. 억지로 떠받쳐 막아보려던 생원도 바짓가랑이고, 옷소매고 심지어 얼굴에까지 모두 똥 감태기를 썼다.

"이런— 제미 씨펄—."

거지상이 된다. 울고 싶다. 오물 묻은 지게를 수습하며 알 수 없는 말로 계속 투덜거린다. 얼마나 공들여 모은 거름인가, 밖으로 나돌다가도 변의(便意)가 느껴지면 집으로 달려가 뒷간을 찾았고, 밤마을을 갈 때도 반드시 오지그릇을 잊지 않고 챙겨, 소피를 받아다가 겨우내 알뜰하게 모은 거름인데, 생각하면 박살이 난 장군도 장군이려니와 둔덕에 쏟아버린 거름이 아까워 가슴이 쓰리다.

여명(黎明)이 짙어오며, 어둠이 물러가고 풀꽃이 모습을 확연히 드러낸다.

'우라질 놈들—.' 새끼 못 미더워서인가 아니면, 생원 꼴을 내려다보고 요절복통을 하는가. 노고지리 몇 마리가 공중 높이 부유(浮遊)하며 자지러진다.

"여봐유. 김생원—."

주막집 뒤꼍 수채에 개숫물을 버리다 말고 울타리 사이로 생원의 꼬락서니를 넌지시 내다보던 주부(酒婦)가 속으로만 한 번 대소(大笑)하고 생원을 향해 소리친다.

"왜 그러우—."

잔뜩 골이 난 생원의 퉁명스런 대답이다.

"대강 씻구 들러서 가시우—."

"알엇씨유."

팔다 남은 술 찌꺼기가 나우 있으면 그렇게 불러 주곤 하는데, 가끔 있는 일로 미안하기도 하고 고맙기도 했다.

날이 밝았다. 개천 소택의 수면 위로 김이 자욱히 피어오르고 못자리
로 들어가는 봇도랑 가득한, 물이 벌창하는데 내리쏟는 맑은 물 속에 더
러는, 굵직한 피라미 섞인 송사리 떼가 도랑 아래위로 세차게 휘돌아 다
니고 있다.

씻고, 씻고 또 씻고 아무리 씻어도 온 몸에서 고약한 냄새가 가셔지지
않는다.

"뭐 혀— 생원, 빨리 오잔쿠."

한번 더 히죽 웃으며 주막집 여인이 소리쳤고, 재촉을 받은 생원이 똥
바가지까지 도랑물에 깨끗이 씻어 지겟가지에 걸어지고 주막집으로 향
한다.

"어떨라구— 내외할게 뭐 있남. 방으로 들지."

주모가 소반(小盤)에 술 주전자와 시래기 국그릇을 차려 내오며 가겟
방 안으로 안내한다. 흘끔 방안을 들여다보니, 떠돌이 소쿠리장수가 죽
제품을 싸놓고 가게에 딸린 방구석에 쭈그리고 앉아있다. 남루를 걸쳤
는데 몸매와 안면은 반듯하나 살짝 곰보이다. 생원은 망설이다가 주춤
주춤 방으로 든다.

주모가 국 대접을 하나 더 가져와 소쿠리 장수에게 건넨다.

"괜찮지 뭐. 자네도 같이 한술 떠봐."

여인에게 말하며 생원과 겸상할 것을 권한다.

주모는 나가고, 생원과 소쿠리 장수가 매우 어색한 자세로, 소반을 가
운데 두고 마주 앉았다. 여인이 먼저 막걸리를 대접에 가득 따라 권한
다. 막걸리는 죽처럼 걸쭉했고 맛도 시어 터졌다. 보릿고개이다. 지난
저녁에 멀건 시래기죽 한 그릇을 휘저어 마셨을 뿐, 빈속이라 허리가 휠

정도여서 시고 떫고를 가릴 형편이 아니다. 생원은 여인에게서 막걸리를 건네 받아 단숨에 대접을 비우고 다시, 술을 대접에 가득 따른 다음 여인에게 조심스레 권한다. 소쿠리장수 역시 체면치레 할 여유가 없다. 지난해 든 기황으로 인심도 전 같지 않아 굶기를 밥먹듯 하던 터여서 초면이라 처음엔 주춤거렸지만, 그녀도 술대접을 받아 맛있게 마신다.

소쿠리장수란 대나무가 흔한 남방에서 죽(竹)제품을 가져다 적치해 놓은 것을 화주로부터 여자들이 그 소쿠리와 바구니 등속을 떼어 이고, 지고 농촌으로 떠돌아다니며 파는 행상을 말한다.

"국을 좀 더 떠올까?"

주모가 문을 열고 들여다보며 말한다.

"됐시유. 많이 먹었구먼유."

더 했으면 싶었으나 미안스러워 사양한다.

"아이쿠— 냄새 좀 봐. 기왕이면— 좀 나우 씻지 않구, 코를 못 두르것네."

"여러 번 씻었는데두 그렇구먼유."

생원의 몸에서 나는 오물냄새 때문에 고개를 외로 꼬며 말하는 주모에게 생원의 민망한 듯한 대답이다.

탁주 가득 두 대접 마시고 시래기 국 한 사발을 단숨에 그러넣었더니 배가 불끈 솟았다. 고맙다는 인사를 한 생원은 주막을 나왔다.

어느새 동네 사람들이 들판 여기저기에 많이 퍼져 일들을 서두르고 있다.

"벌써 들에 갔다 오시우. 생원어른."

동네 사람들이 일을 하다말고 말을 건넨다.

“야— 일찍두 덜 나왔네유.”

생원의 지겟고다리에 매달린 똥바가지가 덜렁덜렁 그네를 뛰고 있다.

“장군은 어디다 해 자시구 오남유— 하하—.”

“하하—.”

보리밭을 고르던 무리 중, 젊은 축들이 장군 깨먹은 눈치를 채고는 허리를 잡으며 웃고 농담을 하는데, 이에 화가 잔뜩 난 생원이 묵묵부답으로 개천을 건넌다.

소쿠리장수가 영 마음에 걸린다. 처음에는 내외를 하며 주저주저하던 그녀는 권하는 막걸리를 받아 마시고는 생원이 말을 걸자 고분고분 대꾸도 했고, 묻지도 않는데 자기 주변에 대한 얘기를 늘어놓기도 했다. 그녀의 고향은 남쪽지방이고, 일찍 출가했는데 시모의 구박이 심해 시집에서 도망하여 친정살이를 하다가 돈이나 벌어보자고, 행상에 뛰어들었다 했다. 집 떠난 지가 달포나 되었는데 모두들 어려워, 장사가 안되어서 밥 얻어먹기도 힘들다 했고, 생원은 건너 동네 윗뜸에 사는데, 지나다 저물면 더러 들러서 자고 가라고 인사치레를 했다. 자신도 어려우면서 그냥 한 마디 해본 것이다.

숱하게 피던 봄꽃이 한쪽에선 지고 있고, 나뭇잎이 피기 시작하면서 산야가 푸른빛으로 덧칠되어 가고 있다. 뒷산에선 뻐꾹새가 진일을 무슨 심사인지, 이 나무 저 나무 옮겨가며 울고 있다. 저녁 해가 서산에 닿기 위해 부지런히 하늘을 건너가고 있다.

비온 끝이어서, 생원의 처가 집 옆 텃밭에서 씨를 놓기 위해 괭이로 땅을 고르고 있다.

"계셔유―."

　소쿠리장수가 소쿠리와 바구니 등속을 주렁주렁 이고, 지고 생원의 토막집 부엌 쪽을 기웃거리며 주인을 찾고 있다.

　"여기 있구먼유."

　생원댁은 안 그래도 보리쌀을 삶아 저녁준비를 해야 하므로 하던 일을 끝내려던 참이다. 그녀는 괭이를 던지고 밭에서 나와, 쪽마루에로 소쿠리장수를 안내한다.

　"물건 좀 골러 보시유."

　물건을 내려놓으며 소쿠리장수가 말했고, 죽기(竹器)들이 낡아서 다시 구하려고 기다리던 참이라 말하며 생원댁은 이것저것 죽제품을 고른다. 생원댁 역시 시골 아낙네로 언행이 공손했으며 깔끔하고 착한 품성이 외모에 풍겼다.

　말을 주고받으며 둘은 곧 가까운 사이가 되었고, 두 여자가 물건을 흥정하다가, 심성이 착한 생원댁이 날이 저물었으니 저녁을 해먹고 자고 가라 권했으며, 소쿠리장수 역시 늦게 길을 나서기도 마음이 내키지 않아, 몇 번이고 고맙다는 사례를 하며 감사의 표시로 쓸만한 물건을 하나 골라주었다. 물건 흥정이 끝난 뒤 둘은 서둘러 보리쌀을 안치고, 마당 귀에 다듬어놓은 씀바귀며 냉이랑 봄나물을 데쳐 양념에 무치고, 텃밭 양지에 일찍 돋아난 아욱을 솎아 국을 끓여 저녁준비를 다했을 때, 생원이 가래질을 마치고 돌아왔다. 소쿠리 장수와 생원과는 재회인 셈이다. 구면인 생원과 소쿠리장수는 자연히 서로 반갑게 인사했고, 셋은 어울려 저녁을 먹었으며 서로 오순도순 애기한 뒤, 소쿠리장수는 윗방에 여장을 풀고 일찍 잠자리를 폈다.

마침 생원의 처가 불임증(不姙症)으로, 식구가 단출해서 그녀는 마음 편하게 쉴 수가 있었다.

곡우(穀雨)도 한참 더 있어야 하는데 산과 들에는 풀 나무들이 우북하게 자라고 있고, 보릿고개이어서 궁한 집은 성급하게, 풋보리바심을 하는 집도 더러 있었다. 여름으로 향하는 계절이어서 농촌엔 눈코 뜰 새가 없었다. 밭고르기와 씨뿌리기, 갈풀 베어 논갈이하고 모내기 준비하기 그리고 못자리 관리하기로 애 어른 없이 모두 나서서 농사에 매달렸다.

소쿠리장수는 춘궁기여서 장사는 고사하고 다리품을 팔며 돌아다녀 봐야 장사가 될 성싶지 않아, 아예 김생원 집에서 며칠을 유(留)해 가기로 했다.

첫날이 마침 생원 집에서 일꾼을 얻어 갈풀을 하는 날이라, 생원 처의 청으로 일꾼들 뒷바라지하는 일을 거들었고, 다음날은 동네에 농사를 많이 짓는 부잣집 밭 김을 매주었으며, 사람들을 접촉하고 자꾸 사귀다 보니 품팔이 청을 받게 되었고, 청에 의해 일을 다니다 보니 며칠을 지체하게 되었는데, 그녀 역시 고생스레 장사 다니는 것보다 끼니 걱정 없고, 품삯도 받을 수 있어 품팔이에 나서기를 잘했다고 생각했다.

한숨을 늘어지게 잔 생원의 처가 잠에서 깨었다. 밤은 칠흑인데 소쩍새 운다. 먼 산에 나물을 뜯으러 갔다가 무리를 해서인지 세상 모르고, 너무 피곤하게 잤는가보다.

'밤 깊어, 소쩍새 울면 진달래 철쭉꽃이 모두 떨어진다는데— 이제 봄이 무르익었나 보다. 밤이 얼마나 깊었는가.' 생원 댁은 설깬 잠에, 정신을 추스르며 옆자리를 더듬어본다. 남편이 손에 잡히지 않는다. '아니, 웬일일까?' 몸을 반쯤 일으켜 더 찾아보지만 남편은 없다. 아니, 이 양반이 어디 갔을까? 뒷간에라도 갔는가. '어매— 이게 뭔 소리여?' 이상한 소리에 귀를 곤추세운다. 가늘고, 작고 이상한 여자소리— 머리에 선뜻 예감이 스친다. '이런, 오라질것들 봤나—.' 그게 여자의 희음(戱音)이라는 걸, 선뜻 알아차렸다. 벌떡 일어나 윗방 문고리를 움켜쥔 생원댁이 몸을 파르르 떤다. '요것들을, 그냥 요절을 내야 하는디—.' 그녀는 속으로만 발끈 감정을 솟군다.

'어휴— 저년을 그냥 쫓아 버릴걸, 일 바라지로 바빠 붙잡아 둔 것이 사단(事端)이 될 줄이야.' 뒤늦게 뼈아픈 후회를 하며, 생원 댁은 방바닥을 더듬어 성냥을 찾는다. 덜덜 떨려서 얼른 성냥갑이 손에 잡히지 않는다. 가까스로 성냥을 찾은 그녀는 호롱심지에 불을 댕겼다. 어둠이 물러가고 방이 환해진다.

"아니 뭣덜 허능기유—." 그녀는 윗방에 대고, 작고 조심스레 말을 건넨다. 몸이 사시나무 떨리듯 한다. '지랄들 하느라 안 들리는가.' 괴상한 소리는 계속 이어진다.

"빨리 내려 오잔쿠 뭐혀유, 당신." 소리를 높인다.

"저런 년 봤나. 그냥 자빠져 자잔쿠—."

잠시 후, 윗방에서 여인의 소리가 멎었고, 남자의 거친 음성이 들리고, 윗방 문이 벌컥 열리고 그리고 화난 얼굴의 생원이 한 손으론 고의(袴衣)춤을 움켜쥐고 안방으로 성큼 내려오더니 엉거주춤 서있는 생원댁의 뺨을 후려갈긴다.

눈에서 불이 번쩍 이는 듯하다. 그녀가 허리를 굽히며 얼굴을 감싼다.

"몰르는칙 하면 어디 덧나냐. 이년."

"아니— 뭘 잘했다구 그런대유. 참, 내원."

"뭐여— 이년이 어디서 감히 서방한테 버르장머리 읇시."

다시 험상한 얼굴의 생원이 손을 번쩍 쳐든다. 호된 매에 겁이 난 그녀가 잘못했다고 하며 주저앉았고 그리고 생원은 번쩍 쳐들었던 손을 내리고….

'눈까풀이 뒤집혔나보다. 이를 어쩐다나?' 땅이 꺼질 듯 한숨을 쉬는 그녀는 하늘이 무너지는 것 같은 절망감에 몸서리를 친다.

생원댁은 분했다. 시집온 뒤로 입때까지 눈 한 번 곧추 떠본 일이 없는 착한 남편이었다. 아기를 낳지 못해 미안해하는 자신을 오히려 괜찮다고 하며 위로해 주었고, 시모 살아생전에 손(孫)을 보아야 하니 버리고, 재취(再娶)하라고 졸라대도 이 핑계 저 핑계를 대던 남편이었는데. 방바닥에 얼굴을 묻은 그녀의 두 눈에선 서러움에, 눈물이 주르르 흐른다.

창 틈 실바람에 호롱불이 한 번 몸부림쳤고, 소쩍새가 그네들의 소리를 엿듣고 있는가. 소쩍새 울음소리가 멎었고, 울 옆의 계류만이 쫄쪼록 쫄쫄 쪼오록 싱겁게 밤의 정적을 깨고 있다.

그렇게 하여 셋은 토막집에서 함께 살게 되었다. 생원 댁, 즉 김 생원의 본처는 안방을 쓰고, 소쿠리장수는 생원의 후실(後室)이 되어 윗방에 거처를 정했으며 그리고 생원은 아래 윗방을 오르내리며 두 처를 거느리게 되어 처들이 불화가 없고 화목하게 지내도록 어우르며 열심히 살아갔다. 본실은 후회했다. '고양이에게 생선을 맡기고, 밤 구덩이 다람쥐든 줄 모르고 구덩아가리 막아 논다더니 내 그짝 아닌가.' 본실의 입장에서 생각해보면, 소쿠리장수를 붙잡아 둔 것을 땅 패며 후회했고, 그의 행실이 요절을 내고 싶도록 괘씸하지만 자신이 여자의 몸으로, 남의 집에 입가(入家)하여 대를 사속(嗣續)해 주지 못하는 것이 큰 죄가 되어, 남편 앞에서 투기(妬忌)란 생각도 할 수가 없었다. 소쿠리장수 역시 후실의 입장에서, 비둘기처럼 살아가는 생원내외 사이에 곁붙어, 못할 노릇을 하는 것 같아 여간 미안한 게 아니어서, 생원에게는 물론 본처에게도 형님이라 부르며 정성을 다했다.

소문이 조그마한 동네를 돌아다니기 시작했다. 우물가가 아니면 주로 빨래터에서 여자들에 입방아이다. 처음엔 그저 내용을 모르고 '소쿠리장수가 김생원 댁에 정처하여, 남의 농사일을 거들어주는데, 일을 참 잘하더라.' '안팎일 모두를 잘하며, 남의 일도 해 준다니 데려다 품팔이를 시켜라'에서 '생원 댁에서 눌러 살 도양이던데'의 소문에서 급기야는, 김생원이 아주 첩으로 들여앉혔다는 소문까지 돌아, 동네에서 그러한 사실을 모르는 사람이 없게 되었다.

보리걷이는 어지간히 끝나고 모내기에 들어갔다. 잦은 비로 보리 베고 타작을 하는데는 지장이 있었으나 모를 이앙하기엔 수량(水量)이 풍부해 모두들 좋아했다.

처음에 생원집 세 식구는 우애롭게 살아갔다. 그런데 날이 가고, 달이 지나며 두 여자의 사이가 벌어지기 시작했다. 생원은 두 처의 사이가 벌어지기 시작하자 가운데서, 두 여인을 눌러 큰소리가 밖으로 새 나가지 않게 각별히 노력했다. 그러나 형님이라 부르며 본실에게 정성스레 대하던, 후실인 소쿠리장수가, 생원의 배려에 힘입어 기를 세우기 시작했고 특히 그녀의 몸이 예사롭지 않고 아랫배가 눈에 뜨이게 불러오면서, 생원에게 자주 앙살을 떨었으며 본처보다 더 유세(有勢)를 부리기 시작했다. 그에 대해, 생원은 대를 잇지 못해 걱정을 했었는데 그것이 늦게라도 해소되어 몹시 기뻤으며, 그녀가 조금 눈에 거슬리는 행위를 하더라도 다독여 주며 무념히 보아 넘겼다. 그러나 생원의 본처는 그게 아니었다. 소쿠리장수가 난데없이 부부 사이에 불쑥 튀어들어 남편의 사랑을 독차지하는 것도 미워 죽겠는데, 여우같이 헤살을 부리는데는 참을 수 없었다. 또 자신이 할 수 없는 회임(懷妊)을 쉽게 해내는데는, 같은 여자로서 투기가 일음은 물론 자신이 불임이라는 흠으로 몹시 괴로워지면서 그것이 후실에 대한 증오감으로 변해 자주 싸움으로 이어졌다.

한치의 물러섬도 없는 그녀들의 싸움 소리가 담을 넘었고, 그 불화가 동네 구석구석에까지 소문으로 돌아다니면서, 생원집의 분란을 모르는 사람이 없게 되었다. 그러한 사실을 알고, 동네 사람들은 생원이 첩실(妾室)을 둔데 대해 이해하는 축들이 있는가 하면 한편, 해서는 안될 첩질로 시골의 선량한 풍속을 해하게 되니 용납해서는 안 된다는 사람들도 많았다. 그런데 생원집에서의 싸움이 더 잦아져 가고 소란해지자 급기야는 '동네가 시끄럽다, 아이들 본 볼까 두렵다, 자고이래로 첩이라는 걸 모르고 살아오는 동네에서 그런 일을 그냥 두어선 안 된다'라는 여론이 일기 시작했다.

생원은 자신의 행실로 동네사람들 보기가 부끄러웠는데, 풍설까지 좋지 않게 돌고 있음을 알아채고, 집안단속에 마음을 더 쓰는 한편 이장한테 찾아가 사과하고, 도와달라는 부탁을 했다.

동네 이장이 마침 생원과는 인척지간이었는데, 나이는 생원보다 십여 살 아래이나 항열(行列)로는 재종숙(再從叔)뻘이 되는 사이이다. 등고개 너머에 있는 이장의 집으로 아침 일찍 찾아갔는데, 그가 마침 돼지우리를 치다말고 생원을 맞으며 회랑마루로 안내했다.

"조카님이 아침 일찍 웬일인가? 어서 마루로 올라오게."

생원의 나이가 한참 위인데도 제법 해라이다.

"예. 종숙님네 모두 별고 없으신가요."

"응— 우리야 다 괜찮네만."

"면구시럽구먼유. 지가 종숙님 내락읎시 후사 땜에 첩실을 둔걸 아시잔유."

주춤거리며 생원이 말을 더듬는다.

"알고 말고서리. 그런데 동네가 시끄러워서 어짠다나."

"글쎄, 그래서 말이구먼유. 종숙님이 잘 덮어 주셔야지유."

"나야 여부가 있나만 워낙 말이 많은 동네라, 안 좋아."

"어쩌것시유. 홑몸두 아닌데 내보낼 수두 읎잔웅개비유."

"그렇게 됐능가? 듣느니 반가운 말일세. 조카님으룬 아주 잘 됐네만."

중언부언 한참 얘기를 주고받았다.

"저— 종숙님만 믿구 그만 가보것시유."

주춤주춤 물러나다가 생원이 일어선다.

"아녀, 조반 다 됐을틴디, 한술 뜨구 가게."

"아니 구먼유. 즈이두 아칙을 했구먼유."

종숙모까지 어떻게 알고 쫓아 나와 조반을 먹고 가라는 것을, 굳이 사양하고 돌아왔다.

그 후, 생원의 두 처들도 한동안 탈이 없었고, 동네 여론도 이장이 생원을 싸도는 바람에 조용해져 말썽 없이 지날 수 있었다. 그러나 한 울타리 안에, 한 남자를 두고 두 여자가 동서(同棲)한다는 것은 절대 있을 수 없나보다. 생원을 가운데 두고, 드 여인의 갈등은 점점 심해져 갔다.

밥상머리에서도 서로 눈길이 냉랭함은 물론 밤에 잠자리 때문에도 싸움이 잦아서, 생원은 일몰 후의 처신이 난처한 입장이라 이도 저도 아닌, 아예 혼자 잠을 잘 때가 많았다. ‘첩을 두지 말걸. 지금이라도 돌려보낼까.’ 생각하다가도, 조강지처인 본처와 사이에 느끼지 못했던 염정(艷情)이 생원의 마음을 안타깝게 했다. 그래도 생원은 마음을 다잡고, 윗방 첩실과 잠자리를 멀리하려다가, 앞에서 아른대며 애원(愛願)하는 그녀의 모습과 본처보다 젊고, 반듯하고 탄탄한 몸 그리고 그녀가 회임(懷妊)중이어서 생원의 마음은 자꾸만 흔들렸다.

다시, 생원집의 불화로 동네 여론이 비등해졌다. 어떠한 경우라도 선량한 풍습을 해하는 일, 특히 건전하지 못한 남녀행위가 용납돼서는 안 된다는 것, 후사(後事)를 그르치는 한이 있더라도 첩을 둔다거나, 남녀의 불순한 행위는 절대 있을 수 없다는 것, 일부일처 의식이 철저히 지배하고 있는 동네에서, 일부양처 행위는 배제되어야 한다는 것이다. 본처가 배태(胚胎)능력이 없으면 애초에, 본처와 합의해 이혼하고 재취하는 것은 있을 수 있겠으나, 한 집에서 두 처와 함께 산다는 것은 있을 수 없다는 것이다.

사람의 도리에 충실해야 한다며, 유생(儒生)을 자처하는 생원의 입장에서도 시간이 지나며 한 지붕 아래 두 처를 거느리는데 대해, 몹시 괴로움을 느꼈고 더욱이 두 여자의 갈등을 막기에는 더 힘이 들었으며, 남자로서 처신하기가 몹시 어려웠다. 그렇다고 후사를 위해 조강지처를 버리고 후처와 산다는 것은, 본심이 착한 생원으로서 더 못할 노릇. ‘역시 한 남자와 두 여자는 같이 동거할 수 없고, 동거해서도 안 되는 일인데, 대를 잇지 못한다는 것이 죄가 되는 것은 아닐텐데, 후사를 핑계로

첩을 두는 게 더 죄가 되는 것이 아닐까? 닺아, 한 남자가 두 처를 거느
린다면 여자들은 사람 대우를 못 받는 셈이 된다.' 사리의 변별력이 남
보다 밝다고 자부하는 생원은 고민은 컸다.

이장으로부터 잠시 집으로 들르라는 전갈이 왔다. 한나절이 거운하
여, 밭에서 돌아오니 이장 아들이 아버지가 찾는다는 말을 이르고 돌아
갔다는 것이다. 무슨 일인가 궁금하여 부랴부랴 등고개를 넘었다. 마침
이장이 회랑 쪽마루에 앉아 담배를 피우며 기다리고 있었다.

"부르셨는감유."

"어서 오시게나."

이장이 자리를 권했고, 생원이 마루에 엉덩이를 붙이고 궁금해하며
고개를 들었다.

"조카님한테 미안스런 얘기네만, 나도 는처해서 말일세, 그 작은댁을
내보내면 안되겠능가?"

이장의 단호한 말에, 생원이 깜짝 놀란다.

"야?… 글씨유. 저두 곤란시럽구먼유. 돗할노릇인디."

생원의 대답이다.

"여부가 있나만 동네풍기가 그런걸 어쩌것능가. 나두 동네 어른들을
어지간히 삶어 보았네만, 워낙 여론이 안 좋아서 어쩌겠나."

둘은 서로가 난처한 듯 한참을 멍하니 앞산을 응시한다.

싱거운 놈들, 황조(黃鳥) 두 마리가 집 앞 감나무 위에서 사랑 놀음을
하고있다.

"워쩌것시유. 종숙님이 더 힘좀 쓰셔야지유. 저두 작은집(副室)을 가
라구는 해보겠지만, 워낙 인사가 아니라서유."

  그렇게 대충 말을 끝내고 돌아왔다.

  농촌에는 눈코 뜰 새 없이 바쁘다. 하기는, 농촌에서 일년 내내 빤한 틈이 있을 이 없다. 해동하면 겨우내 쌓인 뒷간, 잿간, 짐승우리의 거름 내기, 씨앗 골라 파종 준비하기, 해토된 논밭 갈아엎어야 하고, 씨 놓기 전에 땅 골라야 하고 그리고 못자리와 가래질도 해야하고, 갈풀 베어 논 거름 해야하며 요즈음처럼 오뉴월이 되면 남정네들은 모내기에만 매달 린다해도 손이 모자랄 지경이고, 여자들은 밭작물 모종과 우북하게 올 라오는 잡풀 때문에 밭 김매기도 어려운 터라, 집안일 돌볼 틈이 없다. 모내기 다음엔 논 김매기와 피 골라내기, 논두렁 깎기, 풋나무 베어 겨 울 땔감 준비하기에 여념이 없고 그리고 가을이 오면 추수에 매달려야 하고, 얼어터지기 전에 감이나 산과(山果)도 거두어야 하고, 추수가 끝나 면 추위가 닥치기 전에 고초로 이엉 엮어, 안팎 각 채와 울 담 지붕까지 도 멀끔히 해이어야 한다. 갈일을 마무리했다고 일이 없는 게 아니다. 농사일이란 겨울에도 여름 못지 않게 분주하다. 새끼꼬기와 가마니 치 기, 가축 돌보기, 땔감 장만하기 그리고 틈틈이 왕골자리 짜기 등등이 그것이다.

  보리타작과 감자 캐기는 끝냈으나 여자들은 콩밭 매기에 매달렸고, 남자들은 모내기에 이어 논 김매기에 들어가므로 일손이 모자라 아이들 과 노인들까지 나서서 농사일을 거들었다.

  생원도 이웃들과 품앗이하랴, 두렛일 나가랴 몸이 열이라도 모자랄 지경이어서, 여기저기 밭작물도 돌보아야 하는데 여가를 낼 틈이 없었 다. 생원의 두 처들도 품앗이 다니느라 집안일 돌볼 틈이 없었다.

  생원댁 두 여자의 불화는 계속 이어지고 있었다. 한 번 어긋난 두 여인의 마음은 바로 잡혀질 줄 몰랐다. 한 남자를 두고 사랑을 독차지하려는 두 여자의 싸움은 여느 감정 싸움과 다른가 보다. 진일을 서로 말이 없다가도 말을 건네게 될 때엔 그 말에 가시가 돋치고 그것이 곧 싸움으로 변했다.

생원도 바쁜 철이어서 두 처의 갈등을 다독이는데 소홀히 하게 되고, 처들의 갈등에 대한 동네사람들의 여론 따위를 까맣게 잊고 있을 때가 많았다. 그렇게 생원이 자기집 일을 챙기지 못하는 사이에 두 여인의 갈등은 더해져갔고 따라서 동네 여론도 점점 나빠져 가고 있었다.

바쁜 철이어서 사람들이 무리무리 모여 일하게 되고, 서로 대면을 많이 하게 되고, 그렇게 대면하다 보면 남의 말을 하게 되는 것이 인지상정이다. 생원의 집 얘기도 자연히 일터나 우물가에서 동네사람들의 입에 자주 오르내리게 되었다.

"생원댁에선 어젯밤에도 큰소리가 나더라네. 누가 보니께 두 마누라가 머리채를 휘어 잡구 싸우는데 대단하더라네."

"어제 밤뿐인가. 하루에도 몇 번씩 싸우나 보던데. 생원도 큰일이여… 날만 어두우면 두 마누라가 서로 몸을 찢을라구 할 테니 말여. 하하…."

"농담하지 마러 이 사람아. 그러나 저러나 큰일일세. 동네 꼴도 안되것구, 애들 교육에두 안 좋구 말여."

일터에서 일꾼들끼리 주고받는 대화인데 급기야는.

"안되겠어. 하루 이틀두 아니구."

"그려. 동네 대동계(大同契)가 나서서 서 년, 눔덜 모두 쫓아내야되어."

"자고로 한 몸에 두 마누라는 못 그늘르는 벱여."

"왜 못 그느르남유. 일만 잘하믄 되지유. 나두 한 번 마누라덜한테 시달려봤으믄 좋컷다, 하하…."

"예끼 이사람, 젊은 사람이 못하는 소리가 없네나."

"여하튼 계장(契長)님한테 얘기해서 무슨 수를 내야 쓰것어."

생원댁에서 자정(自淨)해지기는 어려울 테고 동네사람들이 나서서 처리해야한다는 여론이다.

며칠 후이다.

"오늘 저녁에 공회당 마당으루 덜 모여…."

동구 앞 이장댁 논에 두레패들의 논 김매는 자리에서 젊은 축들을 향해 나이 지긋한 이가 하는 말이다.

"알었시유."

"아니 무슨 일이란디야…."

"생원댁 때매라네."

젊은이 중에 한 사람이 알았다는 말이고, 모르겠다는 사람의 물음에 알고 있는 사람의 대답이다.

"그럼 생원 마누라들을 동네에서 쫓아낸다는 말인감?"

"그래야지 어떡하것나."

"우떡한디야. 작은댁은 애꺼정 있다면서, 큰일났네."

"할 수 읎잔능가베, 동네 대동을 위해서 말여."

산천은 푸르러 여름의 가운데로 들어섰고, 쪽빛 하늘엔 흰 구름 하나 한가로이 떠있다. 들판 군데군데 아낙의 무리들이 두런거리며 콩밭을 매고있고, 물이 귀한 산비탈 봉천답에 마냥모를 심는 이들도 더러 눈에

띈다.

'미풍양속위 시골에서 일부양처란 절대 있어서는 안 된다. 생원이 두 처를 거느린다는 것도 용서할 수 없는 일인데, 그의 집 불화로 동네가 소란해서는 안 된다. 그 싸움의 원인이 생원을 가운데 두고 두 마누라가 투기하는데 있으므로 젊은 세대나 어린아이들의 교육에 좋지 않다. 생원의 후사를 위해선 조용하기만 하면 덮어둘 수도 있겠으나, 그네들의 불화가 점점 더해가므로 동네사람들이 나서서 수습해야 한다. 그러니 바쁘고 농사일 때문에 좀 피곤하더라도 농한기를 기다릴 것 없이 당장 저녁에 동네 사람들이 모두 모여 생원네를 쫓아내야 한다는 얘기였다.

사방이 고산으로 둘러싸인 산촌, 외부와 차단된 문명이어서 기껏해야 초간한 읍내를 나가 등유(燈油)를 사 오거나 제(祭)가 들면 제물이나 보아 오는 정도이므로, 무슨 사안이 생기면 동네 자체적으로 해결한다.

법을 모르고, 고소(告訴)를 모르고, 또 경찰서나 법원이 무엇을 하는 곳인지조차 모르고 사는 사람들이다. 선량한 습속을 해치는 자가 있으면, 그들은 관청에 고발하지 않고 자체적으로 처리한다. 오래 전부터 내려오는 인습으로 동네 사람들이 모두 모여, 잘못한 자에게 잘못한 만큼의 사형(私刑)을 가하는 것이다. 그러한 사적제재가 법에 의해 형벌을 가하는 것보다 오히려 더 혹독할 수도 있는 것이다.

그것은 인류가 부락의 공동체 생활을 시작하면서, 체제 존립에 필요한 질서유지를 위해 자연히 발생한 하나의 관습이다.

인류가 생겨나는 과정에서의, 신화에서도 질서유지에 반하는 범죄에 대해 응징하는 것은 항상 있어온 일이다. 그리스 신화에 나오는 올림포스의 주신(主神) 제우스나, 제우스 아들로 도덕이나 법률을 주관한 태양신 아폴론도 잘못한 사안에 대해서는 잘못한 만큼 응징했다고 한다. 물론 성문화(成文化)된 것이긴 하지만, 동서양을 막론하고 약 사오천 년 전부터 잘못한 자에 대한 잘못한 만큼 벌을 주는 제도, 고조선시대에 팔조금법이나 바빌로니아 함무라비 왕조시대의 법전, 그러한 것들이 모두 사회의 질서유지에 필요한 소박한 형벌제도로서 탈리오법칙, 즉 잘못한 자에게 잘못한 만큼만을 응징하는 응보원칙인 것이다. 물론 지금처럼 형사(刑事)문화가 발달하여, 십구세기부터 채택되고 있는, 목적형인 교도 교육형 주의가 아니고, 원시적인 응보형주의인데 응보주의나 교도주의 모두가 장단점은 있는 것이다.

그러므로 시골에서 관습에 의해 잘못한 자에게 가하는 멍석말이나 매 때리기가 그러하고, 그리고 성범죄자에게는 인륜에 어긋나는 행위를 했다 하여, 인격 무능력자에겐 똥을 먹여야 한다는 발상이 모두 고대로부터 면면히 내려온 풍습인데 그러한 각종 유형의 벌주기는 비용의 절감이나, 번요한 절차가 생략되는 아름답고 소박한 습속이긴 해도 기준 없는 처벌로 개인의 인권이 무시될 수도 있고, 세태의 변화에 저항을 받을 수도 있으며, 또 공리주의에 흐를 수도 있는 폐단이 있다.

"진지들 잡수셨어유."

"진지들 잡수셨어유, 그런데 이 바쁜 철에 웬일이래유."

"저녁덜은 했는가? 글쎄 말일세. 곤해 주겠구먼시리."

어둠에 휩싸인 공회당 앞마당이다.

마당 귀에, 앉고 또 엉거주춤 서있는 몇 명의 노인들에 대해 골목에서 마당으로 나오는 젊은이들이 저녁인사를 했고, 그에 대한 노인들의 대답이다. 마당의 또 한 귀퉁이에는 노부들과 어린이들도 어울려 떠들고 있다.

"아니. 벌써 이리 더운가, 모기땜에 영 잠을 잘 수가 있어야지."

"이 사람아 하지(夏至) 지난 지가 언젠가. 그런데 생원댁엔 열락이 됐능가?"

무리무리 웅성거리는 중에 주고받는 말들이다.

"그려… 계장님이 소임시켜서 연락을 했다누먼."

소임이란 동네 경조사 때 잡일이나 각종 심부름을 도맡아 해주는 자로서, 동네 일을 해주는 대가로 동네 소유의 논밭을 부쳐먹는 사환을 일음이다.

뒷산에서 소쩍새 구슬픈 울음이 어둠을 타고 내려온다. 무논에 와글대던 개구리들은 무엇에 놀랐는가. 개구리 울음이 일제히 멎었고, 여기저기에서 맹꽁이소리만 리듬있게 들려온다. 호박넝쿨에 뒤덮인 잿간 지붕 위에 어지러이 깜박이는 수많은 반딧불이중 한 마리가 측백나무 울타리를 넘어 회당 위 허공을 가르며 마당을 건넌다.

"저녁진지들 자셨나요. 다들 나오셨는가요?"

삼베옷 차림의 점잖은 이가 마당에 들어서며 인사하고 묻는다. 동네 대동계장(大洞契長)인데, 이장이 계장 일을 겸해 보고 있다.

"예. 어지간히 나왔나봐유."

마당 가득한 사람들이 멍석을 내다 깔고 앉아서 혹은 엉거주춤 서서 웅성대다 말고 조용히 계장을 맞는다.

"회의 준비는 다 됐는가? 소임…."

"예… 다 됐구먼유. 계장님."

동네 사환을 천하게 여기므로, 그가 나이가 들었는데도 계장은 해라를 한다.

마당 가득한 흰옷차림의 동네사람들은 대충 줄을 맞추어 앉았고, 소임은 오물이 담긴 똥바가지를 앞에 가져다 놓는다. 죄인인 생원과 처들에게 강제로 먹이기 위해서이다.

계장은 공회당건물 추녀 아래의 뜰을 연단(演壇)삼아 올라서서 일장 연설을 한다. 그는 여느 때와 달리 단 위에서만은 유식하게 표준말을 쓰고 있다.

"모두들 가내 평안하신가요. 우량(雨量)이 적당해서 농사에 다행이며, 요즈음 농번기여서 몹시 바쁘실 줄 알고 되도록 농번기엔 모임을 피하려 했는데, 오래 적조해서 부득이 모이시라 했습니다. 에…."

중언부언 동네의 두렛일 그리고 면사무소에서 배급되는 비료와 소금에 대해 한참 두서 없이 말을 늘어놓던 계장은 급기야 김생원 집일에 대해 말을 이어간다.

"김생원댁 사건에 대해 말씀을 드립니다. 부끄러운 일인데요. 생원 후대를 위해 동네어른들이 이제까지 첩사(妾事)를 눈감아 주신 걸로 아는데, 요즈음 생원 양댁들의 분란이 잦아서 동네가 몹시 소란스럽고 자라나는 어린이들의 교육에도 지장이 있으니 동네 재판을 해야 한다는 몇 분 어른들에 건의가 있어, 말씀드리오니 여러분들의 의견을 많이 말씀해 주십시오."

"안디어, 분란이 너무 심햐."

생원의 일을 못마땅해하는 고지식한 노인들의 말이다.

"타동(他洞)사람들 알까 겁나네. 조용하던 동네에 무슨 소동이랴."

혹은, 아이들 교육 때문에 안 된다는 말들이 어둠 속에 오가고, 심지어 이장이 생원과 척질간이라 이제까지 대책도 세우지 않았고, 그냥 지나가려는 게 아니냐는 노인도 있다.

"예, 알겠습니다. 저도 더 이상 묵과해선 안되겠다고 생각되어 이렇게 모셨는데 여러분 뜻에 따르겠습니다. 에 그럼 생원댁들은 출두(出頭)했는가요."

"안왔능개벼."

"나오라고 이르지 않았나요?"

"연락을 했구먼요."

계장의 물음에 사환이 허리를 굽히며 하는 대답이다.

"그럼 젊은 축에 몇 명이 가서 끌구 와."

조용하던 회중(會衆)의 대열이 흐트러지며 웅성거리기 시작했고, 노인들의 말에 젊은이들 몇이서 생원들을 데려 오기 위해 나서는데, 김생원이 처 둘을 데리고 골목에서 나타난다.

"여기 와 있었구먼유."

"아… 이사람아 왔으던 빨리 나올 것이지 왜 숨어있는가."

"죄송허구먼유. 면목이 읎서서유."

"이 사람아, 바쁘구 고단헌데 자네들 땜에 이게 무슨 꼴인가?"

엉거주춤 서서 사죄하는 생원을 향해 노인 축에서 원망의 말들을 한마디씩 한다.

다시 회중이 조용해지면서 단 위에 선 계장이 주관해 생원들 세 사람을 앞에 세워놓고 동네 재판이 시작되었다.

판검사나 변호사가 성문(成文)된 법에 따라 공소를 제기하고, 사건을 심리하고, 변호하고 판결하는, 공권에 의해 절차를 밟아 하는 재판이 아니라 오랜 전통에 의해 관습대로, 동네사람들이 모여 합의에 의해 개인을 린치하는 것이다. 그들은 법이 있어도 법을 모르고, 재판을 모르고, 관청이 있어도 드나들 줄 모르고, 드나들 일도 없는 것이다. 잘못하면 안 되는 걸로 아는 사람들, 남을 때리거나 남의 것을 훔치는 일은 물론이고, 어른에게 반말을 하거나, 인사를 하지 않거나, 남의 흉을 보거나 선량한 풍속을 해하는 일을 하면 천벌을 받아야 하는 줄 아는 착한 사람들이다.

다만, 야반(夜半)에 참외서리 닭서리를 하거나 그리고 무리무리 모여 남의 밥을 훔쳐먹는 행위 따위는 있을 수 있는 일, 있을 수 있는 행위이면서도 오히려 아름다운 풍습으로 인정되어 처벌하지 않고, 피해를 본 사람도 웃으며 넘긴다.

계장은 사안의 개요와 논고(論告)를 장황하게 이어 나갔다. "김생원은 처가 있는 자로, 절대 해서는 안될 첩질을 했고, 그의 본처는 불임증으로 후손을 둘 수 없는 몸이고, 후처는 남의 평화로운 가정에 첩으로 들어와 같이 살게 되었으면 모두 남이 모르도록 조용히 살아가야 함에도 상호(相互) 싸움으로 동네를 소란케 했다"는 내용에 이어 "김생원은 자손을 두기 위해 한 행위이고, 두 여인은 여자로서 있을 수 있는 투기를 한 것뿐인데, 그 과오를 금번에 한해 관용해 주자"는 너그러운 의견을 한 번 회중에 고했다. 계장의 일장 연설이 끝나자, 어둠 속에서 조용히 듣고 있던 동네사람들은 다시 웅성대기 시작했다.

생원은 계속해 머리를 조아리며 잘못을 빌었고, 모인 사람들은 모두 선량한 촌민(村民)들이어서 계장의 말대로 앞으로 반성하고 탈 없이 살아간다면 그렇게 하는 것이 좋겠다고 말하는 이들이 많았다. 주로 여자들과 노인 축들이다. 그러나 사람이 많이 모이다보면 그 중에 까탈스런 사람이 꼭 있게 마련이다. 어떠한 경우라도 첩을 두어선 안 되는 것이고, 이번 일을 그대로 넘어가면 그게 관행이 되어 앞으로 그러한 일들이 다시 있을 시에도 소홀히 하게 되니 벌칙대로 똥을 먹여 모두 내쫓자는 것이다. 묵인해주자, 안 된다의 가부를 결정하기엔 한참이 걸렸다. 심지어 입씨름까지 하다가 결론은 똥 먹이는 것은 인사(人事)가 아니니 생략하며, 생원 내외는 깊이 근신하고, 첩만을 동네에서 쫓아내는 것으로 끝을 맺자고 결론이 지어졌다.

"자… 조용히들 하세요. 그럼 여러분들의 의사대로 김생원의 작은댁만을 동네에서 쫓아내는 것으로 이 일은 끝내겠습니다."

"그려… 그려."

"그렇게 혀… 똥까지 먹일 건 뭐 있나."

회중에서 들리는 얘기이고

"젊은이들은 이 일을 마무리하기 위해 남고, 어르신들은 피곤하실 텐데 모두 돌아들 가세요."

계장의 말을 끝으로 동네 회의는 끝났다.

동민들의 의사에 의해, 동네에서 쫓겨나는 생원 후실은 이후에 생원댁 주위를 얼씬거리거나 생원과 다시 내통하는 일이 있어서는 절대 안 된다는 계장의 경고가 있었음은 물론이다.

그렇게 해서 소쿠리 장수는 그 밤으로 동네에서 쫓겨났다. 동네 장정 몇 명의 손에 이끌려, 칠흑 같은 어둠 속의 개울건너 주막거리 앞에 닿아 버려진 것이다.

여인은 허정이는 다리에 몸을 지탱하고 사방을 둘러본다. 사위는 여인의 마음처럼 어둡고 허망했다. 새물모롱이 쪽, 구렛보(洑)에 물소리가 구슬프다. 울음보가 터졌는가, 동네 뒤, 진달래 골에서 어둠을 타고 건너오는 소쩍새 울음이 멎을 줄을 모른다. 새물 호수 위 하늘에 별무리들이 무수히 박혀있고 또 한 무리는 유성우 되어 호심(湖心)으로 쏟아져 내린다. 길을 잃었나보다, 저 강변 물새의 어둠을 째는 외마디 울음소리….

'어떻게 해야하나, 어디로 가야하나.'

아랫배가 꿈틀한다. 다시 부유(浮游)해야 하는 신세, 사물과 사안이 모두, 스치는 바람이라던데…. 지나보면 저 호수의 수면처럼 파랑이 인 뒤엔 모두 없어지는 것들이던데, 그런데. '뱃속의 이 흔적을 어찌 해야 하나….' 풍랑에 몸을 맡겨 보았던 그녀. 흘러, 흘러가다 보니 세파에 시달린 그녀의 상처는 너무 크고 깊었다.

주막집 울타리사이로 불빛이 내다본다. 여인이 무거운 몸을 돌려 발자국을 떼놓는다.

가난 때문에 고향을 떠나 소쿠리를 주렁주렁이고, 지고, 걸치고 멀리 구름 따라 타향 땅을 헤매던 소쿠리장수, 풍찬노숙(風餐露宿)의 갖은 고생 끝에 사랑을 얻고, 사랑을 받으며 잠시 머물렀던 생원 집에서 운명의 장난처럼 배겨내지 못하고 쫓겨난 여인의 눈에선 눈물이 주르르 흐른다.

주막집에서 아카시아 교목의 행렬을 따라 봇둑 길을 한참 따라가다 보면 새물 하구로 조그만 소택이 있고, 그 옆에 작은 언덕이 있다. 산천은 푸르러 여름의 가운데로 가고, 구름도 바람도 모두 가고 있고, 산야에 사람들도 부지런히 오가는데 언덕 위에 석상(石像)처럼 또 푯대처럼 멍하니 서있는 여인이 있다. 물론 여인은 소쿠리장수이다. 잠시 생원과의 얽혀진 인연도 발길을 떼어놓지 못하게 했지만, 뱃속에 남겨진 흔적 때문에 그녀는 그곳을 얼른 떠날 수가 없었다.

동네에서 쫓겨난 그 밤에 그녀는 갈곳이 없었다. 실오리 같은 불빛을 구원의 동아줄 삼아, 그 줄을 잡고 앞에 놓여진 캄캄한 둑길을 간신히 더듬어 주막집 문을 두드렸다.

대충 겪은 얘기를 들은 노부는 사는 게 다 고통이니 참고 용기를 가지라며 가게에 딸린 방을 그의 잠자리로 정해 주었다. 밤새 울었다. 곰보여서 반반하지 못한 얼굴 때문에 반듯한 길로 가지 못하고, 간난의 길에서 허둥거리는 자신의 신세가 서러워 울었다.

주어진 삶과 가난 속에서도 비둘기처럼 오순도순 살아가는 생원의 두 내외 틈서리에 끼어, 곁붙이로 살아 보고자 했던 자신이 잘못이었고, 그 잘못을 늦게 깨달은 그는 깊이 후회하는 것이다.

주막집에 머물 수도 또 떠날 수도 없었던 소쿠리장수는 며칠을 언덕에 나와 먼산바라기를 하다가 정신을 수습하고, 어쩔 수 없이 그곳을 떠나기로 결심했다.

작은 분지의 지평에 맑은 해가 얼굴을 내밀었다. 하늘은 청명하고, 산천도 물에 씻은 듯 깨끗한데 여름으로 들어선 계절이이서, 한낮의 더위를 피해 미리 일하려는 사람들이 들판에 많이 나와 일손을 서두르고 있다.

소쿠리장수가 다시 들르라는 주막집 노부에게 감사의 인사를 끝내고 길을 나선다. 며칠을 언덕 위에 석상처럼 서서 생원댁 쪽만을 바라보던 그녀는 주어진 운명을 어떻게든 극복해야겠다고 했고, 그러려면 언제까지나 주막에 머물 수는 없다고 생각했다.

　생원으로부터 그녀의 죽제품과 얼마간의 여비가 전해져 왔다. 또 들르라는 생원의 전갈도 있었음은 물론이다.

　그는 다시 간난의 발작을 떼어놓는 것이다. 가파른 인생 길, 다시 어깨와 등짝에 주렁주렁 구차스런 고통을 매달고, 구름을 보고, 바람이 일러주는 대로 정처 없이 떠나는 것이다.

　몇 발짝 떼놓으며 한참을 걸어가는데 옷깃을 흔들고 간 게 한줄기 바람이랄까봐, 그의 아랫배에선 생원의 여운이 곤고한 그의 여정을 향해 타악탁 발길질을 해대는 것이다.

글루미 선데이

　창 옆, 살구나무 둥치에서 매미들이 마지막 복더위를 보내며 자지러지게 울고 있다. 청사(廳舍) 앞의 느티나무 가지에서도 매미 떼들의 울음바다이다. 형사과 실내와 주위에는, 매미의 울음소리말고는 조용하여 정적이 감돈다. 조금 전까지만 해도 형사피의자 보호실 쪽에서 주취자, 그리고 각종 피의자들과 뒤엉켜 실랑이하던 당직 형사들의 고함소리가 간간이 들려왔었는데 조용하다. 조사실 쪽에서도 피조사인들이 있었나 본데, 심문소리와 타이프라이터 소리가 들리지 않는 것으로 보아, 그곳에도 조사가 끝났는가보다. 더 조용하다. 직원들은 모두, 숙직실에 눈이라도 붙이려 갔는가, 형사 사무실이 텅 비어 있다. 김반장 하나 간밤에 방범근무 하느라, 잠을 자지 못해 소파에 몸을 묻고 토막 잠에 빠져있다. 매미들이 다시 자지러지게 울고 있다.

　따르릉 따르르릉—.

　전화벨이 김반장의 귀를 때린다. 아니 무슨 사건이라도 있는가? 깜짝 놀라며, 몸을 일으켜 전화기를 잡는다.

　"여보세요— 여보세요—."

대답이 없다. 전화기를 두드리며 거듭 소리친다.

"저예요, 형님."

수사계 장경사의 작은 목소리가 전화선을 탄다.

"아니, 자네가 웬일이야. 거기는 어디야?"

"네, 저좀 구해 주서야겠어요. 이곳은 남대문 ○○장 여관인데 사연은 다음에 말씀드리기로 하고, 빨리 와 주세요."

본래 심신이 가녀린 여자형이지만, 속삭이는 듯한 장경사 목소리에서 심상치 않음을 느낄 수 있다.

"무슨 일인데 그래, 알았어."

수화기를 놓는다. 퍼뜩 정신이 든다. 구해 달라니 무슨 일일까? 출장 채비를 하고 밖으로 나왔다. 이상한 예감도, 예감이지만 습관처럼 리벌버 권총을 좌측 겨드랑이에 꽂았음은 물론이다. 사무실을 뛰쳐나온 김 반장은 경찰서 앞 택시 정류장에서 급하게 택시를 잡아탔다. 오후이지만, 퇴근 시간이 아니어서 거리는 한산했다. 종일을 폭양으로 달궈진 아스팔트는 뜨거운 열기로 후끈후끈했다. 김 반장은 목을 뒤로 젖히고 가만히 눈을 감았다. 장경사가 무슨 일일까, 구해 달라니? 경찰관이, 말도 안 되는 소리이다. 혹시 고소사건에 휘말려 봉변이라도 당하고 있는 게 아닐까? 고소사건의 잘못된 수사로 조사 경찰관이 가끔 겪는 곤란한 일이 있음을 본다. 감이 잡혀지지 않는다.

장경사와는 같은 고향이고, 대학도 삼 년이나 후배이며 경찰도 선후배지간이다. 처음엔 서로 모르는 사이였는데, 그가 지방 경찰국에 근무하다가 이곳으로 전보되어, 한 서(署)에서, 그것도 같은 수사과내, 그는 조사계에, 김반장은 형사과에 배치되어 일하면서 알게 되었다. 김반장은 남성적인 거칠고 급한 성격인데 반혀 장경사는 여자 성격이고 소심하지만 같은 고향, 그리고 대학 후배로, 서로 술을 좋아하는 관계로, 격무의 일을 끝내고 자주 술집에서 어울리며 가깝게 지내는 사이가 되었다. 대도시 서울에서 경찰업무에 적응하는데, 김반장이 장경사에게 적잖게 도움을 주었고, 지금도 수사업무에 미숙한 그를 김반장이 항시 도와주고 있는 실정이다.

도로는 별로 막힘이 없어 남대문까지는 빨리 달려 갈 수 있었으나 남대문의 지리에 어두워, ○○장 여관을 찾는데는 시간이 꽤 걸렸다. 묻고 물어서 찾았는데 주택이 밀집된, 동네 가운데에 자리한 여관은 고옥이면서, 꽤 큰 편이었다. 별로 손님이 없는가, 접수대에 있는, 노파인 종업원은 졸린 눈으로 귀찮다는 듯, 김반장에게 그들이 있는 이층 203호실을 일러주고 다시 눈을 감는다. 평소 습관처럼 잔뜩 긴장하면서 조심스레 이층으로 올라가, 알려준 방의 문고리를 당겼다.

"누구야— 뭐야."

문이 열림과 동시에 날카로운 고함이 김반장을 향해 날랐다. 방에는 이불이 젖혀진 채 뒹굴고, 낯 모를, 건장한 젊은 불량배 풍의 사내 셋이 위세를 보이며 벽에 기대 버티고 서 있었으며, 장경사와 어느 젊은 처녀가 독수리에 몰리는 작은 새처럼 웅크리고 앉아 떨고 있었다.

"넌 뭐냔 말야, 임마?"

셋 중, 창문 쪽의 껑다리가 김반장을 향해 다시 소리쳤다. 이들은 필시 불량배이다. 장경사는 무슨 사건에 휘말려 지금 당하고 있는 거다. 그런 예감이 뇌리를 스치며, 동시에 김반장은 번쩍 정신이 들었다. 이들에게 기세를 꺾이면 안 되겠다는 생각에서 그들을 향해 소리쳤다.

"너희는 뭐야? 나는 경찰관이다. 허튼짓 하면 모두 체포한다."

"뭐, 뭐라구 짜식, 이곳이 경찰서 안방인 줄 알아."

김반장의 단호한 경고가 끝나기 전에 그중, 검은 상의의 반 팔 땅딸보가 고함을 치며 그의 오른쪽 주먹을, 김반장을 향해 뻗었고, 그 주먹은 김반장의 인중에 작열했다. 그때 김반장의 몸이 비틀하는가 하더니, 그의 우측 손이 땅딸보의 좌측 덜미를 잡아채며 또 그의 몸을 엉덩이에 당기고 허리로 몸을 튀기자, 땅딸보의 몸은 허공으로 날라 방구석에 던져지며 나뒹굴었다. 격기와 유도로 그리고 각종 무술을 섭렵하며, 싸움을 취미로 젊은 시절을 보낸 김반장이다. 싸움이 좋아 경찰에 입문한 그다. 그때 옆에 서있던 꺽다리의 우측 발이 허공을 가르며, 김반장의 좌측 볼에 다시 작열했다. 김반장이 뒤로 벌렁 나동그라졌다. 안되겠다. 위험을 느낀 김 반장은 좌측 겨드랑이에로 손을 넣어 리벌버 권총을 뺐다.

탕— 타앙—.

두발의 총성이 실내를 째듯 울렸다.

"꼼짝 마, 움직이면 사살이다."

김반장의 고함이었고, 웅크리고 앉았던 여인의 자지러질 듯한 비명이 잃과 동시에, 놈들 셋은 창문으로 또 출입구로 각각 넘고, 뛰어 달아났다. 김반장은 즉시 일어나 싸움을 거들려고, 엉거주춤 서있는 장경사의 손을 잡아끌고, 여인만을 남겨둔 채 아래층으로 내려와, 출구를 통해 밖으로 나왔다. 그리고 마침 지나가는 택시를 잡아 재빨리 몸을 실었다.

경찰관의 무기사용행위도 정당방위에 해당된다면 과연 김반장의 무기사용은 법률에 의한 정당행위에 해당할까? 여하튼 그의 무기사용의 행위가, 위법성 저촉 사유에 해당하든, 아니든 알 바 없다. 무기 사용이 사안의 한계를 넘었다 하더라도, 그들을 위협하는 선에서 그쳤으며, 무기로 인한 피해가 없었고 그리고 상대들은 도주했으니 그만일 테고, 불량배들도, 그들의 행위가 틀림없이 불법 감금과, 공갈 또는 폭력행위에 해당하므로 그들이 크게 문제삼지는 않을 것 같았다. 그러나 크게 노출되지 않은 실내에서의 사건으로 별일은 아닐 테지만, 왠지 마음은 편치 않았다.

"어떻게 된 거야, 이 부실한 사람아."

한참을 지나, 차가 도심을 거의 빠져 나왔을 때, 침묵하던 김반장이 장경사를 돌아보며 물었다.

"그런데 어쩌지요 형님, 그 여자."

"이런 사람 봤나. 그 여자가 어쨌기에, 누구야?"

그곳에 남아 있는 여자를 걱정하고 있는 장경사에게 김반장이 퉁명스레 물었다.

"아니, 저… 저기 말예요."

밝히기가 거북한 듯 어정쩡한 태도이다.

"쓸데없는 걱정 말아. 자넨 경찰관 신분이라는 것을 염두에 두고 자네 걱정이나 하란 말야."

김반장이 눈치를 채고, 우물쭈물하는 장경사에게 핀잔을 준다. 다시 둘은 말이 없다. 해가 서산에 닿으려면 한참을 더 가야한다. 종일을 쏟아 붓듯 내리쬐던 폭양으로, 석양이 가까웠는데도 지표는 뜨거운 열기를 내뿜는다. 퇴근시간이 가까워서인지, 도로는 조금 밀리기 시작했고, 그들이 잡아탄 택시는 가다, 서다를 반복하며 더디게 달리고 있다. 김반장은 조용히 눈을 감았다.

장경사가 전입을 오고, 김반장과 곧 가까워지며 그들은 격무의 바쁜 생활 속에서도 자주 어울렸다. 업무로 쌓인 피로를, 퇴근시에 경찰서 주변의 주점에서 서로 자리를 같이해 피로를 풀곤 했다. 김반장과 장경사 똑같이 술을 좋아하는 데서도, 그들이 가깝게 지내는 원인의 하나가 되었다. 그렇게 형제처럼 가깝게 지나던 그들이 얼마 전부터 소원(疎遠)하게 되었다. 퇴근 시에 장경사는 할 일이 있어도 미리 일감을 정리하고, 김반장을 찾아 일이 끝나기를 기다렸다가, 같이 청사를 나와 한 잔 하든가, 당구를 치는 등 거의 매일을, 둘이 어울렸었는데 장경사의 얼굴 보기가 뜸해지기 시작한 것이다. 장경사가 김반장을 찾지 않음은 물론이고, 퇴근시에 그를 찾아가면 이미 퇴근을 하고 자리가 비어 있었다.

이상하다. 김반장이 장경사의 동정을 살폈다. 장경사는 퇴근시간이 되기 무섭게, 아니 퇴근시간이 되기도 전에 허겁지겁 책상을 정리하고 뛰다시피 사무실에서 빠져나가는 게 아닌가, 한 번은 그의 행적을 알아보려고 청사 정문을 살폈는데, 그가 뛰어나가자, 정문 앞 여러 사람들 중에 섞여있는 처녀풍의 훤칠한 여인이 장경사의 팔을 잡아 얼싸안는 듯하며 거리의 인파 속으로 사라졌다. 그래서 한 번은 모른 척 하고 장경사의 사무실로 그를 찾아가, 요즈음 보기 힘드는데 무슨 일이 있느냐고 물었다. 그런데 장경사는 태연하게, 집에 조금 바쁜 일이 있다고 얼버무리며 대답하는 것이었다.

"형님 죄송해요. 금명간 자리를 한 번 할 게요."

말해 놓고는 또 종무소식이다. 지금 생각하니, 그때 얼싸안고 같이 나가든 여인이 방금 여관에 두고 온 그 여자이구나 생각이 들었다.

둘은 가까스로 퇴근시간을 대어 사무실에 돌아와 책상을 정리하고 밖으로 나왔다. 우선 김반장이 조금 전 여관에서의 격투로, 몸이 쾌연(快然)치 않았고 장경사도 김반장과 가까운 사이이지만, 오늘의 일이 몹시 미안하게 생각되어 누구의 제의도 없이 자연스레 가까운 그리고 조그맣고 한적한 주점을 찾아 들어갔다. 술과 안주를 들고 나온 주모가 술을 따르기 무섭게, 같이 서너 배(杯)를 성급하게 마시었다.

"어떻게 된 거야, 이 사람아."

김반장이 술잔을 탁자에 놓고, 장경사를 쳐다보며 물었다.

"예 말씀드릴 게요. 그 여자의 집 가까이 가서 여관에 들었는데, 그자들이 갑자기 우리 방에 뛰어들어 그들 중의 한 명이, 그 여자가 자신의 약혼자라면서 행패를 부리는 겁니다."

"뚱딴지 같은 소리, 그 여자가 누구이고, 여관엔 왜 갔고, 어떻게 행패를 부리느냐 말야, 이 사람아."

장경사의 말을 되받아, 알만하다는 듯 냉소를 머금고 김반장이 되묻는다.

"글쎄 그 여자와의 약혼 때문에 않은 돈을 없앴는데, 어떻게 하겠느냐는 겁니다. 여자는 양보할 테니 손해비를 달라는 거예요."

"답답한 사람 봤나, 동문서답이야."

김반장은 그의 사정을 눈치채고, 쯧쯧 혀를 찬다.

장경사는 그 여자와 알게 된 경위와 그 동안에 그 여자와의 행적과 그리고 오늘 그곳에서 있었던 일들을, 간간이 술을 마셔가며 얘기했고, 김반장은 "그래서." "또 그래서"를 연발하면서도 속으론 이 사람이 공갈배들로부터 단단히 당했구나 생각하며, 듣고만 있었다. 둘은 자정 가까이 되어서야 또 적잖게 술병을 비워내고 비틀거리며 주점을 나왔다.

그 여자가 자기 집 가까이까지 가자고 해서 갔고, 장경사로선 사랑하는 여인을 그의 집 가까이까지 바래다주는 입장으로 그 곳에 간 것이며, 연인 사이에 자연스레 여관에 들른 것이 그런 망신을 당하게 되었다고 하며, 거기까지의 장경사가 겪은 경위를 다음과 같이 말했다.

몇 달 전 어느 토요일이다. 오후 한 시가 되자 고소인, 피고소인 그리고 참고인들과 직원들이 엉켜, 아귀다툼으로 난장판 같던 사무실도 썰물이 빠져나가듯 모두 나가버리고, 텅빈 사무실엔 장경사 혼자남아 하던 일을 마무리하고 있을 때이다. 고소인이 늦게 왔으므로 그의 조사를 마치고, 대충 보고서를 작성해야할 것이 있어 그것을 끝내고 퇴근해야겠다, 생각하고 서류를 챙기고 있었다. 출입문 쪽에서 인기척이 있기에 내다보니, 문 뒤에 앳되고 훤칠한 키의 처녀 하나가 꽤 큰 가방을 들고 사무실을 기웃거리고 있었다. 그를 쳐다본 장경사는 호기심이 발동했다. 투명 유리로 내다뵈는 그녀는 베이지색 스프링 코트를 걸친, 세련된 옷차림과 상큼해뵈는 그의 용자(容姿)가 장경사의 호기심을 꿈틀거리게 한 것이다.

"누구를 찾으십니까?"

미인이구나, 생각한 장경사가 엉거주춤 한 자세로 그녀를 향해 물었다.

"아니예요. 그냥 와 보았습니다."

목소리가 낭랑하다. 들어오라는 제의에, 실례하겠다는 인사를 하고 들어온 그녀는 장경사의 안내에 따라 책상을 가운데 놓고 조심스레 마주 앉았다.장경사는 다시 누굴 찾아 왔느냐고 물었다.

"네, 저는 선생님을 뵐까 해서요."

처녀는 배시시 웃으며 장경사를 바라본다. 아니, 혹시 고소사건에 관계되는 처녀가 아닌가 더 호기심이 일었다. 장경사는 당황했다. 그의 앞에 앉아 있는 다소곳하고, 아름다운 여성의 모습은 보통처녀보다 약간 큰 체형이고, 수려한 얼굴 그리고 뒤로 쓸어넘긴 검고 윤기 흐르는 흑발이 길게 찰랑거리고 있었다. 특히 수줍은 듯 하면서도 또렷하게 말하는, 애교 섞인 그녀의 아름다운 목소리가 남자의 마음을 움직이기에 충분했다.

"아니, 나를 찾습니까?"

서류를 챙기며 장경사가 되묻는다.

"네, 선생님을요."

"왜— 저를 찾습니까?"

혹시 자신이 취급하는 사건의 연루자일까. 더욱 궁금해 다시 물었다.

"선생님께서 입시 준비를 하지 않나 해서요. 저는 아르바이트하는 학생인데요. 공무원들의 승진에 필요한 교재를 외판하고 있습니다."

'외판원이구나.' 그제서야 알았다는 듯….

"네. 아— 그렇군요. 잘되었습니다. 그러잖아도 승진에 필요한 참고서를 구하려던 참이었어요. 상품교저의 카탈로그를 좀 봅시다."

장경사는 책이 필요하다고 거짓말을 했다. 외판원으로 대하는 것이 아니라 남성이 여성을 대하듯, 그의 가슴에 끼가 꿈틀거렸다. 기혼자인 자신이 보고있는, 앞에 있는 여성은 너무 아름다웠고, 그녀가 처녀이고 학생의 신분이므로 섭렵할 수 없는 여성이라는 것을 생각할 때 속이 상하기까지 했다. 기혼남과 미혼 여성의 사이이지만 상관없이 무조건 연결 고리를 만들자는 속셈으로, 그는 책을 사겠다고 하는 것이다.

"도와주세요. 제가 성의 있게 선생님 수험준비에 필요한 서적을 준비해드리겠습니다."

그녀가 가방에서 꺼낸 소책자와 목록을 뒤적이며 둘은 책을 고르고, 흥정을 했고 그리고 조용한 다방으로 옮겨 한참을 대화하다가 다시 만나기로 약속하고 헤어졌다. 그녀는, 자신은 시골에서 올라와 자취를 하는 대학생이고, 농사짓는 부모님의 부담을 덜어드리기 위해 아르바이트로 학자금을 마련하고 있는 중이며, 이름은 이혜영이라고 소개했고 그리고 많이 도와달라고 부탁까지 했으며, 장경사는 고학생의 어려움을 잘 알고 있다, 자신도 대학시절에 아르바이트로 학비를 마련하며 학교를 다닌 경험이 있다, 자주 찾아달라, 관심을 가지고 도와주겠다는 말로 위로하고 그 날은 헤어졌다. 커피값을, 혜영이 낸다는 것을 굳이 장경사가 지불했음은 말할 필요도 없다.

이틀 후에 다방에서 다시 만나 책을 샀다. 십오만 원 어치면 참고서를 충분히 구입하였을 텐데, 삼십만 원 어치나 주문했다. 장경사는, 학생이 친동생처럼 느껴진다, 예쁘다고 하며 그녀에게 접근했고, 혜영은 학구적이어서 존경한다, 급기야는 매력적이라는 말까지 스스럼없이 하고 헤어진 것이다.

혜영과 장경사는 자주 어울렸다. 처음엔 가끔 만났는데 갈수록 횟수가 잦아졌다. 다방과 음식점에서 만났고 그리고 이젠 스스럼없이 야외로 나다니며 희희낙락했다. 비용은 주로 장경사의 몫이었다. 장경사는 가난한 학생인 혜영의 일엔 돈을 아끼지 않았다. 혜영도, 그녀가 생각하는 장경사는 총각이고, 학구적이고 공무원이며 또 여성스럽지만 깔끔하게 생긴 장경사가 부족할 게 없었고, 장경사 역시 그녀가 아름답고, 여성스러우며 대학생으로서 자신의 도든 것을 다해 사랑해도 될 만큼 만족스런 여인이었다. 다만, 아들 하나를 둔 기혼자로서 자격이 없는 안타까운 자신이지만, 그런 것은 생각할 여지없이, 혜영에게 빠져들어 가고 있었다. 이젠 서로 만나면 스스럼없이 손을 잡고, 아무도 없는 곳에선 쓸어안고, 주저없이 사랑한다는 표현을 했으며, 장경사의 어떠한 제의에도 그녀는 거부하지 않고 응했다. 혜영은 결강계를 내고 나왔다하며 만났고, 장경사는 아침에 출근을 하여 기본 업무만을 해치우고, 배당된 사건만 처리하면 출장부에 서명하고, 밖으로 나돌곤 했다.

봄이 왔는가 했더니 양춘(陽春)이 무르익어, 산야는 풀 나무들이 푸른 잎을 달고 여름으로 가고 있었다. 가지 끝에 새순을 달고, 나요 나 하고 서로 뽐내며 고개를 흔들던 때가 엊그제였는데, 제법 이파리를 팔랑거리며 짙푸른 신록을 준비하고 있었다. 하늘엔 구름 한 점 없이 쾌청했다.

장경사는 들뜬 마음을 억제하며 일찍 서두르고 있었다. 혜영과 봄산에 놀러 가기로 약속한 날이다. 너무 마음이 설레어, 잠까지 설쳤으나 마음은 상쾌했다. 밀린 사건 때문에 출근해야 한다고, 거짓말을 했으나 워낙 바쁜 경찰 직업이라 그의 처는 의심을 하지 않고, 잘 다녀오라는 인사까지 잊지 않았다.

혜영은 시간 맞추어 약속 장소에 나왔으며, 둘은 반갑게 만나 서로 어울렸고, 교외로 가는 열차표를 끊은 뒤 열차를 탔다. 그리고 좀더 멀리 교외에로 나가 유원지에 도착했으며 한적한 산협을 골라 등산을 시작했다. 진초록 색깔로 덧칠된 산은 아름다웠고, 휴일인데도 골짜기 유원지는 한적했다. 둘은 서로 잡고, 이끌고 희희낙락하며 산을 올랐다. 한참 오르다보니, 산 중허리 한적한 곳에 작은 산장이 있었고, 산장 앞마당에서 산장지기 노인이 장작을 패고 있었다. 둘은 커피를 시켜 마시고, 쉬어가겠다고 하였다. 노인은 그들이 젊은 부부인 줄 알고, 내외이니 한적한 뒷방을 쓰라고, 뒤껼 구석방으로 안내하는데 장경사가, 굳이 부부가 아니라고 부인하지 않았다. 방은 좁았으나 깨끗했고 안온했다. 봄이 가는 소리인가. 쌍뻐꾹새 소리가 산 속의 정적을 깬다. 건너 산에서인가 본데 옆에서 들리는 듯 또렷하다.

한참 시간이 지나고, 한나절이 되어간다. 산장지기 노인이 점심 주문을 받아야 하는데, 남녀가 든 방을 실례할 수가 없어, 살금살금 도둑고양이 걸음으로 굴뚝모퉁이를 돌아, 뒤껼 방을 향해 접근해간다. 직업을 의식한 습관에서이다. 조용하다. 문 창 쪽에 귀를 가져간다. "아— 아이, 왜 이래" 여자의 낮은 음성이다. "가— 가만 있어." 속삭이듯 남자의 음성이 끝나고, 거친 숨소리가 이어진다. 몸은 늙었지만 이런 홍미의 정경을 놓칠 리가 있느냐, 히죽 웃으며 노인은 귀를 문에 붙인다. 숨소리가 더욱 거칠어진다. "아 아이— 안 돼, 그만—." "어때, 꽤 앤 찬아—." 남녀 혼성이 짧게 들리고, 멎는다. "오 옷이 찢어 어 졌…." 낮은 여자의 비명이고, 노인이 한 번 더 히죽 웃는다. 쌍뻐꾹새 소리에, 늦게까지 버티던 울타리 옆의 떨기 산도화가 툭 떨어진다.

장경사와 혜영은 거의 매일 만났다. 만난다는 것보다는 서로 미쳤다는 표현이 옳을 것이다. 여관이고, 유원지이고 장소를 가리지 않고, 쓸어안고 정념을 불태웠다. 사련(邪戀)에 푹 빠진 것이다. 심지어 장경사는 자기의 처를 친가에 가서 쉬었다 오라 보내놓고, 그녀를 셋방으로 불러

들여, 임시 동서(同棲)하기도 했다. 향락 비용은 장경사가 모두 부담했고, 종종 혜영이 다음에 갚아 주겠다, 돈이 쓸 데가 있다, 지금은 등록금 때문에 어려우니 좀 도와달라 또 우리는 별 다른 일이 생기지 않으면 같이 살아가야 할 사이가 아니냐고 하며 돈을 요구했다. 장경사는 혜영의 말이 떨어지기가 무섭게 넉넉히 마련해주었다. 그는 이미 혜영의 앞에서는, 혼안(昏眼)의 지경에 빠져있었다. 한 번은 혜영이 몸이 이상하다고 하여, 부인과(科) 병원에 가보라고 하며 돈을 마련해 준 일도 있다. 돈을 줄 때마다 그녀는 몹시 미안허했고, 그럴 때마다 미안해하지 말라고 장경사가 일렀다. 셋방에 살고 있는 그가 기혼임을 눈치챘을 테지만 그녀는 모르는 척 했고, 장경사도 관심을 두지 않고, 무조건 혜영과 사련에 푹 빠져 들어갔다.

그럴 때, 혜영이 장경사에게 심각한 얼굴로 얘기좀 하자고 하며 말했다. 무슨 일이냐고 하니 자신의 일을 언니가 알아차렸고, 형부가 군인 장교인데 장경사를 만나자고 한다는 것이다. 그 말을 듣고, 장경사로서는 심히 놀랐으며 어떻게 할까 고민을 했고, 기혼자인 자신으로서도 묘안 없이, 될 대로 되라는 막 마음으로 지냈었다고 한다.

꽃뱀에게 단단히 걸려들었구나 생각하며, 김반장은 이일을 어떻게 풀어야 할까 고민을 했다. 장경사가 공무원이고, 특히 경찰관이므로 신분에 불이익이 없도록 해결해야 하는데 마땅한 방법이 없었다. 장경사는 꽃뱀에 걸려들었다는 김반장의 핀잔에, 절대 그럴 리가 없다고 하며 혜영은 자신과 진실한 사랑을 했고, 자신도 진실하고도 강렬한 사랑을 했다고 해서, 김반장에게 몇 번이나 책망을 들었다.

저쪽, 여자의 편에서는 순진한 처녀를 공무원인, 특히 그런 잘못을 바로 잡아야할 경찰관이 혼인을 핑계로 간음을 했다, 당신은 기혼자이면서도 총각이라고 속였다 혜영은, 약혼한 처녀인데 그의 청춘을 모두 망쳤으니 어쩔 셈이냐 하며, 큰돈을 요구했다. 그래서 김반장은, 장경사가 경찰관으로, 소란스러우면 불리하다는 생각을 하고, 공갈배들의 감정이 상하지 않도록 조심스레 협상을 하였다. 정당하게 조사하여 법대로 처리할 수도 있겠으나 장경사가 큰 실수를 한 것이고, 공무원인 그의 신상에 불이익을 당할만한 사안이어서 아무렇게나 처리할 수가 없는 노릇이었다. 상당한 시일을 두고 장경사는 장경사대로 그들로부터 몹시 시달렸고, 김반장은 김반장대로 풀었다, 당겼다 하며 그들과 협상을 해 나갔다. 그렇게 애쓴 결과 그들이 요구하는 반액의 선에서 합의하기에 이르게 되었다.

그들과의 문제는 그렇게 원만히 해결을 보았으나, 장경사 마음의 상처는 너무 컸다. 어찌 됐든, 혜영이 자기와의 나눈 사랑은 진실이라는 것이다. 그러면서 모든 일이 손에 잡히지 않는 듯 괴로워했다. 김반장은 설득도 하고, 훈계도 하며 그의 마음을 잡아주기 위해 노력했다.

계절이 바뀌어, 겨울 지나 봄인가 했더니, 봄도 저만치 가고 여름이 다가오고 있었다. 산야의 꽃잔치는 끝이 났는가, 오색구름처럼 덮이고, 널려 있던 봄꽃과 꽃나무들도 아름다운 모습을 거두고, 푸른 옷으로 갈아입으며 신록으로 들어가고 있었다. 각색 꽃이 다투어 뽐내는가 하더니 또 그 꽃 이파리들도 툭툭 떨어져 갔고, 떨어져 마른 꽃도 어디로 사라져갔는가, 그 흔적을 찾을 수 없었다. 화무십일홍(花無十日紅)이라고 하던가, 산야는 푸르다. 날도 쾌청하다. 일요일이라서 산유객(山遊客)들이 많이 눈에 띄었다. 교외 산곡이다. 장경사가 마음을 둘 데 없어 김반장과 산유를 하며 대화도 하고, 또 술도 한 잔하며 하루만이라도 혼란스런 마음을 잊어보자고, 김반장에게 제의를 하여 일찍 나온 것이다.

산에 오르며 장경사는 자신의 일로 노고를 끼쳐 미안하다 말했고, 김반장은 꽃뱀에게 걸려든 것이니 잊어버려라, 살기 어렵고 각박한 서울이니 조심해라, 공무원은 항시 몸가짐을 잘해야 한다, 경찰관은 언제나 사람을 경계해야 한다. 부인에게 잘 해주어라, 조강지처(糟糠之妻)가 제일이다, 그 여자는 공갈배들의 앞잡이이니 조심해라, 미련을 버려라 등등의 말로 계속 설득해 나갔다. 그러나 김반장의 설득에도 장경사는 마음의 상처가 깊었는가. 아닙니다. 그 여자는 그들의 앞잡이가 아니며 진실로 자기를 사랑했고, 자신도 그 여자를 사랑했다. 등등 아직도 정신을 추스르지 못하고, 그 여자에 대한 미련으로 괴로워하고 있었다.

한나절이 가까워질 무렵이다. 둘은 산을 오르다 말고, 계류 옆의 조그만 산가(山家)주점으로 들어가 목로(木壚)에 자리를 잡고 술과 안주를 시켰다. 술과 안주가 곧 나왔고, 홍양이라고 자신을 소개하며 작부(酌婦) 하나가 자리를 같이 했다. 좀 수다스러우나 나이가 어리고 얼굴이 예뻤다. 실연으로 마음을 추스르지 못하고 있는 장경사에게는 옆의 여자가 눈에 들어올 리가 없었다. 고옥이어서 주방의 천장에는 거미줄과 전깃줄이 엉켜있고, 거미 한 마리가 부지런히 공가(空架)를 건너고 있었다. 청량(淸亮)한 밖의 하늘이 훤히 내다보인다.

"홍양아 이분에게 술을 많이 권허드려라."

이미 서너 잔의 술을 들이켜고 있는 장경사를 가리키며 김반장이 홍양에게 말했다.

"아니, 이렇게 좋은 날 무슨 안 좋은 일이라도 있으셔? 그렇지 않아도 깔끔하게 생긴 장선생이 마음에 들어서 어쩌나 그랬는데, 나까지 우울하게시리."

미스 홍이 호호거리며 애교를 떤다. 얼굴은 예쁜데 밀가루를 뒤집어 썼는가, 얼굴에 가루분이 더께가 앉았다. 술잔이 오가고, 두서 없는 잡담도 오갔다.

"아니, 이렇게 어수룩한 자리가 있는 줄 몰랐네. 홍양아 나 좀 끼면 안되냐?"

안방의 장지문이 드르륵 열리며, 주인 마담인가, 역시 화장을 진하게 한 삼십대 여인이 치맛바람을 일으키며 달려나온다.

"언니 어서 와 이리 앉아."

홍양이 자리를 가리키며 앉으라고 권한다.

"떼과부 집인가, 에기, 모두가 나와봐라, 까짓 거 잡아먹기야 하겠냐."

김반장이 말했다. 장경사는 시무룩하다.

"오늘 기분 좋구나. 작취에 미상(酌醉未詳) 좀 되어 보자, 술 따라라."

마담의 말에 김반장이 술병을 잡는다.

"이 사람아, 기분좀 내. 술좀 들고."

김반장이 장경사를 향해 말했고, 넷은 술잔을 돌려가며 흥을 돋군다.

"야 홍양아, 이렇지 말고 이 젊은 분 기분 좀 풀어 드리고, 노래도 좀 시켜봐라."

마담의 말에, 홍양이 장경사에게 잔을 내민다.

"네, 노래 좀 하세요. 기분도 푸시고."

홍양이 애교를 섞어가며 장경사에게 말했다. 김반장과 마담도 거들며 장경사에게 노래를 하라고 조른다. 술이 모두 거나해지면서 거친 음담

淫談)이 오가고, 안주와 술이 더 나오고, 김반장이 능숙한 솜씨로 자리
의 분위기를 조절해 나가고….
　모두의 성화에 못 이겨 장경사가 목청을 가다듬는다.
　"무슨 노래할까."
　"자유곡이예요, 자유곡 호호—, 오늘같이 좋은, 즐거운 일요일 노래
같은 거 있잖아요."
　홍양의 말에
　"흠— 으음— 그럼 그 글루미 썬데이, 그 노래나 할까나. 저 형님 보
셨소. 글루미 썬데이, 2차대전 당시 나치의 헝가리 침입으로 어수선할
때, 자보식당에서 자보와 일레나 그리고 안드라스 한스 사이의 실타래
처럼 얽힌, 휴먼 사랑의 이야기 말예요. 영화, 그 음악도 죽음의 찬가라
고 하잖았어요, 슬픈 음악 때문에 자살자도 많이 나오고."
　"쪼오 아— 하여튼 쪼아. 그름이든 구튼이든."
　글루미가 뭔지도 모르는 홍양이 물색 없이 좋단다. 초여름의 청량한
대낮이다.
　"그래 흠, 난 그 영화 못 봤다. 여하튼 빨리 불러, 대낮에 술잔 앞에
놓고있으니 만사가 뜬구름이다.
　김반장이 혀 꼬부라진 말로 김삿갓의 시 「난피화(難避花)」 한 구절을
씨부리고. 그러자 장경사가 목청을 돋운다.

　우울한 일요일
　내 시간은 헛되이 떠돈다
　가장 사랑스런 것은 그림자

헤일 수 없이 수많은 꽃들과 함께 내가 머무네
검은 슬픔의 벤치가 당신을 데려갈 때까지
결코 그대를 깨우지 않으리
천사는 다시 그대를 돌려주지 않을 거야
내가 당신 곁에 머문다면 천사는 분노할까?

우울한 일요일
내가 흘려보낸 그림자들과 함께
내 마음은 모든 것을 끝내려하네
곧 촛불과 기도가 다가올 거야
그러나 아무도 눈물을 흘리지 않기를—
나는 기쁘게 떠나간다네
죽음은 꿈이 아니라
죽음 안에서 나는 당신에게 소홀하지 않네
내 영혼의 마지막 호흡으로 당신을 축복하리
우울한 일요일.

뜬구름

푸른 계절인데, 언덕에 누워 하늘을 본다. 시선 머무는 곳에 하얀 구름들, 구름은 바람에 밀려오고, 밀려온 구름은 또 밀려간다. 바람에 밀려— 밀려서 오는 구름 그리고 밀려가는 저 구름, 구름은 밀려오다가 없어지기도 하고, 밀려가 아주 산을 넘어 가버리기도 한다. 내 머리 위에 머무는 구름은 없다. 그래서 구름이 지나간 하늘은 허이고, 공(虛空)이 된다.

사람도 구름 같아 옷깃을 스쳐가고, 그렇게 스쳐가고 다시는 아니 온다. 처자와 같이, 한동안을 옆에서 동반하기도 하지만 많은 사람들이 스쳐 지나갈 뿐이며 가면 다니 오고 그리고 간 사람들은 머리에서 잊혀진다. 그러나 잊혀지지 않는, 죽어도 잊을 수 없는 사람도 있다.

공무원 초년(初年)을 충청도 어느 산골에서 보냈다. 사방이 까마득히 높은 산들로 에워싸인 심심산천이다. 엄두래야 더러는 구름이 허리를 감도는 심산유곡의 산가(山家)를 찾아 제 조사나 호구조사를 다닐 때도 있지만, 거의는 적막 절간 같은 경찰지서 사무실에서 청사를 지키며 세월을 보냈다.

지원병에서 제대를 하고 경찰에 입문한, 약관을 갓 넘긴 나는 숙직실에서 숙식을 했는데 나이 먹은 직원들이 출장을 가고 아무도 없는 사무실을 지키며, 다니다만 학교에 복학을 하기 위해 책을 보거나 청소를 하기도 하고 또 가벼운 구기운동으로 소일을 하며 세월을 보냈다. 양지녘에 자리한 지서청사는 낡은 고옥인데 텃밭이 넓었고, 둘러쳐진 측백나무 울타리를 사이에 두고 우측에는 초등학교 교장 관사와 접해 있었다.

어느 초여름 정오 무렵이었다. 청사 앞 정원의 느릅나무 교목에 걸린 하얀 구름 한 조각이 흐드러지게 핀 텃밭의 진홍색 작약꽃을 가만히 내려다보고 있었다.

직원들은 여느 때처럼 모두 출장 중이었고, 자주 사무실을 기웃거리던 관사 식구들도 어디론가 몰려가 집들이 모두 비었으며 모내기철이어서 동네 집과 골목들도 온통 적막산천이었다. 습관대로 사무실 안팎을 쓸고, 닦고 물을 뿌리고 나니 마음이 상쾌했다. 이때였다. '타— 악' 무엇이 창문을 때리는 소리가 난다. 자리에 앉아 부책을 뒤적이던 나는 놀라, 창 쪽으로 다가가 문을 연다. 텃밭의 장다리와 파꽃, 감자꽃에 벌 나비들만이 분분(紛紛)할 뿐, 기척이라곤 아무것도 없다. 무슨 일일까, 다시 자리에 앉아 하던 일을 계속한다. 탁— 콩알만한 돌이 다시 창문을 때린다. 이번엔 현관문으로 나와 사알살 뒤꼍을 살피며 돌아본다. 깜짝 놀랬다. 터질 듯 부푼 젊은 소녀가 기둥에 기대서서 방글거리고 있는 게 아닌가, 한두 번쯤 본 듯한 옆집 교장선생님 댁, 도시에 나가 여고에 다니는 딸이다.

"아니 놀랬잖아… 왔으면 들어오지 않고 웬 장난이야."

미소를 띠며 묻는다. 소녀는 다시 빙긋이 웃고 말이 없다.

"따라 와요."

내가 앞서고 소녀는 뒤에, 같이 사무실르 들어온다. 빨간 스웨터에 긴 치마차림인데 훤칠한 키에 흑발(黑髮)이 찰랑거리고 볼이 희며 입술이 붉은 미인이다.

"앉아요, 왜 서서 그래."

수줍어 벽면을 향해 게시물만을 쳐다보고 있는 소녀에게 의자를 권했다. 잠시 서성이던 소녀는 나의 얼굴을 말끄러미 쳐다보다가 겸연쩍어하며 후딱 치맛바람을 날리고 밖으로 나가더니, 지서 정문을 돌아 집으로 가버렸다.

나는 뒤쫓아가 문밖에 서서 그가 사라진 쪽을 멍하니 바라보았다. '처녀의 결벽일까.' 마구 가슴이 두근거리고 허전했다. 감자꽃과 파꽃에 벌나비가 더 분분히 날고 있고 진홍색 작약꽃이 요염한 모습으로 쳐다보고 있다. 싱거운 놈들, 뒤곁 감나무 가지 위에서 황조(黃鳥) 두 마리가 사랑 놀음을 하고 있다.

나 역시 어린 나이의 호린 몸매이고, 운동으로 다져진 탄탄한 젊음이며 동안(童顔)이었다. 나이든 동네 어른들은 귀엽다고 했고, 젊은이들은 흠 없는 외모를 선망했다. 그 여학생과는 큰 차이가 없는 연륜이지만 신분은 학생과 경찰관이었다.

푸른 계절에 푸른 젊음, 가로막은 측백나무 울타리는 터지려는 젊은 소녀를 가두어 두기엔 너무 허술했다. 젊은 소녀는 자신을 가리고 있는 울타리를 쉽게 젖히고 역시 젊은 나에게 당겨져 왔다. 그러나 허술한 울타리는 쉽게 젖혔지만 경찰관과 학생이라는 또 하나의 벽에 가로막혀 아쉬움만, 몹시 아쉬움만을 남기고 발길을 돌린 것이다.

그 후 소녀는 다시 나를 찾아왔다. 나의 근무 날짜까지를 안다고 말하는 소녀는 전보다 활달하게 행동했는데 성격이 밝았고, 용모와 행동이 반듯했으며 학생답지 않게 성숙미가 몹시 풍겼다. 우리는 가까운 사이가 되어 서로 자신들의 주변에 대해 스스럼없이 얘기했고, 농담 섞어 즐거운 시간을 보냈으나 학생과 경찰이라는 신분에서 조금도 어긋나지 않게 말하고 행동했다. 혹시 사랑이라도 하면 절대 안 되는 줄 알고 서로의 마음을 이성(異性)으로 대해질까 조심을 했다. 문학서적을 즐겨보는 나에게 자신도 여고 졸업반이며 문학소녀인데 대학교 진학관계로 바쁘다 했고, 휴가로 잠시 집에 와 쉬는 것이라 했다. 그리고 가정사항에 대해 얘기할 때 그의 오빠인 준이가 나와 중학교 동창이라는 것이 감지되었는데 모른 척 했다. 그의 이름은 숙이라 하며 오빠라 부르겠다고 했다.

텅 빈 청사 사무실에서 둘이 얘기를 주고받았고 그리고 텃밭에서 풀꽃을 따며 그와 나는 학업에 대한 얘기와 문학에 대한 대화를 주로 했는데 서내근무 때엔 그녀가 기다려졌고, 그녀도 자주 찾아와 밝은 표정으로 놀다가곤 했다.

그렇게 그와 나는 몇 번을 더 만나 행복한 시간을 보냈다. 그러던 어느 날이었다. 지서 텃밭에 시들어 가는 장다리와 파꽃 그리고 감자꽃들이 어둠에 묻혀가고 있는 초저녁이다. 그 날도 절간같이 적막한 지서 안마당을 서성이는데 숙이가 찾아왔다. 측백나무 울타리 뒤에서 머뭇머뭇하기에 누군가 했더니 그녀가 모습을 드러낸 것이다.

"무슨 기분 나쁜 일이라도 있어?"

전 같지 않게 말이 없어 내가 물었다. 대답이 없다.

“아니 왜 말이 없어. 무슨 일이 있는 것 같은데.”

“나 내일 학교로 가요. 한동안 못 볼 것 같아요.”

“그래? 섭섭하군, 퍽 재미있었는데.”

만나면 반듯이 헤어진다더니더니, 숙이 때문에 즐거웠고, 마음이 흔들렸고 그리고 몰래 사랑했는데, 그가 떠난다니 정말 섭섭했다.

숙이는 멍하니 서 있다가 손에 가졌던 물건을 나에게 내밀었다.

“아니 이게 뭐야.” 나는 물건을 받았다.

“책이에요. 선물받은 엘리엇의 『황무지』 시집인데 난해해 재미없어서, 오빠라면 이해할 것 같아 드리는 거예요.”

“고맙군. 그러잖아도 좋은 책이라 알고 있었는데, 언젠가 한번 구해 보려던 책이야. 어떡하지, 이렇게 좋은 선물을 염치없이 받기만 해서.”

“이 책 꼭 드리고 싶었어요. 다음에 좋은 거 답해 주시면 되지 않아요.”

“알았어요. 꼬옥, 꼭 약속할게.”

어둠이 완전히 내린 지서 측백나무 울타리 옆에서 우리는 얘기를 주고받으면서도 다시 만나지 못할 것 같아 불안하고 몹시 서운했다.

“나 꼭 할 말이 있는데. 해도 괜찮을까?”

숙이는 쑥스러운 듯 머뭇거린다.

“무슨 말인데. 빨리 하라구.”

재촉했는데 묵묵 부답이다.

“어서 해. 숙이의 말이라면 다 들어줄게, 들어주고 말구.”

“그래요. 응… 언제 결혼해요?”

“웬… 결혼은, 나이도 있고 공부도 더 해야 하는데.”

"꼭 해야 할 말이 있는데 다음에 할게요."

농담처럼 한마디 한 그는 쑥스러운지 뒤도 돌아보지 않고, 울타리 모서리를 돌아 집으로 뛰어 가버렸다.

다시 찾겠다고 약속한 그녀는 그것으로 그만이었다. 다음에 하겠다던 말도 끝끝내 토설하지 않고 캄캄한 흑막 속에 묻어버리고 말았다.

오가지도 않고, 소식도 없는데엔 속수무책이었다. 그의 집 식구들이나 또 가깝게 지나는 사이도 아닌 그의 오빠에게 물어 볼 수도 없었다. 그의 모습을 지울 수가 없었다.

숙이와 나의 꽃나무를, 어느 봄날 뒤꼍 화원에서 숙이와 내가 심은 꽃나무, 우리의 꽃나무를 물주고 가꾸었으면 꽃을 피웠을 텐데, 우리 둘이는 그 나무를 돌보지 않아 시들어 버렸다.

다시 찾겠다고 한 숙이의 말과 그리고 그가 준 소중한 선물에 답례를 꼭 하마했던 나의 말, 우리 둘의 약속은 모두가 진애(塵埃)되어 허공으로 날아가 버리고 말았다.

세월이 흘러도 그의 모습은 잊혀지지 않았다. 고요한 젊은 가슴을 바람처럼 휘젓고 가버린 숙이, 내 가슴에 옹이로 박힌 그의 모습은 세월이 흘러도, 더 흘러도 지워지지 않았다.

나는 조사 서류 보(褓)를 막대 끝에 비끄러매, 둘러메고 그녀의 모습을 가슴에 꼬옥 간직한 채 산촌을 돌아 출장을 다니고 그리고 떠돌이가 되어 구름을 보고, 바람을 따라 가고 그리고 또 걸었다. 그렇게 가다보니 매정한 세월이 쉬지 않고 흘렀다.

많은 세월이 흐른 뒤 서울의 어느 동창회 회식자리였다. 마침 주흥이 무르익었을 때 나는 숙이의 오빠 준이의 옆자리로 접근해 갔다. 그리고 반갑게 정담을 주고받았다. 나는 그가 눈치채지 않도록 나의 주변과 충청도 어느 산골에서 초임경찰로 근무한 사실까지 자세히 얘기해주고, 그네의 근황을 말하도록 유도해 나갔다. 그의 부친은 오래 전에 작고하시고, 자신은 국영업체 간부로 일하다가 퇴임했다고 하며 초년시 그곳에 근무하는 걸 알았더라면 한 번 찾아보았을 거라고 말하며 아쉬워하기까지 했다.

"맞아, 이후에 자네가 그 지방에 경찰로 있었다는 얘기를 친구들로부터 들어 어렴풋이 알고 있었어."

내가 권하는 술잔을 들으며 그가 얘기했그, 나는 그때를 놓치지 않고 말했다.

"아버지께서 그곳에 교장선생님으로 재직하셨고, 학교의 관사는 우리 지서 옆에 있었지. 그러고 그때 자네 여동생도 어디 여고에 다닌다고 하던데 잘 계시는가?"

"맞아, 대학을 졸업하고 결혼했는데 일찍 혼자 되었어, 딸 하나를 데리고 사는데 당시 재혼을 하라고 해도 굳이 안 하겠다고 하는 거야. 지금은 독신이지, 그리고 처음의 혼사도 결혼을 안 하려 해서 식구들이 퍽 애먹었어."

"그렇군, 안됐네."

잘살아간다고 했으면 좋았을 텐데 퍽 가슴이 아팠다.

정담을 나누며 술을 조금 더하고 동창회는 끝났다.

푸른 하늘에 뜬구름, 하얀 구름이 여러 가지 모형을 하고 무수히 흩어져 있다. 아름다운 모양을 하고 있는 구름도 심술쟁이 바람이 스치기만

하면 본래의 모습을 잃고 이지러지고 만다. 인간사 천변 만화이고 뜬구름이다. 구름은 허상이고, 구름 같은 우리네 삶은 허행(虛行)이다 .

삶이 부운(浮雲)이라며 구름 더불어 부유하던 떠돌이 시인 김삿갓, 삿갓으로 햇빛과 짓궂은 눈비를 가리고 지팡이에 곤고한 육신을 의지한 채 가파른 언덕에 올라 구름을 쳐다보며 말했다.

萬事 皆有定　　　　　모든 일 정해진 것인데
浮生 空自忙　　　　　떠도는 삶 왜 서두르나.

내 삶의 여정에 옷깃만 한 번 스쳐간 여인이고, 잊혀지지 않는 여인이고, 죽어도 잊을 수 없는 여인이고 나와는 남남으로 정해진 여인이 숙이이다.

꽃피고 벌 나비 분분할 때 허술한 옷자락으로 부푼 가슴을 가릴 수 없어, 허연 젊음을 비죽이 노출시키며 둘러싼 울타리를 헤치고 그리고 사랑할 곳을 찾아 당겨져 왔던 소녀 숙이, 그렇게 찾아온 사랑을 아쉽게도 경찰관이라는 탄탄한 벽에 가리워져 그 벽을 허물지 못하고 모른 체 외면한 나. 사랑을 심어놓고 그 사랑을 마냥 버려 둔 채 소녀는 꽃 지고 어둠이 내리던 그 날, 허공을 한 번 쳐다보며 허망한 웃음을 남긴 뒤, 측백나무 울타리 모퉁이를 돌아가버리고 그리고 다시는 아니 왔다.

바람에 밀려, 밀려서 떠돌던 나는 얼마 전에 그곳엘 가 보았다. 바람에 스치어 이지러진 그녀와의 만남을 회억(回憶)하기 위해서이다. 그러나 모두 없어졌다. 바쁘게 살아가던 사람들도 또 옛날에 정 주었던 거리와 집들도 보이지 않고 낯선 것들뿐이었다. 숙이가 살았던 집도, 숙이가 그림자만을 남기고 사라져간 측백나무 울타리도 모두 없어진 것이다.

나는 사랑이 아쉬워 하늘만을 바라보던 그녀처럼, 하늘의 뜬구름만을 한 번 쳐다보고 허정한 팔길을 돌리고 말았다.

비움의 아름다움

　정화(淨化)라는 어휘가 있다. 동서양의 현인들이 흔하게 사용하는 말로, 마음을 비워 내는 것이라고도 하고, 진애(塵埃)를 탈탈 털어 낸다는 것도 같은 뜻이다. 비워내는 데는 형상이나 이치를 가리지 않으며 그리고 삶의 여정에서 묻어난 유여(有餘)이든, 무여이든 모두를 말함이다. 우리는 살아가며 마주하게 되는, 미혹의 끈에 매달려 정념과 충동과 격앙에서 일체유심을 통해, 근원으로 회귀하려는 본능이 있고 그리고 가장 맑고, 바르고 깊은 깨달음을 얻으려고 행운유수(行雲流水)하는 이들이 많이 있음을 볼 수 있다. 즉 지혜로운 사람들이 형안(炯眼)으로 들여다 보려는 현상이나 기운의 실체는 무엇인가? 또 우리란 무엇인가를 아직도 시원스레 제시하는 이가 별로 없음을 알 수 있다. 그들도 그냥 허욕을 비워내고, 밝은 마음으로 편운(片雲)과 같은 삶의 여정을 바람이 일러주는 대로, 그렇게 바람과 같이 가고 있는 것이다.

　스무 살을 갓 넘긴 나는 군복무를 끝낸 뒤 복학을 하지 않고 경찰에 입문해, 충청도 어느 산골로 배명되어 근무한 적이 있다. 대개는 절간같이 적막한 지서사무실에서 다가올 많은 시험에 대비하기 위해 책을 읽으며 시간을 보내지만, 가끔은 조사서류 보(褓)를 어깨에 메고 바람과 구름 더불어 심심 산곡을 돌아다니며 출장근무를 하는 때도 있었다.

까마득히 높은 산들로 에워싸인 산골이고, 계절 따라 아름답게 변모하는 풍광이어서, 조용하고 한가한 산촌근무지로 지원하기를 잘했다고 생각했었다.

어느 해인데 봄꽃이 지고, 여름 잎이 피는 푸른 계절이었다. 석탄일(釋誕日)이어서, 등선(燈線)에 매달린 지등의 행렬이 모두 산사로 향하고 있고 지등을 따라가는 방둑에, 아카시아 교목들의 가지 끝에서도, 토유(吐乳)라도 하듯 허연 꽃들을 일제히 토해내고 있었다. 산사에서는 탁음(鐸音)이 경음 더불어 쉬지 않고, 속인들 다음에 묻은 진애를 털어내고 있고, 꽃나무 역시 아름다운 꽃들을 모두 가지 끝으로 밀어내고 체기가 가셔져, 싱그러운 바람에 계속 사래질을 하고 있었다.

나는 그 날도 호구조사 카드를 보에 싸서 어깨에 둘러메고 가파른 산고개를 오르고 있었다. 콧노래를 부르며, 계류를 따라 산길을 오르고 있는데 저만치 숲속에서 징치는 소리가 들려왔다. 전에도 이곳을 지날 때에 몇 번을 들어보았던 소리이다.

"과앙 광 광광 과앙광 광광…."

하늘도 푸르고, 골짜기의 풀 나무도 푸르고, 모두들 가슴을 비워내고 쇄연(灑然)한 몸뚱이들을 도리질하는데 누가, 왜 저리 징만을 치고 있을까? 전에 나는 아무 생각 없이 그곳을 지나쳤지만 흥미와 호기심으로 허공을 휘젓는 징 소리를 찾아 숲길을 올라가 보았다. 찾은 곳은 '○○庵'이라고 쓴 작은 목판을 추녀에 건 초막이었고, 징소리를 쏟아내고 있는 방의 출입문이 반쯤 열려져 있었다.

숲속에 숨어있는 초막의 출입문으로 방안을 들여다보다가 나는 깜짝 놀랐다. 무방(巫房)이었는데, 무구(巫具)며 젯상이 치장되어 있고, 그 앞에 단정히 앉아 징을 치고 있는 여인은 젊은 미인이었다. 하얀 소복을 정갈하게 입은 여인, 나는 흥미의 눈으로 찬찬히 여인을 쳐다보았다. 그는 누가 자기를 훔쳐보는지 아랑곳하지 않고 징만을 두드리고 있었다. 옆얼굴은 분홍빛이고, 부푼 가슴에서 허리에로, 또 둔부로 이어 내린 곧은 선(線)과 탄탄한 젊음, 터질 듯한 젊은 몸뚱이를 가린 하얀 의상은 제 구실을 하지 못하고 태산 유봉(乳峯)이며 허연 둔부를 비죽이 노출시키고 있었다. 나는 누구라도 한 번쯤 사랑해 보고플 탐스런 여인을 멍하니 바라보다가 아쉬운 발길을 돌렸다. 누가 오는지, 또 누가 가는지, 어느 외간남자가 자기의 성스런 몸뚱이를 훔쳐보는지, 탐하고 있는지 아무런 상관없이 징만을 패대고 있는 젊은 여인, 저 여인은 무슨 연유로 저리 징만을 치고 있을까? 과부일까? 그러면 남편과는 헤어진 것일까. 아기를 낳지 못해 이혼한 것은 아닐까. 숙식은 어떻게, 저리 장천(長天)을 징만 쳐대면 팔이 아플 텐데….

나는 그녀의 생각을 머리에 이고 고개에 올라, 동구 앞 약수터에서 물을 마시고 그리고 탑상(榻床)에 걸터앉아 산 아래에 펼쳐진 속세를 내려다보며 다시 그 여인을 생각한다. 저렇게 얼굴이 아름다운 것으로 보아 좋은 곳에 시집갔을 테고, 예쁜 아기를 낳았을 테고, 좋은 남편과 아기와 셋이서 행복하게 살았을 테고 그리고. 그런데 아아— 호사다마라고 하던데, 세상은 고해라 하기도 하고 인토(忍土)라고도 하던데, 혹시 아기가 아니면 남편이 잘못되었을까? 그러면 그녀의 행복은 파멸되었을 테고 그리고 질그릇처럼 털썩 깨져버린 그의 불행으로 그녀는 심신을 추스르지 못하고, 광녀처럼 산지사방을 헤매다가 저렇게 계류 옆 숲속에 초막을 엮고 들앉아 오로지 징만을 쳐대고 있는 게 아닐까? 징만을 치며, 까맣게 타버린 그녀의 마음을 쉬지 않고 저리 비워내고 있는 게 아닐까? 모든 게 찰나(刹那)라고 하던데, 뜬구름이라고도 하던데, 푸른 하늘이고, 푸른 산이고, 저리 푸르고 아름다운 몸뚱이도 언제고 물방울처럼 버티다 자적(自寂)하고 말텐데, 그런 생각들을 하며 동네를 한바퀴 돌고, 산을 내려온 일이 있다.

어느 해, 정월 보름인데 당번근무이고 새벽이었다. 산골이어서 경찰이 참견해야할 일이라곤 진일을 기다려봐야 아무것도 없고, 지서 사무실을 기웃거리는 사람도 없다. 밤 근무 때에도 커다란 유등(油燈)을 밝힌 채 길다란 의자를 마주놓고, 거기에 누워 책을 보다가 잠을 자는 게 고작이다. 여명이 부유스레한데, 누가 문을 똑똑 두드린다. 잠이 덜 깨어 정신을 추스르던 나는 벌떡 일어나 침구를 수습하며 문께를 내다본다. 사람 너댓 명이 문밖에 기웃거리고 서있어서, 나는 문을 열고 사무실 안으로 그들을 안내한다. 나의 담당 부락 이장(里長)을 포함해 남자가 셋이고, 여자가 하나이다. 여자는 허름한 차림에 치장을 하지 않았는데도 분홍빛 얼굴의 젊은 미인인데, 허연 가슴이 적삼 앞자락을 들추고, 살며시 내다보고 있었다. 호구조사시에 본 듯한 얼굴들인데, 그들 중 한 남자가 스무살 전후로 보이는 젊은이의 멱살을 잔뜩 틀어쥐고, 노발대발하고 있다. 나는 그들을 진정시킨 뒤 의자를 권하며 이장에게 사연을 묻는다. 나이가 지긋한 이장은 나를 따로 불러내어 새벽 일찍 지서에로 몰려온 사연을 얘기한다.

이웃에 살고 있는 동네사람들로, 그중 화를 내고 있는 남자는 여자의 남편인데, 똑똑치는 못해도 부모의 유산이 많아 생활이 넉넉하다. 유복하게 자란 그는 주색잡기에 탐닉하여 밖으로 나도는 날이 허다한데, 어젯밤 늦게 주막에서 화투를 하고 집으로 돌아와 마당 안엘 들어서니, 멱살을 잡힌 청년 즉 서울에서 점원으로 있다가 명절에 귀성한 육촌동생이 그의 처와 통정(通情)을 한 후에 밖으로 나오고 있더라, 그는 육촌동생을 당장에 한 번 메다꽂은 뒤, 계속 손찌검을 하며 동네를 끌고 다니다가 여부를 가리지 못하고, 동행해 왔노라고 한다.

"순경님… 이 자식이 우리 마누랄 강제루 ○시유. 빨리 유치장에 처넣어 줘유."

"가만 계셔요. 아무렇게나 사람을 처넣는 게 아녀요."

"아니구먼유. 우리 마누라는 절대 그런 사람이 아닌데 이자식이 강제루 ○구먼유. 이자식아 어디가 못○먹어 형수를 ○처먹어— 너 유치장에 십 년만 살어봐라 이 우라질 늠아."

그는 길길이 날뛰며 화를 내고 있고, 여인과 육촌동생이라는 청년은 고개를 푹 숙인 채 잔뜩 주눅이 들어있다. 내가 그를 진정 시키며 사실을 조사하기 위해 필기구를 챙기고 있을 때, 지서장이 무슨 일인가 하고, 사무실 안을 기웃대다가 들어와 빙그레 웃으며 말한다.

"가만있어 봐, 저 이장님 잠깐 봅시다."

지서장은 이장을 숙직실로 통하는 복도에로 불러내 사안을 대강 물어본 뒤, 다시 남은 사람들을 하나씩 데려가 진술을 듣는다. 일선 업무의 초임인 나는 사건실무에 미숙한 터이어서 법전을 꺼내 사건의 해당법규를 자세히 살펴보았다.

간통과 강간은 형법 각 제 241조 1항과 297조인데, 정조에 관한 죄이어서 피해자의 명예에 대한 법익을 고려해 모두가 친고죄로 되어 있다. 그러므로 이 사건은 피해자의 고소가 있어야 수사하고, 소추(訴追)할 수 있다. 간통의 정의는 배우자 있는 자가 그외의 자와 합의 상간함으로 범죄가 성립되는데, 친족은 고소할 수 없어 이혼 소송을 제기해야만 고소가 가능해, 고소장과 호적등본 그리고 법원에서 발행하는 이혼심판청구 접수증이 갖추어져야만 수사를 개시할 수 있다. 그리고 형량은 2년 이하 징역에 처하게 되어 있고, 피해자가 유서(有恕)하면 위법성이 저각되며 고의가 있어야 한다. 또 강간은 부녀자를 폭행 협박해, 피해자 의사에 반하여 간음함으로써 범죄가 성립되고, 형량은 3년 이상의 유기징역에 처하며 사리를 변별할 수 없는 13세 미만인자를 대상으로 한 소위는 피해자가 음행을 승낙했더라도 범죄가 이루어지는데, 심신 상실자에 대한 행위도 준 강간이라 하여 처벌한다.

지서장이 이장에 이어, 당사자 셋 모두를 차례대로 불러 조사를 끝냈는데 그들의 진술내용이 모두 각각이다.

정월 보름명절 밤이다 달빛은 골짜기 마을에 하얗게 쏟아져 내리는데, 동네 마을 방 몇 군데에선 사람들이 무리무리 모여, 화투나 윷놀이를 하느라 두런거리는 소리와 크게 떠드는 소리가 밤이 이슥하도록 끊이지 않고 이어진다. 스므살의 총각아이는 서울에서 객지살이를 하다가 명절이 되어 귀향했는데, 고향동무와 밤늦도록 얘기하고 놀다가 집엘 가기 위해 밖으로 나왔다. 어슬렁거리며 고요한 동네 골목을 한바퀴 도는데 윗뜸 육촌형의 집 사립문이 열려있고, 방에선 불빛이 새나온다. 마당 안엘 들어가 살펴보니 뜰에 형의 신발이 보이지 않는다. 방문을 살며시 열어보니 아랫목에 아기가 자고 있고, 아기 곁에는 형수도 누워 자고

있는데 가슴은 풀어 젖혀져서 여체가 탐스럽게 드러나 있고, 아랫도리
도 조금만이 가리워져 있을 뿐 거의가 허옇게 노출되어 있다.

놈의 생각이 달라지고 그리고 거기까지가 그의 진술인데, 방중(房中)
에서 행해진 그 이후의 행적은 놈과 여인의 말이 상이했다. 그리고 한참
후에, 놈이 방에서 밖으로 살그머니 빠져 나오다가 여인의 남편 눈에 뜨
인 것이다. 화투놀이를 끝낸 후, 주막에서 작부를 끼고 누웠다가 집으로
돌아오던 여인의 남편에게 걸려든 것이다. 남편은 당장 놈의 멱살을 움
켜쥐고, 계속 끌고 다니며 또 폭행을 해가며 이장과 이웃들까지 가세해
해결하려 했으나 원래가 맹랑한 사건이고, 놈과 여인이 좀체 입을 열지
않아 해결이 안되므로 어쩔 수 없이 지서까지 오게 된 것이다. 그런데
방에서 이루어진 여인과 놈의 행위가 불분명하다.

우리에게 실토하는 내용이 남녀가 서로 다르기 때문이다. 방안에서의
상황에 대해 여인의 말에는, 잠결에 인기척으로 잠이 깼을 때는 이미 서
두르고 있는 남자의 억센 힘에 어찌해볼 도리가 없어 꼼짝 못하고, 당했
노라 했고 놈에 말로는 전혀 형수가 반항치 않았고 오히려 더 적극적이
며 순순히 응하더라고, 눈감고 있는 형수의 옆으로 접근해가서 인기척
을 건네니 형수가 눈을 반쯤 뜨다가 다시 감더라. 놈이 여인의 가슴을
더듬어 젖히고, 얼굴을 처박고 그리고 끌어안으니 형수도 마주 당기고,
팔에 힘을 가하며 더 서두르더라고 말한다. 지서장은 그들의 진술을 종
합해보고 정황을 추상(追想)하여 사안을 판단한 후, 다시 놈과 여인을
불러 단단히 이르며 사무실에서 그들을 앞에 앉혀놓고, 자술서를 작성
한다.

하나씩 따로 불러 조사했기 때문에, 여인의 남편은 위의 상황에 대해

서는 전혀 모르고 있음은 물론이다.

"너 임마— 바른대로 말해. 어떻게 방에 들어갔어."

놈의 뺨을 쳐 갈기며 지서장이 호통을 친다. 옆에서 화가 난 남편의 숨소리가 거칠어진다.

"갈데두 없고 해서 불이 켜져 있기에 놀러 들어 갔지유."

"그래서 어떻게 했어, 바른대로 말해."

잔뜩 겁을 먹고 긴장해, 고개를 숙이고 있는 놈의 머리를 한 번 더 갈긴다.

"형수님 자는 걸 보구 지가 정신이 돌았나 봐유."

"그래서 어떻게 했냐 말야, 임마."

"그래서 덮칠라니께 반항하데유."

"반항해서 임마, 형수를 강제로 ○냔말야."

지서장의 말이 거칠어지고, 나도 가세를 했다.

"뭘유?"

"똑바로 말해 임마, 그래서 어떻게 됐냐구."

"형수님이 반항을 하데유."

"반항을 해서 강제로 ○냔 말야."

지서장이 계속 어른다.

"반항하는데 지가 어띠기 ○유. 형수님이 뺨을 한 대 때리구 야단을 치기에 얻어 맞구 바루 도망 나왔시유."

"그럼, 아주머니는 어떻게 했어요"

"지가 나쁜 놈이라고 호통치고 뺨을 한 대 때렸시유."

지서장의 물음에 여인이 모기소리같이 작게 대답한다. 남편의 험상이 조금씩 부드러워진다. 지서장은 몇 번이고 같은 질문을 되풀이했고, 여인과 총각 놈 역시 한결같이 부정한 행위에까지 이르지 않았다는 대답을 되풀이하고 그리고 부인이 아무 일도 없었던 것으로 되어가자 남편의 험했던 얼굴이 완전히 화색(和色)으로 돌아왔다.

그렇게 해서, 여인과 시동생 사이의 사건은 부정행위가 없었던 것으로 결론지어지고 그리고 우리는 화색이 만면해진 남편을 다시 안심시켰으며, 네 명 모두는 우리에게 수고했다는 인사를 몇 번이고 한 뒤에 돌아갔다.

"경찰 일선에서는 원칙을 원칙대로 해선 일 처리가 어렵다. 법문에 있는 대로해서도 일하기가 순조롭지 않다. 경전(警專)에서 교육받을 때에 교수들의 말대로 그때, 그때 사안을 판단해 공리민복에 적합하도록 사건을 처리해야 한다. 그리고 증거 재판주의에서, 이 사건은 자백만으로 유일한 증거로 할 수 없다는 우리의 법 정신에 배치된다. 그러므로 자백밖에 없는 사건이어서, 이후에 진술의 번복 등으로 공소유지가 어렵게될 소지가 있다"는 게 지서장의 말이다.

"차암, 생각해봐. 아기가 있고, 장소가 동네 가운데이고 형수 시동생 지간인데 강간이 가능하겠어."

"그러게 말예요. 그리고 남편놈도 똑같아요. 자기는 할 짓, 못할 짓 다하면서 마누라 부정하다고 남을 할 자격이 없네요. 안 그래요."

"그런 게 아녀, 남자의 행위를 여자행위에 대입해 보는 건 논리를 합리적으로 귀납해 보려는 어리석음이고, 그럴수록 남편에게 정성을 다해 마음을 돌려봐야 현처(賢妻)가 되는 거지. 젊디젊은 여인으로서 남편이 그 모양이라. 남자가 아쉬웠겠지만 어떻게 시동생과 말야. 까짓 거 배 지나간 자리인데 조용하면 되지 어떨라구. 토설 나지 않고 잘 지나갔으면 좋겠는데."

나의 대답에, 지서장은 씨익 웃으며 농담을 한 마디 하고는 관사로 들어갔다.

다윗의 아들이고, 애굽의 왕인 솔로몬은 지혜롭게 아기에게 진(眞)엄마를 가려주어 인구에 회자하는 명 판결의 이야기를 후대에 남겼고, 지서장은 진실을 묻어두고 소중한 가정에 평화를 유지하여 주기 위해, 재량권을 남용해 즉결 처리했다. 남편의 주색잡기로 인한 형수와 시동생의 잘못된 근친 정사는 가정의 파경과 한 젊은이에게 돌이킬 수 없는 나락에 길로 빠지려던 사안이었는데, 바르게 잡아 주었다. 셋 모두가 취해야 할 것들을 취하지 않고, 버려야 할 것들을 버리지 못하는 어리석은 사람들이다. 마음속의 허욕을 비워내지 못하는 무능함에서 이루어진 사건이다.

비우려해도 잘 비워지지 않는 욕심과, 연민과 우수. 많이 비워야할 징치는 여인과 위의 세 사람들이 세상을 살아가면서 버려야할 것들을 모두 버려버리고, 가벼운 마음으로 잘살아갔으면 하고 생각해 본다.

여우비

　여인은 밭둔덕으로 올라와 원두막 그늘에 앉아 잠시 허리를 편다. 붉은 해는 여인의 머리 위를 지나 서산을 향해 부지런히 가고 있다. 복더위이고 하루 중에서도 가장 무더운 때여서 여인의 등허리에로 땀이 흘러 적삼이 척척히 젖어온다. 백곡소(沼)에서 산허리를 감돌아 살구골로 내리는 새물하구에 물장구치는 아이들 소리 들리고, 저기 보(洑)둑 아래에 두레패 일꾼들의 논매기소리도 들린다. 이 가물에 비라도 한줄기 쏟아지면 좋으련만, 여인은 한천(旱天)을 쳐다보며 한숨을 쉰다. 혼자된 젊은 여인의 자조에 한숨이다.

　가문 복더위의 여우비 오던 때 여인은 남자를 만났고, 그 사람은 후두둑 지나간 그 여우비처럼 잠시 옷깃을 스치고는 금새 가버렸다. 여인은 한숨을 더 쉬고 정주고 가버린 사람을 생각하며 다시 수수밭 김을 매기 위해 밭둑을 내려선다.

　꽃다운 나이의 여인은 유복한 가정에서 아름다운 꿈을 키우며 살았다. 꿈이래야 평범한 생활에서 삶의 가치를 구해야 한다는 것이었다. 여느 사람들처럼 좋은 사람 만나 행복한 가정을 꾸미고 살아간다는 꿈인데 그게 이루어지는 듯 했다. 좋은 사람을 만나고 남들이 부러워하는 정혼(定婚)에까지 이르렀으나 여인은 약혼한 남자와 곧 이별을 해야했다.

처음, 꿈에 부푼 처녀에게 이웃동네의 젊은 청년으로부터 청혼이 온 것이다. 청혼해온 청년은 역시 유복한 가정의 외아들이고 서울의 유수 대학에서 법률을 전공하던 유망한 학생인데 학교를 그만 두고 고향에 내려와 있다고 한다. 전쟁이 코앞에 다가오는데 객지에서 공부만 하고 있을 수 없어 학교를 중퇴하고 군에 입대를 준비한단다. 여인은 이웃동네의 지면이 있는 당사자가 평소에 선망하던 젊은이였으나 난시(亂時)인데 군에 입대한다는 것 하나가 꺼림칙했다. 그러나 닥치는 전란이고 젊은 장정으로선 피할 수 없는 군 입대가 아닌가. 북에서 적들이 쳐내려오는 상황이므로 몸과 마음에 흠이 없는 사람이라면 누구나 총을 들고 나가 싸워야하는 것이다. 건강한 사람을 남편으로 맞으려면 지금 접근해오는 젊은이가 여인에겐 가장 마땅한 혼처이다. 수학(受學)중이긴 하지만 젊고 건강하며 잘생긴 남자이다. 어른들도 허혼(許婚)을 했고 여인 역시 흔쾌히 승낙했다. 남자의 가정에서도 모두들 좋아했고 특히 남자가 아름다운 몸과 곧은 행실을 두루 갖춘 여인에게 서두르며 접근해왔다.

성혼을 위한 양가의 의사가 합치했으나 절차를 밟기 위해 매파를 놓았다. 동네 아는 사람을 시켜 양가를 오가거 혼약성사의 의사를 확인토록 했고 이어 남자가 사성간지(四星簡紙)를 홍포에 곱게 싸 가지고 여인의 집을 찾아 신부의 아버지에게 전달했다. 사주단자는 신랑이 손수 적었는데 덧붙여 좋은 혼사 날을 정해 기별해 달라는 연길(涓吉) 서한도 한 통을 보자기에 더 넣었다.

여인의 집에선 군무를 마친 뒤 혼례를 하자고 했으나 신랑측에서 서

둘렀다. 여인의 집에선 할 수 없이 혼례 날짜를 정해 신랑의 집에 보내
야했다. 여자가 한 번 정혼하면 시가(媤家)사람이 되는 게 도리이기 때
문에 미룰 이유가 없다는 것이다. 옥에도 티가 있다고 무슨 일이든 흠이
있게 마련인데 여인의 혼사는 더 이상 거리낄 게 없다했고 여인도 그렇
게 생각했다.

　남녀는 정혼을 하고 양가를 오갔다. 거소(居所)를 이웃 동네에 둔 남
녀는 서로의 집엘 오가며 사랑을 아름답게 가꾸어 갔다.

　그 해 여름에도 몹시 무더웠다. 수량(水量)이 부족하진 않았으나 모두
가 한천을 바라보며 시원한 소나기를 기다렸다.

　남자는 주로 저녁에 여인의 집을 찾았으며 여인 집의 잔일을 거들어
주기도 하고 얘기도 재미있게 하며 놀다 가곤 했다. 여인의 모친에게도
어머니라 부르며 잘해 주었다. 여인과 같이 자리를 할 때엔 손을 잡으며
사랑한다 속삭였고, 동침을 하자고도 했는데 여인이 거절을 했다. 혼사
날이 다가오니 그때까지 참자고 했다.

　어느 날이다.

　한나절이 지났는데 둘은 새물 소택 옆의 참외밭 원두막에 나왔다. 그
날도 폭양인데 봇뜰에 두레패들의 논매기소리―더러는 여기저기 아낙
들도 밭에 나와 김을 매고 있었다.

　남자는 원두막 위에로 여인을 안내하고 그리고 원두막 사방의 차양
문을 모두 내려 닫고는 수줍어하는 여인의 손을, 몸뚱이를 당겨 안았다.

　재 너머 여웃골에선 아총(兒塚)사이로 할끔 쳐다보며 사라지는 여우
를 본 사람이 있다고 했다. 여우를 보면 비가 온다고 하던데―미루나무
도 버드나무도 모두가 하늘을 쳐다보고 있다. 땅을 패며 아우성치던 매

미들도 지쳤나. 사위가 조용하다. 시들어가건서도 개똥참외가 단내를 진하게 풍기고 있다.

남자와 여인은 원두막 문을 열어제치고 옷매무새를 고치고는 원두막을 내려왔다.

며칠 후 남자는 병역의무부과통지서라 쓰고 빨간색 표시를 한 소집영장을 받았다. 사람들은 그냥 빨간딱지라 했다.

포성소리가 들리고, 은은하게 들려오던 그 포성소리가 점점 커지며 가까이 다가오고 그리고 하늘에 모르는 비행기의 왕래가 잦아지면서 민심이 흉흉해 지더니 경찰관이 군에 입대하라는 통지서를 전해 준 것이다. 남자는 이미 북한군이 남으로 침입허 오고 있다는 사실을 알고 있었다.

남자의 두 부모는 슬픔에 빠졌다. 삼대 독자를 죽음의 전장으로 내보낼 생각을 하니 앞이 캄캄한 것이다. 전시이고 자식이 젊은 장정이라서 군에 가야함은 당연한 것으로 알았지만 혼사나 치르고 난 후였으면, 욕심 같아선 후속(後續)이라도 이어놓고 갔으건 하는 바램이었다. 남자 역시 부모님과 사랑하는 사람, 정든 고향을 두고 떠날 생각을 하니 난감한 마음이었으나 부모님과 사랑하는 여인 앞에서는 슬픈 내색을 할 수가 없었다. 남자는 부모님과 여인의 마음을 안심시키려 노력을 했다.

남자와 여인은 그 날의 원두막 접사(接事) 이후엔 한 몸이 되었다. 남자의 집을 오가며 부엌일도 거들어주고 남자의 요청에 의해 아예 그곳에서 밤을 보냈는데 양가 부모도 입대와 결혼을 앞둔 남자, 그네들의 그러한 소위를 수긍해 주었다.

입대 전날에도 그들은 남자 집에서 잠자리를 같이했다. 남자는 여인을 당겨 꼭 끌어안고는 말했다. 다녀오겠으니 부모님께 잘하고 굳세게 살아달라고, 그 말에 집 걱정말고 몸조심하라고 여인이 대답하고는 남자의 가슴팍에로 파고들었다. 하룻밤 지나면 헤어져 남자는 전장으로 가야한다. 다시 살아서 돌아온다는 확적(確的)은 없으나 누구나 겪어야 하는 일이니 너무 서러워할 이유가 없다고 남자가 여인을 다독여 주었다.

그렇게 밤이 가고 남자는 부모형제와 사랑하는 아내, 정든 고향산천을 두고 포화가 휘몰아치는 전선으로 떠나는 날이 돌아온 것이다. 어른들 틈서리에서 여인은 남자와 아쉬운 이별의 정을 나눌 여유가 없었다.

남자는 부모님에게 인사를 드리고, 동네 공회당에 모인 많은 사람들과의 입영의식이 끝내고 동구 앞의 징검다리를 건너며 여인에게 손을 흔들어 주고는 떠나갔다.

짧은 시간이었다. 이웃동네이고, 서로 지면이 있는 사이였고 서로 소원한 사이였으나 혼담이 오가면서 함께 하는 사이가 되었던 것이다. 남자는 그렇게 여인의 옆에 가까이 자리했는데 그 시간이 너무 짧았던 것이다. 그렇게 그 사람은 여인에 큰산으로 다가왔다가 아쉬운 여정(旅情)만을 남기고 금새 가버렸다.

여인은 남자의 뜻에 따라 열심히 살았다. 남자의 집을 오가고, 양가의 노부모를 정성스레 보살피고 일하며 남자가 무사히 군무를 치르고 오기만을 마음속으로 간절히 빌었다.

입영하고 한동안 후에 편지가 왔다. 아침에 여인이 부엌에서 설거지를 하는데 밖의 체전부가 눈에 띄어 쫓아 나가니 편지를 전해주었다. 군사우편이어서 얼른 받아 가지고 부엌에로 와 피봉을 뜯었다. 가슴이 뛰었다.

사랑하는 당신

주야로 분노의 화염을 뿜어대던 총기를 잠시 곁에 놓고는 당신이 보고파서 편지를 쓰고 있소. 가족들 안부가 궁금하며 당신과 정든 산천이 그립습니다. 파도가 쓸고 간 양 포연은 걷히었는데 무수히 널려있는 적들과 전우의 주검도 수습하지 못한 어둔 밤의 전장입니다. 싸워야 이기고 이겨야 살고 그래서 국토를 유린하려는 적들을 향해 미친 듯 웸원소총의 방아쇠를 당겨댔으며 고향과 사랑하는 가족들을 위해 마구 산야를 내달렸지요. 당신의 모습을 가슴깊이 간직한 채 말이요.

사랑하는 당신, 내가 있어야할 어려운 자리, 그 자리를 당신에게 맡겨서 미안하오. 부디 어른들 잘 보살펴 즈시오. 열심히 싸워 이기고 돌아가서 당신에게 잘 하리다.

정전 문제를 놓고 적과 쌍방의 합의가 이루어진다는 소식이 있으니 사랑하는 당신을 만날 날도 가까워지는 것 갔소. 빨리 전쟁이 없어진 아름다운 고향마을에서 부모님 모시며 사랑하는 당신과 손잡고 행복하게 살고 싶소.

당신의 곁으로 곧 갈 테ㄴ 기다리시오. 부탁합니다.

00월 00일.

전선에서 씀.

여인은 편지를 읽고, 되풀이해 또 읽고 나서 가슴에 품어본다.

삼팔선이 터지고, 남으로 북한군이 밀고 내려오는데 남한 국방군은 수세에 몰릴 수밖에 없었다. 준비된 북한군은 무방비의 남한 땅을 쳐내려오고 마구 유린하면서 경북 포항에까지 밀고 갔는데 늦게 유엔군이 전투에 참가하면서 전세는 반전이 되었다. 국군과 유엔군이 다시 북진하면서 수도 서울을 탈환하고, 삼팔선을 돌파하고 그리고 압록강 강안(江岸)까지 진격했다. 그때 중공군이 전선에 투입되면서 다시 유엔군이 남으로 후퇴했으며 서로 밀고 밀리는 공방을 계속하는 중에 인명피해는

여우비　**311**

물론이고 아름다웠던 국토는 폐허에까지 이르게 되었는데, 당시의 인명 피해는 피아가 450만 명이나 되었다고 하니 우리 국민은 엄청난, 참화의 난리를 겪은 것이다.

여인에 정전이란 생소한 말이 자주 들려오고, 전쟁이 끝난다는 정전이란 말은 여인의 마음을 들뜨게 하였다. 전쟁이 끝나면 남자가 돌아올 게고, 젊은 여인은 사랑하는 가족들과 아기 낳고 행복하게 살아갈 꿈에 부풀었다.

그런데 그게 아니었다. 간밤에 꿈자리가 뒤숭숭하더니 여인은 비보를 받았다. 슬픈 소식에 접한 것이다. 남자가 동부전선에서 전투 중에 전사했다는 통지서를 받은 것이다. 서러워할 사이도 없이 여인은 남자의 부모님들과 일선으로 달려가 남자의 주검을 수습했다. 정신 없이 상례(喪禮)를 치르고, 유해를 국립묘지에 안장하고 돌아왔으며 심신의 고통에서 곧바로 몸져누웠다. 전쟁이 끝난 날의 얼마 전이었다.

여인의 가족들도 서럽기는 하지만 자리에 누운 여인과 남자의 부모들을 위무하느라 서러워할 틈이 없었다. 그렇게 양가는 남자의 전사를 당하여 예상치 않은 슬픔에 휩싸이게 된 것이다.

며칠 후 여인은 아픈 마음을 추스르고 자리에서 일어났다. 어른들을 생각해서 오래 누워 있을 수가 없었던 것이다.

여인은 누운 자리에서 자신의 처지와 장래에 대해 많은 고민을 했었다. 어린 나이에 정혼을 했고 그리고 옆에 자리했던 남자는 잠시 옷깃만을 한 번 스치고 불귀의 고개를 넘어 가버렸다.

어떻게 해야하나? 삶과 결혼이라는 게 무엇인가. 전쟁과 죽음은 무엇이고 자신의 장래는 어떻게 전개될까 괴로운 마음에 많은 마음고생을 하며 밤을 새웠다.

여인은 골똘히 생각한 끝에 주어진 행로를 바꾸지 않기로 작심했다. 남들이나 집안 어른들은 혼사를 치른 것도 아닌데 남자와의 혼약이 없었던 걸로 하고 새 혼처를 구하라 한다. 남자의 집에서도 그렇게 하라고 했다. 그러나 이 세상의 희로애락은 모두가 허무하고 의미가 없는 것, 자신의 안락을 위해 남에게 비난을 받거나 근친(近親)들을 걱정케 할 수는 없는 것이다. 작정한 대로 남자의 집에 입가 하여 어른 공경하고 집안 이끌며 그쪽의 고통 속에서 삶의 아름다움을 구해야한다고 굳게 결심한 것이다. 육신의 괴로움을 강한 정신으로 억압하며 살아가기로 마음을 정한 것이다.

여인은 호미를 놓고 밭고랑에서 잠시 일어나 허리를 폈다. 맑은 하늘인데 빗방울이 후두두 대며 콩 이프리를 치기 때문이다. 미루나무도 버드나무도 잠시 생기를 얻는다. 멀리 두레패들에 논매기 서두르는 소리―여인은 하늘을 쳐다보며 구름을 찾는다. 비를 뿌려대고는 저만치 동천(東天)으로 하얀 구름 한 조각이 바삐 가고 있다. 들판을 치던 굵은 빗방울이 금새 멎는다. 새물 쪽 산허리에 찬란한 무지개 하나가 걸리었다.

모든 사물이 오는 듯 가 버리는 여우비이다. 산도 바람도 하늘도 모두 교활한 여우비이다. 남자도 어버이도 이 세상 인간사들이 여우처럼 속이고는 가버린다.

여인은 가고 없는 여우비 아쉬워하며 수건을 벗어 이마에 흐르는 땀을 닦는다.

한 온정주의자의 허무 깨닫기
— 창작산문집 『머나먼 봄길』을 중심으로 —

임헌영 | 문학평론가

1. 허구와 산문 정신

수필계의 해묵은 논쟁 하나가 허구와 진실로, 과연 산문에도 가공(허구)을 다룰 수 있느냐 없느냐는 논쟁이 진지하게 전개된 적이 있었다. 구태여 여기서 그 논쟁을 재연하거나 시비를 가릴 의도는 추호도 없는데 공교롭게도 김동근의 산문을 읽으면서 이 문제를 비켜 갈 수 없겠구나 하는 당혹감에 사로잡히게 된다.

새 세대의 맛깔스런 수필문학 출판으로 자리잡은 선우미디어의 이선우 사장이 애초에 강권한 건 '소설집 해설'이었는데(해설이 주례사 비평이랍시고 공격의 대상이 된 판이라 되도록 피하고 있는데), 망설이다가 일단 원고나 읽어보자고 한 것이 빠져나갈 수 없이 얽혀들게 된 사연이다. 이미 시집 발간 경력이 있는 작가가 이번에는 소설집으로 펴내고 싶다는 속내를 드러낸 판이라 조심스럽게 독파해 나갈수록 나는 실로 난감해졌다. 도대체 장르의 구분이 불가능한 산문이라는 게 솔직한 내 심경이다. 포스트모더니즘시대가 형식과 장르의 해소 내지 총화를 그 특징의 하나로 삼기에 굳이 이걸 소설집으로 낸대도 시비를 걸 수는 없을 것이나 그럴 경우에는 소설계와 수필계로부터 양면 공격을 받을 수도 있다는 우려에서 일단 '산문집'으로 낙착했다.

소설이기에는 허구와 묘사가 모자라고 수필이기에는 허구와 사건전개가 너무나 뚜렷하여 소설과 수필의 변경지대 장르라고나 할만한 이 '산문'들은 아마 수필계에서 어떻게 수용하느냐가 관심의 표적이 될 것이다. 작가는 자신의 글에 대하여 이렇게 요약해준다.

…내용은 걸어온 발자국에 묻어난 것이며 고향의 얘기이거나 삶의 주변에서 주워온 자료들이다. 대개의 작품이 그러하듯이 다분히 허정(nihilism)한 냄새가 풍기리라 생각한다.

어떠한 형식(formality)이나 틀에 매이지 않는, 자유분방의 세대이다. 어디까지나 허구(fiction)이니 미흡한 내용은 사회의 사조로 생각해 주기 바란다.

—「책을 내면서」

이 글에서 작가의 창작세계를 엿볼 수 있는 네 가지 요인이 나타난다. 첫째는 소재들이 작가의 체험 범위 안에 있다는 것, 둘째는 형식으로부터 탈출하고 싶다는 것, 셋째는 체험적 사실에다 허구가 가미되어 있다는 것, 넷째는 허무주의적 인생론이 주조를 이루고 있다는 점이다.

미리 밝혀버려야 할 점은 허무주의 문제인데, 여러 작품에 나타난 작가의 사상적 기반은 오히려 온정주의자의 체온인데 이를 허무주의로 스스로 낙인찍은 연유는 어떤 삶도 지나고 보면 다 허망한 것이라는 동양적 무상(無常)의 사상을 일컫는 것이라 하겠다. 나중에 알게 되겠지만 작가의 심성은 매우 따뜻하여 낭만적인 센티멘털리즘에 가까울 지경인데도 결국 모든 사랑은 결실을 맺지 못한 채 허망하게 낙화해 버리고 만데서 작가의 말대로 '허정한 냄새'가 풍긴다고 하겠다. 아무리 온정을 베풀어도 결국은 허망할 수밖에 없는 인생살이의 깨닫기가 곧 김동근의 산문세계란 소이연이 여기에 있다.

  2. 형식의 파괴자인 '나'는 누구인가

  이 산문집은 다른 수필집과는 달리 독특한 양식으로 구성되어 있어 일단 몇 가지 주의를 요한다. 수필처럼 여기서도 주인공은 대개의 경우에는 '나'이다. 그러나 다른 수필처럼 이걸 곧이곧대로 작가와 일치시키면 혼란에 빠지게 될 것이다. 편의상 작품에 나타난 '나'의 정체를 요약해서 풀이하면 아래와 같다.

- 나의 고향은 경부고속도로 입장 분기점에서 갈리어 만리산 너머 고개 중턱 산골이다(「만리산」).
- 나는 대학에서 국문학을 전공했고 미술에 천착한 적이 있다(「안면도 석양」).
- 나는 군에 자원 입대했다(「동백꽃 편지」).
- 나는 여고 교사 경력이 있다(「산사 가는 길」).
- 나는 스무살 갓 넘기고 군 복무를 끝낸 뒤 복학을 않고 시골 경찰 지서에 근무한 적이 있다(「뜬구름」, 「비움의 아름다움」, 「소이역」).
- 나는 어느 문학회 소속으로 활동하고 있다(「백마강 유감」).
- 나는 술자리를 피하지 않음에 주객이라 할 수 있고, 자주는 아니지만 혼자서도 술집에 들린다(「청포집」).

여러 작품에 나타난 '나'의 다양한 모습인데, 이게 수필이면 영락없이 김동근 자신의 진면목이겠으나, 여기서는 가공의 '나'일 수도 있다는 점을 유의해야 할 것이다. 소설적 요소와 수필적 요소를 고루 갖추고 있기에 진짜 김동근의 실상과 작품 속의 '나'는 일치하든 않든 상관없다고 읽으면 된다. 왜 이렇게 자질구레한 잔말이 많으냐 싶겠지만 이를 전제 삼지 않으면 작품끼리 서로 모순되거나, 여기에 나오는 온갖 사랑의 추억담이 모두 작가의 체험으로 오해받을 소지도 있기 때문이다.

말하자면 수필적 원칙인 '나'와 사소설 서술법으로서의 가공의 '나'가 혼재되어 있기에 이 글을 읽고서 작가 김동근은 고교 때 어떠어떠한 여인을 사랑했다는 식으로 알아서는 안 된다는 예방조처가 필요하다는 뜻이다. 이쯤 하면 왜 작가가 굳이 '소설집'이라 하고 싶었는지 금세 감이 잡힌다.

가장 자기 고백적이라는 수필문학 속에서 가장 싱거운 게 진한(진하지 않은 것조차도) 사랑의 고백을 찾아보기 어렵다는 점이다. 수필가에게 왜 다른 장르에는 흔하디 흔한 사랑 소재가 그렇게 아쉬우냐고 물으면 십중팔구는 '차마 그대로 쓸 수가 없어서 그런데 혹 수필에서도 가공이나 상상을 삽입하면 안되냐'는 반문을 받기 일쑤다. 남의 이야기처럼 자신의 속사정도 폭로할 수 있는 장치를 수필도 갖춰야하지 않느냐는 반론은 매우 설득력을 갖는다. 참회록이라면 모를까 사적 형식일뿐인 수필 형식으로는 아무래도 은밀, 농밀한 사랑을 쏟아내기가 부담스러울 터이다.

김동근 역시 이런 고민을 평소에 해왔던 성싶다. 왜 수필만이 이렇듯 삭막한 형식에 얽매여 점잔을 빼야 하느냐는 불만이 독자들로부터 제기

되는 건 너무나 당연지사인데도 고귀하신 수필계에서는 여전히 품위 유지에 급급할 따름이다. 여기서 형식 타파와 장르 초월 내지 통합의 '산문'이 등장하게 된다. 그냥 읽고 독자 나름대로 상상하면 되는 글 자체로서의 독립된 산문, 작가의 직접적인 경험이 아니어도 산문이 될 수 있다는 걸 보여주는 모험을 감행한 것이 이 산문집의 특색이라 하겠다.

3. 떠나버린 여인상

요즘 수필집 중 사랑 이야기가 가장 많이 나오는 것으로 알려질 김동근 산문집인지라 단연 사랑을 화두의 중심축에 놓을 수밖에 없다. 사랑 이야기는 크게 둘로 나뉘어진다. 하나는 '나'의 체험인양 서술한 작품이고, 다른 하나는 아예 다른 주인공을 내세워 소설 형식을 취한 '투영된 자아'의 형싱을 지닌 작품군이다.

먼저 '나'가 등장하는 달콤한 사랑 이야기를 성장 순서대로 살펴보자.

(1) 무녀가 된 순이와의 사랑(「디딜깐」)

'나'의 고향에서는 정월 대보름이면 동제(洞祭)를 지내느라 개울 건너 앞 동네로 숨어들어 디딜방아를 훔쳐와 액풀이를 하는데, 제를 마친 뒤에는 도로 주인이 찾아가 사용하곤 한다. "우리 집에서 한집 건너에 순이네 집이 있고 순이네 바깥마당을 지나면 디딜방앗간이 있는데 사람들은 그냥 디딜깐이라 부른다. 이 디딜방아 역시 이웃 동네의 액막이 행사에 쓰이기 위해 한 해도 거르지 않고 수난을 당하는데, 방앗간엔 헛간이나 다름없는 멍석이 깔린 허름한 방이 하나 있다." 마을 사람들은 사철 그 방에 모여 세월을 보낸다.

무대가 이렇게 장치되면 아하, 그 방에서 사랑이 농익으려나 보다고 비약하겠지만 김동근은 이효석이나 나도향이 아니기에(사실 무대장치는 물레방앗간보다 훨씬 토착적이다) 거기까진 안 간다. "배우고 개화한 부모를 둔 순이는 무남독녀의 외동딸이고 여자중학교 학생이다. 얼굴이 예쁘고, 마음이 착하고 똑똑하며 공부도 썩 잘하는 순이는 디딜깐에서 낳았다고 해서 방아대기라고도 불렀다." "나보다 한 살 위이고 학교에도 한 해 먼저 들어간 순이는 나와 황상 디딜깐의 우물을 들여다보며(윤동주의 시적 이미지를 연상하시라) 노는 날이 많았는데, …수수떡이랑 과자들을 가져와 나에게 건네주기도 하고 책을 빌려주기도 했다."

성미 급한 독자라면 준비체조는 그만하면 됐으니 어서 사랑 장면을 보여달라겠지만 그 뒷 이야기는 약간 생뚱하게 삼천포로 빠져버린다. 그녀는 자라면서 예언력을 발휘하여 결국 무녀가 되어 나이가 많은 고수인 병수의 첩살이로 들어앉는데, "아이를 원하는데도 남성이 부실하여 회임을 할 수 없다."

"내가 학교를 졸업하고 군 생활을 마친 뒤 고향에 돌아왔을 때 디딜깐은 폐허로 가고 있었다." 소설 같으면 이 장면에서 무녀와의 홍건한 정사(조정래의 『태백산맥』을 연상하시라)가 등장할 법도 하련만 산문은 역시 답답하다. "사람은 누구나 정해진 길이 있다고 그래요. 나는 이렇게 이런 길을 가도록 운명 지워진 것처럼 말예요." 그녀의 부름을 받고 만났을 때 들려준 말이었다. "생업 따라 객지를 떠돌던 나는 어느날 풍편에 순이"가 익사자의 씻김굿을 하다가 익사했다는 소식을 듣는 것으로 글은 끝난다.

이렇게 자상하게 소개한 까닭은 산문과 소설의 변별성이 어디에 있는가를 독자들 스스로 느끼게 해주고 싶어서이다. 사건 줄거리는 깔끔한

단편에 손색이 없으나 소설이 되기에는 치밀한 묘사나 시밀적인 천착이 아쉽고 수필이기에는 나름대로 아쉬운 소재다. 그렇다고 수필의 장점은 없을까. 소설과는 달리 작가는 글 말미에다 디딜깐과 귀신의 유무, 인간의 운명론에 대하여 나름대로의 견해를 피력하고 있는데, 만약 소설이라면 이런 걸 쓰면 어설픈 설교니 뭐니 해서 배격 당할 일이나 산문 장르에서는 너무나 자연스러운 끝맺음이다.

(2) 유부녀와의 진한 사랑(「안면도 석양」, 「동백꽃 편지」)

안면도 민박 중 만났던 이혼을 결심하고 있는 혜정과 총각인 '나'는 "여인의 상체를 당겨 꼬옥 끌어안았다. 손바닥으로 여자의 눈물을 훔쳐 주고 그리고 안겨져 온 여인에게 뜨거운 입맞춤을 퍼부어 댔다"는 수필에서는 보기 드문 러브신이 연출되는데, 드디어 더 깊이 들어가는가 싶은 찰나에 그녀의 남편이 보낸 청년들에 의하여 그녀가 강제로 끌려가는 것으로 싱겁게 끝난다. 정작 흥미 있는 장면은 그 뒷 이야기다. 여인을 잃은 '나'는 "그래 맞아 — 여자 하나 극복하지 못하는 소인배가 저리 장엄하고 신비로운 대자연을 어떻게 화폭('나'는 그림을 천착하고 있다)에 담겠다고 오만을 떨었는가?"고 엉뚱한 자성을 하는데, 아름다움이란 그 바다에 못지 않게 사랑하는 여인에게도 있음을 방기하는 데서 소설과 산문적인 윤리의식이 엇갈린다 하겠다.

입영 직전 '나'는 "이십 년 동안 소중하게 간직해온 정(貞)"을 한 여인에게 던졌는데, 그 대상은 바람둥이 남편을 둔 송이 엄마였다는 게 「동백꽃 편지」이다. 입영하는 '나'에게 보낸 송이 엄마의 절절한 편지가 너무 문법적인 문장인 점이 오히려 토착적인 순정을 훼손하는데 이런 기교가 소설과 산문의 차이점이기도 하다. 소설이라면 아마 고의로 시골 여인다운 문장으로 한껏 정취를 자아냈을 것이다.

　(3) 낭만적인 감상적 사랑(「산사 가는 길」 「뜬 구름」)

　'나'는 충청도 작은 도시 여고 영어교사로 부임, "학교생활에도 모범이고 성적도 우수한 김영숙"의 도전적인 사랑 앞에서 비틀거리지만 간신히 이성을 추스리는가 하면 다시 그녀의 매력 앞에 허물어지는 자신을 발견한다. 그러나 오히려 영숙이 인생무상을 느껴 입산 비구니가 된 사연이 「산사 가는 길」이다.

　「뜬구름」은 충청도 산골에서 경찰지서 근무 때 여고 졸업반 숙이 찾아와 나눴던 감상적인 사랑의 회고담이다. 인생살이가 다 그렇듯이 긴 세월이 흐른 뒤 그녀가 이혼으로 불행해졌다는 소식을 그녀의 오빠를 통해 듣고 '나'는 삶의 허망감에 젖는다는 결말은 예견된 것이다.

　김동근이 산문 중 가장 조심해야될 부분인 이 계열의 작품은 '나'가 체험한 사랑의 진솔한 고백이기에 수필로만 읽으면 그는 영락없이 뜨내기 사랑의 방랑자처럼 보일 뿐인데. 그 자아('나')가 허구라는 사실을 분명히 인식할 필요가 있다.

　4. 소설적 산문의 작품들 (「눈길 나그네」 「박가」 「주막거리」 「글루미 선데이」)

　앞에서 본 '나'의 체험과는 달리 분명히 객관적인 입장에서 '남의 이야기'를 관찰해서 쓴 작품들이 이 계열에 속하는데, 아마 '소설'로 분류해도 손색이 없을 만큼 허구와 체험이 적절히 배합되어 있는 성 싶다.

　「눈길 나그네」는 도입부가 좀 어색하나 이내 김영감 댁에 들어온 빨치산 출신 학녀의 등장으로 소설적 분위기를 고조시켜 준다. 학녀를 너무 순진한 여인상으로 도식화시켜 버린 게 아쉽기는 하지만 피신 차 벙

어리 행세를 하며 김영감의 첩살이로 지내다가 사라져 버린 그녀를 환상적으로 그려 신비감을 더한다. 여기서 이념적인 문제를 도입하지 않는 것 또한 특색이겠는데, 굳이 말한다면 이런 줄거리만 봐도 빨치산 여인을 숨겨 줬으니 은닉죄 운운으로 연행 고문당했던 게 우리 현실이었으며, 반대로 아무리 위기를 맞아도 학녀와 같은 여인이 시골 영감의 첩살이로 지냈다거나 그걸 못 잊어 나중에 편지까지 보냈다는 건 빨치산의 생리를 무시한 구도라는 비판이 가능할 것이다.

「박가」는 아마 가장 소설적인 구도와 심리묘사, 서정성이 어우러지는 작품일 것이다. 박 농사를 자랑하는 박가네가 본처를 두고도 '드나기 첩' 세실댁을 들여 셋이 평화롭게 잘 살아가는 모습을 그린 건 페미니스트들이 팔짝 뛸 장면이지만 지난 시대의 한 인정삽화처럼 아득한 전설로 남는다. 욕심을 낸다면 작가의 남녀평등 가치관이랄까 사회관이 좀 스며들어서 이런 서정적인 장면 속에다 비판의식을 조금 불어넣어도 좋으련만 하는 것이다.

「주막거리」 역시 김생원이 본처에 소쿠리 장수 첩까지 둔 주제에 주막의 여인까지 넘보는 남성의 탐욕을 그린 풍자적인 기법의 작품이다. 「박가」가 두 여인과 화평을 유지하는 것과 대조적으로 여기서는 본댁과 첩실의 다툼으로 첩실이 동네 사람들의 결의로 쫓겨나는 결말이 다르다.

이 고색창연한 옛사랑의 모습을 태연하게 시침 뚝 따고 그려내는 작가의 의도가 무엇인지는 모르겠으나 흙냄새 풍기는 문체와 어우러져 한껏 서정성의 별미를 느끼게 해준다는 점에서 특이하다.

「비움의 아름다움」과 「글루미 선데이」는 요새 이야기로 손색없는 한

편의 소설이다. 전자는 다내와 육촌 동생의 불륜을 의심하는 걸 경찰이 그 오해를 풀어 화해시켜 줬다는 행복한 결말의 콩트이다. 시동생과 형수 사이에 정말 아무런 관계가 없었던가에 대해서 어물쩍 넘기면서 경찰의 기지로 아무 일도 없었던 것으로 화해시키는 데 초점을 맞춤으로써 문학적 형상성이 돋보이게 만든다.

후자는 다분히 사회의 한 단면을 보여주는 사건이다. 장경사가 자칭 여대생 혜영과 사랑에 빠져 아내까지 친정으로 보내고 동거까지 했는데, 알고보니 여인을 내세운 혼인빙자 간음 공갈단원이었다는 신문 사회면 기사가 그 줄거리인데 작가는 그 피해자를 경찰로 설정하여 더욱 실감나게 만든다. 더구나 공갈로 혼이 났으면서도 여전히 "혜영은 자신과 진실한 사랑을 했고, 자신도 진실하고도 강렬한 사랑을 했다고" 김반장에게 강조하는 대목에서 독자를 헷갈리게 만드는 기교가 돋보인다. 공갈이라면 왜 하필 경찰을 그 대상으로 삼았느냐는 반론이 가능하고, 진실한 사랑이라면 그 출중한 인물의 여성이 왜 뚜렷한 계기도 없이 사랑에 빠져들었을까란 반론이 나올 법하다. 결론 없이 끝맺는 수법 역시 소설적인 구성이다.

김동근에게 기대한다면 앞으로 「글루미 선데이」 같은 글을 많이 썼으면 하는 바램이다. 그러노라면 작가의 소망대로 소설집이란 명칭도 충분히 가능해질 것이다.

5. 수필문학의 세계

정작 작가의 본령인 수필문학을 뒷전으로 미뤄놓고 너무 객담이 길어져 버렸다. 기행체 수필 「백마강 유감」 「머나먼 봄길」 「바람과 등불」

은 작가의 해박한 역사적 식견과 인정미 깊은 사람됨에 유머감각이 곁들인 작품을 엿볼 수 있다. 「백마강 유감」은 제목 그대로 백제 멸망 전후의 역사적 상황을 개괄했으며, 「머나먼 봄길」은 단종애사와 김삿갓의 영월 기행이며, 「바람과 등불」은 고려 때의 몽고 침략전을 전후한 민족사적 위기를 한 장군이 생애를 추적하며 다루고 있다. 이만큼 육중한 주제들이 수필을 통하여 전수될 수 있다는 것은 우리 수필문학의 지평을 넓혀주는 용기로 받아들여야 할 업적이다. 왜소화 일변도로 기울어가는 오늘의 수필을 보노라면 더더욱 그렇다.

　「청포집」, 「소이역」, 「만리산」은 통상 우리 개념으로 본 수필문학 작품들이다. 사랑하는 남편을 잃은 여인의 애절한 삶을 다룬 「청포집」, 건널목에서 잃어버린 딸을 찾아 헤매는 「소이역」, 자전적 색채가 짙은 고향 소재의 성장 수필 「만리산」은 감칠맛 나는 글들이다.

　특히 「만리산」에는 ‘나’에 대하여 가장 자세하게 구체적으로 언급되고 있다. 진천에서 “편모와 누이 나 세 식구가 산뙈기밭을 일구고 살았”던 ‘나’는 서울로 유학, “처가의 사업장에서 일용품을 팔다가 처를 알게 되었고” 이내 “아내와 약혼을 하였고, 군에서 제대를 하고는 곧바로 결혼을 했다.” “대학을 졸업하고 법조계에 입문”했으나 “산더미 같은 사건 서류에 짓눌리어 더 견디지 못하고, 사표를 던지고는 변호사 사무실을 개업했다”는 게 ‘나’의 간략한 이력서이다. 그러고 보면 다른 글들에 종종 등장하는 경찰이나 교사, 화가, 문학 전공 등과 사뭇 다른데, 대체진자 작가의 정체는 무엇일가 궁금해지는데, 이건 너무나 싱겁게도 약력이 쉽게 해답해 줄 터이다. 다만 이 작가의 문학세계를 이해하는데 중요한 대목은 “오직 만리산 산바람과 시래기죽만을 마셔가며 흙을 어우르고, 흙과 더불어 살며 흙을 닮아가고” 있는 어머니에 대한 애정 어린 작가의 시선이다.

물질만능과 출세 지향주의의 세태 속에서 작가는 흙의 인간미를 강조하며, 쾌락적인 사랑의 추구에 탐닉하는 풍조와는 달리 저 봉건적인 낡은 시대의 퀴퀴한 토착적인 사랑법 속에서 오히려 위안 받고 싶은, 그래서 불꽃처럼 타오르는 정염보다는 못다 핀 채 낙화해버린 이룰 수 없었던 사랑에 대한 그리움을 소중하게 보듬고 싶은 정서에 심취해 있다.

작가가 그리는 여인상들은 거의가 비세속적이다. 무녀나 비구니가 되거나 인생 무상을 깨닫고 자신의 운명에 순종하면서도 행복할 수는 없는 그런 애절한 여인상, 소월이나 만해 시의 여인상보다야 반걸음 정도 낫지만 오십 보 백 보로 그 모양 그 꼴로 처량하게 일생을 보듬어야 하는 여인상들이다.

모르긴 해도 이런 여인상에 대한 동경은 작가의 어머니 원형에 대한 그리움과 어렸을 때의 소녀상들이 겹쳐져 재현된 것으로 봐도 좋을 성 싶다. 충청도를 중심한 흙냄새 짙은 정서 또한 김동근 작품에서 보너스로 얻을 수 있는 기쁨의 하나다. 은근한 고문투에다 적당히 느린 문체가 이문구와는 또 다른 수필문학에서의 충청도적 정서를 느끼게 해준다.

책을 내고서

소설은 꾸밈이라 하고, 작가의 발걸음에 묻어온 사안들이라고도 합니다. 어떤 이는 생각이 닿은 곳에서 섭렵한 세상사들을 글로 조형한 것이라고도 하던데, 그냥 허구(虛構)로 알면 될 것 같습니다.

대개 문예지에 나간 것들이고, 수필을 개작한 것도 모아 엮었습니다. 읽고 쓰는 것에 취미를 붙인 것이 이렇게 소설집을 내게되었는데, 작품이 조박해 송구스럽습니다. 읽는 이들의 마음이 의도한 것보다 조금은 더 쇄연(灑然)하였으면 하는 바램입니다.

먼저 많은 문인들로부터 존경받는 임헌영 선생님이 평을 주시어 기쁘고, 감사합니다. 또 책을 만들어주신 이선우 사장님 김은영 양 고맙습니다. 사랑하는 가족과 글을 쓸 수 있도록 서궤(書几)를 마련해준 처에게 고마운 마음 전합니다.

2003. 5. 25.
저자가